악당들의 섬

Rogue Island

악당들의 섬

ROGUE ISLAND

브루스 디실바 지음 | 김송현정 옮김

검은숲

evan hunter

box 339

324 main avenue

norwalk, connecticut 06851

September 27, 1994

Dear Bruce:

MALICE is a nice little
story. In fact, it could
serve as the outline for a
novel.  Have you considered
this?

Best,

1994년 가을, 나는 어느 독자로부터 내가 쓴 '멋진 단편'을 칭찬하는 편지를 받았다.

"사실, 그 글은 장편의 소재로도 손색이 없어요. 장편 소설을 써볼 생각은 없는지요?"

편지는 에반 헌터가 보낸 것이었다. 그는 에드 맥베인이라는 필명으로 〈87분서〉라는 유명한 경찰 시리즈물을 집필했다.

나는 편지를 코팅해서 컴퓨터에 붙여놓고 글을 쓰기 시작했다.

2만 단어 정도 썼을 즈음 가정과 직장 생활이 모두 엉망이 되었다. 시간은 빠르게 흘렀다. 새 컴퓨터를 구입할 때마다 거기에 헌터의 편지를 붙여두었지만, 바쁘고 새로운 생활에 치여 소설을 쓸 시간이 나지 않았다.

그러다가 이 년 전에 원로 범죄소설 편집자 오토 펜즐러를 만나 에반 헌터에게서 받은 오래전 편지에 대해 이야기했다.

"에반은 다른 사람의 글에 대해 좋게 말하는 법이 없었어요.

정말 에반이 그 편지를 쓴 게 맞소?"

펜즐러가 말했다.

"맞습니다. 아직도 그 편지를 가지고 있어요."

"그렇다면 그 소설을 끝내지 않고 뭐 하시오."

그래서 나는 마침내 소설을 끝냈다.

이 책은 당신을 위한 겁니다, 에반. 당신이 살아 있다면, 그래서 이 책을 읽어준다면 좋겠군요.

이 소설은 순수한 창작물이다. 실존 인물이 몇몇 언급되기는
하지만(안녕하세요, 버디 시안시), 야구 선수 매니 라미레즈를 제
외하고는 모두 대사가 없다. 그리고 매니조차 딱 한마디를 할
뿐이다. 대사가 있는 등장인물은 모두 허구의 인물이다. 그중
몇은 내 오랜 친구와 이름이 같지만 그들과 닮은 점은 거의 없
다. 예를 들어 실제 폴 마우로는 뉴욕의 젊은 경감이지 프로비
던스의 늙고 주름진 신부가 아니다. 로드아일랜드의 역사와 지
리는 대부분 정확하게 묘사했지만 시간과 장소는 약간 손을 댔
다. 예를 들어 호프스는 기자들의 단골 술집 대부분이 그러하
듯 오래전에 사라졌지만 나는 이 소설에서 그곳을 즐거이 되살
려놓았다. 굿 타임 찰리도 몇 년 전에 문을 닫았다. 그리고 프
로비던스 마운트 호프 인근에는 넬슨 올드리치라는 중학교는
없다.

1

제설차가 소화전 위로 눈을 1.5미터나 쌓아놓는 통에, 제6소
방대 대원들이 눈을 치우고 소화전을 찾는 데 얼추 십오 분이
걸렸다. 첫 번째 소방관이 사다리를 타고 2층 침실 창문으로 향
했다. 알루미늄 외장재에 손이 닿자 열기가 장갑을 관통해 손
바닥을 그슬렸다.

다섯 살배기 쌍둥이 남매가 화염을 피해 침대 밑으로 기어
들어가려고 안간힘을 썼던 모양이다. 조그만 사내아이를 안고
사다리를 내려온 소방관이 눈물을 삼켰다. 검게 그을린 시신에
서 연기가 피어올랐다. 또 다른 소방관이 여자아이를 침대보에
싸안고 내려왔다. 구조대원들이 아이들을 구급차에 싣고서 비
상등을 번쩍이며 바큇자국이 팬 도로를 뒤뚱뒤뚱 내달렸다. 서
둘러야 할 이유가 남아 있기라도 한 것처럼. 열여섯 살 난 보모
는 몸이 마비라도 된 듯 구급차의 미등이 어둠 속으로 사라지
는 모습을 꼼짝도 않고 바라보았다.

여성 소방대장 로젤라 모렐리가 헬멧에 매달린 고드름을 쳐 냈다. 그리고 장갑 낀 주먹으로 반짝이는 빨간 소방차의 옆면 을 후려쳤다.

"이게 몇 번째지?"

내가 물었다.

"세 달 동안 마운트 호프에서만 주요 주택 화재 아홉 건, 사 망자 다섯."

로젤라가 말했다.

마운트 호프는 오래된 소운하와 호화로운 동부 지구 사이에 끼어 있는 지역으로, 불어나는 이주 노동자를 수용하기 위해 1차 대전 이전에 판자촌으로 조성되었다. 그로부터 수십 년 후 공 장들이 문을 닫고 산업이 사우스캐롤라이나를 거쳐 멕시코와 인도네시아로 이동해 갔다손 치더라도, 처음부터 그곳은 별 볼 일 없는 동네였다. 지금은 불쏘시개로나 제격인 너절한 3층 목 조건물에서 납 페인트가 떨어져 날리는 형편이었다. 전차와 구 두에 의존하던 시절에 지어진 엉성한 주택 대부분은 차고나 진 입로가 없었으며, 여름에는 건조한 악취를 겨울에는 축축한 악 취를 풍겼다. 시에서 노후한 넬슨 올드리치 중학교를 폭파해 버리자, 그 터에서 잡초가 무성하게 자라났으며 곳곳에는 녹슨 세탁기와 냉장고가 들어앉았다. 넬슨 올드리치 중학교는 매크 레디 선생님이 내게 작가 레이 브래드버리와 존 스타인벡을 소 개해준 곳이기도 했다.

동네의 좁고 곧은 거리 상당수에는 더는 그곳에서 자라지 않는 나무의 이름이 붙여져 있었으며, 거리들이 교차하는 완만한 비탈에서는 시내의 고층 빌딩과 주 의회 의사당의 대리석 지붕이 내려다보였다. 부동산 중개인들은 계약이 성사되길 빌며 집의 전망이 '장관'이라고 추어올렸다.

마운트 호프가 프로비던스에서 가장 좋은 동네는 아닐지라도, 가장 나쁜 동네는 아니었다. 2,600가구 중 4분의 1이 당당하게 자신의 집을 소유하고 있었으며, 주민들의 자체적인 방범 활동으로 절도 사건도 감소했다. 유아의 16퍼센트만이 페인트 가루가 유발한 납중독으로 고생하고 있었고, 이는 남부 프로비던스의 흑인 및 아시아인 거주 지역에 비하면 우라지게 위생적인 편이었다. 그곳의 유아 납중독 비율은 40퍼센트를 웃도니 말이다. 또한 사망자 다섯 명 덕분에 마을 최대의 합법적 사업체인 루고 장례식장은 활기를 띠어갔다. 이제 디건 카센터는 훔친 차를 분해해서 팔고 있으며, 마르피오 중고차 판매점은 헤로인 거래처로 전락해버렸다.

소방대장은 대원들이 쌍둥이의 침실 창문으로 물을 쏘아 올리는 모습을 지켜보았다.

"가족에게 알리는 일도 이제 넌더리가 나."

로젤라가 말했다.

"부하를 한 명도 잃지 않은 것에 감사하라고."

로젤라는 연기가 피어오르는 건물에서 몸을 돌려 나를 매섭게 쏘아보았다. 둘이서 뱀-사다리 주사위 놀이를 하던 여섯 살 시절, 내 속임수가 들통 날 때면 로젤라는 딱 저렇게 쏘아보며 나를 무안하게 했다.

"내 행운에나 고마워하라는 거야?"

로젤라가 말했다.

"그냥 몸조심하라는 말이야, 로지."

로젤라의 눈씨가 다소 누그러졌다.

"그래, 너도."

내 일터에서 발생할 만한 최악의 재난이라고는 종이에 손가락을 베이는 일뿐이지만.

두 시간 후, 나는 프로비던스의 단골 식당 카운터에 앉아 묵직한 머그잔을 손에 들고 커피를 홀짝였다. 커피 맛이 기막히게 좋아서 우유를 많이 넣지 않았다. 내 구멍 난 위장이 그 정도의 우유로는 어림도 없다며 으르렁댔다.

오늘 자 지역 신문에서 잉크가 머그잔에 묻어났다. 공식적이진 않지만 로드아일랜드의 상징으로 여겨지는 개, 핏불테리어가 애트웰스 애버뉴에서 어린애 셋을 공격했다. 연방정부의 최근 범죄 통계 수치에 따르면, 프로비던스가 1인당 자동차 도난 건수에서 보스턴과 로스앤젤레스를 앞질렀다. 표면적으로는 자판기 사업을 운영하는 지역 조직폭력배 두목 '눈먼 돼지' 루제리오 브루콜라가 신문사를 상대로 소송을 제기했다. 신문사에서 그가 자판기 사업을 운영하는 조직폭력배 두목이라고 기사를 냈기 때문이었다. 주 경찰이 추첨 조작 혐의로 복권 위원회를 조사하고 있었다. 나쁜 소식이 너무 많아서 나쁜 소식으로는 더할 나위 없는 마운트 호프의 화재 사망 사건이 제1면 하단으로 밀려났다. 화재 기사는 읽지 않았다. 내가 썼으니까. 다른 기사도 읽지 않았다. 배알이 꼴려서.

찰리가 소고기 핏물로 얼룩진 손을 한때는 하얬을 앞치마에 문지르고서 내 잔을 채워주었다.

"대체 어디 있다 온 거야, 멀리건? 자네한테서 재떨이 썩는 냄새 더럽게 나네."

찰리는 대답을 기다리지 않았고, 나도 대답하지 않았다. 찰리는 제자리로 돌아가서 핫도그 빵 두 봉지를 뜯었다. 그리고 땀으로 번들거리는 왼팔을 조리대 삼아 손목에서 어깨까지 빵 열두 개를 죽 늘어놓더니 프랑크 소시지를 대충 끼우고서 머스터드와 절인 양배추를 곁들였다. 내러갠싯 전기 회사의 밤샘 근무자들을 위한 요깃거리였다.

나는 커피를 한 모금 홀짝이고서 스포츠 면을 들춰 포트 마이어 전지훈련 기사를 찾았다.

2

밖에서 보면 황갈색 정부청사는 아무렇게나 쌓아 올린 마분지 상자 같았다. 안으로 들어서면 더럽고 칙칙한 녹색 복도가 펼쳐졌다. 공무원들이 오줌을 지리는 불상사가 발생하지 않도록 화장실은 개방되어 있었으나 독한 향내를 풍겼다. 승강기는 택시를 쫓는 노인네처럼 덜거덕덜거덕 씩씩댔다. 나는 안전을 기하려고 3층까지 모래가 서걱대는 철 계단을 걸어 올랐다. 그리고 좁은 복도를 네 개나 지나친 후에 낡은 떡갈나무 문의 간유리에 적힌 '수석 방화수사관, 프로비던스 시'라는 검정 글씨를 발견했다. 노크는 생략한 채 문을 열어젖히고 안으로 들어섰다.

"내 사무실에서 꺼져."

어니 폴레키가 말했다.

"나도 반가워."

나는 그렇게 말하고, 국방색 철제 책상 앞쪽에 놓인 기우뚱

한 나무 의자에 풀썩 앉았다.

폴레키는 얇은 싸구려 여송연에 불을 붙이고 떡갈나무 회전 의자에 몸을 기댔다. 지친 어깻죽지가 군데군데 불구멍이 뚫린 초록 등받이에 부닥쳐 둔탁한 소리를 냈다. 아내가 떠난 후로 KFC는 폴레키의 아침 식사만을 대신하지 않았다. 의자가 그의 불어난 체중에 눌려 끙끙댔다. 시장의 사촌이라는 이유로 부수사관 직함을 꿰찬 로젤리라는 치가 회색 철제 의자에 뻣뻣하게 앉아 있었다. 그 위로 보이는 금이 간 창문에는 성에가 끼어 있었다.

"이번에도 방화야."

내가 말했다.

"그게 아니라면 지하실에서 쓰레기를 태우는 게 멋진 발상이라고 생각했을 수도 있지. 지하실에 그렇게 많은 잡동사니를 쌓아두다니, 언제고 불이 났어도 났을 거라고."

폴레키가 대꾸했다.

"전화로 이야기할 수도 있었을 텐데요, 멀리건 씨."

로젤리가 말했다.

"그래."

폴레키가 맞장구쳤다.

"하지만 그랬다면 이걸 못 봤겠지."

나는 책상 위에 놓인 사건 기록으로 손을 뻗었다.

폴레키가 오른손을 들어 쾅 하고 내려놓았고 책상이 깨진 종처럼 뎅그렁댔다. 살찐 손마디 아래로 서류가 만져지지 않자 폴레키는 당황한 표정을 지었다. 서류는 책상 어디에도 없었다. 폴레키가 나를 노려보았다. 나는 어깨를 으쓱했다. 그런 다음 우리 둘 다 로젤리를 보았다. 로젤리는 서류를 앙상한 가슴에 끌어안고 제자리로 돌아가 있었다. 움직임이 너무 빨라 거의 보이지도 않았다.

"수사 문건은 기자나 머저리들한테는 공개되지 않습니다. 그쪽은 둘 다에 해당되죠."

로젤리가 말했다.

"좋아. 그럼 언론 감시 단체나 언론계에는 공개되는 건가?"

내가 말했다.

"물론 아니지."

폴레키가 대꾸했다.

"다른 화재 사건들하고 어떤 연관성이 있나?"

내가 다시 물었다.

"없어."

폴레키가 말했다.

"전혀 없습니다."

로젤리도 대답했다.

"건물 소유주들 사이에 어떤 공통점은 없나? 초과보험을 든 사람은? 화재가 똑같은 방식으로 발생하진 않았고?"

폴레키가 책상에서 물러나 몸을 앞으로 숙였다. 중량이 이동되자 의자는 필사적으로 비명을 질러댔다. 분노 때문인지, 피로 때문인지 폴레키의 뺨에 불긋불긋한 반점들이 피어올랐다.

"지금 나한테 내 업무에 대해 설명해주는 건가, 멀리건?"

폴레키가 말했다.

"우리는 업무를 정확하게 파악하고 있습니다만."

로젤리도 거들었다.

'아니, 그렇지 않아.'

나는 속으로 생각했다.

담뱃불이 꺼졌다. 폴레키가 여송연에 다시 불을 붙이고 나를 향해 연기를 내뿜더니 대단한 일이라도 해낸 양 빙그레 웃었다. 그리고 몇 차례 더 담배를 뻐끔대다가 불씨가 남은 재를 빨간 싸구려 휴지통에 털었다.

"마운트 호프가 계속 운이 나쁜 것뿐이란 말이지?"

내가 입을 열었다.

"아일랜드인처럼."

폴레키가 말했다.

"최악이죠."

로젤리도 한마디 거들었다.

"만일 그대가 아일랜드인의 운을 갖게 된다면, 절망하며 차라리 죽기를 바라겠지."

내가 말했다.

"뭐?"

폴레키가 되물었다.

세상에. 더는 존 레논의 노래를 기억하는 사람이 없단 말인가?

담뱃재가 기름투성이의 치킨 용기를 태우고 있는지, 휴지통에서 연기가 한 줄기 피어올랐다.

"이봐, 머저리. 전에도 말했듯이 진행 중인 수사에 대해서는 어떤 언급도 할 수가 없어."

폴레키가 말했다.

"이번 사건에 대해서도요. 가서 교통사고나 취재하는 게 어때요? 그쪽이 직접 당한다면 더 좋고요."

로젤리가 말했다.

로젤리의 유머 감각은 충분히 즐겼으니, 뭉그적대다가 한 방 더 얻어터지지 않기로 결심했다. 휴지통이 폴레키의 여송연처럼 연기를 내뿜었다. 냄새가 과히 좋지도 않았다. 지금이 떠나기에 적기인 듯했다. 나는 나가는 길에 복도의 화재경보기를 눌렀다. 그 망할 놈의 장치가 진짜 작동할지 누가 알았겠는가.

3

법원 담당 기자 베로니카 탕이 눈알을 뒤룩대며 만화 속 생쥐처럼 낄낄댔다. 나는 디즈니의 만화 주인공 말고는 저렇게 웃는 사람을 본 적이 없다.

"화재경보기를 누른 다음에 어떻게 됐어요?"

베로니카가 물었다.

"나야 모르지. 거기 서서 쇼를 구경한 게 아니니까."

베로니카가 또다시 낄낄댔다. 나는 그녀가 그렇게 웃는 모습이 좋았다. 베로니카가 머리칼을 넘기더니 장난스럽게 내 어깨를 쳤다. 나는 그 모습도 좋았다.

우리는 지역 언론인들의 소굴인 호프스에서 즐거운 시간을 보내고 있었다. 신문사 기자와 편집자, 방송 제작자, 지역 방송국 연기자들이 하나둘 모여들기 시작했다.

"폴레키 그 사람은 왜 그렇게 비협조적이래요?"

베로니카가 물었다.

"멍청이라 그렇지, 뭐."

베로니카가 빤히 쳐다보기에 나는 이렇게 덧붙여야 했다.

"알았어, 알았다고. 그렇고 그런 사연이 좀 있긴 하지."

십오 년 전, 경찰학교는 폴레키가 청소년 시절에 주거 침입으로 유죄 판결을 받았다는 사실을 묵과한 채 그의 입학을 허가했다. 폴레키의 장인인 포스워드 민주당 위원장의 청탁 때문이었다. 순찰 경관 시절에 폴레키는 고속 추격전으로 순찰차 두 대를 박살냈다. 다행히 고작 두 대뿐이었다. 폴레키는 500달러로 답안을 손에 넣어 경사 시험에 합격했다. 그리고 로드아일랜드 방식대로 시장의 상납금 수금원에게 봉투를 들이밀며 승진을 이어갔다. 경위 시험에 2천 달러, 경감 승진에 5천 달러. 이게 바로 프로비던스 성공 신화의 실체였다. 내가 이 사실의 일부를 기사로 쓰긴 했지만, 내용이 워낙 방대해서 지금은 자세히 설명하기가 어려웠다. 그래서 이렇게만 말했다.

"삼 년 전에 폴레키가 전략수사반을 이끌 때였나? 내가 기사를 하나 썼어. 폴레키가 툭하면 흑인 애들의 머리를 경찰봉으로 후려친다고 말이야. 그랬더니 침례교 목사 둘이 그 일에 흥분해서는 민권 운동가 알 샤프턴 목사를 데려와서 항의 시위를 벌이겠다고 으름장을 놓았어. 경찰서장이 겁을 집어먹고는 폴레키를 방화수사반으로 전직시켰지. 방화수사반 기본 장비에는 경찰봉이 포함되지 않거든."

베로니카가 잔을 들어 포도주를 한 모금 마셨다.

"당신이 문으로 걸어 들어갔을 때 그자가 총을 쏘지 않았다니 운이 좋네요. 그래, 이제 어떤 기사를 쓸 생각이에요?"

"모르겠어. 새로운 시각으로 방화 사건에 접근할 수 있다면, '래시, 집으로 돌아오다' 같은 감상적인 기사에서 도망칠 수 있을 텐데."

베로니카의 눈이 휘둥그레졌다.

"그 기사 아직 안 끝냈어요?"

"시작도 안 했는데 어떻게 끝내."

"세상에, 멀리건. 그 기사, 로맥스 편집장이 월요일에 지시했잖아요. 어쩌자고."

"음."

베로니카가 탐탁지 않다는 듯 고개를 가로저었으나, 그녀의 갈색 눈동자는 재미있어 죽겠다는 듯 대굴거렸다. 바의 네온 불빛이 그녀의 머리칼 위에서 삼바를 추었다. 어릴 적 보았던 밤하늘처럼 새까만 머리칼. 염색한 머리냐고 감히 묻지는 못했다.

베로니카가 핸드백에서 25센트짜리 동전을 한 움큼 꺼내더니 낡은 포마이카 탁자와 우묵우묵한 9미터 마호가니 바 사이로 뻗은 좁은 통로를 흔들흔들 걸어갔다. 나는 벽을 따라 설치된 거울로 베로니카의 모습을 좇았다. 그녀의 검정 미니스커트가 조금 휘청댔다. 베로니카는 샤르도네 포도주를 조금 과하게 홀짝였다. 나는 지갑 사정에 알맞으면서 맛이 괜찮은 아일랜드 위스키 부시밀스를 마시고 싶었으나, 구멍 난 위장이 바텐더에게 줄곧 소다수를 주문했다.

사십 년 전에 다이카스라는 기자가 보잘것없는 예금 통장을

21

탈탈 털어 여기에 쏟아부은 후로 언론인들은 이곳에서 죽어라 술을 퍼마셨다. 그는 희망을 담아 술집 이름을 호프스(Hopes)라고 지었다. 자신의 인생이 이곳에 달려 있었을 테니. 하지만 현재 호프스는 그다지 괜찮은 술집이 아니었다. 어쩌면 한순간도 그랬던 적이 없었는지 모르겠다. 바에 놓인 엉성한 크롬 의자, 짜개진 나무 바닥, 도수는 높지만 풍미는 별로인 술. 나는 열여덟 살 때부터 이곳에서 술을 마셨지만, 남자 화장실에 콘돔 자판기가 설치된 것 말고는 별다른 변화를 본 적이 없었다.

하지만 호프스에는 프로비던스 최고의 주크박스가 있었다. 선 실즈, 코코 테일러, 버디 가이, 루스 브라운, 바비 '블루' 블랜드, 보니 레이트, 존 리 후커, 빅 마마 손턴, 지미 새커리 앤더 드라이버스. 베로니카가 에타 제임스의 가슴 쥐어뜯는 노래를 선곡한 다음 내 쪽으로 걸어왔다.

"유부남과 놀아나려는 여자한테 이보다 완벽한 곡은 없죠."

베로니카가 의자에 편히 기대며 말했다.

서류상으로 내가 여전히 도커스에게 묶여 있다는 사실이 떠올라 언짢았지만, 나는 에타가 분위기를 북돋는 동안 탁자 위로 손을 뻗어 베로니카의 손을 잡았다.

베로니카는 근사했고 나는 그렇지 못했다. 베로니카는 프린스턴 대학교를 나왔고 나는 프로비던스 대학을 나왔다. 베로니카는 스물일곱이었고 나는 곧 마흔에 맞닥뜨리게 될 참이었다. 베로니카의 아버지는 대만 이민자로 매사추세츠 공과 대학에서 수학을 가르쳤고, 평생 저축한 돈을 털어 시스코와 인텔의 주식에 투자한 후 닷컴 버블이 터지기 전에 백만 달러가 넘는 돈을 챙겨서 발을 뺐다. 나의 아버지는 프로비던스의 우유 배달부였고, 무일푼으로 돌아가셨다. 베로니카는 기자 생활을 시작한 지 오 년 만에 이미 전문가처럼 담당 구역을 관할하고 있었고, 나는 기밀문서나 슬쩍하고 정부청사에서 화재경보기나 누르고 돌아다녔다. 베로니카의 남자 고르는 취향이 후졌거나, 내가 기대 이상의 성과를 거둔 셈이었다.

4

에드 로맥스 편집장이 사회부의 인조 가죽 왕좌에 구부정하니 앉아서 커다란 대머리를 셔면 탱크의 포탑처럼 휙휙 돌리고 있었다. 십이 년 전 사회부 편집장이 되었을 당시 그는 내 글을 싫어하는 듯했다. 원고를 읽을 때마다 정말 넌더리가 난다는 듯 얼굴을 찡그린 채 머리를 흔들어댔다. 한 달이 지난 후에야 나는 편집장이 컴퓨터 화면의 활자를 한 줄 한 줄 읽을 때마다 눈 대신 머리를 움직인다는 사실을 알아챘다.

로맥스 편집장은 무슨 신성한 의무라도 되는 양 원고에서 욕설을 빼내는 일에 집착했으며, 가족 모두가 읽는 신문에 그런 어휘가 등장해서는 안 된다고 믿었다. 그의 표현을 빌자면, '빌어먹을'이나 '우라질' 같은 저속한 단어를 보면 짜증이 치밀면서 이런 말이 튀어나온다고 했다.

"내 망할 놈의 좆같은 신문에 그런 망할 놈의 좆같은 쓰레기는 필요 없다고."

편집장은 말을 자주 하지 않았다. 그 대신 뉴스 편집실에 깔려 있는 철통 보안의 회사 메신저를 이용해 간결한 지시를 하달함으로써 직원들과 의사소통했다. 우리는 매일 아침 일터에 도착해서 컴퓨터에 접속한 다음 메시지 알림 기능이 깜박이는 걸 보고서 그날의 업무를 파악했다. 보통 이런 식이었다.

소시지 전쟁

또는

과잉 추적

또는

쇠주먹 강도

만약 지역 방송국 뉴스를 보지 않았다거나, 신문사 웹사이트를 샅샅이 읽지 않았다거나, 우리 신문의 일곱 개 섹션을 탐독하지 않았다거나, 연합통신의 로드아일랜드 소식을 훑어보지 않았다거나, 소규모 경쟁사 다섯 곳에서 발행하는 로드아일랜드 일간지들을 살펴보지 않았다면, 로맥스 편집장의 책상으로 걸어가서 대체 무슨 이야기인지 물어야만 했다. 그러면 편집장은 이런 표정을 지어 보이곤 했다. 장사나 하는 게 어때?

컴퓨터에 접속하니 이런 메시지가 나를 기다리고 있었다.

개 기사. 오늘까지. 변명은 그만.

나는 편집장에게 메시지를 보냈고 즉각 답신을 받았다.

이 건에 대해 이야기 좀 할 수 있을까요?
아니.

자리에서 일어섰을 때, 20미터쯤 저편에 있는 편집장과 눈이 마주쳤다. 내가 웃어 보였지만, 편집장은 웃지 않았다. 나는 어깨를 움츠려 갈색 항공 가죽점퍼를 껴입고, 팔 년 된 포드 브롱코로 향했다. 내 경주마는 신문사 사옥 앞 주차 요금 징수기 옆에 주차되어 있었다. 진눈깨비가 흩날렸고, 흠뻑 젖은 노란 주차 위반 딱지가 와이퍼에 끼워져 있었다. 나는 딱지를 떼어 사장의 BMW 앞창에 철썩 붙였다. 사장의 차는 주차 시간이 만료되었음에도 딱지를 발부받지 않았다. 로렌 에슬먼의 탐정 소설 주인공이 자주 쓰는 이 수법을 나도 몇 년째 애용했다. 사장이 회사 비용으로 처리하라고 딱지를 건네면, 비서는 내 소행임을 바로 알아챌 것이다. 하지만 비서는 내 사촌 여동생이었다.

시내에서 서쪽으로 고작 몇 킬로미터 떨어진 실버 레이크 지구에서 개 기사가 나를 기다리고 있었다. 하지만 나는 동쪽으

로 발걸음을 옮겼고, 물을 철벅대며 케네디 플라자를 가로질러
서 프로비던스 강가의 오래된 붉은 벽돌 건물로 향했다.

목적지에 도착했을 무렵, 내 리복 운동화는 제대로 물웅덩이
가 되어 있었다. 발가락에 감각이 돌아오길 기다리며 십 분 동
안 비서의 허벅다리를 흘끗흘끗 훔쳐본 후에야, 나는 건물 안
쪽에 처박혀 있는 화재보험 조사관의 사무실로 들어가도 좋다
는 신호를 받았다. 프로비던스 대학 간판 농구 선수들의 친필
서명 사진이 크림색 벽에 일렬로 늘어서 있었다. 빌리 도노번,
마빈 반스, 어니 디그레고리오, 케빈 스태컴, 조이 해셋, 존 톰
슨, 지미 워커, 레니 윌킨스, 레이 플린 그리고 옛 동료 브래디
코일. 멀리건은 없었다. 후보 선수가 낄 자리는 없었다.

브루스 매크라켄이 비쩍 마른 몸으로 자신의 적성을 찾아
헤매던 시절, 우리는 처음 만났다. 그때 나는 에드워드 머로
같은 기자를 꿈꾸던 더 깡마른 청년이었다. 도미니크 수도회
가 운영하는 시시한 대학에서 언론학 수업을 두 과목 수강하
고 나서, 매크라켄은 언론이란 멍청이들을 위한 학문이라고
결론지었다. 최근에 매크라켄은 헬스클럽에 자주 들락거렸는
데, 내 손을 으스러뜨릴 듯 쥐어 보임으로써 그 사실을 증명했
다. 새로 붙은 근육들 때문에 파란 시어스 양복 상의의 솔기가
팽팽했다.

"우리가 어떤 사건을 다루고 있는 것 같아?"

내가 언 손가락을 꾸무럭대며 물었다.

"글쎄, 단지 불운의 연속 같진 않아."

매크라켄이 말했다.

"폴레키한테도 그렇게 말했겠지?"

"그리고 그 복화술 인형한테도. 로젤리가 목소리를 낼 때 분명히 폴레키의 입도 같이 움직일 거야. 그 인간들 완전 무능한 건지 아니면 그런 척하는 건지 판단이 안 서."

"둘 다일 수도 있지."

매크라켄이 이를 드러내고 싱글거렸다. 치아에까지 근육이 붙은 듯했다.

"화재가 발생한 마운트 호프 주택 중에서 세 곳이 우리 회사 보험에 가입되어 있어. 보험금 총액이 70만 달러를 넘으니 당연히 우리가 눈여겨보고 있지. 폴레키가 화재 사건 아홉 건에 대한 수사 문건을 나한테 넘겼어. 나한테 자기 일을 떠넘겨서 기쁜 모양이더라고. 하긴, 누군가가 내 일을 대신 맡아준다면야 나도 싫다고는 말 못 하겠지만."

매크라켄이 서류철 더미를 책상 언저리로 밀어주었다.

"사무실 밖으로 가지고 나가진 마. 그리고 복사도 금지야."

나는 서류철 아홉 개를 휙휙 넘겨 본 다음, '방화'나 '방화 추정'이라고 기재되지 않은 두 건은 옆으로 치워놓았다. 그리고 나머지 문건을 들고 편안히 자리를 잡았다. 발화 방법은 제각각이었으나, 그렇게 많지는 않았다. 방화범이 절단기로 자물쇠를 끊고 지하실 문으로 침입한 경우도 있었지만, 대부분은 지하실 창문을 깨뜨린 후 범행을 저질렀다. 모든 화재는 지하실에서 발화되었으며, 나 같아도 집을 몽땅 태워버리고 싶다면 지하실에 지포 라이터를 던져 넣었을 것이다. 불이 위로 번진다는 사실은 나 같은 사람도 아는 상식이었다. 각각의 화재는 적어도 세 군데의 발화 지점을 가지고 있었고, 이는 화재가 사고가 아니라는 증거였다.

폴레키와 로젤리가 현장 잔여물을 주립 경찰 범죄 연구소로 보내 검사한 결과, 그중 두 건은 촉매제의 흔적이 없었다. 두 명청이들과 일을 해본 경험이 있는 연구소 직원들은 직접 현장을 방문해 가장 두꺼운 숯 더미 아래서 더 많은 잔여물을 수집했다. 그리고 새로운 시료를 기체 크로마토그래피로 분리한 결과, 두 사건 역시 다른 사건들처럼 촉매제로 휘발유가 다량 사용되었다는 사실을 밝혀냈다.

하지만 불에 탄 임대주택 일곱 채는 부동산 회사 다섯 곳이 나누어 소유하고 있었고, 보험 회사 세 곳의 보험에 가입되어 있었다. 시장 가치를 초과해서 보험에 가입된 주택도 없었다. 나는 회사 이름을 전부 수첩에 휘갈겨 썼지만, 특이점을 발견하진 못했다.

"어떻게 생각해?"

내가 물었다.

"자네 생각은 어떤데?"

"보험사기 같진 않아."

"아마도. 그래도 완전히 배제할 수는 없어. 프로비던스 화재의 절반은 누군가가 대출 증서와 보험 증서를 열심히 맞비벼서 일으키니까."

매크라켄은 내가 웃기를 기다렸으나, 나는 전에도 이 농담을 들어본 적이 있었다.

"음, 방화 사건 일곱 건이 전부 1킬로미터 이내에서 발생했고, 방식이 똑같아. 완전히 아마추어의 소행이라고. 전문가라면 시한장치를 사용했겠지. 그래서 연기가 피어오를 때쯤엔 이미 뉴포트로 가서 화이트호스 술집에 앉아 폭탄주를 벌컥대고 있을걸?"

매크라켄이 말했다.

"그럼, 방화광의 짓일까?"

"그럴지도 모르지. 그 레즈비언 소방대장은 뭐래?"

"전에도 말했지만, 로지는 남자를 좋아해."

"경험을 통해 알게 된 사실이야?"

그렇게 말해도 좋을 것이다. 초등학교 1학년 때, 나는 로지의 그네를 밀어주었다. 중학교 때, 로지는 좋아하는 남자애가 자기를 꺽다리라고 놀렸다며 내 어깨에 기대어 통곡했다. 고등학교 때, 나는 로지를 무도회에 데리고 갔다. 그리고 고등학교 시절의 마지막 여름, 우리는 함께 잤다. 하지만 너무 오랫동안 친구로 지낸 탓에 마치 여동생과 잠자리를 갖는 기분이었다. 모든 이성애자 사내들이 나를 바보라 여기겠지만, 그 후로 로지와 나는 두 번 다시 침대에서 뒤엉키지 않았다.

내가 말했다.

"그 소문이 어떻게 시작됐는지 알아? 프로비던스 소방학교에서 로지하고 같이 수업 듣던 놈들이 만들어낸 거야. 체력 검

사가 있을 때마다 로지가 놈들을 묵사발 내놨거든. 로지야 참
고 또 참았지. 그런데 몇 년 전에 소방서에서 동료 소방관 하나
가 로지를 레즈비언이라고 부른 거야. 로지는 그 자식 입술에
입을 맞추고서 오른 주먹을 날려 놈을 쓰러뜨렸어. 육 주 후에
기둥 하나가 그 얼간이를 덮쳤을 때, 로지가 그놈을 어깨에 둘
러메고 불타는 건물에서 빠져나왔어. 그리고 로지는 프로비던
스 소방서의 제1호 여성 소방대장이 되었고, 이제는 누구도 로
지를 헐뜯지 않아."

"그러니까, 나한테도 기회가 있단 말이지?"

매크라켄이 말했다.

"물론이야. 15센티쯤 더 키우고, 멍청한 짓 좀 그만두면."

"키높이 깔창을 사야겠군. 하지만 너네 둘이 친구라는 사실
을 감안하면 로지가 멍청이들을 싫어하는 것 같지는 않은데?"

"내가 15센티 더 키우라고 한 건 자네의 키가 아니야."

매크라켄이 눈을 가늘게 떴다. 그리고 활짝 웃더니 정확히
내 오른쪽 귀를 스치는 왼 주먹을 날렸다.

정력 대결은 무승부로 해두고 우리는 일로 되돌아갔다.

"이봐, 자네는 청부방화 쪽을 생각하잖아. 순수한 방화광은
드무니까. 게다가 방화광의 존재를 부정하는 정신과 의사들도
있고 말이야. 그런데 이 증거들에 들어맞는 건 방화광뿐이야.
내 생각에 우리는 주택에 불을 지르고 그걸 보며 발기하는 미
친놈을 상대하고 있는 것 같아. 분명 마운트 호프 인근에 사는
놈일 거야."

매크라켄이 말했다.

"폴레키한테 화재를 구경하던 사람들 사진도 달라고 했어?"

"당연하지."

"물론 그런 사진 따윈 없을 테고."

"아니야, 있어. 처음 여섯 건은 빼고. 폴레키랑 로젤리가 자신들의 임무를 파악하는 데 참 오래도 걸렸지. 일곱 번째 화재 현장에서 찍은 사진이 마흔 장 있어. 볼래? 스물여덟 장은 노출이 엉망이고, 열두 장은 로젤리의 왼손 엄지가 예술적으로 확대되어 있긴 하지만."

5

다음 날 아침, 베로니카를 바라보는 스물네 쌍의 눈 속에 내 눈도 끼어 있었다. 남자와는 달리 여자의 생각을 읽어내기는 퍽 어려웠다.

베로니카는 보랏빛 입술에 버지니아 슬림 한 개비를 매단 채 편집실 한복판에 서 있었다. 사장이 금연 포고령을 내린 후로 베로니카에게는 필터를 잘근거리는 버릇이 생겼다. 쿠바산 시가를 피우기 위해 나는 매일 도로로 쫓겨 나가야 했지만 베로니카가 건강에 신경을 쓰게 되었다는 점에서는 금지령의 이점에 수긍했다.

그래도 변화는 괴로웠다. 금지령을 비롯한 많은 변화 때문에 전통적인 편집실은 재정비 사업에 실패한 도시 꼴이 되었다. 꽁초가 넘쳐나던 재떨이도, 일렬로 늘어선 우그러진 철제 책상도, 잉크로 얼룩진 타일 바닥도, 교열 편집자들에게 녹색 챙 모자를 씌우던 눈부신 형광등도 없어졌다. 탁탁대던 타자기는 내가 입사하던 해에 사라졌다. 나는 아직도 타자기의 경쾌한 박자감이 그리웠다. 이제 사무실에는 매입형 조명이 설치되었고 밤색 양탄자가 깔렸으며, 합성 목재로 만든 책상 위에는 윙윙대는 컴퓨터들이 놓였다. 1미터가 넘는 칸막이가 책상을 둘러싸고 있어서 옆 사람에게 '델리카트슨'의 철자를 물어보려면 자리에서 일어서야 했다. 그리고 귀를 쫑긋 세우고 기다리면 이런 대답이 돌아왔다. "직접 찾아보라고, 이 멍청아." 편집실을 보험 회사 사무실처럼 바꾸어놓느라 적잖은 비용이 들었지만, 그렇다고 신문의 질이 나아지지는 않았다.

신문의 질이 나아지려면 베로니카 같은 사람이 필요했다. 베로니카가 작성한 노조 갈취 사건 연방 대배심에 관한 기사가 오늘 아침에 신문 1면을 장식했다. '치즈 덩어리' 주세페 아래 나의 교묘한 위증까지 직접 인용되어 있었다. 편집국장이 사무실에서 과감히 뛰쳐나와 환호의 대열에 합류했다. 양탄자와 칸막이에 그렇게 많은 돈을 날리지 않았다면, 편집국장은 기꺼이 베로니카의 봉급을 올려주었을 것이다.

베로니카가 비공개 대배심의 증언을 기사에 인용한 것은 올해 들어 이번이 세 번째였다. 매번 연방 검사는 베로니카에게 어떻게 증언을 입수했느냐고 물었다. 그때마다 베로니카는 신경 끄시라고 공손히 말했다. 내가 입수 방법에 대해 묻자, 베로니카는 모나리자처럼 웃기만 했다. 그 미소 때문에 나는 질문이 무엇이었는지조차 잊었다.

나는 곁눈질을 멈추고 컴퓨터에 접속했다. 편집장으로부터 메시지가 도착해 있었다.

나 좀 보세.

내가 느긋하게 다가가자, 편집장은 바로 그 '장사나 하는 게
어때?' 하는 표정을 지어 보였다.

"저기, 편집장님……."

"아니, 내가 이야기하겠네. 개 기사가 어제 신문에는 없었네.
그리고 오늘 신문에도 없었어. 내일 신문에는 있는 편이 좋을
걸세."

"그 기사 하드캐슬한테 시키시면 안 됩니까? 녀석은 그런 시
시한 기사도 잘 쓰잖습니까."

"나는 자네한테 시켰네, 멀리건. 자네는 스스로가 더 멋진 일
을 해야 한다고 생각하겠지만, 내 얘기 좀 들어보게. 지난 오
년 동안 신문 판매 부수가 매달 60부씩 감소했어. 사람들이 신
문을 안 읽는 첫 번째 이유는 신문을 읽을 시간이 없기 때문이
야. 그렇다면 두 번째 이유는 뭔지 아나?"

"CNN? 콜버트 리포트? 맷 드러지? 야후?"

"아닐세. 사람들이 신문 읽을 시간을 내지 못하는 데에 그런
것도 얼마쯤은 영향을 미치겠지. 하지만 두 번째 이유는 이걸
세. 사람들은 신문사가 나쁜 소식을 너무 많이 찍어낸다고 생
각하네."

"사람들이 어떻게 느끼는지 저도 압니다."

내가 말했지만, 로맥스 편집장은 신문 배달원을 깔아뭉개는 제설차처럼 내 말을 까뭉개며 말을 이었다.

"갱에게 총알이 필요하듯 우리에겐 좋은 기삿거리가 필요하네. 좋은 소식을 찾는 건 쉬운 일이 아니야. 과학자가 암 치료제를 발견하는 일이나 착한 사마리아인이 민주당 기금 모금 위원에게 총을 쏘는 일은 날마다 일어나지 않아. 그러니까 좋은 소식이 자네 얼굴에 쪽 하고 입을 맞출 때 자네는 바로 기사를 써야만 하네. 개 이야기는 정말로, 진심으로 좋은 기삿거리라고."

"하지만……."

"하지만은 무슨 하지만인가. 나 역시 시시한 기삿거리에 목숨 거는 사람은 아니네만, 능력이 허락하는 한 우리는 독자들이 원하는 걸 제공해야만 하네. 인터넷이랑 24시간 뉴스 채널이 우리 숨통을 조이고 있어. 그러니 어떠한 저항이라도 해봐야 하지 않겠나. 사람들은 조직범죄, 정치 부패, 불에 탄 아이들 말고 다른 기사를 읽고 싶어 하네. 자네는 지나치게 전문화되어 있어, 멀리건. 자네를 도우려고 이러는 걸세."

"사람들이 죽어가고 있다고요, 편집장님."

"그래서 자네가 그걸 멈출 수 있다고 생각하나? 스스로를 과대평가하는군그래. 화재 사건 조사는 방화수사반의 일이야. 그 사람들이 사건을 해결하면, 자네가 그걸 기사로 쓰면 되는 거라고."

"방화수사반에 대해서 좀 들어보시죠."

나는 편집장에게 폴레키와 로젤리의 다채로운 우스갯짓에

대해 빠르게 설명했다.

"세상에! 그 얘기를 기사로 쓰지 않고 대체 뭐 하는 건가?"

"그러죠, 좋습니다. 일요일 자 신문에 어떻습니까?"

"개 기사가 먼저네. 오늘까지야, 멀리건. 내 입에서 이런 이야기가 또 나오게 하지 말게."

편집장이 자판에 손을 올렸다. 그건 대화가 끝났다는 신호였다. 나는 로맥스 편집장이 한꺼번에 그렇게 많은 말을 하는 모습을 본 적이 없었다. 누군들 그랬을까. 그래서 들은 대로 하는 편이 낫겠다고 생각했다.

'개 이야기의 주인공이 포르투갈 워터 도그일지도 모르겠군.'

나는 브롱코로 걸음을 옮기며 생각했다. 도커스가 여섯 살짜리 괴물 리라이트를 보호하고 있었다. 나는 그 개가 그리웠다. 하지만 녀석을 만나려면 도커스와 마주쳐야 했다. 그럴 바에 차라리 달리는 기차로 곤두박질치는 편이 나았다.

도커스는 리라이트를 좋아하지 않았다. 다만 나를 벌하려고 녀석을 키웠으며, 같은 이유로 내 전축과 블루스 음반, 싸구려 잡지 《다임 디텍티브》와 《블랙 마스크》 소장본, 내가 어릴 때부터 벼룩시장에서 사 모은 리처드 프래더, 카터 브라운, 짐 톰슨, 존 맥도널드, 브렛 할리데이, 미키 스필레인의 헌책 수백 권을 부여안고 있었다.

내 아내가 되기 전까지는 도커스도 지극히 정상적인 사람 같았다. 일단 결혼식에서 쌀이 던져지고 나를 평생 꿰차게 되자, 도커스의 머리에서 엄청난 뿔이 한 쌍 돋아났다. 갑작스레 나는 아주 많은 시간을 직장에서 보내게 되었다. 돈을 잘 벌지도 못했다. 도커스를 살갑게 어루만지지도 않았다. 그저 쉴 새 없이 그녀의 몸을 집적대기만 했다. 나는 도커스를 사랑하지 않았다. 사랑이란 이름으로 그녀를 병들게만 했다. 도커스는 내가 웨스털리에서 운소켓에 이르기까지 전역의 여자와 자고 다닌다고 비난했다. 게다가 내가 공략하지 못한 여자들의 목록이 존재한다고까지 했다. 치위생사, 슈퍼마켓 계산원, 도커스의 친구와 여동생들, 10번 방송의 기상 캐스터, 시장의 딸, 빅토리아 시크릿 카탈로그의 모델들. 도커스는 내가 그들 모두와 붙어먹었거나 그럴 예정이라고 했다.

그러길 일 년, 나는 도커스를 끌고 결혼 상담사를 찾았다. 도커스가 나의 만연한 부정을 폭로하는 동안 상담사는 그 이야기를 들어주느라 몇 번의 상담 시간을 허비해야 했다. 그리고 마침내 사태 파악이 되었을 때 상담사는 도커스에게 질투를 다스리는 데 문제가 있는 것 같다고 넌지시 말했다. 그러자 도커스는 상담사를 꼴통이라고 치부해버리고 다시는 그곳에 가지 않았다. 우리 결혼 생활의 마지막 반년은 익숙한 모습으로 자리 잡았다. 도커스는 자신이 매력 없는 왈패라서 내가 바람을 피운다고 말했고, 나는 그렇지 않다고 응수했다.

그리고 비로소 도커스의 주장이 틀리지 않게 되었다.

포카셋 애버뉴에 막 접어들었을 때 경찰 무전 수신기가 지

지직댔다. 누군가가 마운트 호프에서 화재경보기를 울린 모양
이었다. 나는 뒤에서 빵빵대는 소리를 무시한 채 2차선 도로에
서 속도를 늦췄다. 그리고 현장에 가장 먼저 도착한 소방차가
신호를 보내기를 기다렸다. '황색 신호'는 거짓 신고를 뜻했다.
'적색 신호'는 오늘 아침에 개 기사는 물 건너갔다는 의미였다.

계기판의 전자시계가 4분을 넘겼을 무렵 신호가 도착했다.

6

델 레모네이드 가판대 앞에서 불법 유턴을 한 다음 시속 65킬로로 내달렸다. 어제 내린 눈이 얼음판으로 바뀐 영하의 날씨에 그건 무모한 속력이었다. 걸핏하면 움푹움푹 파이는 로드아일랜드의 도로 때문에 내 경주마의 서스펜션이 이미 곤죽이 되어버려서, 치아에 박아 넣은 충전재가 튀어나오겠다 싶을 정도로 차가 흔들렸다. 그래서 핸들을 꽉 움켜잡았다. 다이어 스트리트와 파밍턴 스트리트의 교차로에서 어느 구부정한 노인이 닥스훈트에게 오줌을 누이며 눈 더미를 노랗게 물들이고 있었다. 나는 그들을 향해 경적을 울렸다.

마운트 호프의 도일 애버뉴로 들어선 다음, 구급차가 사이렌을 앵앵대며 지나갈 수 있도록 길 한쪽으로 차를 뺐다. 창문을 닫았는데도 알싸한 냇내가 코를 찔렀다. 앞쪽에서 빨간 비상등 십여 개가 번쩍였다. 나는 도로 가에 주차를 하고 차에서 내렸다. 그리고 기자증을 휙 내보이고는 경찰 저지선 안으로 들어갔다.

소방관들이 불길 대부분을 잡았지만, 엉망이 된 3층 목조건물의 서까래에서 여전히 연기가 피어올랐다. 앞마당에 지저분하게 얼어붙은 눈 속에는 이곳에서 생명이 살았다는 증거가 점점이 박혀 있었다. 녹아내린 플라스틱 식탁 의자, 아직 타고 있는 노란 담요, 검댕이 묻은 엘모 인형. 꼭대기 층에서는 레이스 커튼이 깨진 창문의 뾰족한 유리에 걸려 펄럭였다.

예전에는 주택에 화재가 발생하면 나무 타는 냄새가 났다. 하지만 요즘에는 비닐, 폴리에스테르 섬유, 합판, 아교, 전자제품, 유해한 청소용품 타는 냄새가 난다. 게다가 폴리우레탄폼이 타면서 시안화수소 같은 유독한 기체를 내뿜는다. 이곳에서는 마치 석유화학 공장이 폭발한 듯한 냄새가 났다.

무너져가는 건물의 상한 뼈대를 바라보며 불의 만행에 넋을 놓고 있자니 세상이 오싹하리만큼 고요해졌다. 시선을 돌리자 다시 소음이 밀려들었다. 쉬지 않고 울리는 사이렌, 소방관들의 목쉰 외침, 무전기에 명령을 외치는 로지. 잡다한 구경꾼들이 파괴의 현장에 음험한 시선을 보내고 있었다. 화염이 재청에 화답하며 재등장하길 기대하는 눈치들이었다. 그리고 너도 나도 로드아일랜드 특유의 말씨로 소방관과 경찰관들에게 불필요한 충고를 해댔다.

"쟤네들 지붕에 물 좀 더 뿌리지 않고 뭐 하는 거야?"

"그러게 말이야."

"내 말이 그 말이잖아."

"너희 둘 주둥이 좀 다물어."

"밥 먹었어?"

"아니."

"차 열쇠 찾으면 카세르타로 피자 먹으러 가자."

"좋아!"

경찰 저지선 근방에서 로젤리가 디지털 카메라로 자신의 장갑 낀 엄지를 찍어대고 있었다. 그리고 나를 보더니 중지를 치켜들었다. 나는 잽싸게 엄지를 들어 보였다.

헝클어진 백발을 얼굴에 후광처럼 두른 어느 노부인이 내 수첩을 보고는 손가락으로 내 팔을 쿡 찔렀다.

"내가 이 집 저 집 문을 두드리고 다녔다오. 전부 대피한 것 같긴 한데, 혹여 못 나온 사람이 있다면 신께서 보살펴주시길."

공포가 선명한 눈으로 노부인이 말했다.

나는 세세한 사항을 좀 더 물어본 뒤에 감사의 인사를 전하고 몸을 돌렸다.

"혹시, 루이사네 아들 아니신가?"

"맞아요."

"신문에서 자네가 쓴 기사랑 자네 이름을 볼 때면 루이사가 정말 자랑스러워했다네."

"고맙습니다. 저도 그렇게 믿고 싶네요."

나는 돌아서서 얼음판을 지치며 소방대장의 차로 향했다.

"지금은 너랑 노닥거릴 시간이 없어."

로지가 말했다.

로지는 몸에 공기통을 동여매며 회색 눈으로 연기가 치솟는 건물을 뚫어지게 쳐다보았다. 그러더니 도끼를 든 소방관 다섯을 양옆에 대동하고 성큼성큼 검게 그을린 출입구로 향했다. 로지는 나머지 소방관 다섯보다 단연 도드라졌다. 로지의 키는 196센티로, 대학 농구 4강 진출을 목표로 러트거스 대학교에서 열심히 리바운드를 잡아채던 시절보다 2센티쯤 더 자랐다.

소방대장의 차에 기대어 있는 소방관 하나가 얼핏 눈에 들어왔다. 구급대원이 그의 동상 걸린 손가락에서 단열 장갑을 잘라내고 있었다. 소방관의 볼에는 주홍빛 물집이 잡혔고, 짧은 호흡이 거칠었다. 영하의 기온에서 진화 작업을 벌이는 데에 따르는 어려움이 바로 이랬다. 추위에 얼어붙는 동시에 열기에 데고 만다.

"대장님은 디프리스코 대원을 찾으러 들어가는 겁니다. 가엾게도, 디프리스코 대원은 1층 바닥이 지하실로 내려앉을 때 호스 하나만 들고 건물 내부에 있었습니다."

묻지도 않았는데 소방관이 입을 열었다.

"토니 디프리스코?"

"네."

"이런, 젠장."

이제 화염이 사람의 얼굴로 보였다. 토니는 로지랑 나와 함께 호프 고등학교를 다녔다. 그리고 십 년 전에는 내가 토니의 결혼식에서 안내를 맡았다. 토니는 가정적인 사람이었고 나는 그렇지 못했다. 그래서 지난 몇 년간 우리는 자주 만나지 못했다. 하지만 지난주에 호프스에서 마주쳤을 때 토니는 나에게 세 아이의 사진을 보여주었다. 딸아이는 아직 기저귀를 차고 있었다. 아이의 이름이 뭐였더라? 미셸? 미카일라?

나는 직업적 초연함을 애써 가장하며 구경꾼들과 함께 추위 속에 서 있었다. 모두가 매캐하고 냉랭한 공기를 들이마시며 로지가 무엇을 둘러업고 나올지 확인하려고 기다렸다.

마침내 소방대장이 검게 상한 무언가를 두 팔에 안고 건물에서 빛 속으로 성큼성큼 걸어 나왔다. 또다시 소리가 멈춘 듯했다. 눈을 꽉 감았지만, 젖니도 없는 잇몸을 드러내고 벙글거리는 갓난쟁이의 모습이 사라지지 않았다. 어린 딸은 아빠가 집에 오길 기다리고 있을 것이다.

인터넷 신문에 단신을 급하게 올리고서 인쇄판 신문에 쓰일 기사를 마무리하고 나니 이미 늦은 오후였다. 로맥스 편집장에게서 온 메시지가 깜빡거렸다. 수고했다는 말이 쓰여 있지는 않았다.

개 기사.

나는 편집장의 눈총을 받으며 외투를 걸쳐 입고 승강기로 향했다. 승강기 문이 닫히자마자 외투를 도로 벗어 들고 2층 버튼을 눌렀다. 2층에는 카페테리아, 우편물실 그리고 사진 현상소가 있었다.

"전부? 아니면 신문에 실렸던 사진만요?"

현상소 직원 글로리아 코스타가 말했다.

"전부. 특히 군중 사진 위주로."

글로리아가 자판을 두드리자, 마운트 호프 화재 사건의 사진 목록이 애플 모니터 화면을 가득 채웠다. 우리는 어깨가 맞닿을 정도로 가까이 서서 화면을 들여다보았다. 글로리아의 피부에서 향긋하고 달콤한 냄새가 났다. 글로리아는 약간 통통했지만, 10킬로그램 정도 빼고 화장법을 좀 배운 후에 에밀리오 푸치의 제품으로 치장한다면 젊은 샤론 스톤처럼 보일 것이다. 하지만 10킬로그램쯤 더 찌우고 통짜 원피스를 입는다면 도커스와 흡사할 것이다.

사진의 구도를 샅샅이 검토한 다음, 군중 사진 70여 장을 추려내는 데에 한 시간쯤 걸렸다. 모든 화재 현장의 사진이 골고루 몇 장씩은 섞이도록 공을 들였다.

"현상해드려요?"

"가능한 한 빨리, 글로리아. 오늘 찍은 사진도 있을 거야. 아침에 내가 사진부에 부탁해놨거든. 추후 통지가 있을 때까지는 마운트 호프 화재 현장에서 구경꾼들 사진을 무조건 찍어두라고 말이야."

"자기, 현상은 며칠 걸려요. 여긴 일손이 부족하거든요."

"월요일까지 해주면, 일주일 동안 호프스에서 내 이름으로 달아놓고 술 마셔도 돼."

7

"그 빌어먹을 경찰 무전기 좀 끌 수 없어요?"

"안 돼."

"왜요?"

"자기도 알잖아."

"침실에 경찰 무전기를 놔두는 사람이 대체 어디 있어요?"

베로니카가 말했다.

"여기."

베로니카는 능청스럽게 웃으며 머리를 흔들더니 내 위로 부드럽게 몸을 포갰다. 우리는 혀와 열기를 주고받으며 입을 맞췄다. 하지만 열기는 불꽃으로 발화하지 않았다. 내가 옷을 끌어 내리면 베로니카가 다시 끌어 올렸다. 내가 단추를 끄르려 하면 베로니카가 몸을 틀어 피했다. 우리는 동의하에 성관계를 나눌 수 있는 어른이었지만, 베로니카가 동의하려 들지 않았다. 차라리 중학교 때가 더 쉬웠다.

나는 프로비던스의 작은 이탈리아로 불리는 페더럴 힐에 살았으며, 아메리카 스트리트의 바슬바슬한 다세대 주택 2층에 방 세 칸짜리 집을 가지고 있었다. 냉장고를 여닫느라 주방에 들르는 것을 제외하면 나는 방 하나에서만 생활했기 때문에, 방 세 칸은 사치였다. 이곳으로 베로니카를 데려온 것은 이번이 처음이었다.

나는 베로니카를 맞이하기 위해 집을 깨끗이 치우고, 젖은 키친타월로 먼지를 닦아내기까지 했다. 베로니카가 실내 장식에 눈길을 주지 않도록 음악으로 주의를 분산시키고 싶었으나, 도커스가 여전히 내 레코드판을 가지고 있었고 내가 가진 시디플레이어라고는 카오디오가 전부였다.

바닥에는 붉은 벽돌 문양의 리놀륨 장판이 깔려 있었다. 진짜 벽돌이라면 이 정도로 흠집이 나진 않았을 것이다. 몇 군데 균열이 생긴 베이지색 회벽에는 달랑 벽걸이 진열장 하나가 걸려 있었다. 그 진열장은 이 집의 유일한 장식품으로, 거기엔 외할아버지가 프로비던스 경찰이던 시절에 소장하던 콜트 45구경이 보관되어 있었다. 외할아버지는 돌아가시던 날까지 그 총을 가지고 다니셨다. 누군가가 애트웰스 애버뉴에서 외할아버지의 뒤통수를 파이프로 내리치고, 권총집에서 총을 빼앗아 발사한 후 시신 위로 총을 던져놓고 달아났던 그날까지…….

베로니카가 총에 대해 묻는 바람에 나는 그 이야기를 다시 꺼내야 했다. 베로니카는 이야기를 들으며 내 어깨에 손을 올렸다.

"가끔 저 총을 분해해서 청소하곤 해. 그러면 할아버지가 곁에 계신 듯한 느낌이 들거든."

토요일 늦은 오후, 이웃에 사는 안젤라 안셀모가 창문 밖으로 아이들에게 꽥꽥대는 소리가 벽을 타고 들려왔다. 안젤라의 여덟 살배기 아들은 바이올린 연주에 두각을 나타내기 시작했고, 열세 살배기 아들은 쇼윈도를 깨고 물건을 싹쓸이하는 데에 탁월한 기량을 발휘하고 있었다. 안젤라가 벌써 저녁 준비를 시작했는지, 현관문과 바닥 사이의 손가락 마디만 한 틈으로 마늘 냄새가 솔솔 새어 들어왔다. 앉을 곳이 마땅치 않아서 우리는 중고 장터에서 산 침상과 구세군 중고 판매점에서 구입한 매트리스 위에 누워 있었다. 나는 여전히 레코드판과 추리 소설 때문에 열 받아 있었지만, 도커스가 가구를 몽땅 가져간 것에 대해서는 처음으로 고마움을 느꼈다. 베로니카의 입술이 내 얼굴 언저리를 이리저리 더듬거렸다.

"로맥스 편집장이 얼마나 화를 내려나?"

내가 말했다.

"아주 많이."

"이번 주말엔 개 기사를 꼭 써야겠군."

"이번 주말엔 쉬면서 단둘이 보내기로 약속했잖아요."

"마운트 호프에 화재가 발생하지 않으면."

내가 말했다.

"'화재가 발생하지 않으면'이라."

베로니카가 중얼거렸다.

"현장 사진에서 뭔가 나왔으면 좋겠어."

"뭘 찾고 있는데요?"

"구경꾼들 틈에 반복해서 등장하는 인물."

"방화범?"

"어쩌면. 방화범들은 현장 주변을 떠돌면서 자기 작품을 음미하고 싶어 하니까."

"멀리건?"

"응?"

"우리 다른 얘기 하면 안 돼요?"

또다시 베로니카의 입술이 내 얼굴을 더듬었다

"좋아. 대배심의 증언을 어떻게 입수했는지 말해줄래?"

"됐네요, 이 사람아."

"음, 그래서?"

"다른 거 물어봐요."

"머리 염색했어?"

"뭐라고요?"

"머리 염색했느냐고."

"아니요. 그럼, 이제 내 차례예요. 이혼은 어떻게 돼가요?"

"오늘 아침에 도커스와 이혼에 대해 유쾌한 대화를 나눴지."

"그래서요?"

"내가 이혼 수당 평생 지급에 동의하지 않으면, 판사한테 나를 폭력 남편이라고 말할 거래."

"이 년 동안 똑같은 말만 되풀이하고 있잖아요, 리엄."

"그렇게 부르지 말라고 부탁했잖아."

"나는 그 이름이 좋아요."

"나는 싫어."

"멋진 이름인데 왜 그래요, 자기."

하지만 그건 외할아버지의 이름이었다. 그 이름을 들을 때마다 피로 물든 인도에 하얗게 그어진 윤곽선이 떠올랐다. 그런 이야기까지는 하고 싶지 않아서 나는 그저 고개만 내저었다.

"L. S. A. 멀리건. 가운데 이름으로 부르는 건 괜찮아요?"

"셰이머스? 아니면 앨로이시어스?"

"음, 별명은 없어요?"

"프로비던스 대학에 다닐 때 농구팀 동료들은 나를 '스튜'라고 불렀어."

"왜요?"

"꿀꿀이죽 '멀리건 스튜' 몰라?"

"그것참."

"괜찮아."

"당신이 내 엉덩이를 주물럭거릴 때, 당신을 성으로 부르는 건 좀 이상야릇해요."

"나는 멀리건이라는 이름에만 대답해."

"마돈나처럼요?"

"가수 '실'처럼."

"그래도 리엄이라고 부를래요."

"그러지 말았으면 좋겠는데."

"제에에에에에발."

베로니카가 음절을 질질 끌며 내 바지 위로 자신의 그곳을 비볐다. 하지만 원하는 걸 얻어내지는 못했다. 오히려 그 때문에 나는 베로니카의 부탁이 무엇인지도 잊었다. 나는 자세를 바꿔 베로니카를 내 아래에 눕히고, 목과 가슴 두덩 사이를 살짝 깨물며 블라우스 단추를 더듬었다.

"리엄?"

나는 모르는 체하며 손가락으로 두 번째 단추를 풀었다.

"멀리건?"

"응?"

"에이즈 검사부터 받아요."

8

에프라인과 그라시엘라 루에다 부부는 칠 년 전에 멕시코 남동부의 작은 마을 라세이바에서 프로비던스로 이주해 왔다. 그리고 에프라인은 일용직 노동자로, 그라시엘라는 홀리데이 인 호텔의 객실 청소원으로 일했다. 그로부터 이 년 후, 쌍둥이가 태어났다. 그라시엘라는 사내아이에겐 '자유인'을 뜻하는 카를로스라는 이름을, 딸아이에겐 '기쁨'을 뜻하는 레티시아라는 이름을 지어주고 싶어 했다. 하지만 에프라인은 아이들을 속속들이 미국인으로 키우고 싶다며 스콧과 멜리사라는 이름을 고집했다. 아이들은 부부의 삶이었다. 하지만 지금 그들에게는 아이들의 시신을 매장할 돈조차 부족했다.

이들 부부가 다니는 '예수의 지극히 거룩한 이름' 가톨릭교회에서 교구민들이 돈을 모아 작은 목관 두 개를 마련했다. 프로비던스 소방관 노조에서 묘비를 기증했다. 이렇듯 자비로움이 넘쳐흐르는 가운데 루고 장례식장에서는 영구차를 반값에 제공했다.

월요일 아침, 노스 공동묘지에서는 제법 큰 묘비들만이 얼어붙은 눈 위로 정수리를 내밀고 있었다. 꽁꽁 언 잔디밭을 파서 만든 구덩이 주위에 몇 안 되는 조문객이 모였고, 로지와 나도 그들 틈에 섰다. 스콧을 안고 사다리를 내려왔던 마이크 오스틴 대원이 스콧의 관을, 멜리사와 함께 내려왔던 브라이언 바지넷 대원이 멜리사의 관을 무덤으로 운구했다.

나는 신부가 전하는 위로와 찬양의 말을 듣고자 고개를 들었으나, 그 소리는 그라시엘라의 통곡과 고속도로를 내달리는 자동차의 백색소음에 묻혀버렸다. 서쪽으로 30미터쯤 떨어진 고속도로 위로 브리지스톤, 던롭, 굿이어 타이어 수백 개가 철벅대며 지나갔고, 동쪽 저편에서는 묘지 인부가 덜덜대는 굴착기 안에서 대기하고 있었다.

조문객들이 낡은 도요타와 쉐보레 자동차를 향해 터덜터덜 떠난 후, 로지와 나는 언 흙 몇 덩어리를 집어서 무덤 안으로 떨어뜨렸다. 흙은 공허한 울림과 함께 작은 관 위로 내려앉았다. 우리는 옆으로 비켜서서 묘지 인부가 일을 마무리하는 모습을 지켜보았다. 나는 착착 진행되는 마무리 작업을 바라보며 평온을 되찾으려 애썼지만, 마음속에서는 여전히 그라시엘라의 비통한 통곡과 아내를 달래려고 애쓰던 에프라인의 낮은 중얼거림이 메아리쳤다.

언론학 교수들은 자신의 기사에 감정적으로 휘둘리지 말라고, 객관성을 유지하기 위해 직업적 초연함을 기르라고 권고한

다. 하지만 다 헛소리다. 기자도 개의치 않는 온기 없는 기사를 독자인들 신경 쓰겠는가.

나는 혹시 신이 들으실까 해서 기도를 올렸다. 하지만 제설차가 소화전을 파묻을 때 그분은 어디에 계셨을까? 쌍둥이가 소리쳐 도움을 갈구할 때 그분은 어디에 계셨을까?

로지와 나는 뽀득뽀득 눈길을 디디며 브롱코로 향했다. 그리고 돌아서서 눈부시게 하얀 벌판에 도드라진 갈색 땅 조각을 바라보았다. 우리는 말이 없었다. 무슨 할 말이 있겠는가?

누군가는 이 일에 대해 대가를 치러야 한다. 하지만 폴레키와 로젤리는 진상을 밝혀낼 능력이 없었다.

이십 분 후, 편집실로 들어가니 책상 위에 두툼한 마닐라지 봉투가 놓여 있었다. 봉투 겉면에는 "나한테 빚졌어요. 글로리아."라고 적혀 있었다. 글로리아는 8×10인치 크기의 사진을 봉투에 채워놓았다.

컴퓨터에 접속할까도 생각했지만, 아직은 편집장의 최신 메시지를 대하고 싶지 않았다. 봉투를 책상에 대충 던져놓고 사진을 살폈다. 낯익은 얼굴이 제법 눈에 띄었다. 멀리건 집안의 아이들을 돌봐주던 독스 부인이 경찰 저지선 앞에서 목을 쭉 빼고 서 있었다. 틸링해스트네 아들 셋이 누군가를 해치고 싶다는 표정으로 화염을 쏘아보고 있었다. 요즘 녀석들은 맏형이 새로이 손을 댄 트럭 탈취 사업에서 일을 배우고 있었다. 은퇴한 소방관 잭 센토판티 아저씨가 교통정리를 하며 일손을 거들었다. 잭 아저씨는 소방관 시절을 너무도 그리워한 나머지 소방서 주변을 떠돌며 오후를 보냈다. 아저씨의 얼굴을 보니 옛날 일이 떠올랐다. 내가 어렸을 적이었다. 이스트 프로비던스 하천 너머의 새드 팩토리 연못에서 물고기가 활발하게 입질을 하는 시기가 오면, 잭 아저씨는 언제나 새벽 4시에 낚시 도구를 챙겨 들고 우리 집 현관에 나타났다. 판돈 낮은 포커와 맥주가 어우러지는 토요일 밤이면 외설적인 이야기와 멋진 유대감이 우리 집 거실을 가득 메웠다. 그리고 잭 아저씨는 매번 돈을 잃었다. 잭 아저씨는 아버지의 가장 친한 친구였다. 그리고 아버지의 장례식에서 마운트 호프의 우유 배달부였던 아버지를 2남 1녀를 훌륭하게 키워낸 영웅으로 묘사해주었다. 딸을 미혼모로 만들지도, 아들 둘을 감옥에 보내지도 않았다면서…….

나는 사진을 몇 번이고 되풀이해 살펴면서, 두 군데 이상의 화재 현장에 등장한 사람의 얼굴에 빨간 유성 색연필로 동그라미를 쳤다. 그리고 그 수가 열넷이라는 사실만은 확실히 알아냈다. 처음엔 너무 많아 놀랐지만, 곰곰이 생각해보니 더 많지 않은 것이 오히려 이상했다. 어쨌든 화재는 모두 같은 동네에서 일어났고, 마지막 화재를 제외하고는 전부 사람들 대부분이 집에 돌아와 있는 밤 시간에 발생했으니 말이다.

잭 아저씨가 일곱 곳에 등장함으로써 최다 기록을 세웠지만, 아마 현장에서 교통정리를 하거나 사람들에게 따뜻한 커피를 나눠주고 있었을 것이다. 거기에 내 일 년 치 봉급을 걸어도 좋다. 여섯 곳에 등장한 사람도 있었는데, 이십 대 후반의 아시아 남자로 검정 가죽 재킷을 입고 있었다. 남자는 사진 두 장에서는 손전등을 들고 있었고, 한 장에서는 눈을 들어 불타는 건물의 지붕을 바라보고 있었다. 얼굴엔 황홀한 표정이 가득했다.

나는 이 남자의 느낌을 정확히 이해할 수 있었다. 포터킷의 노후한 케이프런 방직 공장이 화재로 소실되었을 당시, 나는 풋내기 기자였다. 오래전 일이었지만, 가끔 눈을 감으면 그때의 장면이 생생하게 되살아나곤 한다. 시커먼 하늘로 수십 미터씩 솟구치던 주황 불덩이와 검은 음영으로 대비되던 소방관들. 그 모습이 소름 끼치게 아름다워서 짧지 않은 몇 분 동안 나는 내가 왜 그곳에 서 있는지조차 잊었다.

마운트 호프 화재 사건 중 두 건은 방화가 아니었다는 사실이 문득 떠올랐다. 사진을 획획 넘겨 그 화재의 사진들을 빼냈다. 한 건은 부주의한 흡연 때문에, 다른 한 건은 석유난로의 결함 때문에 발생했다. 두 건을 제외했는데도 여전히 열두 명의 얼굴을 조사해야 했다. 그중 세 명은 내가 아는 사람이었다. 하지만 '미스터 황홀'을 포함한 다른 사람들의 신원을 확인하려면 도움이 필요했다.

황홀이라는 단어가 베로니카를 연상시키자, 내 그곳이 약간 찌릿해졌다. 나는 전화기를 들고 주치의의 번호를 눌렀다. 긴급 상황이 아니라면 칠 주 후 화요일에나 진료 예약이 가능하다고 했다.

"긴급 상황입니다."

내가 말했다.

"어떤 긴급 상황인가요?"

접수원이 물었다.

"좀 민감한 사항이라서."

"저는 분별 있는 사람이에요."

"에이즈 검사를 받지 않으면 여자 친구가 나랑 섹스를 안 하겠답니다."

내 말이 끝나자, 접수원은 전화를 끊어버렸다.

나는 로드아일랜드 보건부의 성병 진료소로 전화를 걸어 오늘 채혈이 가능하다는 사실을 알아냈다. 하지만 검사실에 일이 밀려서 결과는 오 주 후에나 알 수 있다고 했다.

전화를 끊고서 컴퓨터에 접속했다. 예상했던 대로 편집장으로부터 메시지가 도착해 있었다.

염병할 개 기사는 어디에 있나?

나는 답변을 날렸다.

지금 쓰고 있습니다.

하지만 먼저 도박 중개인을 만나야 했다.

9

도미니크 제릴리 영감은 올해 일흔네 살로, 지난 사십이 년 동안 하루도 거르지 않고 아침 6시에 일어나서 하얀 와이셔츠에 파란 양복을 차려입고 실크 넥타이를 맨 다음, 네 블록을 걸어서 마운트 호프 도일 애버뉴 모퉁이에 위치한 자신의 자그마한 가게로 출근했다.

가게 안으로 들어서면, 제릴리 영감은 고등학교를 중퇴한 꼬질꼬질한 계산원 녀석에게 기분 좋게 아침 인사부터 건네고 네 계단 위에 설치된 작은 방으로 걸어 올라갔다. 가게의 식료품 진열대가 모두 내려다보이는 방에서 제릴리 영감은 양복 상의를 벗어 나무 옷걸이에 건 다음 방 안쪽에 설치된 봉에 매달았다. 바지를 벗어서도 똑같이 했다. 그리고 와이셔츠와 넥타이, 사각팬티 차림으로 하루 종일 그곳에 앉아서 필터 없는 럭키 스트라이크를 연거푸 피워대며 창문과 전화기 세 대로 스포츠 도박과 숫자 맞히기 도박을 접수했다. 전화는 도청에 대비해 매주 점검을 받았다. 제릴리 영감은 거래 내역을 불에 잘 타는 마술 종이에 적어서 의자 옆 회색 철제 통에 보관했다. 로드 아일랜드 복권 위원회가 적자 때문에 열 받아 있을 때면 경찰이 가게를 급습하곤 했는데, 그때마다 제릴리 영감은 입술에서 담배를 떼어 통에다 던져 넣었다.

획!

합법적으로 허가를 받아 쓸잘머리 없는 즉석 복권이나 시시한 로또를 유통하는 조직폭력배들은 제릴리 영감을 눈엣가시로 여겼다. 제릴리 영감은 도박꾼들에게 돈을 딸 수 있는 정당한 기회를 제공했다. 마피아는 언제나 주 당국보다 높은 배당률을 제시하는 법이다.

마운트 호프의 주민 대부분이 가끔씩 제릴리 영감의 가게에 들러서 도박에 돈을 걸기도 하고, 맥주나 가벼운 포르노 잡지, 불법 면세 담배를 보충해 가기도 했다. 사람들은 제릴리 영감을 그저 '획' 영감이라고 불렀지만, 소문에 따르면 제릴리 영감은 동네 사람의 이름을 전부 알고 있었다. 나는 일곱 살 때 처음으로 획 영감에게서 톱스 농구 카드를 샀고, 열여섯 살이 되어서야 삭스 팀과 패트리어츠 팀에 돈을 걸 수 있었다. 오늘은 제설 작업으로 도로 주차가 금지되어서, 나는 가게 바로 앞에 경주마를 세웠다.

"사진? 나더러 염병할 사진을 봐달라는 게야?"

제릴리 영감이 말했다.

"맞아요."

"아, 젠장. 나는 네놈이 디마지오 파에 대해 물어보러 왔나 했지."

우리는 한 사람만이 바지를 갖추어 입은 상태로 가게의 내실에 앉아 있었다. 서랍이 잔뜩 달린 책상 위로 사진이 펼쳐졌다. 우리의 일상적 관례는 이미 끝나 있었다. 제릴리 영감이 불법 쿠바 시가를 한 상자 들이밀며 이곳에서 본 것을 기사로 쓰지 않겠다고 어머니를 걸고 맹세하라고 요구한다. 나는 그러마 하고 대답한 다음 상자를 열고 시가를 피워 문다. 하지만 이곳에 기삿거리가 전혀 없다는 사실을 구태여 이야기하지는 않는다. 여기에서 일어나는 일에 대해 모르는 사람은 아무도 없다. 바지에 관한 부분을 제외하고는.

"디마지오 파가 뭔가요?"

내가 물었다.

"망할 놈의 담뱃재 좀 조심해서 털어."

제릴리 영감이 다그쳤다.

"야구 경기 따위에 돈을 거는 새로운 수법인가요?"

"아니! 도박에 새로운 수법 같은 건 없어. 다 옛말이지."

"그럼요?"

"지난주에 문득 이런 생각이 들더라고. 어떤 미친놈이 내 가게에 불을 지를 때까지 그냥 앉아서 기다려야 하나? 아니면 어떤 조치를 취해야 하나? 경찰이 나한테 순찰 횟수를 늘렸으니 걱정하지 말라고 하더구먼. 염병할! 대단들도 하시지. 그러고는 퍽이나 인심 쓰는 것처럼 순찰차가 동네를 몇 바퀴 더 돌더라고. 그래서 내가 지난주 목요일 밤에 사내놈들 스물넷을 모았어. 가게에 자주 오고 근처에 사는 놈들로. 이 얘기 못 들어봤어? 보아하니 못 들은 게 틀림없구먼. 여하튼 나는 네놈도 알고 있나 했지. 그놈들이 두 명씩 조를 짜서 네 시간씩 방범을 돌아. 한 번에 두 조씩. 그러니까 거리에 적어도 네 놈이 돌아다니는 거지. 그놈들 중에는 백수도 있어서 하루 종일 방범을 서는 것도 문제없어. 좋은 놈들이야. 다 아일랜드 놈이랑 이탈리아 놈들이고, 스페인 놈도 둘 있어."

"그게 디마지오 파예요?"

"그래. 음, 문제가 생길 때를 대비해서 놈들도 뭔가를 들고 다녀야 하지 않겠어? 그렇다고 망할 놈의 총을 들고 길거리를 돌아다닐 수는 없잖아. 그 멍청이들이 운동장에서 밀매한 우지 기관단총을 들고 여기서 어슬렁거렸다가는 내 밥줄들도 덩달아 혼비백산해서 도망가 버릴 테고, 그러면 나도 골치깨나 아플 거라고. 그래서 내가 놈들한테 루이빌 슬러거 야구 방망이를 아주 새것으로 스물네 개 나누어줬지. 카민 그라소 놈이 그 방망이를 놀리고 있지 않았다면, 나도 그거 사느라 수백 달러는 깨졌을 게야. 여하튼 그라소가 예전에 스포츠 용품을 한 트럭 훔쳐놓은 게 있었거든. 개당 2달러씩 해서 80자루를 샀지. 나머지는 올봄에 가게 앞에 진열해놓고 아이들한테 팔 생각이야. 봄이 올는지는 모르겠지만……. 망할 놈의 눈 때문에, 젠장!"

"야구 방망이를 들고 다녀서 이탈리아 최고의 야구 선수 이름을 갖다 붙인 거예요?"

"망할 놈의 알렉스 로드리게스! 스페인 놈 둘은 나를 열 받게 하려고 자기네들을 'A-로드' 파라고 불러. 뭐, 그래도 괜찮아. 자긍심을 갖는 건 좋은 거니까."

함께 사진을 훑어본 결과, 동네 사람을 모두 안다는 제릴리 영감의 명성은 다소 과장되었음이 밝혀졌다. 제릴리 영감은 아홉 중에 여섯의 이름을 댔다.

"그 사진, 내가 잠시 보관하지. 디마지오 녀석들한테 보여주면 이름을 더 알아낼 수 있을지도 몰라."

"그러세요."

"오늘 밤 9시에 여기서 디마지오 파 모임이 있어. 야간 방범조가 거리를 순찰하기 전에 말이야. 그때 물어보도록 함세."

"가능하면 저도 사진사랑 들를게요. 디마지오 파에 대한 기사도 좀 쓰고요."

"방망이 들고 있는 모습으로 찍어 가라고. 불 싸지르고 다니는 자식이 무서워서 오줌 좀 지리게. 그러면 다른 동네로 옮겨 갈지도 모르잖나."

신경을 안 썼더니 담뱃불이 꺼져 있었다. 내가 지포 라이터를 꺼내려고 주머니를 뒤적이자 제릴리 영감이 콜리브리 라이터를 건넸다. 손바닥에 착 감기는 삼중 불꽃 트라이펙터 모델이었다.

"넣어두라고."

"그럴 순 없어요, 휙 아저씨. 이게 얼마짜린지 아시잖아요?"

"그라소 놈이 가져갈 수 있는 만큼 가져가라면서 나한테 싸게 넘겼어. 물건의 출처에 대해 입을 다문다는 조건으로 말이야. 자네도 쿠바 시가를 챙겼으니, 그게 뭐에 대한 대가인지는 잘 알 테지."

"무슨 말인지 알았어요."

나는 라이터를 셔츠 주머니에 쑤셔 넣고 떠나려고 일어섰다.

"어이, 잠깐만. 아까 네놈이 이탈리아 최고의 야구 선수라고 했나? 그렇게 말한 거 맞지? 염병할! 디마지오는 세계 최고의 야구 선수라고, 이 빌어먹을 아일랜드 놈아!"

사무실로 돌아와서 컴퓨터에 접속한 후 메시지를 확인했다. 로맥스 편집장에게서 메시지가 도착해 있었다.

오늘 밤에 취재하러 오지 않으면, 개 주인이 10번 방송에 전화를 걸겠다고 하네. 그런 일이 일어난다면, 각오하게.

10

개 주인은 랠프와 글래디스 플레밍 부부였다. 이들 부부는 콘크리트 바닥에 어설프게 얽어놓은 단층집에 살았는데, 이런 종류의 주택은 저소득층에게도 주택 시장에 진입할 기회를 제공하자는 취지로 70년대에 대거 지어졌다.

실버 레이크로 가는 내내 경찰 무전기가 기러기처럼 끼루룩댔다. 엘름우드 애버뉴의 컴벌랜드 팜스 편의점에서 강도 사건 발생. 가노 스트리트에서 쓰레기 소각 중. 초크스톤 애버뉴에서 부부 싸움 신고. 현장 출동과 용의자 체포에 관한 잡담 약간. 하지만 마운트 호프에서 접수된 화재 경보는 없었다.

밤새 눈이 40센티미터쯤 내렸으나, 프로비던스 고속도로 관리공단은 늘 하던 습관대로 제설 작업을 멋지게 끝내놓았다. 플레밍 부부가 사는 거리는 완전히 얼음판이었다. 이들 부부는 내가 눈 쌓인 인도에서 씨름하는 모습을 지켜보고 있던 게 분명했다. 노크를 하려고 손을 올리자마자 문이 휙 열렸다. 내가 소개를 하려는 찰나, 커다랗고 북슬북슬한 무언가가 플레밍 부부 사이를 비집고 나와 내 사타구니에 쿵 하고 부딪쳤다. 나는 현관 밖으로 나자빠져 눈 속에 불시착했다.

"새시, 안 돼!"

글래디스 씨가 새되게 소리쳤지만, 조금 늦은 감이 있었다.

여주인의 목소리를 무시한 채, 새시는 나를 눈 위에 눕혀놓고 깔깔한 혀로 내 얼굴에 사포질을 해댔다. 우리 중 하나는 매우 행복한 모양이었다.

랠프 씨가 나를 일으켜 세웠고, 글래디스 씨가 괜찮으냐고 여섯 번이나 되물었다. 손 네 개가 내 옷에서 눈을 털어댔고, 사과의 말과 "나쁜 녀석"이란 말이 수십 차례 반복되었다. 그런 다음에야 우리는 꽃무늬 의자에 아늑하게 자리 잡았다. 나는 흔들의자에 앉았고, 단풍나무 곁탁자에 김이 나는 커피가 한 잔 놓였다. 랠프와 글래디스 부부는 소파에 앉았다. 새시는 내 발치에서 육포를 야금거렸다. 이 암캐는 마치 셰퍼드와 험비 장갑차를 교배해놓은 듯했다.

우리는 빠르게 몇 가지 사실을 확인했다. 랠프와 글래디스 부부는 쉰여섯 살 동갑으로 장성한 딸이 둘 있으며, 공구 제조 공장에서 야간 직공으로 일하기 위해 구 개월 전에 오리건 주에서 이곳으로 이사를 왔다. 이들 부부는 오리건을 무척 좋아했다. 하지만 점박이 올빼미 한 쌍의 서식지 확보를 위해 시에라 클럽과 환경보호국이 협력하여 국유림 내 벌목 금지 법안을 통과시켰을 때, 윌라밋 국유림 근처 제재소에서 일하던 랠프는 직장을 잃었고 이사는 불가피해졌다.

"재밌는 일은, 내가 은행에 계좌를 개설하러 갔는데 은행 직원이 나를 신기하다는 듯이 쳐다보면서 대체 왜 로드아일랜드로 이사를 왔느냐고 물어봤다는 겁니다. 로드아일랜드 운전면허를 발급받으러 등기소에 갔을 때도 똑같은 일이 벌어졌죠."

랠프 씨가 말했다.

"그리고 케이블 설치 기사도 그랬잖아요. 그 사람을 빼먹지 말라고요."

글래디스 씨가 덧붙였다.

내가 까닭을 설명이라도 해야 한다는 듯 부부가 나를 바라보았다. 가장 작은 주에 산다는 열등감은 다른 주에 대한 적대감 못지않게 강하다. 이곳에서 충분히 오래 지내다 보면 이들 부부도 그 사실을 깨우치게 될 것이다.

잠시 후, 랠프 씨가 입을 열었다.

"어쨌든, 새시를 오리건에 남겨두고 싶지 않았지만 별다른 선택의 여지가 없었습니다. 이곳 어디에서 머물게 될지도 알 수 없었고……."

"결국, 새시를 데려왔어도 괜찮았을 뻔했잖아요."

글래디스 씨가 약간 발끈하며 말했다.

랠프 씨가 계속했다.

"우리는 새시를 떼어놓고 와야 했습니다. 이웃이었던 스틴슨 부부, 그러니까 존하고 에드나가 친절하게도 새시를 받아주기로 했답니다."

"이곳에 도착한 다음에 우리는 새시의 안부를 묻기 위해 전화를 걸 수도 없었어요. 스틴슨네는 전화가 없거든요."

글래디스 씨가 말했다.

"지지난 주말에, 그러니까 그게 일요일이었지, 글래디?"

"토요일이오."

"음, 그러면 토요일에 우리는 평소처럼 8시쯤 일어났습니다. 내가 신문을 읽는 동안 글래디가 아침을 준비했죠. 달걀이었지, 글래디?"

"내가 당신을 위해 아침마다 달걀을 내놓잖아요."

"그런데 갑자기 문 긁는 소리가 들렸어요. 우리 둘 다 들었지, 글래디?"

"내가 먼저 들었어요, 랠프. 내가 먼저 듣고서 당신한테 '문 긁는 소리 들려요, 랠프?' 그랬더니, 당신이 '무슨 소리?' 그랬잖아요. 그러고 나서야 당신도 들었죠."

"그래서 신문을 내려놓고 탁자에서 일어나 문으로 걸어갔죠. 맞지, 글래디?"

랠프 씨는 아내에게 자신의 예전 행동을 확인하지 않고서 무언가를 한 적이 있을까?

"문을 열자, 새시가 뛰어 들어와 부엌 바닥을 누비고 다녔어요. 그리고 나한테 펄쩍 뛰어올라서 까딱하면 뒤로 넘어갈 뻔했죠. 내 얼굴에 온통 침칠을 해대더니 돌아서서 글래디한테로 달려들었습니다."

랠프 씨가 말했다.

"반가운 마음에 새시가 하는 대로 내버려두었어요. 꿈은 아닌지 내 자신을 꼬집어봐야 했다니까요."

글래디스 씨가 얼굴을 붉혔다.

"새시가 이곳까지 어떻게 왔을까요?"

내가 물었다.

"필시 걸어왔을 겁니다."

랠프 씨가 단정했다.

"음, 가끔 뛰기도 했겠죠."

글래디스 씨가 덧붙였다.

'아니면, 장거리 화물 운송업자의 트럭을 얻어 타고 왔거나 아메리칸 항공 일등석을 타고 날아왔거나.'

이런 생각이 들었지만, 나는 그냥 입을 다물기로 했다.

랠프 씨가 계속해서 말했다.

"얼굴을 다 핥고 나자 어느 정도 진정이 된 듯했습니다. 그래서 물하고 남은 음식을 가져다줬죠. 그랬더니 마치 내일은 없다는 듯이 먹어 치우더군요."

"가엾은 것, 죽을 만큼 배가 고팠을 거예요. 그래서 랠프더러 말했죠. '당장 가게에 가서 새시한테 먹일 것 좀 사와요.'"

글래디스 씨가 말했다.

"알포 통조림을 사다가 깡통을 따주기가 무섭게 새시가 세 개를 먹어 치웠어요. 그렇지, 글래디?"

"내가 이 양반한테 그랬죠. '세 개면 충분해요. 탈이 날지도 모르니까 그만 먹여요.'"

"내버려뒀으면 더 먹었을 거라고."

"새시가 탈이 나면 좋겠어요?"

"점심 드시고 가시죠, 멀리건 씨."

랠프 씨가 말했다.

"감사합니다만, 돌아가 봐야 해서요."

"폐 될 거 없어요. 올리브 샌드위치를 만들어뒀거든요."

글래디스 씨가 말했다.

"아닙니다. 감사합니다."

"그리고 다음 날, 우리는 이게 얼마나 놀라운 일인지 이야기를 나눴습니다. 새시가 영화에 나오는 개들처럼 국토를 가로질러 우리를 찾아오다니……. 글래디가 방송사에 전화를 걸자고 했지만, 조금 더 생각을 해봐야 할 것 같았죠."

랠프 씨가 이야기로 되돌아갔다.

"〈놀라운 동물의 세계〉에선 돈푼깨나 쥐어줬을 거라고요."

글래디스 씨가 약간 기대하는 듯이 말했다.

"그랬을지도 모르지. 하지만 신문에 실려야만 사람들이 우리의 이야기를 믿어줄 것 같았어요."

랠프 씨가 말했다.

"10번 방송은요?"

내가 끼어들었다.

"뭐라고요?"

랠프 씨가 되물었다.

"10번 방송에 전화를 걸려고 하지 않으셨나요?"

"음, 그랬죠. 거기가 〈놀라운 동물의 세계〉를 방송하는 곳이지, 글래디?"

"아니에요, 랠프. 그건 케이블 채널에서 방송한다고요."

나오는 길에 나는 새시로부터 멀찌감치 거리를 두었다. 랠프와 글래디스 그리고 그들의 놀라운 동물에 대해 기사를 쓰고 싶어 안달이 난 것은 아니었기에, 신문사로 돌아가는 길에 보건소에 들르기로 마음먹었다. 보건소가 정확히 돌아가는 길목에 있는 것은 아니었지만.

11

나는 진료 마감 사십 분 전에 보건소에 도착해서, 대기실의 다른 사람들은 무슨 이유로 그곳에 있을지 추측하며 삼십 분을 보냈다.

손톱을 물어뜯는 여드름쟁이 빨간 머리를 볼까? 저 여자는 망나니 남자 친구와 콘돔 없이 섹스를 한 후에 또다시 임신을 하지는 않았을까 걱정이 되었을 것이다. 저기 납작코 대머리 사내는? 클럽 다크 레이디의 가라오케 파티에서 자신에게 추파를 던지던 시 의회 의장이 땅콩 안주를 밀어주며 에이즈까지 옮기지는 않았을지 확인하고 싶은 모양이었다. 헝클어진 머리에 더스틴 페드로이아 티셔츠를 입고 겸연쩍은 표정으로 앉아 있는 거울 속 중년 남자는? 저 남자는 바늘을 싫어하지만, 만화 속 생쥐처럼 낄낄대는 여자가 원하기만 한다면 마취 없이 수술이라도 받을 것이다.

접수원이 내 이름을 부르고 있었다.

채혈 담당의가 주삿바늘로 나를 세 번이나 찌른 후에 정맥을 찾아냈다. 접수원이 검사실에 일이 밀려 있다는 사실을 재차 확인해주었다.

"결과가 나오려면 칠 주는 걸리겠네요."

접수원이 말했다.

"오늘 아침에 전화했을 땐 오 주라고 하던데."

"칠 주예요. 여기 혈액 검사 요청이 쌓여 있는 것 좀 보세요. 대부분이 에이즈 바이러스 검사라고요. 어쨌든 별다른 방법이 없어요. 서두르는 이유라도 있나요?"

결코 훔쳐낼 수 없는 무언가가 꼭 필요하다면, 로드아일랜드 사람은 두 가지 방법으로 그것을 얻어낸다. 배관공 자격증이 필요한데 시험에 합격하지 못했다? 주차 위반 딱지 50장을 뒷구멍으로 처리하고 싶다? 혹은 에이즈 검사 결과를 빨리 받아보고 싶다? 이렇게 작은 주에 살고 있으니 당신은 도움이 될 만한 누군가를 알고 있을 가능성이 크다. 당신 삼촌이 배관 위원회 임원일 수도 있다. 당신이 경찰 경감과 동창일 수도 있다. 보건소 접수원이 당신 사촌의 아내일 수도 있다. 아니라고? 그렇다면 약간의 뇌물을 제공하는 방법이 있다.

로드아일랜드의 주요 서비스업이기도 한 뇌물에 대해 다른 주에 사는 사람들은 크게 오해를 하고 있다. 점심시간 동안 한 가로이 가로지를 수 있을 정도로 좁은 로드아일랜드에서는 누구나 뇌물에는 콜레스테롤처럼 좋은 종류와 나쁜 종류가 있다는 사실을 알고 있다. 나쁜 뇌물은 납세자의 비용으로 정치인과 그들의 탐욕스러운 친구들을 살찌운다. 하지만 좋은 뇌물은 저임금 정부 직원들의 임금을 보충해주고, 그들 자녀의 치아 교정비와 대학 자금을 마련해준다. 좋은 뇌물은 지방이 없으며 자연 분해된다. 또한 불필요한 절차를 줄여준다. 뇌물이라는 윤활제와 개인적인 연줄이 없다면, 로드아일랜드에서 처리할 수 있는 일은 극히 드물며 어떤 일도 제때에 이루어지지 않는다.

첫 식민지 총독이 해적 캡틴 키드와 모종의 호의를 주고받은 이래로 뇌물은 로드아일랜드의 전통이 되었다. 나를 구식이라 불러도 좋다.

나는 지갑에서 20달러를 꺼내 접수대로 들이밀었다.

"사 주면 되겠네요. 좋은 하루 보내세요."

접수원이 말했다.

내가 사무실로 돌아갔을 때 로맥스 편집장은 퇴근하고 없었다. 대신 사회부 야간 편집장 주디 아브루치가 그 자리에 앉아 있었다.

"개 기사에 실릴 사진이 예술이야. 촌뜨기 둘이 죽어라 웃고 있고 커다란 못난이 개가 둘한테 온통 침칠을 해대고 있잖아. 기사를 아무리 망쳐놓아도 이거 1면에 실리겠는걸."

아브루치가 말했다.

"기사를 아직 못 끝냈어."

내가 말했다.

"아직 한 시간 남았잖아."

아브루치가 말했다.

"전화부터 한 통 걸고."

오리건 프라인빌의 여성 경찰서장은 여타의 공무원들과는 달랐다. 정중하고 도움이 되는 사람이었으며, 뇌물을 요구하지도 않았다.

"네, 존과 에드나 스틴슨 부부는 저희 관할 구역에 거주합니다. 시내에서 65킬로쯤 떨어진 더슈츠 강가 오두막집에 살죠."

서장이 말했다.

"오늘 밤에 그 사람들과 연락할 수 있는 방법이 없을까요?"

"긴급 상황인가요?"

"아니요. 그런 건 아닙니다."

"음, 그렇다면 방법이 없습니다. 스틴슨 부부는 전화가 없거든요. 게다가 오늘은 저희도 인력이 한 명 부족해서 그곳까지 다녀올 수가 없습니다."

"스틴슨 부부에게 메시지를 남길 수 있을까요?"

"스틴슨 부부는 한 달에 두 번 시내로 나와서 식료품을 사고 우편물을 챙겨 갑니다. 그러니 부부의 사서함에 메모를 붙여둘 수는 있습니다. 물론, 이건 연방법 위반입니다. 아시다시피 사서함에는 우편물만 보관하도록 되어 있으니까요. 하지만 우체국장에게 경찰 업무와 관련된 일이라고 말해두겠습니다."

나는 감사의 인사를 전하고 집, 직장 그리고 휴대전화 번호를 알려주었다. 그리고 스틴슨 부부에게 수신자 부담으로 전화해달라는 메시지를 남겼다.

"존과 에드나 부부를 잘 아십니까?"

내가 물었다.

"아주 잘 압니다만."

서장이 말했다.

"그 부부가 개를 키운다는 사실도 혹시 아십니까?"

"크고 북슬북슬한 녀석을 잠시 길렀지요. 그런데 그 개한테 무슨 일이 생겼다고 하던데……. 뭐였더라? 전염병에 걸렸던 가? 아니, 그건 해리슨 씨네 스패니얼이고……. 아, 그 녀석 도망갔다고 들었어요."

나는 전화를 끊고 컴퓨터 앞에 앉아서 랠프, 글래디스, 새시에 관한 기사의 첫 문장을 짧게 두드려댔다.

12

나는 사진사가 자리를 뜰 때가 되어서 모임에 도착했다. 사
내들 스물네 명이 빨간 야구 모자를 맞춰 쓰고 식료품 진열대
부근에서 어정거렸다. 그중 몇은 고등학교 시절에, 몇은 경찰
사건 기록부에서 본 적이 있었고, 두 명은 둘 다였다.

"내가 낼 테니까 감자 칩하고 음료수 하나씩 들고 가. 어이,
비니! 한 봉지라고 한 봉지. 네놈이 내 물건을 다 먹어 치우게
두느니 내 손으로 여기에 불을 싸지르고 말지."

내가 들어섰을 때 제릴리 영감이 목청을 높이고 있었다.

모자에는 야구 방망이 두 개가 엇갈린 문양과 '디마지오 파'
라는 검정 글자가 수놓아 있었다.

"모자 한번 죽여주지, 어? 특별 주문한 거야. 자네 사진사 말
이야, 가슴이 끝내주던데. 여하튼, 그 여자도 모자에 반했는지
줄기차게 모자 이야기만 하더라니까. 진짜야. 그러더니 저놈들
한테 야구 방망이를 들고 가게 앞에 죽 서라고 하더군. 야구팀

사진처럼 앞줄에 있던 놈들은 한쪽 무릎까지 꿇었다니까, 제길."

제릴리 영감이 나에게 말했다.

"왜 이 일을 합니까?"

디마지오 파가 해산하려고 할 때, 내가 몇몇에게 물었다.

"이 지역에 뭔가 보탬이 되려고요."

토니 아카로가 몇 마디 중얼댔다. 이자는 고속도로 관리공단에 위장 취업을 해서 출근은 하지 않고 월급만 가로챘다.

"사랑하는 사람들을 보호하려고요."

에디 잭슨이 말했다. 이자는 정기적으로 아내의 치아를 망가뜨려서 경찰 사건 기록부에 얼굴을 디밀곤 했다.

"범죄에 반대하니까요."

마틴 틸링해스트가 말했다. 이자의 팔뚝엔 감옥에서 새긴 조잡한 문신이 자리하고 있었다.

나는 그들의 헛소리를 수첩에 휘갈겨 적었다.

"한 놈 빼고 이름을 전부 알아냈네."

둘만 남게 되자 제릴리 영감이 입을 열었다.

치아 700개가 감자 칩을 씹어대던 소리가 사라지고 나니 가게는 소름 끼치게 고요했다.

"저 째진 눈에 대해서는 아무도 모르더구먼. 한 녀석이 그러는데, 근처에서 저놈을 본 거 같긴 한데 확실하진 않대."

제릴리 영감이 미스터 황홀의 사진을 가리키며 말했다.

제릴리 영감은 사진을 뒤집어서 휘갈겨 쓴 이름과 주소를 보여주었다. 프로비던스 방식으로 써놓은 주소엔 번지수 대신 주요 지형지물이 적혀 있었다.

"아이비와 캠프 사이의 라치 스트리트, 페인트가 벗겨진 노란 집, 마당에 파란 닷지 램."

볼일이 모두 끝났을 때는 고작 9시 45분이었다. 나는 브롱코를 타고 네 블록을 운전해서 라치 스트리트로 향했다.

"디루카 부인?"

"네? 누구요?"

"저는 신문기자 멀리건이라고 합니다."

"우리는 따로 보고 있는 신문이 있수다."

목소리가 귀에 익었지만 확실하게 기억이 나지는 않았다. 어딘가 다른 곳에서 들었던 목소리 같았다.

"아니요, 아닙니다. 저는 신문기잡니다."

"뭐요? 무슨 일이오?"

"조지프 씨 집에 있습니까?"

"걔도 나랑 같은 신문을 읽으니 따로 신문을 볼 필요가 없소."

나는 바스러져 가는 콘크리트 층층대에 서서 잠금장치가 세 개나 달린 견고한 문을 바라보고 있었다.

"디루카 부인. 저 좀 안으로 들여보내 주시죠."

"당신 미쳤어? 당신이 그 거시긴지 강간범인지 내가 어떻게 알아, 어? 내가 대체 그걸 어떻게 아느냐고? 문 열라고? 됐다 그래."

"엄마, 누구랑 얘기하세요?"

"아니다, 조지프. 가서 자거라."

묵직한 발걸음 소리가 들렸다.

"잘했수. 당신이 조지프를 깨웠구려. 이제 만족하슈?"

잠금장치가 딸각 풀리며 문이 열렸고, 둥글게 부풀린 머리에 빳빳한 파란 실내복을 입은 자그마한 노파가 모습을 드러냈다.

이제 기억이 떠올랐다. 한 달여 동안 카멜라 디루카 부인은 찰리네 식당에서 여급으로 일했다. 손님들에게 땍땍거리고 카운터와 탁자 사이를 꾸무럭대고 다니는 통에 사람 좋은 찰리마저 마침내 인내심이 바닥났다. 찰리가 디루카 부인을 해고한 후로 누구도 그 자리를 대신하지 않았다.

디루카 부인은 퉁퉁 부은 발을 토끼 실내화에 쑤셔 넣고 문간에 서 있었다. 도커스가 지금 이 모습을 본다면, 내가 디루카 부인과 자고 다닌다고 몰아세웠을 것이다.

디루카 부인 뒤로 건장한 사내가 모습을 드러냈다. 190센티미터의 키에 사십 대로 보이는 그 남자는 나와 썩 비슷했다. 누런 사각팬티의 고무줄을 압박하는, 복부에 붙은 25킬로의 살덩이를 제외하면. 그런 내 모습은 생각조차 하기 싫었다. 텁수룩한 가슴털이 나름 쓸모가 있는지 남자는 윗옷을 입고 있지 않았다.

"왜 우리 엄마를 괴롭히쇼?"

'이 남자 조심하라고, 멀리건.'

저런 덩치를 가진 사람이라면 깡패일 수도 있었다.

"저는 화재 사건을 취재하는 기잡니다."

"그게 우리 엄마랑 무슨 상관이오?"

"사실, 저는 그쪽과 이야기를 나누고 싶습니다."

"당신이 화재 기사를 썼던 사람이오?"

"으음, 맞습니다."

"그렇게 기사를 써서 신문에 내보내는 게 놈을 자극한다는 사실을 모르쇼? 놈은 신문에 그런 기사가 나길 원한다고. 모르긴 몰라도 직접 기사를 오려서 스크랩북을 만들고 있을걸? 씨부럴! 죄송해요, 엄마."

"그게 누굽니까?"

내가 말했다.

"누구 말이오?"

"직접 스크랩북을 만들고 있는 사람이오."

"그걸 내가 어찌 알아? 뭐야, 당신 머저리야?"

"화재를 직접 본 적 있습니까?"

"그런 건 왜 물어보쇼?"

"그냥 화재를 목격한 사람들과 이야기를 나누는 겁니다. 목격한 것에 대해 질문도 하고."

"세 번 봤소이다. 아니, 네 번이군. 마지막은 소방관이 통구이가 되었을 때였소. 다른 소방관들이 시체를 집밖으로 질질 끌고 나오더구먼. 냄새 한번 고약한데. 진짜로 근사했지."

결혼 피로연에서 보았던 토니의 모습이 불현듯 떠올랐다. 토니는 모두가 원하던 여자를 한 팔에 안고 있었다. 나는 내 움켜

쥔 주먹이 제자리를 지킬 수 있도록 조지프 디루카로부터 시선
을 돌렸다. 아마 이 자식은 개새끼라는 철자를 몰라서 개새끼
가 될 수밖에 없었던 모양이다.

"어떻게 그곳에 있게 되었습니까?"

내가 물었다.

"시트콤 〈브래디 번치〉를 보고 있었소. 백수가 된 다음부터
매주 금요일 오후엔 그걸 봅니다. TV에서 마샤가 새 교정기에
대해 불평하고 있는데 사이렌이 울리기 시작합디다. 마샤가 교
정기 때문에 지가 못생겨 보인다고 생각하기에 내가 한마디 해
줬지. '그래, 맞다. 이 짜증나는 년아.' 시트콤이 끝난 다음 거
기로 슬슬 걸어가서 뭔 일이 벌어지는지 구경했소."

"그렇군요. 디루카 부인, 두 분이서 〈브래디 번치〉를 보고 있
던 게 맞습니까?"

"엄마는 더즈 앤 서즈 빨래방에 있었소. 우리 엄마가 어디에
있든 당신이 뭔 상관이쇼?"

"그러니까 그쪽은 집에 혼자 있었던 거군요?"

"뭔 말이 하고 싶은 거야? 씨팔! 죄송해요, 엄마. 당신, 지금
날 추궁하는 거야? 내 300밀리 신발로 당신 엉덩이를 걷어차
기 전에 여기서 꺼져."

마크 트웨인은 이렇게 말했다.

"인간은 달과 같아서, 누구에게도 내보이지 않는 어두운 면
이 있다."

나는 조지프 디루카의 어두운 면이 무엇일지 궁금했다. 삼십

분만 시간이 주어졌다면 주변을 어슬렁대며 직접 알아낼 수 있었을 것이다.

차 계기판의 시계를 보니 제릴리 영감이 알려준 사람을 한 명 더 만나보기에 시간이 괜찮을 듯했다. 하지만 그게 무슨 소용이란 말인가, 제길! 대체 내가 무슨 생각을 했던 거지? 사진 속 남자 하나가 방화범일 거라는 생각? 내가 나타나자마자 방화범이 내 수첩에 대고 범행을 줄줄 실토할 거라는 생각?

일을 너무 쉽게 생각한 자신에게 저주를 퍼부으며 바큇자국 팬 길을 달려 집으로 향했다. 문을 열고 흐트러진 침대를 한참이나 바라보았다. 마룩스 제산제를 꿀꺽 삼키고서 주삿바늘 자국에서 반창고와 솜을 떼어냈다. 그리고 베로니카의 체취가 남아 있는 담요로 기어들었다.

13

나는 찰리네 식당에서 우유를 잔뜩 넣은 커피와 달걀 반숙 그리고 지역 신문으로 아침을 때웠다. 늙은 조폭 두목 브루콜라가 울혈성 심부전으로 미리엄 병원에 입원했다. 매크라켄의 사무실 벽을 확실하게 예약해놓은 프로비던스 대학 농구팀 간판 포워드가 스패너로 영어 강사의 팔을 부러뜨리는 바람에 20시간 사회봉사 명령을 받았다. 우리 신문사의 스포츠 칼럼니스트는 그 선수가 다행히 빅 이스트 토너먼트에는 결장하지 않을 거라고 떠들어댔다. 그리고 시장이 또 한 번 정적의 허를 찔렀다.

가을 선거에서 시장과 맞붙게 될 호적수가 지난주에 앤젤리나 V. 리코에서 앤젤리나 V. 아리코(aRico)로 개명했다. 알파벳 순으로 기호 1번을 배정받기 위한 술수였다. 하지만 어제 로코 D. 카로차 시장이 로코 D. 아아아아카로차(aaaaCarozza)로 이름을 바꿨다. 이 기사는 1면을 장식하기에 충분했다. 신문 1면에도 다른 어디에도 새시의 기사는 없었다.

의자 두 개 건너에서 시의원 하나가 노트북으로 뉴스를 확인하고 있었다. 우리 신문사는 지독하게 인색해서 나에게 노트북 하나 사주지 않았지만 나는 별로 개의치 않았다. 종이 신문을 손에 들고 읽는 편이 더 좋았다.

"이봐, 찰리."

"어?"

"어젯밤에 우연히 카멜라 디루카 부인을 만났어. 여전히 매력적이더군."

찰리는 석쇠에서 몸을 돌려 두 손을 카운터에 올리고 내 쪽으로 몸을 숙였다.

"돈이 필요하다기에 일을 시키긴 했지만, 그 노인네는 여기서 일하기엔 역부족이었어."

나는 벙글거리며 카운터 저편을 건너다보았다. 나를 제외한 유일한 손님이 찰리가 팬케이크를 구워주길 기다리고 있었다. 찰리가 내 시선을 좇았다.

"알려줘서 더럽게 고맙네, 멀리건."

편집실 컴퓨터에 접속하니 로맥스 편집장으로부터 메시지가 도착해 있었다.

자네의 개 기사는 끔찍했네. 아브루치가 하드캐슬한테 그 기사를 손보라고 넘겼어. 올해 월급 인상은 기대하지 말게.

하드캐슬은 아칸소 출신으로 일주일에 두 번 메트로 신문에 칼럼을 쓰고 가끔 특집 기사를 연재했다. 그는 깡마른 몸을 웅크리고 앉아서 크고 벌건 손으로 자판을 두드려대고 있었다.

내가 느릿느릿 다가가서 말했다.

"뭐야?"

"멀리건, 자네가 원래 글을 못 쓴다는 건 알았지만 새시 기사는 개똥같았어."

하드캐슬은 어감을 부드럽게 한답시고 음절을 늘려 개또옹이라고 발음했다. 그리고 계속 말을 이었다.

"이건 선량한 이웃과 놀라운 동물에 관한 푸근한 모험담이라고. 그런데 자네는 마치 자네 지갑을 슬쩍하는 주지사라도 목격한 듯이 기사를 써놨어. '플레밍 씨가 주장했다.' '걸어온 것으로 추정되었다.' '확인된 바 없었다.' 대체 무슨 생각으로 이랬나? 이런 이야기는 자네 거시기를 쓰다듬듯 잘 만져서 재미있게 써야 한다고."

"어쨌든, 확인된 바는 없었어."

내가 말했다.

"스틴슨 부부가 그 마을에 살고 있고, 개를 한 마리 길렀고, 그 개가 도망갔다고 시골 보안관이 말해줬다며. 그게 확인이 아니고 뭐야? 대체 뭘 기대했는데? 개 발자국? 멍멍이 DNA?"

"그 기사는 자네 좋을 대로 해, 하드캐슬. 다만 필자에 내 이름이 올라가지 않게만 해줘."

"그런 걱정 하느라 잠까지 설치지는 말라고, 멀리건. 방금 자네는 기회를 날려버렸어. 1면 기삿거리를 많이 꿍쳐둬서 몇 개쯤은 그냥 버려도 괜찮은 모양이지?"

똑똑히 알아들었다. 내 기사는 개똥이고, 거시기 쓰다듬듯 기사를 잘 만져주지 않아서 나는 기회를 날려버렸다. '하드캐슬 아카데미'에선 학비가 공짜인데 굳이 언론 대학을 다닐 필요가 뭐가 있겠는가?

내 자리로 돌아오니 또다시 로맥스 편집장의 날벼락 같은 메시지가 도착해 있었다.

보도자료.

내가 메시지를 확인하는 동안, 신문사 사환 아이가 생맥주 통 크기의 상자를 내 책상 옆에 내려놓았다. 하얀 상자 옆에는 '미 우체국'이라는 파란 글자가 찍혀 있었다. 상자 안에는 각종 언론 홍보 담당자와 선거 입후보자들이 신문에 쓰잘머리 없는 기사 한번 실어보려고 그날그날 보내오는 자료가 들어 있었다. 보통은 인턴사원이 보도자료를 분류하지만, 오늘 나는 벌을 받는 것이다.

맨 위의 자료를 하나 집어 들었다. 마르코 델 토로가 자신이 시의원으로 재당선된다면 도심의 화장실 부족 문제에 대해 조치를 취하겠노라고 단언했다. 하지만 자신이 진짜로 어떤 일을 벌일 계획인지는 언급조차 하지 않았다.

상자의 내용물을 커다란 초록 휴지통에 쏟아버리고 있는데 전화벨이 울렸다. 나는 수신자 부담 전화를 받았고, 질문을 하나 했으며, 몇 분 동안 이야기를 경청한 후에 전화를 끊었다. 그리고 편집실을 둘러보았다. 하드캐슬이 편집자 책상에서 잡담을 나누고 있었다. 하드캐슬이 허벅지를 치며 꽥꽥대자 내근 기자 몇 명이 함께 웃었다.

"하드캐슬, 자네가 알아야 할 것이 있어."

내가 그쪽으로 걸어가며 소리쳤다.

"이야, 우리의 주인공이 납시는구먼. 퓰리처상감인 자네의 새시 기사를 상세하게 이야기해주고 있었지. 그럼 자네 입으로 직접 말하는 게 어때?"

하드캐슬이 말했다.

나는 걸음을 돌려 내 책상으로 돌아왔고, 로맥스 편집장에게서 온 또 다른 메시지를 발견했다.

그런데 오늘 웬일로 양복에 넥타인가? 누가 죽기라도 했나?

그날 오후, 로지와 나는 교회 신도석에 나란히 앉았다. 로지가 내 어깨에 기대어 눈물을 흘렸다.

토니 디프리스코의 장례식은 여섯 개 주의 소방관들이 참석한 가운데 캠프 스트리트에 위치한 '예수의 지극히 거룩한 이름' 가톨릭교회에서 치러졌다. 토니가 불에 타 사망한 지하실에서 겨우 두 블록 떨어진 곳이었다.

몇 줄 앞쪽에는 토니의 아내 제시카가 꾸부정하니 앉아 있었고, 딸 미카일라가 엄마의 무릎 위에 웅크린 채 잠들어 있었다. 그 곁에 얼떨떨한 표정의 사내아이가 돌처럼 꼼짝도 않고 앉아 있었다. 토니의 아들 제이크였다.

이십 오 년쯤 전에 토니의 견진성사를 주재했던, 작고 주름진 폴 마우로 신부가 닫힌 관 앞에 서서 영웅적 행위와 고결함, 희생, 구원에 대해 강론했다. 나는 조금 웃음이 났다. 내가 아는 토니는 내 답안지를 베껴서 수학과 영어 시험을 통과하던 농땡이꾼이었고, 다른 학교의 마스코트를 훔쳐 와서 우리 학교 운동부의 기량에 이바지하던 녀석이었다. 어쨌든 토니는 졸업 무도회의 여왕을 낚아챘으며, 두 번이나 물먹고 나서 간신히 소방학교를 졸업했다. 그리고 이십 년 가까이 소방관으로 일하면서 훈장 하나 받지 못했다. 토니가 듣는다면 마우로 신부가 누구 이야기를 하고 있는지 의아했을 것이다.

손 하나가 내 손을 꽉 움켜쥐었고, 난 순간적으로 움찔했다.

'로지, 이제 우리 이런 일로는 그만 만나자.'

그날 늦은 오후, 나는 내일 자 신문에 실을 디마지오 파 특집 기사를 뚝딱 마무리 지었다. 모자와 야구 방망이에 대해 썼고, 놈들의 헛소리를 부풀려 인용했다. 그러고 나니 삭스 팀의 봄철 전지훈련 연습 경기를 놓쳐버렸다. 딱히 그러고 싶은 마음은 아니었지만 주말 신문에 게재할 폴레키와 로젤리 기사를 조금 일찍 시작하기로 했다. 그들의 형편없는 사건 해결 실적을 재확인한 다음 매크라켄의 집으로 전화를 걸었다. 그리고 뉴잉글랜드 전역의 보험조사원들이 왜 그들을 '덤 앤 더머'라고 부르는지 익명으로 제보해달라고 부탁했다.

패럴리 형제의 저속한 코미디 영화 〈덤 앤 더머〉는 이 지역에서 아주 인기가 좋았다. 영화에 프로비던스가 등장하는 데다가 첫 장면이 호프 스트리트에서 시작되기 때문에 다들 그 영화를 마음에 들어 했다.

나? 나야말로 최악의 멍청이였다. 자정 무렵, 나는 뭐라도 알아낼 수 있지 않을까 싶어 차를 타고 마운트 호프를 돌아다녔다. 무언가를 조사하기에 적절한 방법은 아니었으나, 손 놓고 빈둥거릴 수만은 없었다. 그렇다고 딱히 뾰족한 수도 없었다.

14

라치 스트리트, 2층 목조건물의 얇고 하얀 커튼 뒤로 커다란 화면의 텔레비전이 파랗게 번쩍거렸다. 십 년 전 저곳에서 마피아가 총에 맞았을 때 내가 그 사건을 취재했다. 지금 그의 미망인과 십 대 딸은 마피아로부터 다달이 연금을 받으며 저 집에서 안락하게 생활하고 있었다. 호프데일 로드, 다세대 주택 2층의 불이 모두 꺼져 있었다. 저곳에서 숀과 루이사 멀리건 부부는 우유 배달부의 봉급으로 2남 1녀를 키워냈다. 도일 애버뉴, 불에 탄 3층 목조건물의 폐허 속에 포클레인 하나가 쉬고 있었다. 포클레인 양옆에는 초록색으로 '디오 건설'이라고 쓰여 있었다.

동네의 쓰레기는 목요일 아침에 수거되지만, 눈 속 난장판을 보아하니 동네 사람 대부분이 벌써 쓰레기통과 쓰레기봉투를 도로 가에 끌어다 놓은 모양이었다. 아이비 스트리트와 포레스트 스트리트의 교차로 한 귀퉁이에서 노르웨이 시궁쥐들이 내

차 전조등에 눈을 빨갛게 빛내며 플라스틱 쓰레기통에 갉아놓은 구멍으로 음식물 찌꺼기를 잡아 뺐다. 제릴리 영감의 가게 아래쪽에서 개 여섯 마리가 쓰레기통 두 개를 자빠뜨려 놓고 파티를 벌였다.

나는 파티에 동참하기로 마음먹었다. 보온병 뚜껑을 따서 커피를 벌컥댄 다음, 시디 하나를 밀어 넣었다. 토미 카스트로의 일렉트릭 블루스 연주에 브롱코가 요동쳤다.

내 못된 습관들이
날 그냥 내버려두지 않아

한 시간 정도 동네를 돌아다녔을 무렵, 반 블록 전방에서 누군가가 도로를 건너고 있었다. 아직 깨지지 않은 가로등의 불빛 속에서 그자는 검은 음영으로만 보였다. 걸음걸이가 여성스러웠고, 무언가를 들고 있었다. 휘발유 통이라고 하기엔 너무 작았다. 커다란 권총이나 망원 렌즈가 달린 사진기일 수도 있었다. 물건의 실체를 마저 파악하기도 전에 백미러에서 파란 불빛이 번쩍였다.

나는 경주마를 길가에 대고 경찰 무전 수신기에 귀를 기울였다. 경찰이 내 번호판을 조회하고 있었다. 백미러로 살펴보니, 여자 경찰이 순찰차 조수석에서 나와 브롱코 뒤에 선 다음 권총집에서 총을 뽑아 오른쪽 다리에 붙였다. 동료 경찰이 운전석에서 내려 오른손에 손전등을 들고 왼손을 권총의 개머리판에 얹은 채 내 쪽으로 걸어왔다. 창문을 내리자 냉기가 가라테 내려치기 기술처럼 나를 강타했고, 그사이 경찰이 손전등으로 내 얼굴을 비췄다.

"어떻게 지내, 에디?"

에드 라헤이는 내 남동생 에이단의 예전 패거리였다. 그 시절에는 패거리라는 단어가 깡패 무리를 의미하지는 않았다.

"멀리건? 맞아? 한밤중에 여기서 뭐 해?"

"너랑 마찬가지야, 에디. 시간 낭비."

"잘 알고 있네. 밤새 동네를 순찰하면서 수상한 사람을 검문해야 하는데 마운트 호프에 수상하지 않은 사람이 있기나 해?"

에디가 말했다.

"그 소아성애자 신부 말이야. 내가 듣기론 주교가 그 작자를 운소켓으로 배속할 예정이라던데."

내가 말했다.

"오늘 밤에 불을 지를 계획은 아니지, 멀리건?"

"지금 당장은 아니지만 나중을 위해서 담배 한 개비는 남겨 뒀어."

"뒤에 휘발유 통이 있는 건 아니겠지?"

어조가 가벼워지긴 했지만 그래도 에디는 뒷좌석에 손전등을 비추고 뒤쪽으로 걸어가서 비어 있는 짐칸의 창문을 들여다 보았다.

확인을 끝낸 다음 에디는 눈을 찡그리며 나에게 집으로 가라고 말했다.

"알았어, 그럴 생각이야."

"으음, 꼭 그렇게 해. 휴대전화 있지?"

"응."

"여기 내 번호. 뭔가 보게 되면 전화 줘. 그리고 다음에 에이단 만나면……."

에디가 명함을 건네며 말했다.

나는 에디가 말을 마치기 전에 창문을 올려버렸다. 골칫거리는 지금으로도 충분했다.

블록 끝에서 우측으로 차를 돌려 아까 길을 건너던 사람을 찾아 두리번거렸다. 하지만 그자가 아직 있을 리 없었다. 몇 분후, 사이프러스 스트리트를 돌아다니다가 디마지오 녀석 둘을 발견했다. 녀석들은 어깨에 방망이를 둘러멘 채 담배를 피우며 눈 속에서 발을 구르고 있었다. 나는 속도를 늦춘 다음 보조석 창문을 열고 몸을 쭉 내밀었다.

"이봐, 비니! 오늘 밤에 뭐 특별한 거 없어?"

"없어. 루신다 밀러가 창가에 서서 우리한테 화끈하게 가슴을 보여준 거 빼고는."

"별로 특별할 것도 없지."

나머지 녀석이 콧방귀를 뀌었다.

나는 제릴리 영감이 준 삼중 불꽃 콜리브리를 꺼냈다. 다른 점화 도구가 없어서 그걸로 시가에 불을 붙인 다음 연기를 내뿜으며 텅 빈 거리를 노려보았다. 휘발유 통을 들고 살금살금 돌아다니는 사람도, 미스터 황홀을 닮은 사람도 발견하지 못했다. 디마지오 녀석들 외에는 아무도 보지 못했다.

시디가 한 바퀴를 돌아서 다시 '못된 습관(Nasty Habits)'을 재생했고, 나는 카오디오를 껐다. 새벽 3시쯤, 브롱코의 히터가 쿨럭대며 퍼져버렸다. 동쪽 하늘이 밝아올 무렵, 신문 배달 트럭이 제릴리 영감의 가게 앞에 신문 두 뭉치를 던져놓았다. 나는 두어 시간 자면서 꿈의 마법에나 취해보려고 집으로 향했다.

현관문 너머에서 전화벨이 울렸고, 나는 안으로 걸어 들어가 수화기를 들었다.

"이!

나쁜!

새끼야!"

"여보세요, 도커스."

"그 여자 누구야?"

"누구?"

"밤새 밖에서 붙어먹은 년 말이야."

"왜 한 명뿐이라고 생각해?"

"나는 아직 네 마누라야, 이 못된 새끼야!"

"안녕, 도커스."

나는 전화를 끊었다. 수화기를 내려놓기 직전에 리라이트의 소리가 들린 것 같았다.

내가 무거운 몸을 질질 끌고 일터로 들어섰을 때, 편집자들이 닫힌 문 너머에 모여서 집단의 경험과 판단이 요구되는 주제를 놓고 토의를 하고 있었다. 신문에 시장의 이름을 '아아아 아카로차'로 실을 것인가, 아니면 표제에 적합하도록 '카로차'로 실을 것인가? 벽을 타고 들려오는 두런거림으로 가늠컨대 토론은 치열한 듯했다.

사회부 옆에 쌓여 있는 신문 더미에서 신문 한 부를 낚아챘다. 4단짜리 새시 사진이 1면을 장식하고 있었다. 새시가 랠프의 어깨에 앞발을 얹고 귀를 핥고 있었고, 그 곁에 글래디스가 쑥스러운 표정으로 서 있었다. 그 기사를 보니 내가 한 짓이 후회스러웠다. 하드캐슬에 대해서는 개의치 않았다. 다만, 신문사가 몹시 염려되었다.

내가 어렸을 적이었다. 레드삭스의 경기가 중계되는 중간에 댄 래더가 교황 바오로 6세의 사망 소식을 들고 화면에 등장했다.

"그렇군. 하지만 내일 자 신문을 읽어보기 전까지는 모르는 거야."

아버지가 말씀하셨다.

정치인들이 거짓말을 밥 먹듯 하는 로드아일랜드에서, 신문사는 사람들이 그 진실성을 신뢰하는 유일한 기관이었다. 바로 그 순간, 나는 신문사의 일원이 되리라 마음먹었다.

그날 밤, 나는 히터가 망가진 브롱코에 앉아 또다시 마운트 호프를 노려보다가 새벽 3시쯤 그만두었다. 저체온증이 찾아들었고, 토미 카스트로의 기타 소리마저 주위를 덥히지 못했다.

바깥에 비하면 집은 따듯한 편이었지만, 그래도 집주인은 난방용 기름에 인색했다.

얇은 담요를 뒤집어쓰고 홀로 잠이 든 나는 빨간 눈을 번뜩이는 노르웨이 시궁쥐와 빨간 야구 모자를 쓰고 루이빌 슬러거 방망이를 휘두르는 사나운 개에 관한 꿈을 꾸었다. 개들은 목덜미의 털을 곤추세우고 어둠 속에서 으르렁대다가 왼손에 휘발유 통을 움켜쥔 남자에게 방망이를 휘둘렀다. 남자는 뒤집어진 플라스틱 쓰레기통으로 황급히 기어들며 구타를 피하려 애썼지만, 개들이 턱을 남자의 발목에 박아 넣고 남자를 잡아챘다. 개들이 이빨을 딱딱대며 허벅지의 살덩이를 물어뜯자, 쥐들이 총총히 달려들어 피 묻은 살 조각을 게걸스럽게 먹어 치웠다. 경찰차가 파란 경광등을 번쩍이며 포효하듯 거리를 내달려 끼익 멈춰 섰다. 경찰들이 뛰어나와 소리쳤다. "잘했어." 그리고 개들에게 육포를 던져주고는 반짝거리는 검정 군화로 남자를 짓밟았다. 남자가 입을 열고 소리 없는 비명을 질렀다.

남자는 내 얼굴을 하고 있었다.

15

토요일, 정오가 되기 직전에 자명종 라디오가 쿵쾅대며 나를 깨웠다.

"갑작스러운 한파가 몰아닥쳤습니다."

그럼 그간의 추위는 무엇이었단 말인가?

차의 히터를 손보려고 브로드웨이에 있는 셸 주유소에 들렀다. 그곳 정비사는 키가 껑충하고 말을 웅얼대는 드웨인이라는 친구인데, 파란 작업복 상의 주머니에는 '부치'라는 이름이 수놓여 있었다. 부친이 주유소를 남기고 떠난 지 오 년이 지났건만, 드웨인은 여전히 아버지의 작업복을 입었다.

"자네 말이 또 식욕을 잃었나? 내가 이 녀석을 뒤뜰로 끌고 가서 쏴버릴까? 자네가 새 말을 길들일 수 있게 말이야."

드웨인은 몇 년 동안 내 경주마를 보살폈으며, 똑같은 농담에 싫증을 내지도 않았다.

"나는 아직 이 녀석을 떠나보낼 수가 없어."

이렇게 말하고서 나는 드웨인에게 히터의 상태를 설명했다.

걸어서 집으로 돌아가는 길에 베로니카에게 전화를 걸었다.

"멀리건! 당신이 더는 나를 좋아하지 않는구나 하고 생각하던 참이었어요."

"그럴 리가 없잖아, 우리 귀염둥이. 오늘 밤에 함께 시내에 나가는 건 어때?"

"시내에 나간다는 거예요, 아니면 시내 주변을 돈다는 거예요? 연기를 찾아 킁킁대며 마운트 호프를 돌아다니는 건 아니겠죠?"

베로니카가 내 행적을 알고 있는 모양이었다.

"음, 시내에 나갈 생각이야. 당신, 운전하고 싶지 않아?"

"차가 또 정비소에 있어요?"

"어."

"7시에 데리러 갈게요."

베로니카는 회색 미쓰비시 이클립스에 나를 태우고 곧장 브래드퍼드 스트리트의 카밀스로 향했다. 그곳에서 우리는 포도주 한 병을 나누어 마시고 그릇에 그득 담긴 스파게티를 먹었다. 베로니카는 매달 아빠로부터 용돈 500달러를 받아 부족한 월급을 보충했다. 그리고 오늘은 그 돈으로 한턱냈다. 다행이었다. 그렇지 않았다면, 나는 창가 자리에 앉아 노모를 모시고 식사를 하는 저 고리대금업자와 모종의 거래를 해야 했을 것이다. 우리는 성룡의 신작 영화를 보러 이스트 프로비던스의 시네플렉스로 향했다. 나보다는 성룡과 그의 익살맞은 동료가 악당을 훨씬 잘 잡았다.

내가 계획했던, 거리를 배회하며 쥐를 관찰하는 그런 낭만적인 저녁은 아니었지만, 나는 퍽 좋은 시간을 보내고 있었고 베로니카가 몸을 기울여 나에게 입을 맞출 때에는 더더욱 그랬다. 게다가 베로니카가 운전을 했으므로 나는 할 일도 별로 없었다.

잠시 후에 베로니카가 올라왔다. 우리는 침대에 붙어 앉아 16인치 에머슨 TV로 〈크레이그 퍼거슨 쇼〉를 시청했다. 베로니카는 좋아하는 러시안 리버 샤르도네를 병째 홀짝였고, 나는 마룩스를 홀짝였다. 볼륨을 낮춰둔 경찰 무전기가 배경 음악처럼 부드럽게 직직댔다. 베로니카는 텔레비전에 나오는 사람 중에서 퍼거슨이 가장 재미있다고 했다. 하지만 나는 텔레비전을 그다지 많이 보지 않아서 그녀의 주장이 타당한지 판단할 수 없었다.

"멀리건? 당신, 다른 사람도 만나요?"

베로니카가 물었다. 목소리 언저리에 잠이 묻어 있었다.

불현듯 도커스가 떠올랐다.

"지금 얼마나 많은 년들이랑 붙어먹고 돌아다녀?"

똑같은 멀리건, 다른 여자, 더 나은 어휘.

"폴레키랑 로젤리도 포함해서?"

베로니카가 웃으며 머리를 흔들었다.

"그렇다면, 대답은 '노'야."

내가 말했다.

"하드캐슬 말로는 당신이 사진 현상소에서 금발 머리랑 함께 나왔다던데."

"글로리아 코스타?"

"맞아요, 그 여자."

"그런 일 없어. 여하튼 하드캐슬 그 멍청한 자식을 정보원으로 쓰지 말라고. 그놈이 끼적이는 변변찮은 칼럼도 믿지 말고. 그 자식이 기사를 조금씩 날조한다는 생각이 들어."

"그럴지도 모르죠. 그렇지만 글로리아가 당신한테 반한 것 같아요."

"당신 생각이 맞을지도 모르지."

경찰 무전기가 또다시 직직댔고, 나는 베로니카가 집으로 돌아간 뒤에 사건이 터지면 마운트 호프로 어떻게 가야 할지 걱정이 되었다. 내가 여전히 그 생각에 빠져 있는 동안, 베로니카가 브라와 팬티를 벗어 던지고 이불 속으로 미끄러져 들어갔다. 나는 더 고민하지 않았다. 불을 끄고 옷을 벗은 다음 사각팬티 차림으로 베로니카 옆으로 기어들었다. 누군가가 내 품에서 이처럼 좋아하는 건 퍽 오랜만이었다. 어쩌면 그랬던 사람이 없었는지도 모르겠다.

"멀리건?"

"응?"

"당신, 발기했어요?"

"아이고야, 나도 그랬으면 좋겠군."

"어쨌든, 그걸로 나 좀 그만 찔러요."

"진심이야? 내 나이대의 남자는 언제 또 발기가 가능할지 알 수 없다고."

베로니카가 웃었다. 그리고 이불 속에서 팔을 뻗어 손가락 하나로 내 온몸을 훑었다. 잠시 동안 나는 베로니카가 결국 굴복하고 말 거라고 생각했다.

"좋은 시도였어요. 익살꾸러기 같으니라고. 하지만 검사 결과가 나올 때까진 아무 일도 없을 거예요."

베로니카가 말했다.

내가 멋진 응수를 떠올리려 애쓰는 동안 베로니카는 잠들어 버렸다. 그녀의 잠든 모습을 보고서야 발기한 그곳이 나쁜 소식을 받아들였다. 베로니카가 정말 에이즈에 편집증이 있는 걸까, 아니면 관계의 진행 속도를 늦추려고 그러는 걸까? 알 수 없었다. 하지만 베로니카의 깊고 고른 숨소리로 판단하건대 지금은 그걸 물어볼 상황이 아니었다. 구멍 난 위장이 우르릉대는 통에 나는 자리에서 일어나 마룩스를 마시고 침대 안으로 조심스럽게 되돌아왔다. 그리고 베로니카의 머리에 얼굴을 묻고 그녀를 낱낱이 들이마셨다.

아침에 눈을 떠보니, 베로니카가 밤사이 경찰 무전기를 꺼놓았다. 하지만 나는 그 일을 문제 삼지 않기로 했다.

베로니카가 핸드백에서 미리 준비해 온 노란 칫솔을 꺼내 양치질을 했다. 그리고 욕실 거울 밑 칫솔꽂이에 칫솔을 꽂았다. 이제 우리의 칫솔은 나란히 놓였다. 그러한 모습이 희망적이기도 했고 약간 께름칙하기도 했다.

"거기에 더 놓아두고 싶은 거 있어? 장 나테 샤워코롱? 드라이기? 난 깨끗한 수건이 간절한데…….."

베로니카가 웃었고, 우리는 입을 맞췄다. 칫솔은 그냥 거기에 남았다.

베로니카는 폭스 포인트에 있는 원룸 아파트에 살았다. 이 동네에는 19세기 초에 지어진 식민지 시대 양식의 지붕널 주택들이 잘 보존되어 있어서 현대식 붉은 벽돌 건물은 꼴사나운 침입자 신세였다. 베로니카가 성당에 어울리는 복장으로 갈아입을 수 있도록 아파트에 잠깐 들렀다가, 우리는 성 요셉 성당으로 향했다. 베로니카가 함께 들어가자고 나를 구슬렸다. 어릴 적에 그곳에서 복사(服事)를 본 적이 있긴 하지만, 신부의 성추문이 터진 이후로 나는 미사를 보러 가지 않았다.

나는 동물성 지방이 가득한 체더치즈 오믈렛을 먹으면서 일요일 자 신문을 읽으려고 베로니카의 차를 몰고 찰리네 식당으로 향했다. 나를 굶주림으로부터 구원해줄 구세주가 벌써 신문 1면을 훑어본 모양이었다.

"제목 한번 기똥차더군."

찰리가 킬킬대더니 땀으로 번들거리는 벗어진 정수리를 베이컨이 지글대는 대형 석쇠 위로 숙였다.

기사의 표제는 '덤 앤 더머 방화수사반'이었다. 편집국장이 뜻밖에 장난기를 발휘해서 폴레키와 로젤리의 사진 옆에 영화 주인공 짐 캐리와 제프 다니엘스의 사진을 배치했다. 나는 화재 소식이 있나 하고 신문을 살폈으나 없었다. 그래서 휴대전화로 소방본부에 전화를 걸어 밤사이 마운트 호프가 무사했는 지 확인했다.

내가 베로니카를 태우러 갔을 때, 성 요셉 성당의 신자들은 보슬비인지 진눈깨비인지 모를 날씨 속으로 흩어지고 있었다. 거리로 쏟아져 나오는 신도들 틈에 마피아 셋, 주의원 넷, 판사 하나가 섞여 있었다. 내일이면 저들은 노조 갈취 사건, 트럭 탈취 사건, 뇌물 수수 사건으로 돌아가 있을 것이다.

베로니카가 빛바랜 파란 남성용 옥스퍼드 셔츠와 몸에 딱 달라붙는 리바이스 골반 바지로 갈아입는 동안 나는 아파트의 전망을 감상했다. 과거에 그 셔츠의 남자 주인이 따로 있었는지 궁금했지만 나는 다시 한 번 입을 다물기로 했다. 호프 스트리트의 오말리 당구장에 도착했을 무렵, 셔츠는 여자 주인의 냄새를 풍기기 시작했다.

나는 베로니카에게 에이트볼의 진수를 보여줄 생각이었으나 다섯 게임에서 세 게임을 지고 말았다. 골반 바지의 밑위가 너무 짧아서 내 집중력이 흐트러졌던 게 분명했다.

그날 늦은 오후, 우리는 내 침대에 누워서 ESPN을 보았다. 포트 마이어에서 봄철 전지훈련 중인 레드삭스의 소식이 방송되었다. 2007년도 월드 시리즈 우승의 주역인 조나단 파펠본이 올해에 또 우승하지 말란 법은 없다며 가슴을 두드려 보였다.

"조나단이 메이저 리그의 허풍쟁이긴 하지만, 어쩐지 올해에도 뭔가 일을 낼 거 같아."

내가 말했다.

"야구팀 따위에 왜 그렇게 신경을 써요?"

베로니카가 말했다.

외야석 요금이 10달러이던 시절, 아버지와 나는 자주 펜웨이 파크에서 주말 오후를 보냈다.

"살아생전에 레드삭스가 월드 시리즈에서 우승하는 모습을 한 번이라도 봤으면 소원이 없겠다."

아버지는 입버릇처럼 말씀하셨다.

무키 윌슨의 땅볼을 빌 버크너가 다리 사이로 빠트렸던 1986년, 그해 겨울에 아버지의 심장은 박동을 멈추었다.

이런 이야기를 야구 문외한에게 어찌 설명해야 하겠는가? 레드삭스가 86년 만에 우승을 거머쥐었던 2004년의 그 영광스러운 밤이 지나고, 아버지의 묘비에 커트 실링의 야구 셔츠를 덮어드렸던 까닭을 어찌 설명해야 하겠는가? 지난 가을에 휴대용 라디오를 들고 아버지의 무덤가에 앉아서 월드 시리즈 결정전 중계방송을 들었던 일을 어찌 설명해야 하겠는가?

"신경 쓸 만하니까 쓰는 거야, 베로니카."

베로니카가 내 말뜻을 오해했을지도 모르겠다는 생각이 들던 찰나에 전화벨이 울렸다. 나는 두 번째 신호에서 전화를 받았다.

"이!

나쁜!

새끼야!"

"지금은 통화하기 곤란해, 도커스."

나는 전화를 끊었다.

잠시 후, 우리는 베로니카의 오늘 밤 거취에 대해 상의했다. 베로니카는 화재가 발생하면 자신의 차가 필요할 거라고 말했지만, 나는 그녀가 그냥 나와 함께 잠들고 싶은 것이라 생각했다. 나도 베로니카와 함께 잠드는 것이 좋았다. 검사 결과가 나온 뒤에는 훨씬 좋을 것이다. 우리는 베로니카가 자고 가는 걸로 합의를 보았다. 칫솔을 칫솔꽂이에 그대로 두는 것도, 베로니카가 내 집 열쇠를 갖는 것도 괜찮았지만, 여성용품은 논외로 했다.

그날 밤, 잠자리에 들기 전에 나는 경찰 무전기를 침대 머리에 가져다 놓았다. 새벽 4시쯤 무전기 소리에 눈을 떴다. 마운트 호프에서 무언가 불타고 있었다. 나는 차 열쇠를 찾은 다음, 베로니카가 깨지 않도록 조심스레 옷을 입었다. 하지만 베로니카도 뒤척이다가 무전 내용을 들었는지 일어나서 바지를 끌어다 입었다.

16

경찰이 커탤퍼 로드를 봉쇄해서, 우리는 차를 세우고 흩날리
는 불티를 헤치며 걸었다.

로지의 대원들이 4층짜리 쪽방 건물을 포기하고, 이웃한 3층
목조건물과 거리에 물을 뿌리며 불이 옮겨 붙지 못하게 했다.
창문 하나가 폭발했고 유리 조각이 펌프차 대원 다섯에게로 쏟
아져 내렸다.

'적어도 오늘 밤에는 사망자가 없겠군.'

나는 생각했다.

주택 관리국의 명령에 따라 작년 9월부터 이 목조건물은 비
어 있었다. 쪽방에 살던 알코올 중독자들과 보조금으로 생활하
는 싱글맘들이 갈 곳이 없다고 항의했지만, 건물 검사원은 다
그들을 위한 조치라고 해명했다. 그때 쫓겨난 사람의 일부는
여전히 고물차나 판지 상자에서 잠을 잤다.

다음 순간, 시체 없는 쪽방 건물 화재라면 1면에 실리기는 어

렵겠다는 생각이 들었다. 이런 내 자신이 비루하게 느껴졌다.

화마가 공연을 선보이고 있었다. 불꽃이 창문 안에서 지르박을 추었다. 굶주린 붉은 혀가 처마를 할짝댔다. 거대한 불덩이가 지붕에서 솟구쳤다. 얼마나 오랫동안 넋을 놓고 서 있었을까. 바람의 방향이 바뀌어 연기가 구름처럼 몰려들었고, 나는 공기를 찾아 전력 질주를 해야 했다. 다시 숨통이 트이자 나는 주위를 둘러보며 베로니카를 찾았다. 이 분 후, 소방차 뒤에서 무언가 끼적이는 베로니카를 발견했다. 그 옆에서는 글로리아가 꼼꼼하게 니콘 디지털 카메라를 눌러대고 있었다.

"현상소에서 늦게까지 일하고 집에 가는 길이었는데, 어디선가 연기 냄새가 나더라고요."

글로리아가 카메라의 초점을 조절하며 말했다.

총성처럼 날카로운 소리에 소스라쳐 돌아보니, 지붕이 불쏘시개 속으로 무너져 내렸다. 이번 화재의 경우라면 잔해가 식는 동안 구조대원은 필요 없었다. 포클레인과 덤프트럭이 재를 운반하면 그만이었다.

동틀 녘에 베로니카는 기사를 쓰기 위해 신문사로 서둘러 떠났고, 나는 마무리 단계에서 뉴스거리가 생기면 내용을 보충하려고 남았다. 소방관 둘이서 만일을 대비해 계속해서 잔해에 물을 뿌렸고, 나머지 소방관들은 호스를 감았다. 바로 그때 무언가 새로운 냄새가 바람을 타고 희미하게 풍겨 왔다.

로지가 펌프차 옆에 서 있었다.

"저 냄새 안 나?"

내가 말했다.

로지가 코를 킁킁대더니 말했다.

"이런, 젠장!"

냄새는 미립자로 이루어져 있다. 우리가 오렌지의 냄새를 맡거나 여송연의 향을 음미할 때, 사물의 일부를 구성하던 미립자가 코를 통해 우리의 몸속으로 들어온다. 죽음의 달달한 악취가 풍길 때, 무엇이 우리의 기관지를 돌아다니고 있겠는가? 냄새보다는 그 생각 때문에 구역질이 났다. 때로는 모르는 게 약이 되기도 한다.

로지가 무전기에 대고 몇 마디 내뱉었다. 그리고 한 시간이 못 되어 사체 수색견 두 마리가 현장에 도착했다. 수색견들은 발이 땅에 닿자마자 깽깽대기 시작했다. 녀석들이 무엇을 찾아낼지는 불을 보듯 뻔했다.

나는 걸음을 옮겨 기진한 소방관 몇과 이야기를 나누면서 줄곧 시계를 들여다보았다. 잔해 속에서 희생자들을 파내는 데 한 시간이 걸렸다. 두 명의 희생자는 옷이 거의 타 붙어 있었다. 소방관들이 시체를 인도에 내려놓자, 폴레키와 로젤리가 쭈그리고 앉아서 살폈다. 그런 다음 소방관들이 방수포로 시신을 덮고 검시관을 기다렸다.

"신분증이 있었다 해도 이미 불에 탔을 겁니다. 피해자들은 길거리에서 자는 게 지긋지긋해서 온기를 찾아 숨어든 모양입니다."

로젤리가 로지에게 이야기하는 동안 나는 게걸음을 쳐서 엿

들었다.

"그렇다면 제대로 찾아왔군."

폴레키는 이렇게 말하고 배가 흔들릴 정도로 웃어댔다.

로지가 주먹을 쥐며 말했다.

"한 방 갈겨주고 싶지만, 그쪽은 내 한주먹거리도 안 되니 참 겠습니다."

두 시간 후, 내가 베로니카의 개략적인 초고를 검토하고 있는데 글로리아가 사진을 보여주러 들렀다. 쏟아지는 유리 조각과 불똥을 피해 몸을 숙인 소방관들. 얼음에 뒤덮인 채 사력을 다해 호스를 끄는 로지와 그 너머로 불길을 내뿜는 창문들. 화염에 휩싸인 건물을 배경으로 작게만 보이는 소방관과 소방장비들. 재로 얼룩진 주둥이로 목줄을 팽팽히 끌어당기는 수색견 한 마리.

"우와."

내가 감탄했다.

"회사에서 나를 고용하면서 현상소에서 일 년만 일하면 기회를 잡을 수 있을 거라고 했어요. 그런데 벌써 사 년이 지났다고요. 내가 사건 현장에서 전화를 걸었더니 야간 편집부에서 나더러 뭐라 그랬는지 아세요? 사진기자를 깨울 때까지 그 자리에 꼼짝 말고 있으라는 거예요. 내가 직접 사진을 찍겠다고 말했는데도 편집부에서는 어쨌든 포터한테 전화를 걸었어요. 방금 전에 포터가 찍은 사진을 봤는데, 내 것이 훨씬 나아요. 사진부에서 그러는데, 포터가 찍은 사진 한 장이랑 내가 찍은 사진 넉 장을 쓸 거래요. 게다가 내가 찍은 사진이 1면에 실리게 됐다고요."

"로지 사진을 보니 스탠리 포먼의 작품이 떠오르는군. 보스턴 헤럴드에 실려서 퓰리처상을 받았던 그 사진 말이야."

내가 말했다.

"고마워요. 어쨌든, 당신이 이 사진을 갖고 싶어 할 것 같았어요."

글로리아가 내 팔을 건드렸다.

사진 속에서 나는 눈을 휘둥그레 뜨고 화염을 바라보고 있었다. 마치 무아지경에 빠진 사람 같았다. 그 모습을 보는 순간, 어둠 속에서 불꽃이 춤이라도 추듯 열기로 살갗이 따끔거렸다. 내 뒤로 구경꾼들이 장사진을 이뤘다. 자세히 보려고 사진을 가까이 들었다. 확실하진 않지만, 그중에 미스터 황홀이 있을지도 몰랐다.

17

월요일 이른 아침, 컴퓨터에서 로맥스 편집장의 메시지가 깜박였다.

시장 기자 회견, 시청에서 12시.

그래서 어쩌란 말인가? 나는 시청 담당 기자가 아니었다. 하지만 편집장에게 까닭을 물으려면 공개적인 망신을 각오해야 했다. 그래서 무슨 일인지 직접 확인하려고 어슬렁어슬렁 거리를 걸어 내려갔다.

케네디 플라자 남단에 위치한 시청 건물은 보자르 양식의 실패작으로 어떤 미친놈이 갈매기 똥 무더기를 주물러서 만들어 놓은 듯했다. 나는 새똥으로 뒤덮인 돌계단을 올라 로비로 들어선 다음, 오른쪽으로 방향을 꺾어 시장의 집무실로 들어갔다. 천장에는 크리스털 샹들리에가 매달려 있었고, 통유리를 통해 피터 팬 시외버스 정류장이 한눈에 내다보였다. 카로차 시장은 오래된 마호가니 책상 뒤편에 서 있었다. 예전에 버디 시안시 시장도 그 책상을 좋아했다. 평소처럼 뒷거래를 하다가 들켜서 연방 교도소로 보내지기 전에 말이다.

텔레비전 전선들이 청홍색 양탄자 위로 뱀처럼 뻗어 있었다. 10번, 12번, 6번 방송의 카메라맨과 리포터들은 일찌감치 도착해서 앞쪽의 좋은 자리를 독차지했다. 보스턴의 4번, 7번 방송도 눈에 띄었고, 연합통신 기자와 〈뉴욕 타임스〉 여성 통신원도 와 있었다. 이제 마운트 호프는 커다란 관심거리가 될 참이었다.

시장의 마이크가 켜졌다. 촉촉하게 빗어 넘긴 회색 머리하며 빳빳한 루이보스턴 양복까지 시장은 완벽하게 촬영 준비를 마쳤다. 최상의 환경에 주눅이 든 경찰서장 안젤로 리치가 갖가지 훈장이 매달린 정복을 입고 경찰 모자를 왼팔에 끼운 채 시장 옆에 서 있었다.

둘은 몇 마디 주고받더니 카메라 쪽으로 돌아섰다. 서장의 오른쪽 어깨에 루이빌 슬러거 야구 방망이가 들려 있었다. 불길한 기분이 엄습했다.

"준비됐습니까?"

카로차 시장이 물었다. 텔레비전 조명이 들어오자 잠시 멈췄다가 다시 말을 이었다.

"좋습니다. 시작합시다. 먼저 리치 서장의 발표가 있겠습니다."

"어젯밤 11시 57분, 프로비던스 소속 경관 두 명이 마운트 호프를 순찰하던 중에 놀스 스트리트와 사이프러스 스트리트

교차로 남동쪽 모퉁이에서 야구 방망이로 무장한 남성 두 명이 다른 남성을 폭행하는 장면을 목격했습니다. 경관들은 순찰차에서 내려 무기를 뽑아 들고 용의자들을 체포했으며, 용의자들의 저항은 없었습니다. 용의자들은 신문을 위해 경찰서로 이송되었습니다. 그곳에서 형사들이 권리 조항을 읽어주었고, 용의자들은 권리를 포기했습니다."

서장이 말문을 열었다.

"용의자들은 아이비 스트리트 46번지에 거주하는 29세 에디 잭슨과 포레스트 스트리트 89번지에 거주하는 37세 마틴 틸링해스트였습니다. 두 사람 모두 전과가 있으며, 에디 잭슨은 아내에 대한 폭행과 구타로, 마틴 틸링해스트는 트럭 탈취와 흉기 폭행으로 체포된 전력이 있습니다. 두 용의자는 자신들이 최근에 조직된 마운트 호프의 방범대, 디마지오 파의 일원이라고 밝혔습니다. 이들은 사이프러스 스트리트의 서쪽 방향으로 걸어가던 중 피해자가 무언가를 들고 다가오는 모습을 목격했다고 진술했습니다. 곧이어 용의자들은 그 물건이 8리터들이 철제 휘발유 통임을 확인했습니다. 실제로, 경관들이 현장에서 휘발유 통 하나와 야구 방망이 두 개를 회수했습니다."

서장이 카메라를 향해 야구 방망이를 들어 보였다.

이 일의 귀결은 빨랐다. 나는 주머니에서 텀스 제산제를 꺼내 두 알을 입에 넣고 씹었다.

"피해자는 아이비 스트리트 144번지에 거주하는 51세 조반니 M. 판논으로 확인되었습니다. 그는 구급차에 실려 로드아일랜드 병원으로 이송되었으며, 오른쪽 손목 복합골절, 뇌진탕 그리고 머리, 어깨, 팔 부위의 다발성 타박상으로 입원 중입니다. 형사들이 병원에서 확보한 진술에 따르면, 판논 씨가 노스 메인에 위치한 걸프 주유소에서 제설기에 넣을 휘발유를 사서 집으로 걸어가는데 용의자들이 위협적으로 접근했다고 합니다."

서장이 계속했다.

"용의자들은 자신들이 최근 마운트 호프 인근에서 발생했던 연쇄 방화 사건의 범인을 잡았다고 믿고 있습니다. 프로비던스 형사들의 후속 조사에 따르면, 파논 씨는 크랜스턴에 위치한 성인 교정 시설에서 야간 교도관으로 일하고 있으며, 화재가 발생했을 당시의 소재도 모두 확인되었습니다. 대부분의 경우, 파논 씨는 근무 중이었습니다. 잭슨 씨와 틸링해스트 씨는 폭행 및 구타 혐의로 구속되었으며, 기소 여부가 결정될 때까지 수감될 예정입니다. 디마지오 파의 조직책과 구성원들에게 불법 공모 혐의가 적용될 수 있을지 조사가 진행 중입니다. 이상입니다."

서장이 가볍게 고개를 숙이고는 한 걸음 뒤로 물러섰다. 드라이로 머리를 매만진 사내들이 질문을 외쳐대기 시작했고, 카로차 시장이 마이크에 대고 "쉬이이이이이이." 소리를 내며 양손을 들어 좌중을 조용히 시켰다.

"잠시 덧붙일 내용이 있습니다. 텔레비전 카메라가 가득한 이곳에서 제가 계속 침묵할 수 있으리라 생각들 하시는 건 아니겠죠?"

시장은 웃음을 기대하며 말을 끊었으나, 웃음이 나오지 않자 얼굴을 찡그리고는 계속했다.

"지난밤에 일어난 사건은 실로 충격적입니다. 저는 이 도시에서 시민들이 야구 방망이를 들고 어슬렁거리며 자력으로 법을 집행하도록 내버려두지 않을 생각입니다. 거리 순찰은 경찰의 임무이지, 법 집행에 대해 전혀 모르는 시민들의 일이 아닙니다. 이 사실에 대해서는 우리 모두가 동의하는 바이지만, 한 신문사만이 명백하게 다른 관점을 견지하고 있더군요."

내 위장이 위산으로 가득 찼다. 제산제는 효과가 없었다.

"지난주 목요일, 그 신문사는 L. S. A. 멀리건이라는 기자의 이름으로 이러한 기사를 실었습니다."

시장이 신문을 들어 올렸다. 1면에 실린 디마지오 파 특집 기사에 빨간 형광펜으로 동그라미가 쳐져 있었다.

"이 기사를 읽을 시간이 없었던 분들을 위해 여러분이 아셔야 할 사항들만 말씀드리겠습니다. 이 기사는 치욕적입니다. 그리고 자경단 단원들과 그 조직책을 미화하고 있습니다. 그런데 자경단의 조직책은 도미니크 L. 제릴리라는 자로 도박 중개 혐의로 체포되었던 전과를 가지고 있으며, 조직범죄에 연루된 것으로 알려져 있습니다."

시장이 계속해서 말을 이었다.

"멀리건 씨, 전에도 내 골머리를 좀 썩이셨죠. 그에 비하면 이번 일은 새 발의 피입니다."

시장이 잘 다듬어진 손가락으로 나를 가리켰다.

그와 동시에, 10번 방송의 얼간이 로건 베드퍼드가 카메라맨을 쿡 찌르며 렌즈를 내 쪽으로 돌리라고 지시했다. 손으로 얼굴을 가릴까 생각했지만, 그러면 지나치게 범죄자처럼 보일 것 같았다. 중지를 치켜들까도 생각했지만, 그러면 로건은 내가 시장을 향해 욕을 날리는 것처럼 방송을 내보낼 것이다. 그래서 나는 카메라를 향해 치약 모델처럼 웃어 보였다.

"일요일에 이 신문은 동일한 기자의 이름으로 방화수사반을 비난하는 기사를 1면에 실었습니다. 반쪽짜리 진실과 불분명한 통계치가 난무하는 터무니없는 기사였습니다. 헌신적인 공무원의 명성에 흠집을 내려고 작정한 듯했습니다. 그래서 이 자리를 빌려 명확하게 밝혀두는 바입니다. 리치 서장과 저는 방화수사반의 어니스트 M. 폴레키 반장을 전적으로 신뢰합니다. 그는 힘든 상황에서도 훌륭하게 업무를 수행하고 있습니다. 마운트 호프에서 빈발하는 화재 사건의 범인을 반드시 찾아내 법이 허용하는 최고형을 구형할 것임을 시민 여러분께 확실히 약속하겠습니다."

시장은 말을 멈추고 신문기자들이 받아 적을 수 있도록 잠시 기다렸다.

"좋습니다. 이제 질문 받겠습니다."

시장이 말했다.

"시장님."

베드퍼드가 손을 치켜들고 외쳤다.

"네, 로건 씨?"

"시장님의 새 이름을 방송에서 어떻게 발음해야 합니까?"

"카로차입니다. 에이 네 개는 묵음입니다."

시장이 대답했다.

"멋지군, 멀리건. 다음번엔 뭔가? 연쇄 강간범에 대한 찬양 기사?"

내가 승강기에서 내리자마자 하드캐슬이 비아냥거렸다.

편집실 사람들이 10번 방송 생중계로 모든 상황을 지켜본 모양이었다. 내가 자리에 앉자, 로맥스 편집장이 천천히 다가와서 빈 피자 상자를 옆으로 치우고 책상 가장자리에 걸터앉았다.

"염려하지 말게. 경찰의 말을 인용하지 않았다면 문제가 생겼을지도 모르지만, 순찰은 자기들한테 맡기고 시민들은 집에 머물라던 경찰의 당부를 기사에 싣지 않았나. 그러니 별 문제 없을 걸세. 시장이 좋아하든 말든 상관하지 말고, 자네는 시민들이 하고 있는 일에 대해 계속해서 기사를 쓰라고."

"고맙습니다, 편집장님. 그렇게 하죠."

"사체 수색견에 대해 멋들어진 특집 기사를 써보는 건 어떤가?"

편집장이 말했다.

편집장이 자리를 떠났고, 나는 특집 기사 이야기를 농담으로 간주하기로 했다.

18

오늘 매크라켄의 비서는 회색 울 바지로 긴 다리를 감싼 채 허벅지를 드러내지 않았다. 그 대신 하얀 주름 장식 블라우스의 단추를 네 개나 풀어놓았다. 나는 마음속 깊은 곳에서 정신력을 끄집어내 겨우 시선을 돌렸다. 비서가 나에게 사무실로 들어가라고 손짓했다.

"어찌 보면 저거 진짜 같기도 해."

매크라켄이 말했다.

"자네가 아직 믿음을 갖고 산다니 다행이군."

내가 말했다.

"믿음이야 있지만 희망을 품고 살진 않아. 비니 파지엔자가 그녀의 남자 친구라고."

비니는 링을 떠나 카지노 호스트가 된 후로 주먹 속도가 다소 느려지긴 했지만, 여전히 중간 체급 정도는 묵사발로 만들 수 있었다.

"들자 하니 한밤중에 마운트 호프 주변을 어슬렁거리고 다녔다면서?"

매크라켄이 말했다.

"어디서 들었나?"

"아는 경찰한테서."

"세상 참 좁군."

"로드아일랜드가 좁은 거지. 여하튼 시간 낭비는 그만두라고. 자네가 현행범을 잡을 수 있을 것 같진 않아."

"나도 알아."

"이제 누군가가 나서서 폴레키와 로젤리를 심판해야 한다는 기사, 아주 훌륭했네. 그 기사가 어느 정도 효과를 발휘하겠지."

매크라켄이 말했다.

"아닐걸."

"내 생각도 그래."

"나를 보자고 한 이유가 그건가? 내가 하는 일이 얼마나 훌륭한지 말해주려고?"

"자네한테 알려줄 게 있어. 폴레키가 나한테 쪽방 건물 화재 사건에 관한 예비 보고서를 보여줬는데, 거기에 새로운 내용이 있었어."

"그래?"

"이번에는 시한장치가 발견됐어."

"어떤 종류의?"

"커피메이커."

매크라켄이 말했다. 그러고는 '이해했지?' 하는 표정으로 나를 바라보았다.

내가 빤히 쳐다만 보자 매크라켄이 침묵을 깼다.

"커피메이커에 휘발유를 가득 채운 다음, 지하실에서 콘센트를 찾아 플러그를 꽂는 거야. 그리고 타이머를 맞춰놓고 집에 가서 마누라랑 한판 하고 있으면, 쾅!"

"전문가의 솜씨야?"

"아마도. 프로들은 추적이 불가능하도록 일을 처리하거든. 쪽방 건물 화재에선 프록터 사일렉스 사의 이지 모닝 커피메이커 41461 모델이 발화장치로 사용됐어. 그런 건 타깃이나 월마트 같은 데서 슬쩍할 수 있으니까."

"그런데?"

"그런데 구글에 '방화'라고 써넣기만 하면 누구라도 오 분 안에 이 방법을 알아낼 수 있어. 요즘엔 커피메이커가 방화에 하도 자주 사용돼서, 녹아내린 커피메이커가 잿더미 속에서 발견되면 덤 앤 더머조차도 그게 무얼 의미하는지 알 정도라고."

"우리의 방화범이 조금씩 진화해가고 있군그래."

내가 말했다.

"내 생각도 그래. 하지만 다른 설명도 가능해. 쪽방 건물 화재는 다른 화재와 관련이 없을 수도 있어. 아니면 우리가 처음부터 프로를 상대하고 있는 건지도 모르고. 처음에 놈은 화재가 아마추어의 소행으로 보이길 원했었는데, 이제 거리에 디마지오 파가 돌아다니고 경찰이 순찰 횟수를 늘리니까 조금 조심스러워진 거야."

매크라켄이 빙그레 웃으며 가상의 방망이로 허공을 갈랐다.

"이해할 수 없는 게 하나 있어. 건물은 비어 있었고 철거될 예정이었잖아. 그런데 어떻게 전기가 들어온 거지?"

내가 물었다.

"나도 그 부분을 확인해봤어. 디오 건설 철거 작업반이 그곳에서 동 파이프 따위를 뜯어내고 있었다는군. 그래서 전기가 다시 들어온 거래."

"방화범이 그 사실을 어떻게 알았을까?"

"나도 모르지."

"음, 전문가의 솜씨라고 단언하기엔 아직 무리가 있어. 화재가 발생한 건물들은 소유주도 다르고 초과보험에도 가입되어 있지 않잖아. 그렇다면 동기가 뭘까?"

내가 말했다.

"그러게."

매크라켄이 대꾸했다.

"그렇다면, 실제로 우린 아무것도 모르는 거잖아."

"맞아. 우린 비서의 가슴이 진짜인지 가짜인지도 확실히 모르잖아."

19

고운 먼지가 시청 지하의 부동산 기록 보관실을 가득 뒤덮고 있어서 자꾸만 눈물이 고이고 목구멍이 근질거렸다. 나는 부동산 양도 원장과 재산세 대장을 뒤적이며 두 시간을 보낸 후에 코를 풀고 마지막 장부를 탁 덮었다.

기록에 따르면, 화재가 발생한 건물 아홉 채는 지난 여덟 달 동안 전부 소유주가 바뀌었다. 구매자 다섯은 모두 내가 처음 들어보는 부동산 회사였고, 그 외의 공통점은 없었다. 조금 더 살펴보니 그 회사들은 지난 일 년 반 동안 마운트 호프의 25퍼센트를 덥석덥석 사들였다. 하지만 최근에 소득세가 인상된 후로 시내 전역의 싸구려 임대 건물들은 소유주가 많이들 바뀌었다.

시청에서 리버 스트리트의 주 정부 사무국 법인과까지는 걸어서 얼마 되지 않았다. 셸락을 발라 머리를 틀어 올린 여직원이 내가 내민 목록을 잡아채고는 얼굴을 찌푸리더니 서류 보관함의 숲으로 뒤뚱뒤뚱 걸음을 옮겼다. 그리고 삼십 분 후에 다시 뒤뚱거리며 걸어 나와 부동산 회사 다섯 곳의 법인 서류를 접수대에 툭 내려놓았다.

내가 고맙다고 말했으나, 여직원은 괜찮다고 말하지 않았다. 뇌물을 받을 기회가 제한된 곳에서 일하는 공무원은 좀처럼 자신의 일에 만족하지 못한다.

대부분의 주는 법인 기록을 컴퓨터에 보관하고 있지만, 로드아일랜드는 그렇지 않았다. 주 정부 사무국장은 주 입법부를 설득해서 두 번이나 컴퓨터 구입 비용을 예산에 편성받았으며, 그때마다 컴퓨터를 제조업자에게 직접 주문하지 않고 세출위원회 위원장의 동생인 현지 중간 상인에게서 구입하려고 여기저기에 뇌물을 뿌리고 다녔다. 그리고 그때마다 컴퓨터 배달 시간이 이해 관계자의 귀에 흘러 들어갔고, 그때마다 컴퓨터 배달 트럭을 강탈당했다. 내가 듣기로는 틸링해스트 형제들이 트럭을 탈취해서 컴퓨터를 그라소에게 20퍼센트의 가격에 넘겼다고 한다.

그런 연유로 내가 지금 접수대에 서서 다시금 종이 서류를 넘기고 있는 것이다. '법인의 목적'이라는 제목으로 모호한 표현이 몇 줄 적혀 있고, 그 아래로 회사의 주소와 임원 및 이사의 이름이 나열되어 있었다. 주소는 모두 프로비던스 우체국 사서함으로 되어 있었다. 임원이나 이사 중에 내가 아는 사람은 하나도 없었다. 로드아일랜드 법에 따르면 익명 조합원도 법인에 출자할 수 있기 때문에 많이들 그렇게 했다. 따라서 당국에 제출된 이름은 드라마 〈소프라노스〉의 출연진일 수도, 파인 스트리트의 다리 밑에 사는 부랑자 십여 명일 수도 있었다.

다시 살펴보니 한 회사 이사들의 이름이 눈에 익었다. 바니 길리건, 조 스타트, 잭 패럴, 찰스 래드번. 이들은 1882년에 프로비던스 그레이스 팀에서 활약했던 포수, 1루수, 2루수 그리고 최우수 투수였다.

수첩에 이름을 휘갈겨 적긴 했으나 특별한 점을 발견하진 못했다.

날이 저물고 있었고, 나는 경주마를 데리러 가려고 웨스트민스터 스트리트를 가로질렀다. 취재기자 L. S. A. 멀리건의 삶에서 평범한 하루가 끝나가고 있었다. 시장에게 인신공격을 당하고, 정보원과 무익한 대화를 나누고, 피로한 눈과 흐르는 콧물 말고는 별 소득도 없이 따분한 문서나 뒤적인 하루.

예전에는 이런 날들에 기운 빠지곤 했지만, 시간이 흐르면서 나는 좋은 기사란 좀처럼 쉽게 얻어지지 않는다는 사실을 깨달았다. 공개 석상에서 멍청이들이 떠들어대는 소리에 귀를 기울이고, 경찰과 정치인들에게 속고, 거짓 정보를 좇고, 면전에서 문이 쾅쾅 닫히는 수모를 견디고, 새벽 4시에 물줄기 속에 서서 무언가 타는 모습을 지켜보는 그런 지루한 노동의 나날을 보내야 한다. 무엇이 중요할지 알 수 없으니 수첩에 모든 사항을 꼼꼼히 적어둬야 한다. 그리고 술에 취해 수첩에 맥주를 엎지르기도 한다. 〈뉴욕 타임스〉나 CNN에서 일하는 선택된 소수가 아니라면, 월급은 쥐꼬리만큼에 누구 하나 이름을 알아주지도 않는다.

그런데 누군가는 왜 이 일을 하는가? 이 일은 소명이기 때문이다. 그리고 순결의 의무를 제외하면 사제직과 비슷하다. 누군가 이 일을 하지 않는다면, 매크라켄의 말처럼 언론의 자유는 머저리들의 전유물이 될 것이다. 나? 나는 다른 일에는 젬병이기 때문에 이 일을 한다. 기자가 되지 못했다면, 아마 버스 터미널 바닥에 쭈그려 앉아 깡통을 들고 연필을 팔고 있었을 것이다.

이 일이 결실을 거둘 때도 있다. 몇 년 전에 정보원 하나가 워릭에 있는 어느 러브호텔에 대해 귀띔을 해주었다. 이따금 마피아들이 자신들에게 빈번하게 선행을 베푸는 주 경찰 지휘관을 그곳으로 초대해 신세를 갚는다는 것이었다. 나는 빅맥과 카페인으로 연명하고 유리병에 소변을 해결하며 오 주 동안 그곳에서 잠복했다. 토미 카스트로와 지미 새커리의 시디를 너무 많이 따라 불러서 가사를 다 외울 지경이 되었다. 4킬로그램이 늘었고 레드불의 부작용으로 몸이 심하게 떨렸지만 망원렌즈를 장착한 사진기를 손에서 놓지 않았다. 마침내 문제의 경찰이 크라운 빅토리아를 타고 등장했고, 삼십 분 후에 홀터넥 차림의 매춘부 둘이 합류했다.

모텔 방문을 나서는 지휘관 뒤로 반쯤 벗은 매춘부 하나가 작별 키스를 날리는 사진이 단연 최고였다. 헝클어진 머리에 끌려진 넥타이 차림으로 그는 손을 아래로 뻗어 활짝 열린 지퍼를 채우고 있었다. 그 사진은 신문 제1면 상단에 3단 크기로 실렸고, 일주일 동안 항간의 화제가 되었다.

여기가 코네티컷이나 오리건이었다면 그는 아마 곤경에 처했을 것이다. 하지만 이곳은 로드아일랜드다. 그는 여전히 근무 중이다.

20

바 위쪽에 설치된 텔레비전에서 로건 베드퍼드의 도드라진 저음이 울려 퍼졌다.

"새시를 기억하십니까? 옛 주인을 찾아 국토를 가로질러 먼 길을 걸어왔다던 크고 사랑스러운 개. 그럼, 실제로 어떤 일이 있었는지 잠시 후에 들어보시죠. 놀라실 준비 하십시오!"

그리고 10번 방송 액션 뉴스에서 광고를 내보냈다. 우리는 다시 술을 마시며 다른 신문들이 저질렀던 얼빠진 짓에 대해 이야기를 나누었다. 나는 킬리언 맥주를 네 병째 마시고 있었다. 망할 놈의 위궤양! 하지만 오늘 밤엔 맥주가 필요했다.

로건은 신문사에 공식 의견을 구하려고 전화했다가 앞으로 벌어질 일에 대해 정보를 흘렸다. 그래서 우리는 편집장의 암울한 얼굴을 피해 자조적 농담을 나누기에 적합한 장소로 찾아왔다.

벌써 한 시간 가까이 이곳에 있었다. 글로리아가 '내가 최고'

게임의 포문을 열었다. 글로리아의 첫 직장이었던 노스캐롤라이나의 어느 소규모 신문사에서는 '남부 최고의 질을 보유한 암고양이'라는 제목으로 고양이 품평회를 보도한 적이 있다고 한다.

이제 아브루치가 리치먼드의 연합통신에서 일하던 시절의 이야기를 풀어냈다. 날씨 예보에 문학성을 가미하고 싶었던 어느 기자가 이런 문장을 썼다고 한다. "화요일, 동장군이 싸늘한 손가락을 버지니아에 찔러 넣었습니다."

사십 년간 조간신문의 교열을 봐왔던 숀 설리번 부장이 70년대에 우리 신문사에서 근무했던 어떤 술고래 기자의 일화를 들고 합류했다. 포터킷 시청의 취재를 맡았던 그 기자는 시 행정 따위는 아랑곳 않고 음주를 즐겼기 때문에 종종 시 의회 회의를 빼먹고서 나중에 경쟁사인 〈포터킷 타임스〉 편집실에 들러 기사를 훔쳐보곤 했다. 어느 날 〈포터킷 타임스〉의 시청 담당 기자가 거짓 기사를 하나 써놓았다. 시의원 세 명과 경찰서장이 시의 공금으로 낡은 모텔을 구입해 유곽으로 개조했으며, 그 사실을 인정하고 사임한다는 내용이었다. 다음 날 아침, 이러한 내용이 술고래 기자의 이름을 달고 신문에 실렸다. 〈포터킷 타임스〉의 그날 주요 기사는 건널목 안전 요원 두 명의 추가 고용 여부에 대한 시 의회의 논쟁이었다.

"몇 년이 걸리긴 했지만 우리는 마침내 그 실수를 만회했네. 그러니 새시 기사도 그렇게 될 거야."

설리번 부장이 말했다.

기자가 실수를 저지르는 경우가 얼마나 드문지 언론인이 아니라면 잘 모른다. 물론, 제이슨 블레어 같은 사기꾼이 언론계로 꼬여 들기도 한다. 그는 기사 조작으로 〈뉴욕 타임스〉에서 해고당했다. 그런 치들의 거짓말 때문에 나머지 기자들은 상처를 받는다. 또한 악의 없는 실수가 기사의 진실성을 훼손하는 경우에도 기자들은 마음을 다친다.

"자네가 프로비던스 부촌의 '블랙스톤 대로'를 빈민촌의 '블랙스톤 스트리트'로 잘못 기재해놓았다면, 사람들은 그 기사 자체를 믿지 않겠지."

나의 첫 번째 편집장이자 회사의 전설적인 인물 앨버트 R. 존슨이 나에게 했던 말이다. 나는 그 실수로 사흘 동안 밤잠을 설쳤다.

로건이 돌아와서 우리를 놀래주길 기다리면서 빅토리아가 이야기를 시작했다.

"대학교를 졸업하고 서부 매사추세츠에 있는 작은 신문사에 취직했을 때였어요. 그곳에서는 경찰서 취재를 담당했는데, 버드 콜린스라는 고루한 편집자 영감이 '강간'이라는 단어를 절대로 신문에 실어주지 않는 거예요. 그 단어가 독자의 연약한 감성에 상처를 줄 거라면서요. 대신에 '성폭행 범죄'로 고쳐 쓰라더군요. 어느 날 제가 인용문에 '강간'이라는 단어를 썼어요. 인용까지 바꾸지는 못하겠지 하는 생각이었죠. 그런데 신문에 실린 기사를 보니 피해자가 거리를 내달리며 이렇게 외치고 있는 거예요. '성폭행 범죄예요! 성폭행 범죄!'"

우리는 모두 껄껄대며 웃었다. 이제 광고가 끝났고, 로건 베드퍼드의 교활한 얼굴이 또다시 술집을 향해 능글맞게 웃고 있었다.

"저는 마틴 리피트 씨와 함께 프로비던스 실버 레이크 지구에 있습니다."

카메라가 뒤로 빠지면서 로건 옆에 서 있는 삼십 대 남성을 비추었다.

"마틴 씨, 새시라는 놀라운 개에 대해 알고 있는 사실을 말씀해주시죠."

로건이 말했다.

"그러니까, 아까도 말씀드렸듯이 그 개의 이름은 새시가 아니에요. 슈거죠. 전혀 놀라울 것 없는 평범한 개예요."

"새시가 사실은 슈거란 말인가요?"

"맞아요, 로건 씨. 친구들한테 슈거를 맡기고 이 주 동안 버몬트로 스노보드를 타러 갔다 왔어요. 그런데 슈거가 도망쳤더라고요. 그다지 멀리 가진 못하고 고작 몇 집 아래로요."

"랠프와 글래디스 플레밍 부부의 집으로 말이죠?"

"새로 이사 온 사람들, 그 이름이 맞는 것 같네요. 현관에 쌓여 있는 신문 더미에서 슈거의 사진을 보지 못했다면 슈거가 어디에 있는지 몰랐을 거예요. 좀 뜻밖이었다고 할까요."

베로니카가 나를 쿡 찌르더니 키득대기 시작했다.

"새시, 아니 슈거는 지금 어디에 있습니까?"

로건이 말했다.

"새로 이사 온 사람들이 데리고 있는데, 도통 돌려주려고 하지를 않네요."

이제 글로리아와 아브루치도 키득댔다.

"그 사람들은 슈거를 자기네 개라고 생각하는 거죠?"

로건이 물었다.

"당연하죠. 자기네 개를 지독하게 그리워한 나머지 그 개가 자기들을 찾아 국토를 가로질러 먼 길을 걸어왔다고 믿어버린 거죠. 물론, 그렇게 믿다니 약간 맛이 간 게 분명해요."

"그런 기사를 신문에 싣다니 약간 맛이 간 모양입니다."

로건이 새시/슈거 사진이 1면에 커다랗게 실린 지난주 신문을 득의양양하게 들어 올렸다.

"이제 어떻게 하실 생각인가요, 마틴 씨?"

로건이 물었다.

"경찰이 그러는데, 그 사람들이 내일 개를 돌려주러 들를 거라더군요."

"액션 뉴스도 그곳으로 출동하겠습니다. 실버 레이크에서 생방송으로 전해드린, 저는 로건 베드퍼드였습니다. 스튜디오로 넘기죠, 비벌리."

이제 우리는 모두 폭소를 터트렸다. 글로리아는 너무 심하게 웃어서 눈물이 볼을 타고 흘러내릴 정도였다. 신뢰성에 타격을 입었고 웃음거리가 되었으니 신문사에는 안된 일이다. 하지만 우리는 술과 우스운 실수담 때문에 다소 들뜬 상태였다. 오늘 밤에는 하키 경기라도 재미있게 느껴졌을 터였다.

우리는 오 분 후에도 여전히 키득대고 있었다. 그때 바에서 혼자 술을 마시던 하드캐슬이 의자에서 내려와 우리 탁자로 쿵쾅대며 걸어왔다. 그의 표정을 보니 적어도 한 사람은 분명 사태의 심각성을 인식하고 있는 모양이었다.

"자네가 꾸민 일인가, 멀리건?"

하드캐슬이 말했다.

저녁에 폭탄주를 많이 마신 탓에 원래도 느린 말투가 더 느려져 있었다.

그 말투 때문에 탁자에 앉아 있던 우리는 더 크게 웃었다. 우리가 아주 열심히 웃어댔더니 세 자리 건너에 있던 소방관 여섯이 까닭도 모르고 따라 웃었다.

나는 하드캐슬을 구해줄 수도 있었지만, 그러지 않았다. 놈은 그래도 싼 머저리니까. 나는 오랫동안 그 죗값을 치러야 하리라 생각했지만, 정작 말은 이렇게 했다.

"하드캐슬, 멍멍이 DNA를 기다렸어야지."

"좇 까."

하드캐슬의 말에 더 많은 폭소가 터졌다.

하드캐슬이 성큼성큼 걸어 자리를 뜨자, 글로리아가 말문을 열었다.

"자, 이제 끔찍한 경험담이 더는 없는 거죠? 그렇다면 오늘의 승자는……."

"그렇게 서두르지 말라고. 내 차례야."

내가 말했다.

"새시 이야기는 안 돼요."

베로니카가 말했다.

"새시가 아니라 슈거라고."

아브루치가 말했다.

글로리아가 숨넘어갈 듯 웃다가 버드와이저를 엎질렀다.

여급이 행주로 맥주를 닦아내는 동안 내가 말문을 열었다.

"80년대에 우리 신문사에서는 로드아일랜드 올해의 어머니를 선정했어. 우승자에게는 생활 면에 멋진 기사를 실어주고 부상으로 신문 육 개월 구독권을 제공했지. 독자 수백 명이 신문사에 편지를 보내서 왜 자기 엄마가 상을 받아야 하는지를 설명했어. 처음 어머니상을 기획한 기자는 진심 어린 편지를 전부 읽고, 최고의 편지를 쓴 아이와 그 엄마를 인터뷰한 후에 기사를 써서 어머니날에 내보냈어. 1989년이었나, 수상자 발표가 있던 날 사회부 편집장이 전화 한 통을 받았어. '그 여자네 아들 넷이 전부 감옥에 있다는 거 아셨습니까?'"

탁자가 또다시 술렁였다. 이번에는 아브루치의 암스텔 라이트 맥주가 허공을 날았다.

"좋은 시도였어요. 하지만 개 기사에는 못 미쳐요."

소란이 가라앉자 베로니카가 말했다.

"이야기 아직 안 끝났어. 그 어머니날 기사를 누가 썼는지 알아?"

내가 말했다.

"하드캐슬?"

"정답."

"오, 설마, 그랬을 리가!"

"오, 정말, 그랬다니까."

그렇게 말한 다음, 나는 자리에서 일어나 베로니카에게 작별의 입맞춤을 건네고 경주마로 향했다.

21

그날 밤, 나는 또다시 마운트 호프 인근을 배회했다. 미스터 황홀을 찾고는 있었으나 실제로 마주치리라고는 기대하지 않았다. 자정 무렵, 입술 사이에 쿠바 시가를 물고 카오디오로 토미 카스트로의 〈노 풀링〉 앨범을 들으며 도일 애버뉴로 브롱코의 방향을 틀었을 때, 그곳에 미스터 황홀이 있었다. 그자는 사진 속 그 검정 가죽 재킷 주머니에 손을 넣고 의미심장하게 거리를 성큼성큼 걷고 있었다. 나는 몇 미터 앞에 차를 세우고 밖으로 나와 눈 쌓인 보도 위로 올라선 다음, 가까워지는 그를 지켜보았다.

"안녕하십니까? 잠깐 이야기 좀 나눌 수 있을까요?"

내가 말했다.

그자는 잠시 나를 살피더니 눈을 휘둥그레 떴다. 그리고 휙 돌아서서 달아났다. 나는 뒤를 쫓기 시작했다.

보도를 질주해 제릴리 영감의 가게를 지나칠 즈음 그자가 10미

터 정도 앞서 나갔다. 로드아일랜드의 고약한 2월을 덮고 있
는 엷은 숫눈을 우리의 신발이 우둑우둑 뭉갰다. 추적을 시작
한 지 일 분도 못 되어 나는 그간 담배를 피워대고 토요일 아침
운동을 등한시했던 점을 후회했다. 오른쪽 허벅지가 죄어왔고,
옆구리가 쑤셨으며, 심장이 멋대로 쿵쾅댔다.
"이봐요! 그냥 얘기나 좀 합시다!"
내가 그자에게 소리쳤다.
길 끝에 다다르자 그자는 양팔을 쭉 펼쳐서 중심을 잡고는
손가락으로 차가운 공기를 긁으며 방향을 꺾어 오른쪽으로 미
끄러져 들어갔다. 이제 손을 뻗으면 검정 가죽 재킷의 옷깃을
잡아챌 수 있을 만큼 거리가 좁혀졌다. 바로 그때 내 오른쪽 신
발이 그자가 미끄러지며 만들어놓은 빙판을 헛디뎠고, 나는 세
차게 넘어졌다. 그리고 제설차가 차도에서 인도로 치워놓은 뼈
죽한 얼음에 왼쪽 팔꿈치를 쿵 부닥쳤다.
고통이 팔꿈치에서 어깨로 치받쳤다. 나는 허둥지둥 일어나
서 텅 빈 거리 한복판을 내달리는 그자의 모습을 바라보았다.
그리고 다시 그자를 쫓기 시작했다. 그는 작은 사람치고는 잘
달렸으나, 내 보폭이 훨씬 넓었다. 허벅지가 추위에 심하게 경
직되어 갔지만 나는 서서히 거리가 좁혀지는 동안 고통을 인내
했다.
15미터.
10미터.
5미터.

저자를 잡아서 어쩔 셈인가? 때려눕혀? 걷어차? 프라이 수도사가 언론학 수업에서 가르쳤던 인터뷰 기술은 그런 종류가 아니었다. 저자가 칼이나 총이라도 소지하고 있으면 어쩔 셈인가? 내가 제대로 판단하는 거라면, 저자는 이미 여러 차례 사람을 죽였다.

잠시 그런 생각에 빠져 있는 동안, 쌍둥이의 시신이 구급차에 실리던 모습이 불현듯 떠올랐다. 나는 숨을 크게 들이쉬고 그자를 향해 돌진했다. 내 발이 허공을 붕 날았고, 나는 얼굴로 곤두박질쳐서 주르르 미끄러졌다. 얼음판에서 고개를 들었을 때, 그자는 왼쪽 어깨 너머로 내 쪽을 흘끗 바라보았다. 그자의 웃음소리가 들린 것도 같았다.

미스터 황홀이 모퉁이로 전속력으로 달려가서 오른쪽으로 방향을 틀더니, 달음질의 속력을 늦추며 사라졌다.

얼마나 먼 거리를 달렸는지 깨닫고서 놀랐다. 나는 절룩거리며 브롱코까지 여덟 블록을 걸었다. 어떤 놈이 차 문을 억지고 열고 시디플레이어를 떼어 갔다. 나는 성한 팔로 뒷좌석을 뒤져 낡은 티셔츠를 찾아낸 다음, 코에서 흐르는 피를 닦아냈다.

아침이 되자, 팔꿈치는 시꺼멓게 멍이 든 채 부풀어 올랐고 코는 고통을 호소했다.

전에도 다친 적이 있었다. 코에 세 번, 왼쪽 손목에 두 번 골절상을 입었다. 팔꿈치에 맞아 양쪽 눈 위가 찢긴 적도 있었다.

손가락뼈 세 개에 금이 갔었고, 하나는 여전히 휘어 있다. 오른쪽 무릎에는 반달 모양의 수술 자국이 남아 있다. 하지만 전부 농구장에서 다친 상처였다. 언제부터 기자라는 직업이 신체 접촉 운동이 되었을까?

나는 작년 〈타임〉지를 읽으며 로드아일랜드 병원 응급부 대기실에서 두 시간을 보낸 다음, 인턴이 내 엑스레이를 판독해 줄 때까지 한 시간을 더 기다렸다. 그러고 나서야 이번에 금이 간 곳은 내 자존심뿐이라는 사실을 알았다.

나는 이른 오후가 되어서야 일터에 들어섰다. 때마침 사환 아이가 보도자료 한 상자를 하드캐슬의 책상에 내려놓고 있었다. 내가 자리로 가는 동안 여섯 명이 나를 불러 세워서 코에 대해 물었다.

"빙판에서 미끄러졌어."

어느 정도는 진실이었다.

나는 서류 서랍을 홱 열어서 구경꾼 사진이 담긴 봉투를 꺼낸 다음, 사진을 책상에 펼쳤다. 미스터 황홀이 사진 여섯 장에 붙박여 서서 나를 조롱했다. 나는 한참이나 사진을 들여다보았다.

내가 여전히 사진에 매달려 있는데, 에드워드 앤서니 메이슨 4세가 걸어 들어왔다. 나는 정말로 그가 맞는지 확인하려고 두 번이나 쳐다보았다. 그는 휴고 보스 양복을 입고 컬럼비아 언론대학원으로 떠났다가, 이제는 발목까지 내려오는 구깃구깃한 트렌치코트 차림으로 돌아와 편집실을 성큼성큼 가로지르고 있었다. 〈어느 날 밤에 생긴 일〉의 클라크 게이블처럼 갈색 펠트 중절모를 머리 뒤쪽에 얹어놓기까지 했다. 그렇다. 담배를 오른쪽 귀 뒤에 꽂아 마무리한 모습까지 완벽하게 영화 속 게이블의 복장이었다. 그 영화를 보고 실제 기자들도 그렇게 입고 다닌다고 생각한 모양이었다.

메이슨은 대대로 부유한 집안의 자손으로, 뉴잉글랜드의 여섯 명문가로부터 피를 물려받았다. 이들 여섯 가문은 이백 년 넘게 로드아일랜드를 다스리다가 새롭게 등장한 아일랜드인과 이탈리아인들에게 지배권을 빼앗겼다. 그 일에 여전히 화가 나 있는지 이 가문 사람들은 항상 뚱한 표정을 짓고 다녔다. 이들 가문은 기니 해변에서 미국 남부로 노예를 수입하고 남부 면화를 원료로 블랙스톤 밸리에서 방직 공장을 운영함으로써 부를 축적했다. 하지만 좋은 시절은 오래전에 지나갔으며, 이들에게 남은 몇 안 되는 사업체 중 하나가 바로 이 신문사였다.

이들은 남북전쟁 때부터 이 신문사를 소유했으며, 한 세기 동안 초보수 세력을 대변했다. 이민을 배척하고, 여성 참정권에서부터 사회보장제도에 이르기까지 인류가 이룩한 모든 업적을 사회주의로 치닫는 위험한 비탈길이라고 묘사했다. 하지만 이 여섯 가문은 2차 대전의 어느 시점에서부터 차츰 원숙해지더니, 방직 공장 졸부의 상스러운 태도를 버리고 사회 지도층으로서 온정주의적 자세를 취했다. 그 후로 이들은 신문사를 공익 재단으로 운영했고, 유권자에게 정보를 제공하고 대중을 교육하겠다는 대의를 지키기 위해 수백만 달러의 이익을 포기했다. 이들은 신문의 질을 높이기 위해 인쇄용지에 연간 백만 달러를 추가로 쓰더라도 기자에게 명함을 사주는 일에는 언짢아하는 그런 부류였다. 또한 3퍼센트 봉급 인상과 치과 보험에도 질색했다. 그래서 신문 노조 지부는 지난 오 년 동안 새로운 계약을 체결하지 못했다.

이제 새로운 세대가 떠오르고 있었다. 그들은 뉴포트에서 여름을, 애스펀에서 겨울을 보내는 한량들로, 취미 삼아 주식에 손을 대고 신탁 재산을 폭스우즈의 바카라 도박판에서 허비했다. 젊은 메이슨은 그들 중에서 신문사에 관심을 보이는 유일한 인물이었다. 당연히 집안 어른들은 그에게 신문사 경영을 준비시켰다. 그는 컬럼비아 언론대학원(젊은이들에게 오십 년은 낙후된 신문을 발행하도록 가르치는 골생원들의 철옹성)에서 아버지의 돈 2만 달러를 낭비한 후에, 태어나면서부터 제 몫이었던 회사에서 경영 수업을 시작하러 돌아왔다.

메이슨이 편집실을 가로질러 편집국장실로 들어갈 때까지 모두의 시선이 녀석에게 집중되었다. 나는 눈길을 되돌려 사진을 조금 더 들여다보았다. 미스터 황홀을 중단시켜야 했다. 하지만 내 코와 팔꿈치가 말해주듯 나는 그 일에 부적합했다.

내게는 도움이 필요했다.

22

"멀리건이네. 자네가 흥미로워할 이야기가 있어."

"나도 뭔가 있는데. 자네 엉덩이에 처박아줄 300밀리 신발."

"일주일에 두 번이나 그런 말을 듣는군."

"별로 놀랍지도 않군."

폴레키가 수화기를 탁 내려놓았다.

'엿이나 먹어, 이 자식아.'

나는 생각했다.

그리고 조금 더 생각했다. 죽은 쌍둥이를 생각했다. 쪽방 건물 화재에서 발견된 불에 탄 시신 두 구를 생각했다. 아빠를 잃은 디프리스코의 아이들을 생각했다. 밤마다 바깥 어딘가에서 목숨을 걸고 일하는 로지와 대원들을 생각했다. 나는 수화기를 들고 폴레키에게 다시 전화를 걸었다.

"정말로 자네가 알아야 할 정보라니까."

"수작은 로젤리한테나 부리는 게 어때? 녀석은 270밀리를 신으니까."

"이봐, 지금 자네한테 유용한 정보를 주려는 거라고. 좋아,
싫어?"

"얼마나 유용한데?"

"자네를 영웅으로 만들 만큼. 모두가 덤 앤 더머 기사를 잊게
될 만큼."

"나는 빼지그래. 나는 그 기사에 대해 계속 앙심을 품을 생각
이니까."

"이봐. 누가 마운트 호프에 불을 지르는지 알 것 같아. 그 사
람 사진 필요하지 않나?"

폴레키는 잠시 침묵을 지키더니 입을 열었다.

"진짜야?"

"어."

"좋아, 머저리. 이쪽으로 와. 인심 쓰는 셈 치고 사진을 봐주
도록 하지."

"거긴 안 돼. 우리를 알아볼 만한 사람이 없는 곳이어야 해."
내가 말했다.

"십오 분 후에 파운틴 스트리트에 있는 맥도널드에서 봐."

"신문사 사람들이 커피 사러 그곳에 들러."

"그럼, 웨이보셋 스트리트에 있는 센트럴 런치."

"편집장의 누나가 그곳 사장이야."

"좋아, 멀리건. 이건 어때? 브로드 스트리트에 있는 색스 숯
불구이 근처에 굿 타임 찰리라고 하는 스트립 클럽이 있어."

"기독교 청년회 바로 위에?"

"맞아. 거기에서 죽치는 변태 친구라도 있나?"

"거기라면 괜찮을 거 같군."

나는 전화를 끊었다.

신문사 건물에서 경주마를 돌린 다음, 고속도로를 건너 이탈리아인 거주 지역으로 향했다. 로드아일랜드에서나 도로로 간주되는 그런 울퉁불퉁한 길을 타고 남쪽으로 네 블록을 내려가서 브로드 스트리트 외곽에 차를 세웠다. 그곳에서는 짧은 반바지를 입은 열여섯 살 주간 매춘부들이 자리다툼을 하고 있었고, 거리에는 콘돔 쓰레기와 박살 난 1.2리터들이 콜트45 맥주병이 늘비했다.

투광 조명이 내리비추는 작은 무대를 제외하면 스트립 클럽은 어두웠다. 앙상한 흑인 여자가 무대 위에서 막 숨통이 끊어진 뱀처럼 꿈틀댔고, 몇 안 되는 오후 손님들이 흐리멍덩한 눈으로 물방울 맺힌 맥주 캔을 손에 쥐고 가까이에 몰려 앉아 있었다. 폴레키는 이미 뒤편 어두운 칸막이 좌석에 비집고 들어앉아 있었다. 나는 폴레키의 맞은편으로 미끄러져 들어갔다. 여급 하나가 너무 투명해서 저 너머까지 비쳐 보일 듯한 전신 스타킹을 입고 주문을 받으러 나타났다.

"이야, 멀리건! 여긴 어쩐 일이에요?"

여급이 말했다.

폴레키가 나를 보고 얼굴을 찡그렸다.

나는 마리가 호프스에서 서빙을 그만둔 뒤로 어떻게 지내는지 궁금했다. 또한 마리의 벗은 몸도 궁금했다. 두 가지 궁금증이 해결됐으며, 지금 시각은 고작 2시 20분이었다.

마리가 내 소다수와 폴레키의 내러갠싯 캔맥주를 가져다줄 때까지 우리는 말없이 앉아 있었다. 내러갠싯은 이 지방의 인기 맥주였으며, 식민지 시대의 독실한 선조들이 살육했던 로드 아일랜드 인디언 부족의 이름에서 유래되었다. 마리는 내가 건넨 20달러에서 거스름돈 15달러를 돌려주고서 손가락으로 오른쪽 허벅지의 빨간 가터벨트를 들어 올렸다. 내가 1달러를 밀어 넣자 마리가 윙크를 하고 자리를 떴다.

"그래서, 내가 어느 쪽이야?"

폴레키가 말했다.

"뭐?"

"내가 덤이야, 더머야?"

"그게 중요한가?"

"대답 여하에 따라서 팔을 하나 부러뜨릴지 두 개 부러뜨릴지가 결정되지."

나는 한참 동안 잔 너머로 폴레키를 바라보았다.

"이봐, 자네가 나한테 치킨을 같이 먹자고 권할 리도 없고, 나 역시 자네한테 펜웨이 파크에서 야구를 함께 보자고 청할 생각이 없어. 하지만 옛 동네에서 사람들이 불에 타 죽어가고 있어. 그 일 때문에 자네도 나만큼이나 괴로울 거라고 생각해."

"그 이상이지."

폴레키가 대꾸했다.

"그래서 자네한테 사진 몇 장을 보여주려고 해. 보고 나서 돌려주게. 그다음에 차후 계획에 대해 논의하도록 하지."

"좋아."

나는 재킷에서 마닐라지 봉투를 꺼내서 미스터 황홀의 얼굴에 빨갛게 동그라미가 쳐진 사진을 뽑아낸 다음 탁자 위에 펼쳤다. 폴레키가 한 번에 한 장씩 들고 술집의 흐릿한 파란 조명에 비추어 보았다. 폴레키가 사진을 다 보자 나는 사진을 챙겨서 봉투에 집어넣고 봉투를 재킷에 도로 찔러 넣었다.

"그래서, 그 남자가 누구야?"

폴레키가 물었다.

"나도 몰라. 그냥 미스터 황홀이라고 불러."

"그 표정 때문에?"

"그래, 그 표정 때문에."

"이자를 범인이라고 생각하는 다른 이유는?"

"그자가 어젯밤에 도일 애버뉴에서 어슬렁거리더라고. 내가 말을 거니까 도망쳤어."

"자네처럼 크고 늘씬한 사람이 그자를 놓쳤다고?"

"거의 잡을 뻔했는데, 미끄러져서 넘어졌어."

"그래서 코가 그렇게 된 건가?"

"그래."

"부러졌나?"

"아니."

"아쉽군."

폴레키가 마리에게 신호를 보냈고, 마리가 맥주를 가져올 동안 우리는 조용히 앉아 있었다. 경찰은 근무 중에 술을 마실 수 없다고 누가 그러는가?

"음, 자네가 가진 정보도 대단치는 않군. 그거 가지고는 아무것도 증명하지 못해. 하지만 단서는 될 수 있겠어. 우리 쪽에 정보가 별로 없거든. 그 사진을 손에 넣으려면 어떻게 해야 하나?"

나는 재킷에서 봉투를 꺼낸 다음, 미스터 황홀이 가장 잘 나온 사진을 뽑아서 탁자에 내려놓았다. 그리고 사진에서 손을 떼지 않은 채로 폴레키를 뚫어지게 바라보았다.

"자네한테 이 사진을 주지. 하지만 조건이 있어."

내가 말했다.

"말하게."

"자네는 이 사진을 나한테서 얻은 게 아니야. 그리고 우리는 이런 대화를 나눈 적도 없어."

"그렇게 말할 거라고 예상했지."

"언제?"

"좋아."

폴레키는 맥주를 비운 다음 사진을 들고 자리에서 몸을 일으켰다.

"잠깐만. 아까 정보가 별로 없다고 하지 않았나?"

"뭐?"

"단서 말이야, 폴레키. 자네가 단서가 별로 없다고 했잖아. 그 말은 조금은 있다는 뜻 아닌가?"

폴레키가 다시 자리에 앉았다.

"내가 그걸 말해줘야 할 이유가 있나?"

"내가 자네한테 정보를 줬으니, 자네도 나한테 무언가 줘야 하지 않겠어?"

"이건 게임 쇼 〈거래합시다〉가 아니라고, 머저리."

"이렇게 생각해보는 건 어때? 미스터 황홀이 범인이라면 내가 자네의 사건을 해결해준 셈이야. 하지만 확실해질 때까지 나는 계속 주변을 캐고 다닐 생각이야. 그러다 보면 나한테는 비밀을 말할지언정 자네한테는 말하지 않는 사람이 분명 있을 거란 말이지."

폴레키는 잠시 동안 나를 뚫어지게 바라보았다.

"무언가 알게 되면 나한테 전화할 텐가?"

"오늘도 내가 전화하지 않았나."

폴레키는 잠시 조용히 앉아서 여전히 손가락에 껴 있는 결혼 반지를 만지작거렸다. 아직 아내를 사랑하기 때문일까. 아니면 살이 쪄서 반지를 빼내지 못하는 걸까.

"비공개인가?"

폴레키가 말했다.

"물론이야."

"그 망할 놈의 신문에서 이 이야기를 읽게 되지 않았으면 좋겠군."

"그런 일 없을 거야."

"좋아, 멀리건. 우리는 전직 소방관 하나를 주시하고 있네.

매일 오후에 마운트 호프 소방서 주변을 떠돌면서 사람들을 귀
찮게 하는 괴팍한 영감탱이야. 화재 현장에 나타나서 대원들한
테 커피 나눠주는 걸 좋아하지."

아, 제길. 잭 아저씨 이야기 같았다.

"그 사람을 범인이라고 생각하는 확실한 증거라도 있나?"

"아직은 없지만, 그 영감의 알리바이가 형편없어. 매일 밤 집
에서 혼자 경찰 드라마하고 폭스 뉴스를 본다고 주장하더군.
우리가 몰아치니까 질문에 협조적으로 답할 생각은 않고 미친
듯이 화를 내더라고. 로젤리는 그자가 범인이라는 직감이 든다
더군. 나는 그 정도로까지 확신하진 않지만, 그자가 전형적인
범죄자 유형에 들어맞긴 해."

"어째서?"

"혼자 살아. 거기다가 패배자 유형이지. 소방서에서 삼십 년
을 일하면서 승진 한번 못했어. 불을 껐던 사람이라면 불을 지
르는 법도 알겠지."

"전직 소방관이 불을 질렀을 거라고 생각한다고?"

"얼마나 많은 방화범이 소방관이나 전직 소방관으로 밝혀지
는지 아나?"

"얼마나 되는데?"

"나도 몰라. 하지만 많아. 불을 꺼서 영웅이 되려고 불을 지
르는 놈도 있고, 동료들과 불을 끄는 게 좋아서 불을 지르는 놈
도 있어. 물론, 그냥 미친놈도 있고."

"그 사람 이름이 뭔가?"

"안 될 말씀. 말해줄 수야 없지. 내가 준 정보로 직접 알아내 게나."

폴레키가 다시 자리에서 일어나 가게를 나서자 마리가 "또 오세요."라고 외쳤다. 나는 몇 분 동안 혼자 앉아 있다가 출입 구로 걸어가서 문을 열고 거리를 살폈다.

나는 굿 타임 찰리에서 나가는 모습이 아니라 폴레키와 동 석했던 모습을 들킬까 봐 걱정했다. 폴레키에게 미스터 황홀의 사진을 넘겨줌으로써 나는 넘지 말아야 할 선을 넘었다. 기자 는 경찰에게 정보를 제공해서는 안 된다. 어떤 기자는 증인 소 환에 응하는 대신 법정 모욕죄로 감옥에 가는 쪽을 택하기도 한다. 기자의 직무를 제대로 수행하려면 고독해져야 한다. 기 자가 쥐새끼처럼 군다면 제릴리 영감 같은 사람은 우리와 말도 하지 않을 것이다.

나는 폴레키에게 사진 그 이상을 넘겼다. 덤 앤 더머 중에서 더 나은 반쪽에게 나를 협박할 만한 빌미를 제공한 것이다. 폴 레키의 뇌세포가 그 사실을 깨달을 정도로 기능을 한다는 전제 하에 말이다. 폴레키가 내가 한 짓을 로맥스 편집장에게 말한 다면 나는 깡통을 구하고 연필을 장만해야 할 것이다. 하지만 내 양심에 비추어 볼 때, 또다시 무고한 희생자가 생기도록 내 버려두느니 차라리 직장을 잃는 편이 나았다.

23

마운트 호프 소방서에 갔더니 로지는 퇴근하고 없었다. 식당에서는 소방관 여섯이 노란 포마이카 탁자 주변에 제짝이 아닌의자를 끌어다 놓고 앉아서, 소방 부대장 로난 매카운이 오븐에서 라자냐 팬을 꺼내는 모습을 지켜보고 있었다.

"잭 센토판티 씨 근처에 있습니까?"

나에게 돌아온 건 성난 눈초리뿐이었다.

나는 매카운을 보고 한쪽 눈썹을 치켜세웠다.

"그 고집쟁이 영감, 여기에 없습니다. 우리가 더는 이곳에 오지 말라고 했어요."

매카운이 말했다.

나는 브롱코를 타고 캠프 스트리트로 가서 53번지 앞에 차를세웠다. 그곳에는 백여 년 전에 단독 세대용으로 지어진 기괴한 빅토리아 양식의 건물이 서 있었다. 지금은 초인종 열두 개가 현관 문설주에 더덕더덕 손티를 내놓았다. 초인종은 작동하지 않았지만 상관없었다. 슬쩍 밀자 문이 삐걱대며 열렸다. 나는 담배꽁초와 광고물이 어질러진 복도로 들어섰다.

헐거운 고무 디딤판에 발이 걸리거나 흔들리는 난간에 몸을 기대지 않도록 주의하면서 계단을 올랐다. 잭 아저씨의 집은 2층의 어둑한 복도 끝에 있었다. 묵직한 단풍나무 문에는 황동으로 만든 23이란 숫자가 박혀 있었고, 3자는 헐거워져 거꾸로 매달려 있었다. 손을 들어 문을 두드렸다.

"열려 있소."

문고리를 돌리고 들여다보니, 잭 아저씨가 푹신한 안락의자에 앉아 맨발을 쿠션에 올려놓고 커다란 잔을 손에 들고 있었다. 의자 옆 파이 모양의 마호가니 탁자에는 반쯤 비워진 짐 빔 위스키 병이 놓여 있었다. 불은 꺼져 있었고, 저무는 하루의 마지막 일광이 반쯤 내려진 베니션 블라인드 틈으로 희미하게 새어 들었다. 탁상용 텔레비전에서 폭스 뉴스가 방송되고 있었으나 소리는 한껏 낮춰져 있었고, 불빛이 잭 아저씨의 얼굴을 파랗게 씻어 내렸다. 내가 문 옆의 스위치를 올리자 천장 조명이 켜졌고, 갑작스러운 빛에 아저씨는 얼굴을 찡그리며 왼손으로 눈을 가렸다. 탁자 표면을 보호하려고 술병 아래에 코바늘로 뜬 깔개를 깔아둔 것이 보였다.

"리엄? 마돈나(세상에). 만나서 반갑구나, 이 녀석아."

"저도 반가워요, 아저씨."

잭 아저씨와 로지 그리고 일가친척만이 나를 리엄이라고 부를 수 있었다.

"앉아, 앉으렴. 네 집처럼 편하게 생각하려무나."

나는 맞은편 의자에 앉았다. 아저씨는 며칠 동안 면도를 하지 않은 모양이었다.

"한잔할래?"

"좋죠."

아저씨가 일어나서 느릿느릿 주방으로 향했다. 목욕 가운의 허리띠가 바닥에 질질 끌렸다. 싱크대에서 물소리가 들렸다. 아저씨는 젖은 잔을 들고 돌아와서 나에게 디밀었다. 그리고 자리에 앉아 술병을 건넸다.

"그래, 어떻게 지냈니?"

"잘 지냈어요, 아저씨."

"네 예쁜 여동생은 잘 있고?"

"멕도 잘 있어요. 내슈아에서 아이들을 가르쳐요. 교외에 집도 장만했고요. 지난여름에 뉴 헤이븐 출신의 다정다감한 아가씨랑 결혼도 했어요."

"메르다(젠장맞을)!"

아저씨는 잠시 동안 나를 쳐다보더니 콧김을 내뿜고서 말을 이었다.

"뭐, 네가 좋다면야 나도 괜찮다. 에이단은 어떠냐? 너희 둘 아직도 말 안 하는 게냐?"

"저는 해요. 에이단이 안 하는 거죠."

"그렇다면 대화를 하기가 어렵지."

"맞아요."

"나는 도커스가 마음에 안 들었다."

"알아요."

"파짜 스트론짜(미친년). 진짜 롬피날레(악녀)."

잭 아저씨가 이탈리아를 가장 가까이에서 접해본 거라고는 카세르타의 치즈 미트볼 피자가 고작이었지만, 아저씨는 이탈리아 욕에 통달했다.

"너희 둘이 도커스한테 무슨 매력을 느꼈는지 나는 죽어도 모르겠다, 리엄. 도커스가 너랑 결혼했을 때 내가 에이단한테 그랬다. 운이 좋은 쪽은 오히려 에이단 너라고."

"결국 아저씨가 옳았어요."

"그래. 지금쯤 에이단도 그걸 알았을 테지."

"아마 그랬을 거예요. 하지만 멀리건 사람들은 앙심을 품으면 오래가잖아요."

아저씨가 웃었다.

"이 녀석아, 내 얘기 좀 들어봐라. 언제더라, 섀드 팩토리에서 내가 물고기 열두 마리를 낚은 적이 있었단다. 하지만 너희 아빠는? 한 마리도 못 잡았지. 차를 타고 집에 가는 길에 내가 약을 좀 올렸더니 너희 아빠는 너무 인카차토해서(화가 나서) 여섯 달 동안이나 나한테 한마디도 안 했다. 겨우 그깟 일에 말이다."

아저씨의 잔이 비었다. 내가 술병을 건네자 아저씨는 잔을 채우고서 병을 조심스럽게 깔개 위에 내려놓았다. 그제야 탁자 위 술병 옆에 놓인 사진틀이 눈에 들어왔다. 나는 의자에서 일어나 사진틀을 집어 들었다. 섀드 팩토리 연못가에서 아저씨와 아버지가 긴 장화를 신고 긴 생선 꿰미들을 들고 서 있었다. 아버지의 단짝 친구에게 자주 연락하지 못했던 일이 죄스러웠다.

"고집 센 아일랜드 사내였지. 너희 아빠 말이다. 그립구나."

"저도 그래요."

아저씨는 한숨을 내쉬고 술을 들이켰다.

"파밀랴(가족). 파밀랴."

아저씨는 결혼을 하지 않았다. 그래서 아저씨의 부모님이 돌아가신 후로 가장 가까운 가족이라고는 멀리건 식구들뿐이었다. 하지만 그것도 오래전 이야기였다. 나는 사진을 탁자에 올려놓고 천천히 의자로 돌아가 앉았다.

"혹시 무슨 일 있으세요, 아저씨?"

"여전히 건강한데 무슨 불평이 있겠니."

"여기 오기 전에 소방서에 들렀어요. 아저씨가 거기에 계실 거라고 생각했거든요."

"아니. 그곳에다 내 삶을 충분히 쏟아부었다. 더는 게서 시간을 보내지 않을 생각이다."

나는 잠시 아저씨를 바라보기만 했다.

"그 일에 대해 혹시 하고 싶은 말 없으세요, 아저씨?"

"이런, 젠장. 네가 들었을 거라고 생각했다."

"들었어요. 하지만 아저씨한테 직접 듣고 싶어요."

"소방관 사내들? 하나하나 다 좋은 녀석들이지. 네가 필요하다고만 하면 입고 있는 셔츠에 바지까지 벗어줄 사람들이야.

그렇다면 그 여자? 로지? 처음엔 왜 그 여자가 소방대장이 됐는지 의심스러웠다. 확실히 우리 땐 여자 소방관이 없었거든. 하지만 그 여자 정말 대단한 사람이더구나. 그래서 나는 어떤 소방관도 비난하지 않는단다."

"그런데요?"

"방화수사관 두 놈, 폴레키하고 로젤리던가? 그 자식들이 월요일 오후에 소방서로 거들먹거리며 들어와서는 모두가 있는 앞에서 나한테 젠장맞을 질문들을 해댔지. 그런 다음에 소방관들한테 묻더구나. 내가 왜 항상 거기서 시간을 보내는지, 화재가 발생했을 때 내가 어디에 있었는지, 내가 수상한 짓을 하는 걸 본 적이 있는지. 그래서 소방관 녀석들이 나를 용의자라고 생각하게 됐어. 삼십 년 동안 소방관으로 일한 나를 말이다. 망할 놈들."

"수사관들한테는 뭐라고 하셨어요?"

"'바판쿨로(꺼져)!'라고 했다. 그다음에 놈들이 이웃집 문을 두드리고 다니면서 더 많은 질문을 해대더구나. 이제는 모두가 나를 이상하게 쳐다보고, 내가 인사를 건네도 받아주질 않아."

"화재가 발생했을 때 어디에 계셨는지 저한테 말씀해보세요. 제가 누명을 벗겨드릴 수 있을지도 모르잖아요."

"바로 여기에 있었단다. 혼자서. 밤이면 늘 그렇듯 텔레비전을 보면서. 폭스 뉴스의 빌 오라일리가 텔레비전으로 나를 보지는 못했을 테니, 나는 알리바이가 없는 게지."

"쪽방 건물에 불이 났을 때는요? 그건 낮에 발생했잖아요."

"소방서에 있었다. 그 두 꼴리오네스(머저리들)한테도 그렇게 말했어. 하지만 놈들이 소방관들한테 질문했을 때, 내가 그곳에 줄곧 있었는지 잠시 자리를 비웠는지 기억하는 사람이 아무도 없었어."

"좋아요. 저는 아저씨가 이렇게 하셨으면 좋겠어요. 의자에서 일어나서 낚시하러 가세요."

"지금은 낚시 철이 아니야."

"그럼 다른 곳으로 가세요. 알래스카? 아니면 플로리다? 장비를 챙겨서 비행기를 타세요. 어디로 가는지 아무한테도 말씀하지 마시고요. 비행기 표랑 호텔 영수증을 계속 가지고 계세요. 그럼 다음 화재가 발생할 때 아저씨는 알리바이를 갖게 되는 거예요. 돌아오셔도 괜찮겠다 싶으면 제가 휴대전화로 알려드릴게요."

"젠장, 리엄. 나는 그럴 돈이 없어."

"제가 낼게요."

"그럴 순 없어."

"그러셔야 해요."

"안 돼, 리엄. 그럴 수는 없다."

아저씨는 자신의 의지가 분명히 전달되도록 단호한 목소리로 말했다.

나는 한숨을 쉬고서 팔짱을 낀 채 잠시 생각에 잠겼다. 그리고 주머니에서 시가를 꺼내 아저씨에게 하나 건넸다.

"나는 괜찮다. 너나 피우렴."

아저씨가 말했다.

나는 시가 커터로 끝을 잘라내고 불을 붙인 다음, 의자에 기대어 담배 연기로 도넛을 두 개 만들었다.

"저기요, 아저씨. 놈들이 아저씨한테 질문을 또 할지도 몰라요. 그때는 아무 말씀도 하지 마세요. 놈들이 아저씨더러 경찰서로 가자고 하면 체포되는 거냐고 물어보세요. 아니라고 하면 가지 마세요. 그렇다고 하면 변호사를 요청하시고 변호사가 올 때까지 한마디도 하지 마세요. 저를 위해 그렇게 해주세요. 아셨죠?"

"알았다. 그렇게 하마."

"그리고 제가 아무 말 말라 그러더라고 폴레키하고 로젤리한테 말씀하시면 안 돼요. 아셨어요?"

"알아들었다."

"오래가진 않을 거예요, 아저씨. 조만간에 방화범이 실수를 저질러서 덜미를 잡힐 테고, 그러면 아저씨는 일상을 되찾으실 거예요."

"그랬으면 좋겠구나, 녀석아."

나는 시가를 조금 더 피우고 아저씨는 술을 조금 더 마시며, 우리는 아버지를 조금 더 추억했다. 시가가 끝 부분까지 탔을 때 나는 꽁초를 잔에 떨어뜨리고 자리에서 일어섰다. 아저씨도 일어나서 문까지 나를 배웅했다.

"너희 아빠가 곁에서 말 상대가 되어주면 좋겠다. 이웃들이 나를 보는 시선이 어떤지 너한테는 설명도 못 하겠구나."

아저씨가 말했다.

내가 복도로 나서자, 아저씨는 불을 끄고 문을 닫았다. 계단을 터덜터덜 내려오면서 나는 어둠 속에 홀로 앉아 커다란 잔으로 위스키를 들이켤 아저씨의 모습을 생각했다.

24

그날 저녁, 경찰이 새시/슈거를 데리러 왔을 때 랠프와 글래디스 플레밍 부부는 작은 집에 방어벽을 치고 들어앉았다.

경찰은 총을 뽑아 들고 확성기로 부부와 협상을 시도했다. 아무런 효과가 없자 문을 부수려고 공성 망치를 현관에 끌어다 놓았다. 그리고 망치를 휘두르다가 얼어붙은 층층대에서 미끄러져 단단하게 굳은 눈 위로 나자빠졌다. 그 덕에 로건은 6시 뉴스에 내보낼 기막힌 장면을 손에 넣었다. 경찰들이 허둥지둥 일어나서 다시 망치를 휘두르려 하자, 개의 정당한 주인으로 추정되는 마틴 리피트가 얼토당토않은 짓이라고 지적했다. 잠시 동안 경찰 열두 명은 멋쩍은 표정으로 멀뚱멀뚱 서 있었다. 그러고는 순찰차로 뛰어들어 떠나버렸다.

로건은 10번 방송이 분쟁 해결에 나섰다는 소식을 전하며 보도를 마쳤다. 개의 다리를 엑스레이로 촬영하고 발바닥을 검사하면 새시/슈거가 국토를 횡단했는지 도로를 횡단했는지 확실하게 드러날 것이다. 매사추세츠 그래프턴에 위치한 터프츠 대학교 수의학 대학원에서 검사를 담당하기로 했고, 10번 방송이 비용을 부담하기로 했으며, 리피트와 플레밍 부부는 결과에 승복하기로 동의했다.

"로건 같은 멍청이가 프로비던스 경찰국보다 더 분별력이 있다니 참으로 슬픈 일이야."

바 위쪽에 설치된 텔레비전에서 광고가 시작되었을 때 내가 입을 열었다.

"오리건에 산다는 그 사람들한테 연락해서 아직 개를 데리고 있는지 알아보는 게 더 쉽지 않을까요?"

베로니카가 말했다.

일주일 전에 에드나 스틴슨이 나에게 전화를 걸어서 새시가 목재 운송 트럭에 심하게 치였으며 살릴 방도가 없었다고 말해주었다. 하지만 나는 베로니카에게 이렇게 말했다.

"하드캐슬이 연락했는데, 스틴슨 부부가 브리티시컬럼비아로 연례적인 낚시 여행을 떠나서 한 달간은 연락이 되지 않을 거라고 그러더래."

베로니카가 핸드백에서 버지니아 슬림 한 갑을 꺼내서 담배 한 개비를 입술에 물었다. 나는 몸을 기울여 콜리브리로 불을 붙여주었다. 베로니카가 한 모금 빨더니 생각을 바꿨는지 담배를 재떨이에 비벼 껐다.

"직장에서 담배를 못 피우게 하니까 지금이 담배 끊기에 적기인 거 같아요."

베로니카가 말했다.

나는 시가를 하나 더 피우고 싶었지만 지금은 시가에 불을 붙이기에 적기가 아닌 것 같았다.

베로니카가 의자에서 일어나 25센트짜리 동전 몇 개를 주크박스에 집어넣고 느린 노래 몇 곡을 눌렀다. 밥 딜런의 원곡을 가스 브룩스가 다시 부른 '당신이 내 사랑을 느낄 수 있도록 (To Make You Feel My Love)'이 흘러나오는 동안, 우리는 자리에서 일어나 탁자 사이의 좁은 공간에서 잠시 춤을 추었다. 우리의 신발이 모래가 서걱대는 나무 바닥을 문지르며 소리를 냈다. 베로니카의 몸이 내 몸에 밀착되는 느낌이 좋았다. 그런 다음, 우리는 손을 잡고 호프스에서 쾌청한 밤으로 걸어 나왔다. 이달 들어 처음 보는 맑은 날이었다.

밝은 달이 시청 위로 떠올랐다. 우리는 보도 위에 서서 입을 맞추었다. 아직 이른 시간이었지만 최근에 우리 둘은 너무 자주 늦은 시각까지 깨어 있었다. 우리는 그 사실에 동감했고, 각자의 차를 타고 각자의 집으로 향했다.

25

나는 경주마의 저녁 잠자리를 봐주고 좁은 계단을 올라, 베로니카의 칫솔이 칫솔꽂이에서 마음 든든하게 나를 기다리고 있는 집으로 향했다.

텔레비전을 〈로 앤 오더: 성범죄 전담반〉 재방송에 맞춰놓고 미국 정부 간행물을 읽기 시작했다.

"미국·주류·담배·화기 단속국(ATF)에 관한 21세기 안내서: 방화와 폭발물, 폭파 협박과 탐지, 폭탄 전담반, 범죄 해결에 활용되는 탄도 공학, 총기 거래, 브래디 법, 갱 예방을 위한 교육과 훈련, 특별 수사관 채용 안내, 안전에 관한 정보·법률·규제·지침, 지역 조직, 연구실, 서식, 단속국 보고서, 교회 방화 전담반 등의 내용을 포괄함(연방정부 핵심 정보 총서)."

클린트 이스트우드가 영화 판권을 소유하게 되었다고 한다.

깜빡 졸았던 모양이다. 문 두드리는 소리에 소스라쳤다. 반쯤 졸면서 맨발로 차가운 장판을 가로질러 잠금장치를 풀었다.

샤론 스톤이 현관의 밀짚 깔개에 하얀 비닐 부츠를 비벼대고 있었다. 이상했다. 할리우드에서 누군가가 방문하리라고는 생각도 못 했다. 안면이 있는 할리우드 연예인이라고는 로드아일랜드 출신의 코미디언 루스 버치뿐이고, 그나마도 코미디 쇼 〈래프 인〉이 끝난 후로는 소식을 듣지 못했다.

"어? 들어오라고 하지 않을 건가요?"

샤론 스톤이 말했다.

"이거 실례했군, 글로리아. 자기인 줄 알았으면 셔츠를 입었을 텐데."

신경 세포가 점화되고 뇌세포에 불이 들어온 후에야 내가 입을 열었다.

"가슴 근육이 멋지네요."

글로리아가 문지방을 넘어섰다.

'그렇긴 하지.'

나는 생각했다.

글로리아는 새끼줄 모양이 들어간 하얀 스웨터를 입고 있었는데, 풍만한 가슴은 돋보이면서 통통한 허리는 가려지는 효과가 있었다. 각각 광각렌즈와 망원렌즈가 장착된 니콘 카메라두 대가 목에 매달려 있었고, 검정 가죽끈 때문에 가슴골이 더깊게 드러났다. 글로리아는 오른쪽 어깨에 얹힌 초록 파카를 걸어두려고 주위를 두리번거렸으나, 마땅한 장소를 찾지 못하자 파카를 그냥 바닥에 내려놓았다.

내가 음료를 권했지만 글로리아는 베로니카의 러시안 리버도 내 마룩스도 사양했다. 우리는 침대 가장자리에 걸터앉았다. 글로리아가 굳이 그러지 않아도 된다고 말렸으나, 나는 낡은 페드로 마르티네즈 레드삭스 야구 셔츠를 걸쳐 입었다. 내가 아는 어떤 지방 검사보와도 닮은 구석이 없는, 거식증에 걸린 듯한 여배우와 샘 워터스톤이 미국 형사 사법 제도의 또 다른 승리를 자축하며 〈로 앤 오더: 성범죄 전담반〉이 끝나자, 버라이즌 통신 회사의 전속 광고 모델이 나에게 휴대전화 서비스를 팔아보려고 입을 열었다. "이제 들리십니까?"라고 외쳐대는 저 사내는 볼 때마다 짜증스러웠다. 내 왼손 혹이 그에게까지 닿지 않아서 나는 리모컨으로 그자를 조용히 시켰다.

"오늘 밤엔 뭐 하면서 보낼 계획이에요? 배우들이 범죄를 해결하는 척 연기하는 모습을 지켜볼 건가요? 아니면 또다시 거리로 나가서 실제 사건을 해결하려고 애쓸 건가요?"

글로리아가 말했다.

"무슨 소리야?"

"당신이 밤에 마운트 호프 주변을 어슬렁거린다는 소문을 들었어요."

"어디서 들었어?"

"아는 경찰한테서."

"그래, 딱히 다른 방법이 생각나질 않아서 그냥 어슬렁거리면서 며칠 밤을 날렸지. 하지만 시간 낭비야, 글로리아. 더는 그런 짓 안 할 거야."

"시간 낭비가 아니에요. 운이 좋을 수도 있다고요. 나는 벌써 한차례 행운을 잡았는걸요."

"어떻게?"

"쪽방 건물 화재 사건이 있던 밤에 화재 경보를 울린 게 바로 나예요. 첫 번째 소방차가 현장에 도착하기 전에 사진을 마흔 장이나 찍었다고요."

"집에 가는 길에 우연히 사고를 목격했다고 그러지 않았어?"

"거짓말한 거예요."

글로리아는 이 주 동안 거의 매일 밤 어둠이 내려앉은 후에 동네를 떠돌아다녔다. 대부분은 차를 타고 다녔지만, 가끔은 포드 포커스를 거리에 세우고 차에서 내려 다리 운동을 했다. 내가 첫째 밤에 보았던 그 사람, 사진기처럼 생긴 물건을 들고 지나가던 사람이 글로리아였는지도 모르겠다.

"한차례 행운을 잡았다고는 해도 그런 일이 또 일어나지는 않을 거야."

내가 말했다.

"사진사는 자신의 운명을 스스로 개척해요. 그 화재 사진 덕분에 현상소에서 나올 수 있었어요. 다음 주부터 정식 사진기자로 일하게 됐어요."

글로리아가 말했다.

"잘됐군, 글로리아. 오래전에 그랬어야 해. 하지만 밤에 혼자서 동네를 배회하는 일에는 찬성할 수 없어."

"그러니까 나랑 같이 가요. 동행을 부탁하려고 여기 들른 거예요."

"여기서 나랑 크레이그 퍼거슨 쇼나 보는 게 어때?"

"제발요, 멀리건. 커다란 초승달이 뜬 화창한 밤이라고요. 보온병에 뜨거운 커피도 가득 채웠고, 시디플레이어에 버디 가이 음반도 넣어뒀어요. 원한다면 내 차에서 담배를 피워도 괜찮아요. 아니면 나한테 가볍게 키스를 해도 좋고요. 그래준다면야 나도 좋겠네요."

글로리아는 몸을 기울여 시험 삼아 나에게 입을 맞췄다.

"음, 괜찮은 것 같네요."

글로리아가 말했다.

"나도 그렇긴 하지만, 으음……."

"하지만, 베로니카가 싫어할 거라고요?"

"으응."

"두 사람 진지한 사이예요?"

"아니. 잘 모르겠어. 뭐, 그럴 수도 있고."

"나랑 하룻밤 지내보면 판단을 내리는 데 도움이 되지 않을까요?"

그럴지도 모른다. 완벽하게 논리적이며 매력적인 제안이었다. 그렇지만 그 제안 어딘가에 결함이 있을지도 모른다는 느낌이 들었다. 나는 추위에 대비해서 옷을 입기 시작했다.

좀 더 따뜻한 바지로 갈아입으려고 욕실로 들어가서 문을 닫았을 때, 전화벨이 울렸다.

"전화 좀 받아줄래, 글로리아?"

나는 더 분별력 있게 행동했어야 했다.

글로리아가 "여보세요."라고 말하더니 매우 조용해졌다. 나는 지퍼를 올리고 빠르게 밖으로 나가서 수화기를 잡았다.

"이!

나쁜!

새끼야!"

"여보세요, 도커스."

"그래, 저 여잔 누구야?"

"그냥 신문사 동료야."

"벌써 붙어먹었어?"

"아직."

"시작할 때 나한테 좀 알려주지그래? 이혼 요청서에 간통 횟수를 더 추가하게 말이야."

"잘 자, 도커스."

나는 전화를 끊었다.

"전 부인?"

글로리아가 말했다.

"으응."

"그 여자가 나를 뭐라고 불렀는지 당신도 들었어야 하는데."

"내가 대신 사과할게. 조금 맛이 갔거든."

"그런 것 같았어요."

"있잖아, 내 생활이 요즘 좀 복잡해, 글로리아."

"그리고 내가 더 복잡하게 만들 거 같나요?"

"좋은 쪽으로. 하지만 맞아. 그럴 거 같아."

"아, 젠장. 어쩔 수 없죠. 상황이 정리되면 어디서 나를 찾아야 하는지는 알죠?"

그렇게 말하고서 샤론 스톤은 내게 작별의 포옹을 하고 바닥에서 외투를 주워 문밖으로 걸어 나갔다.

26

편집실 한복판에 버티고 있는 편집국장실은 사면이 통유리로 둘러싸여 마치 수족관 같았다. 가끔 나는 실리콘으로 틈새를 메우고 물을 가득 채운 다음 열대어를 넣어볼까 하는 유혹에 시달렸다.

유리 너머로 마셜 펨버턴 편집국장이 번쩍이는 떡갈나무 책상에 앉아 있었다. 빨간 넥타이를 느슨하게 풀고 빳빳한 하얀 셔츠의 소매를 걷어붙인 품새가 벌써 업무 준비를 마친 모양이었다. 로맥스 편집장도 접객용 밤색 가죽 의자에 앉아 있었다. 나도 걸어 들어가서 의자 하나에 털썩 주저앉았다.

"절 보자고 하셨다죠?"

내가 말했다.

"멀리건, 내 자네한테 아주 중요한 임무를 하나 맡기려고 하네."

펨버턴 국장이 말했다.

"감사합니다만, 저는 이미 하나 맡고 있습니다."

펨버턴 국장이 편집장을 쳐다보며 한쪽 눈썹을 둥글게 치켜세우더니, 나의 무례함을 무시하기로 했는지 계속 말을 이었다.

"자네도 알다시피, 사장 아들이 컬럼비아 대학원에서 돌아와 오늘부터 인터넷 신문기자로 일을 시작한다네. 신문업계에 대해 깊고 지속적인 관심을 견지한 매우 진지한 젊은이야. 그 친구가 최고의 기자한테 일을 배우고 싶어 하기에 우리가 자네를 조언자로 선택했네. 추후 통지가 있을 때까지는 그 친구가 자네의 모든 취재에 동행할 걸세."

"음, 그런 특권을 누리게 되어 퍽 영광입니다만, 작은 문제가 하나 있습니다."

내가 말했다.

"그게 뭔가?"

"저는 마운트 호프 방화 사건 조사에 엉덩이를 깊이 디밀고 있습니다. 그래서 그 고귀한 코를 닦아주고 냄새나는 기저귀를 갈아줄 시간이나 인내심이 없습니다."

5초 동안 펨버턴 국장의 얼굴에는 노여움에서 격노까지 여섯 단계의 감정 변화가 나타났다. 국장은 무언가를 말하려다가 마음을 돌려는지 도움을 구하듯 로맥스 편집장을 바라보았다.

"이 일에 대해 자네는 결정권이 없네, 멀리건."

로맥스 편집장이 말했다.

"그 귀족 나리의 엉덩이를 위층 '생활' 부서에 붙박아두는 건 어떻습니까? 그러면 녀석이 편집실을 어정거리며 제 일을 방

해하지도, 1면에 어떤 기사를 실으라며 여러분을 귀찮게 하지
도 않을 텐데요."

내가 말했다.

"사실 우리도 그 생각을 했었네. 하지만 그 친구가 자신의 경
력을 뉴스 편집실에서 시작하겠다고 고집해서 말이야. 자네와
일하겠다는 것도 그 친구의 생각일세. 자네의 기사를 읽고 자
네를 신문사 최고라고 생각한 모양이야. 내가 그렇지 않다고
설득해봤네만 아무 소용이 없었네. 멀리건, 솔직히 우리는 자
네한테 이 임무를 맡길 생각이 전혀 없었다네. 새로운 정보 매
체에 관한 한 자네는 공룡 같은 존재가 아닌가. 게다가 신문사
사주에 대한 자네의 불손한 태도는 나도 익히 알고 있네. 그렇
지만 결정은 우리 소관이 아니었네."

펨버턴 국장이 말했다.

"오, 신이시여!"

내가 이렇게 말하긴 했지만, 이 결정은 신의 소관도 아니었다.

"우리 모두는 언젠가 그 친구 밑에서 일하게 될 걸세, 멀리
건. 그 친구를 좀 존중해주라고."

로맥스 편집장이 말했다.

자리로 돌아가 보니, 에드워드 앤서니 메이슨 4세가 내 책상
구석에 자리를 틀고 있었다. 잡지 표지 모델처럼 잘록한 허리
하며 고가의 검정 바지에 싸인 긴 다리하며 파란 실크 넥타이
하며, 마치 《위대한 개츠비》의 첫 장에서 막 걸어 나온 사람 같
았다. 아마 저 넥타이 하나가 내 옷장에 있는 옷 전부보다 비쌀

것이다. 메이슨이 클라크 게이블 중절모를 벗으며 담갈색 곱슬머리를 가득 드러내 보였다.

"안녕하십니까."

메이슨이 말했다.

"딴 곳에나 가보시지."

내가 말했다.

"곤란한 시간입니까?"

"그래. 가서 폴로나 치다가 삼십 년 후에 돌아오는 건 어떤가?"

"제가 뭐 불쾌하게 했습니까?"

"기사 첫 문장도 쓸 줄 모르면서 신문사를 운영할 생각부터 하는 어떤 인간 때문에 불쾌하네. 회사 경영에 참여하고 싶은 거라면 그냥 날짜나 고르는 게 어떻겠나. 그 날짜에 맞춰 아버지는 이사회 회장직에 오르고 아들은 사장 자리를 물려받으면 될 테니. 하지만 나는 자네가 회사를 경영할 일은 없을 거라는 데에 50달러 걸었네."

"정말입니까?"

"정말이네."

"왜죠?"

"이봐, 신문은 사양 산업이야. 독자들이 우리를 버리고 있다고. 크레이그스리스트하고 이베이한테 신문 광고를 거의 다 뺏겼어. 그리고 빼앗긴 광고를 되찾을 방법은 없네."

"그저 과도기에 있을 뿐이라고 생각합니다."

메이슨이 말했다.

"컬럼비아에서 그렇게 가르쳤나? 젠장, 주위를 둘러보라고. 각지에서 신문사들이 비용을 삭감하고 있네. 워싱턴 지부를 폐쇄하고, 신문 면수를 줄이고, 기자를 수백 명씩 해고하면서. 그러고도 여전히 큰 적자를 면치 못하고 있어. 나이트 리더 신문사는 이미 패배를 인정했네. 트리뷴 사도 끝에 다다른 것처럼 보이고. 〈로키 마운틴 뉴스〉도, 〈시애틀 포스트 인텔리전서〉도, 〈샌프란시스코 크로니클〉도 아슬아슬 붕괴 직전까지 내몰렸다고. 우리 신문사에선 그런 일이 일어나지 않으리라 생각한다면 오산이야. 편집실 주변에 떠도는 소문을 들어보니, 우리 회사도 작년에 이삼백만 달러가량 적자를 냈다더군."

"더 많습니다."

"아, 젠장. 정말인가?"

"네."

"얼마나 더?"

"말씀드릴 수 없습니다."

"그렇다면 정리해고가 시작되겠군?"

"그런 사태가 발생하지 않도록 아버지와 저는 힘이 닿는 한 어떤 일이라도 할 생각입니다."

"과거로 돌아가서 앨 고어가 인터넷을 발명하지 못하도록 손쓸 수 없다면 정리해고를 막을 방법이 별로 없을 텐데. 신문사들은 종말을 향해 가고 있다고, 애송이. 자네가 회사를 물려받을 준비가 됐을 때쯤엔 운영할 만한 게 아무것도 남아 있지 않을 거야."

내가 말했다.

메이슨이 막 대답하려고 하는데 펨버턴 국장이 다가왔다.

"자네 둘이 인사를 나누는 모습을 지켜보았네. 지금까지 멀리건이 잘 대해주던가, 에드워드?"

펨버턴 국장의 가벼운 어조는 얼굴에 새겨진 걱정스러운 표정과 상충되었다.

"덤 앤 더머 기사에 실렸던 그 멋진 인용문을 어떻게 구했는지 물어보던 중이었습니다. 펨버턴 씨. 그냥 묻기만 했는데도 호되게 혼이 났어요. 기자는 비밀 정보원을 결코 밝혀서는 안 된다더군요. 저는 아직 배워야 할 것이 많습니다. 그런 의미에서 멀리건 씨는 제 최고의 조언자죠. 멀리건 씨에 비하면 컬럼비아 교수들은 일군의 현학자들입니다. 멀리건 씨와 함께 일할 수 있게 해주셔서 다시 한 번 감사드립니다."

"천만의 말씀이네, 에드워드. 궁금한 사항은 없나? 필요한 거라도?"

"지금 당장은 없습니다, 펨버턴 씨."

"좋네. 필요할 땐 언제든 찾아오게. 내 사무실 문은 항상 열려 있네."

'저한테는 그 문이 항상 열려 있진 않더군요.'

내가 이렇게 말하려는데, 펨버턴 국장이 메이슨의 등을 토닥이고서 여전히 걱정스러운 표정으로 총총히 자리를 떴다.

"좋아, 애송이. 가서 기자 놀이를 해보자고."

내가 말했다.

며칠 밤 쥐가 들끓는 거리를 헤매 다니고, 굿 타임 찰리 같은 돼지우리에서 정보원과 한두 차례 접선하고, 두어 번 이른 아침에 무릎까지 오는 눈 속에 서 있어보면, 금세 기자란 직업의 실체에 흥미를 잃게 될 것이다.

27

우리가 파운틴 스트리트로 나섰을 때, 눈이 가볍게 흩날리고 있었다.

"어디로 가는 겁니까?"

메이슨이 말했다.

"가보면 알게 될 거야."

"제 차로 갈까요?"

"그러지."

메이슨이 거리를 몇 미터쯤 앞서 가더니, 주머니에서 자동차 리모컨을 꺼내 1미터 전방에 주차되어 있는 1967년형 은청색 재규어 쿠페의 문을 열었다.

"이 차를 좋아하나?"

내가 물었다.

"물론입니다."

"그렇다면 내 차를 타고 가는 편이 좋겠군."

우리가 브롱코에 올라탔을 때, 메이슨의 시선은 시디플레이어가 있던 자리에서 뱀처럼 삐져나온 전선들로 향했다.

"재규어는 뉴포트에 두고 오게. 이 일을 하려면 셰비나 포드 중고차가 적당해. 그리고 프로비던스에 또다시 재규어를 주차할 일이 생긴다면, 차를 실내 주차장에 넣고 문을 잠근 다음 바퀴를 떼서 들고 가게나."

"알겠습니다, 멀리건 씨."

"그리고 '씨'자는 빼게."

"아직 이름을 모릅니다. 기자란에 'L. S. A. 멀리건'이라고만 쓰여 있어서."

"그냥 멀리건이라고 부르게. 나는 아버지 잘 만난 자네를 '신의 아들'이라고 부르지."

"에드워드가 좋겠습니다."

제릴리 영감의 가게로 가는 길에 우리는 타버린 건물 두 채를 지나쳤다. 디오 건설 인부들이 건물을 해체하고 잔해를 덤프트럭에 싣느라 분주했다. 나는 가게 앞 주차 공간에 후면 주차를 하고 메이슨더러 차 안에 있으라고 했다.

"왜죠?"

메이슨이 말했다.

"비밀 정보원에 대한 '가르침'을 기억하나? 그게 이유야."

"벌써 또 왔나? 제기랄! 기자 한 놈이 쿠바 시가를 대체 얼마나 피워대는 거야?"

제릴리 영감이 말했다.

"지난번 상자에서 고작 네 개 피웠어요, 휙 아저씨. 그냥 잘 계시는지 확인하러 들렀어요."

"콜리브리는 쓸 만한가?"

"연속 안타를 이어가는 매니 라미레즈보다 화끈하고, 3루를 지키는 마이크 로웰의 글러브만큼 믿음직해요. 그 말 하니까 생각난 건데, 레드삭스가 올해에도 우승할 확률은 얼마나 돼요?"

"이번 주에는 9 대 2. 정 레드삭스한테 돈을 날리고 싶다면 차라리 지금 거는 편이 나을 거야. 콜론의 어깨가 괜찮을 거라는 얘기가 있어. 내가 듣기론 스피드건에 콜론의 구속이 153킬로까지 찍혔다더군. 콜론의 체력에 이상이 없으면 확률은 4 대 1까지 가능해. 어느 쪽이든 확률은 낮아. 레드삭스가 또 우승할 가능성은 없으니까. 지난 삼십 년 동안 2연속 우승을 한 팀은 겨우 두 팀뿐이었다고."

제릴리 영감은 럭키 스트라이크의 재를 털고 하얀 사각팬티에 손을 넣어 사타구니를 긁었다.

"100달러 걸게요."

내가 말했다.

제릴리 영감은 넌더리가 난다는 표정을 짓고는 귀 뒤편에서 연필 도막을 잡아 빼 메모를 한 다음, 오른쪽 손목의 멍을 문질렀다.

"수갑 때문에 그런 거예요?"

내가 물었다.

"어. 수갑을 더럽게 꽉 채웠어, 그 멍청한 새끼들이."

"얼마나 붙잡혀 계셨어요?"

"밤새도록. 그중 절반은 쇠 의자에 앉아 있었는데 등이 지독하게 아팠다고. 형사 두 놈하고 시건방진 평검사 한 놈이 나를 위협해댔지. 검사 놈이 나더러 그라소에 대해 불지 않으면 디마지오 파 폭행 건으로 처넣겠다고 닦달하더군. 내가 입이라도 뻥긋할 줄 알았던 모양이야, 그 멍청한 새끼들. 제기랄!"

"그라소가 변호사를 보내서 아저씨를 꺼내줬나요?"

"어. 브래디 코일이 풀 그릇에서 막 걸어 나온 듯한 모습으로 아침 8시쯤에 나타났더군. 뭐, 결국엔 그럴 필요도 없었지만."

"왜요?"

"해가 막 떠오를 때쯤에 놈들이 나를 유치장에서 끌어내서 서장실로 데리고 가더군. 서장이 직접 수갑을 풀어주고 악수를 청하더니 두서없이 사과를 해댔어. 그런 다음에 나를 가죽 의자에 앉히고 커피하고 빵을 주더라고. 그리고 몇 번 더 사과를 했어. 계속 오해였다고 그러더구먼. 그 일로 자기를 나쁘게 생각하지 말았으면 좋겠다면서."

"대체 뭐하는 짓거리래요?"

내가 말했다.

"저 모자 쓴 놈은 뭐야?"

제릴리 영감이 말했다.

우리 둘은 창문 너머로 식료품 진열대의 깡마른 사내를 내려다보았다. 사내는 중절모에 트렌치코드 차림으로 포르노 잡지를 뽑아 들더니 인상을 찌푸리고서 다시 잡지를 선반에 내려놓았다.

"저랑 같이 온 녀석이에요. 차 안에 있으라고 했는데, 지시를 받는 일에는 익숙하지 않은 녀석이라."

내가 말했다.

"여기로 올라오지만 않으면, 뭐."

"올라오려고 하면 제가 직접 총으로 쏴버릴게요."

"그래서 내가 빵을 먹고 있는데, 폴레키하고 로젤리 그 덜떨어진 자식들이 기세등등하게 들어오더라고. 서장이 정식으로 놈들을 소개하더구먼. 내가 그 자식들을 모른다고 생각했던 모양이야."

제릴리 영감이 이야기로 돌아갔다.

"그놈들은 또 왜요?"

"그 덜떨어진 놈 둘하고 시건방진 검사 놈하고 서장하고 이렇게 넷이서 의자를 끌어다가 내 앞에 쭈르르 앉더라고. 그러더니 망할 놈의 사진을 한 장 보여줘. 눈 찢어진 젊은 놈이 검정 가죽 재킷을 입고 화재를 바라보는 사진이던데, 디프리스코가 타 죽었던 그 화재 같더라고. 끔찍한 일이야. 내가 그 친구의 아내와 아이들을 위해 카운터에 모금함을 놔뒀다네."

이제 메이슨은 커피 판매대 옆에서 그린 마운틴을 한 잔 따르고 있었다. 그리고 슬쩍슬쩍 제릴리 영감의 사무실 창문을 쳐다보다가 나와 눈이 마주치면 잽싸게 시선을 돌렸다.

"자네가 접때 나한테 보여줬던 사진에 있던 놈이던데. 그 사진 자네가 준 건가?"

제릴리 영감이 말했다.

"젠장, 아니에요."

"나도 아니라고 생각했네."

메이슨이 커피를 한 잔 더 따르더니 설탕 몇 개와 크리머 두 개를 집었다.

"그다음은요?"

내가 말했다.

"서장이 그러더라고. 이 남자하고 몹시도 이야기를 나누고 싶으니, 디마지오 파한테 사진을 돌리고 주변을 살피도록 해줄 수 있겠느냐고."

"놀랍네요."

"그래. 어떤 날은 사회의 골칫거리였다가, 또 어떤 날은 법의 대리인이 되는 거지."

"제릴리 경관님."

내가 말했다.

"염병할, 멀리건. 하나도 안 웃기네."

"그래서, 거절하셨어요?"

"아니! 그 사람들을 열 받게 해서 무슨 이익이 있겠나. 게다가 그자들만큼이나 나도 그 자식을 원한다고. 그래서 이 사진 뭉치를 받아 왔지. 오늘 밤에 디마지오 녀석들한테 나눠줄 생각이야."

제릴리 영감은 책상 위에 뒤집혀 있는 8×10인치 크기의 사진 더미에 창백하고 앙상한 손을 털썩 내려놓았다.

이제 메이슨은 계산대에서 커피 값을 지불하고 있었다.

"그놈을 잡으면 두들겨 패지 않도록 디마지오 녀석들한테 주의를 주라고 부탁하더구먼. 물론 그러겠다고 했지. 그랬더니 야구 방망이를 치워달라고 하더군. 자율 방범은 좋은 생각이지만, 무장을 하는 건 문제를 일으킬 수 있다나 뭐라나."

"그래서 뭐라고 하셨어요?"

"밤에 아무것도 손에 들리지 않고 우리 애들을 밖으로 내보낼 수는 없다. 그러니, 야구 방망이냐 반자동 소총이냐 당신네가 결정하쇼."

"잘하셨어요."

나는 그렇게 말하고 떠나려고 일어섰다.

"이봐, 요전 밤에 누가 자네 시디플레이어를 뜯어 갔다며?"

"어디서 들으셨어요?"

"그건 말할 수 없지. 디건 카센터에 들르면 공짜로 시디플레이어 하나 달아줄 거야. 나에 대한 호의로 말이지. 자네가 잃어버린 바로 그 물건으로 달아줄지 누가 알겠나. 디건한테 자네가 들를 거라고 말해뒀네."

나는 계단을 내려와 모금함에 20달러를 넣고 커피 판매대로 걸어가서 크리머를 한 움큼 집어 들었다. 메이슨이 브롱코 옆에서 기다리고 있다가 커피를 내밀었고, 나는 플라스틱 뚜껑을 떼어내고 커피 4분의 1을 쏟아버린 다음 크리머를 들이부었다.

"커피는 왜 그러신 겁니까?"

메이슨이 말했다.

"왜 들은 대로 하지를 않나."

"커피 맛은 어떻습니까? 커피를 그렇게 드시는지는 몰랐습니다."

"내 말 못 들었나?"

"들었습니다. 죄송합니다. 다신 그런 일 없도록 하겠습니다."

"그 바보 같은 모자 좀 벗게."

내가 말했다.

"안 됩니다. 이 맬러리 모자를 쓰면 나이가 들어 보여서 좋습니다."

메이슨이 말했다.

"음, 아닌 거 같은데."

28

'눈먼 돼지' 루제리오 브루콜라가 땅에 묻히던 날, 나는 검정 후드 점퍼를 입고 장례식에 참석했다. 점퍼 앞면에는 하얀 글씨로 '이승에 남길 말'이라고 쓰여 있었다.

여섯 시간 후, 나는 빌트모어 호텔 스카이라운지의 고급 바에서 이곳을 약속 장소로 제안한 누군가를 기다리며 인조 가죽 의자에 너부러져 있었다. 얼룩진 유리창 너머로 도시는 보슬비에 가려져 있었다.

비니 조르다노가 천천히 걸어 들어와 주변을 살피더니 맞은편 의자에 털썩 주저앉았다. 조르다노는 프로비던스 마피아의 복장을 하고 있었다. 몸에 꼭 맞는 루이보스턴 양복, 검은 셔츠, 하얀 실크 넥타이, 하얀 가죽 벨트. 조르다노는 나에게 냉엄한 표정을 지어 보였는데, 아마 매일 거울을 보며 그 표정을 연습했을 것이다. 하지만 아직은 연습이 더 필요해 보였다.

"장례식에 그렇게 입고 갔나?"

조르다노가 물었다.

나는 고개를 끄덕였다.

"총 맞아 죽지 않은 게 다행이군."

"오늘 아침에 장례식에서 자넬 봤어. 시장의 귀에다 뭐라고 속삭이더군. 둘이서 그렇게 친한 줄은 몰랐는걸."

내가 말했다.

"안 친해. 시장은 나하고 브루콜라 영감 그리고 자네랑 친한 휙 영감탱이처럼 페더럴 힐에서 자랐어. 하지만 시장으로 당선된 후로는 우리를 모르는 척했지. 나도 장례식에서 시장을 보고 놀랐네. 그래서 문상을 와줘서 고맙다고 말한 거야."

그날은 아침부터 청명했고 계절에 맞지 않게 따뜻했다. 3월의 낮은 태양이 눈 더미를 증발시키자 조문객들의 신발 주위로 짙은 회색 안개가 떠돌았다. 여자들은 세르지오 로시 혹은 프라다 펌프스를, 남자들은 페라가모 구두를 그리고 나는 리복 운동화를 신고 있었다.

서쪽으로는 스완 포인트 공동묘지에서 가장 높은 '목자의 쉼터' 기념비가 안개 위로 첨탑을 내밀고서, 이 도시를 이끌었던 19세기 주요 성직자들이 바로 이곳에 잠들어 있노라고 알렸다. 동쪽으로는 시콩크 강의 회색 수면이 노인의 살갗처럼 주름져 있었다. 노란 예인선 하나가 물결을 일으키며 강을 거슬러 올랐다.

적어도 천 명이 넘는 조문객이 군데군데 눈이 쌓인 잔디밭에 모여 있었다. 모두 로드아일랜드의 범죄, 정치, 경제, 종교계에서 내로라하는 사람들이었다. 그들 주위로 월계수, 진달래, 철쭉 덤불이 남풍에 흔들렸다. 도금 손잡이가 달린 청동관 옆으로 장례식 화환들이 모닥불처럼 자리 잡았다. 화환 한 개당 평균 300달러로 어림잡더라도 총합 15만 달러가 되었다.

프로비던스 시의원이 모두 참석했다. 주의원도 정족수를 채웠다. 로드아일랜드 대법관 세 명과 프로비던스 주교 일라리오 벤톨라도 모습을 나타냈다. 우스웠다. 모두 쌍둥이의 장례식에는 코빼기도 비치지 않았던 사람들이다.

브래디 코일이 시장과 조르다노 바로 뒤에서 우뚝이 솟아 있었다. 키가 198센티미터인 코일은 1990년에 프로비던스 대학 농구팀에서 나와 함께 선수로 활동하며 11승 19패의 성적을 기록했었다. 형사 사건 변호사로 승승장구 중인 코일이 몸을 숙이고 자신의 조폭 의뢰인 조르다노에게 무언가를 속삭였다. 휙 영감도 그곳에서 미망인의 오들거리는 어깨를 한 팔로 감싸고 있었다. 내가 식별할 수 있는 한, 휙 영감은 바지를 입고 있었다.

55미터쯤 저편에서 주 경찰관 두 명이 검정 크라운 빅토리아 경찰차 지붕에 망원렌즈를 고정하고 이쪽을 주시했다. 연방 요원 두 명과 사진기자 한 명은 더 대담하게 진달래 덤불 뒤에 바짝 숨어서 사진을 찍었다.

나는 H. P. 러브크래프트, 토머스 윌슨 도어, 시어도어 프랜

시스 그린, 설리번 벌루 소령이 묻혀 있는 땅속으로 브루콜라의 시신이 내려지는 모습을 지켜보았다. 그들이 벌떡 일어나서 더 나은 장소를 찾아 떠나지 않는 게 놀라웠다.

슬픔에 빠진 로드아일랜드 범죄 계급은 오늘 아침에 스완 포인트 공동묘지에 반드시 모습을 내비쳐야 했다. 브루콜라의 장례식은 올해의 중요한 친목 모임이었다.

"우리가 두목한테 기똥찬 송별회를 열어줬지."

조르다노가 말했다.

"그래. 로드아일랜드의 유명 인사 중에서 다음번에는 누가 지옥행 열차에 탑승할지 편집실에서 계속 내기를 하고 있는데, 이번엔 내가 50달러 벌었어."

"그렇다면 오늘 술은 자네가 사게."

조르다노가 여급을 불러 메이커스 마크 버번을 스트레이트로 주문했다. 내가 소다수를 한 잔 더 시키자 조르다노가 인상을 찌푸렸다.

"궤양 때문에."

내가 말했다.

조르다노는 위스키의 위로가 없는 로드아일랜드의 삶을 상상하려는 듯 눈을 크게 떴다. 그리고 여급을 도로 불러 스트레이트 더블로 주문을 정정했다.

"그래, 지금 상황이 어떤가?"

내가 말했다.

"무슨 상황?"

"승계 문제 말이야. 아레나가 확실한 후계자인 거 같긴 한데, 노조 갈취 혐의로 연방으로부터 고발을 당한 후로 침몰하고 있잖아. 지난번 프로비던스에 권력 공백이 생겼을 때 조폭들의 시체가 차 트렁크에 쑤셔 박혀 공항에 버려지거나 강을 가득 메웠잖아. 일 년 동안 그 사달이 난 다음에야 브루콜라가 권력을 승계했지."

"이봐, 그건 삼십 년 전 이야기라고. 더는 그런 일이 일어나지 않아. 아레나, 그라소, 제릴리 같은 이탈리아 혈통들은 그런 일을 벌이기엔 너무 늙었어. 나하고 자니 디오, 캐딜락 프랭크 같은 젊은 축은 프로비던스 대학이나 보스턴 대학에서 경영학 학위를 받았다고. 나는 부동산 개발업자고, 자니는 건설업자고, 프랭키는 자동차를 팔아. 우리는 더는 사람을 쏴 죽이지 않는다고."

"그럼, 피아노 줄로 목을 조르거나 납 파이프로 머리통을 박살내는 건 어때?"

"좆 까."

"그래서 자네랑 디오랑 캐딜락 프랭크가 경쟁자인 거야?"

"나? 아니야, 친구. 나는 작년에 부동산 개발로 150만 달러의 수익을 올렸어. 나한테는 돈도 필요 없고 골칫거리도 필요 없고 총싸움도 필요 없다고."

신문 배달 가방을 둘러멘 아이 하나가 발을 직직대며 들어와서 탁자 사이를 돌아다녔다. 조르다노가 동전 몇 닢을 던져주고 신문을 들어 표제를 읽었다.

"정치가들, 죽은 조폭 두목을 조문하다."

조르다노가 신문을 탁자에 탁 내려놓았다.

"젠장, 멀리건. 자네, 이렇게 벌어먹고 살 일이 아니야. 나랑 좋은 땅을 찾아서 콘도를 짓는 건 어떤가?"

"마흔 살이 될 때까지는 신념을 버리지 않기로 어머니하고 약속했어. 그러니 10월이 되면 다시 이야기하자고."

내가 말했다.

"밑바닥 삶이 지겹지도 않나?"

"벌이는 형편없지만 더 나은 계층 사람들을 만날 수 있잖나."

"공무원 같은? 자네가 주 정부 사무국에 들러서 불에 탄 마운트 호프 건물들의 소유주를 확인했다는 이야기를 들었네."

"그 얘긴 어떻게 들었나?"

"아는 공무원한테서. 또 자네가 밤에 동네를 기웃거리고 다닌다는 이야기도 들었어."

"그건 또 어떻게 들었나?"

"아는 경찰한테서."

조르다노는 술을 한 모금 마시고 상의 주머니에서 파르타가스 여송연을 꺼내 은제 커터로 끝을 잘라냈다. 공공장소 흡연금지 법안이 아직 위원회에 계류 중이어서 조르다노는 법을 어길 기회를 놓쳤다. 나는 몸을 기울여 콜리브리로 조르다노에게 불을 붙여주었다.

"멋지군. 휙 영감이 줬나?"

"그럴지도."

조르다노는 여송연을 빨더니, 눈살을 찌푸리는 노부인 쪽으로 향긋한 파란 연기를 뱉어냈다.

"저기, 멀리건. 작년에 내 조카가 음주 운전으로 체포됐을 때, 자네가 나를 생각해서 그 기사를 묻어주지 않았나. 어쨌든 녀석은 잘 지내고 있네. 로드아일랜드 대학교에서 경영학을 전공하고, 휙 영감을 위해 학교에서 스포츠 도박을 중개하면서 일주일에 2천 달러를 벌고 있어. 어쨌든 자네는 좋은 일을 한 셈이야. 이제 내가 자네에게 호의를 베풀 차례네. 마운트 호프에서 시간 낭비하는 짓은 그만두게. 그러면 내가 더 좋은 기삿거리를 던져주지."

"어떤?"

"맨홀 뚜껑."

"뭐?"

"그게 자네한테 커다란 언론상을 안겨줄 거야, 멀리건. 그러면 아메리카 스트리트의 그 쓰레기장 같은 집에 멋진 상패를 걸어둘 수 있겠지. 잘 생각해보고 관심 있으면 전화하게."

내가 사는 곳을 어떻게 알았는지 대체 무슨 말을 하는 건지 묻기도 전에, 그 시시한 조폭 녀석은 몸을 일으켜 승강기 쪽으로 느릿느릿 걸었다. 나는 조르다노가 조금 가여웠다. 결코 실현되지 못할 '대부'의 꿈을 안고 사는 것은 힘든 일임에 틀림없었다.

바 위쪽에 설치된 텔레비전을 보니, 팀 웨이크필드가 봄철 전지훈련 연습 경기에서 비교적 약한 타자들에게 너클볼을 던지고 있었다. 2003년 아메리칸 리그 챔피언 시리즈에서 웨이크필드가 아론 분에게 끝내기 홈런을 맞고 힘없이 마운드를 내려오던 모습이 떠올랐다. 몇 년간 레드삭스가 양키스에게 계속 지긴 했으나, 그래도 그 경기가 가장 가슴 아팠다. 그 후로 5년 동안 레드삭스가 월드 시리즈에서 두 번이나 우승을 차지했지만, 그 기억은 지워지지 않았다. 뉴잉글랜드 전역의 팬들은 가족이라도 잃은 것처럼 아직도 그 패배를 비통해했다.

소다수를 홀짝이며 창밖을 내다보았다. 날이 어두워지고 있었다. 로드아일랜드의 상징인 '독립인' 동상이 주 의사당 지붕 꼭대기에서 어슴푸레 금빛으로 빛났다. 나는 그 크고 오래된 동상을 끌어 내려서 성탄절 고객 유인책으로 워릭 쇼핑센터에 빌려주었던 때가 생각나서 싱긋거렸다.

의사당 지붕 옆에는 희망이라는 글자와 닻 모양이 어우러진 로드아일랜드 주기가 빗속에서 축 늘어져 있었다. 우리가 스스로에게 진실하다면, 저 깃발을 내리고 해적 깃발을 휘날려야 할 것이다.

29

자정이 훨씬 넘은 시각, 걸쇠가 딸깍하고 풀리더니 장판을 스치는 발소리가 들렸다.

"베로니카?"

"미안해요. 깨우지 않으려고 했는데."

내가 침대 머리의 램프를 켰을 때 베로니카의 얼굴에 드리운 미소로 보아 그녀는 그다지 미안해하는 것 같지 않았다.

"지역 신문에 내보낼 아레나의 최신 기사에 막바지 추가 내용을 좀 덧붙여야 했어요."

베로니카가 새 신문 한 부를 침대로 던지며 말했다.

나는 베로니카를 발가벗기고 이불 속으로 잡아끌어 두 팔로 꼭 안고 싶었다. 하지만 베로니카는 내가 기사를 읽어주기를 원했고, 내가 그렇게 하기 전까지 알몸 애무는 없을 터였다.

베로니카의 이름 아래 1면 독점 기사가 게재되어 있었다. 이번에는 노조 위원장의 대배심 증언이 그대로 인용되었다. 그

증언은 아레나가 노조 기금 300만 달러를 횡령하려고 치밀한 계획을 세웠다는 사실을 시사했다. 뒤이어 아레나의 변호사인 브래디 코일의 진술도 실렸다.

대배심 과정은 비공개가 원칙입니다. 이 증언을 언론에 발설한 사람이 누구든지 간에 연방 법령 위반으로 기소되어야 합니다. 발설의 배후가 누구인지 저희 쪽에서 증거를 제시하지 못하는 동안, 배후자들은 배심원단으로 하여금 제 무고한 의뢰인에게 편견을 품게 만들어 소송에서 이익을 누리고 있습니다. 이러한 내용을 게재한 신문사는 부당할 뿐만 아니라 무책임하기까지 합니다.

"자기가 저놈을 열 받게 한 것 같은데?"

내가 말했다.

"브래디 말이에요? 아니에요. 의뢰인을 의식해서 허세를 부리는 거예요. 브래디는 정말 상냥한 사람이에요."

"상냥한 사람이라고?"

나는 브래디 코일을 묘사하는 여러 어휘를 들어보았다. 건방지다. 오만하다. 비열하다. 하지만 그놈이 상냥하다는 소리는 처음 들었다. 나도 상냥한 사람이라는 소리를 들어본 적이 없다. 창자가 찌르르했다. 아마 카세르타에서 게걸스럽게 먹어치웠던 페퍼로니 피자가 문제인 모양이었다.

"그거 알아, 베로니카? 나는 십팔 년 동안 소송의 양측 모두에 정보원을 만들어뒀어. 하지만 대배심 증언을 발설하도록 정보원을 설득할 수 있었던 적은 한 번도 없었어. 대체 어떻게 한 거야?"

"미안해요, 자기. 침대를 공유하는 것과 정보원을 공유하는 것은 완전히 별개의 문제예요."

내가 적당한 응수를 생각하려고 애쓰고 있을 때, 베로니카가 팬티를 벗고 침대로 미끄러져 들어와 엉덩이로 나를 발기시켰다. 검사 결과가 나오려면 십일 일이나 더 남았다. 때때로 십일 일은 길고도 긴 시간이다. 정확히 15,840분.

시계 재깍거리는 소리가 들렸다.

30

아침에 신문사 바로 앞에서 빈 주차 공간을 발견했다. 주차 요금 징수기 위에는 '고장'을 나타내는 프로비던스 경찰국의 빨간색 덮개가 씌워져 있었다. 공짜 주차라고? 오늘은 행운의 날이 틀림없었다.

보도자료가 가득한 우편물 상자가 내 사무실 의자에서 나를 기다리고 있었다. 분명 내가 로맥스 편집장을 또 열 받게 한 모양이었다. 뭐지? 알 수가 없었다.

몇 분 동안 자료를 열심히 살피는 척했다. 그런 다음에 나머지는 내팽개칠 생각이었다. 그때 봉투 하나가 눈에 띄었다. 로드아일랜드 경제 개발 위원회에서 보내온 것으로, 봉투 위에는 콧수염과 안경으로 감자를 의인화한 '감자머리 아저씨' 그림이 있었다. 결국 그 봉투를 찢어서 열어보았다. 안에는 이런 내용이 들어 있었다.

'바다의 주'로 관광객을 유치하기 위해
주 곳곳에 '감자머리 아저씨' 동상 건립!

해스브로 장난감 회사는 로드아일랜드에서 감자머리 아저씨를 만들었으며, 이제는 경제 개발 위원회와 손을 잡고 로드아일랜드를 이상적인 가족 휴양지로 홍보하기 위해 나섰다. 홍보 수단으로는 전국 잡지에 총천연색 광고를 실을 것이고, 수신자 부담 전화를 설치해 가족 관광 안내 책자를 공짜로 배포할 것이며, 주 전역의 관광 명소에 180센티미터 크기의 감자머리 아저씨 동상을 세울 것이다. 눈을 크게 뜨고 살펴보시라! 새로운 감자머리 아저씨 동상이 모습을 드러낼 때마다 즐거움이 배가될 것이다.

홍보 활동이 '무르익었다'는 말을 끝으로 경제 개발 위원장이 보도자료를 마쳤다. 오, 정말? 나는 표를 보면서 감자들이 등장할 지역 400곳을 컴퓨터에 입력하기 시작했다. 이건 로드아일랜드의 십 대 기물 파괴자들에게 유용한 소식이었다.

입력을 마친 후에 나는 컴퓨터 메시지를 확인했다. 그제야 내가 벌을 받는 이유를 알았다. 코일이 편집장에게 전화를 걸어 내 장례식 복장이 예의에 벗어났다고 불평한 것이다.

지당하신 말씀.

의자 뒤에 걸어둔 청재킷에서 '물 위의 연기(Smoke on the Water)' 기타 도입부가 울려 퍼졌다. 나는 안주머니에서 휴대전화를 꺼내 홱 열었다.

"우리가 그 째진 눈을 잡았어. 당장 이리로 오면, 경찰이 저 놈을 채 가기 전에 몇 마디 건질 수 있을지도 몰라."

익숙한 목소리가 들려왔다.

31

승강기를 타고 로비로 내려갔을 때, 〈어느 날 밤에 생긴 일〉 복장으로 멋지게 회사에 지각하는 신의 아들과 정면으로 맞닥 뜨렸다.

"어디로 가는 겁니까?"

메이슨이 말했다.

"나는 나갈 테니, 자네는 자네 자리로 가게."

나는 메이슨을 지나쳐서 쿵쾅대며 출입문을 나선 후에 전속 력으로 거리를 건넜다. 빨간 신문 수송 트럭이 브레이크를 끽 밟으며 나에게 경적을 울려댔다. 나는 주차 요금 징수기의 '고 장' 덮개가 유용하겠다는 생각이 들어 덮개를 잡아챈 다음 운 전석에 올랐다. 내가 보조석을 잠그기도 전에 메이슨이 문을 열고 차에 올라탔다.

언쟁을 할 시간이 없었다. 나는 경적을 울려대며 파운틴 스 트리트 초입의 빨간불을 무시한 채 달렸고, 굉음과 함께 시청을 지나쳤으며, 전속력으로 프로비던스 강을 건넜다. 메이슨이 깔끔하게 손질된 손가락을 경주마의 팔걸이에 찔러 넣었다.

"또 화재가 발생했습니까?"

"가보면 알아."

프로비던스 소속 순찰차 세 대가 거리 대부분을 점유하며 길가에 대각선으로 주차되어 있었고, 제릴리 영감의 가게 정면이 파란 불빛으로 번쩍였다. 나는 브레이크를 밟아 차를 세웠다. 정복 차림의 경찰관 하나가 미스터 황홀의 머리 위로 우람한 손을 턱 얹더니, 그자의 몸을 낮춰서 순찰차 뒷좌석에 밀어 넣었다. 경찰들이 사이렌을 울리며 떠났다.

"젠장!"

나는 휴대전화를 들고 사무실의 베로니카에게 연락해서, 사진기자 한 명을 데리고 신문사에서 한 블록 떨어진 경찰서로 가라고 말했다.

"서두르면 그놈이 경찰서로 연행되는 모습을 볼 수 있을 거야."

내가 말했다.

메이슨이 나에게 황당하다는 표정을 지어 보였다.

"필자란을 원하는 거 아니었어요?"

"알 게 뭐야. 베로니카더러 가지라고 해."

나는 제릴리 영감에게 체포 과정에 관한 이야기를 듣고서 나중에 베로니카의 기사를 보충해줄 생각이었다. 하지만 지금은 서두를 필요가 없었다. 나는 길가에서 차를 빼서 북쪽 방면에 있는 도일 애버뉴로 향했다. 그리고 디건 카센터 앞에 차를 세

왔다.

"차 안에서 기다려, 신의 아들."

안에서 페인트로 얼룩진 작업복 차림의 직원 하나가 자주색 크라이슬러 세브링 오픈카에 검정 도료를 뿌리며 새로운 정체성을 부여하는 동안, 마이크 디건이 그 모습을 지켜보았다.

"기다리고 있었네. 차 열쇠를 나한테 주고 차는 그냥 저기에 둬. 그리고 한 시간 후에 다시 오게."

디건이 말했다.

나는 메이슨과 함께 햇살을 맞으며 깨진 보도 위를 잠시 걸어 제릴리 영감네 가게로 되돌아갔다. 배수로를 흐르는 시커먼 흙탕물이 로드아일랜드의 혹독한 겨울이 남긴 모든 것이었다.

문을 밀자 상단의 놋쇠 종이 딸랑거렸다. 나는 신의 아들과 가게 안으로 걸어 들어갔다.

"대체 어디에 있었나? 엄청난 구경거리를 놓쳤어."

제릴리 영감이 말했다.

제릴리 영감은 계산대 옆에 서 있었는데, 바지를 입은 모습이 낯설었다. 영감은 파란 일회용 빅 라이터를 잡아채서 럭키 스트라이크에 불을 붙이고는 다시 진열대에 올려놓았다.

"사무실로 자리를 옮길까요, 휙 아저씨?"

"아니! 경찰한테 모조리 이야기했어. 그래서 자네의 애완견이 들어서는 안 될 이야기는 하나도 없네."

"저는 에드워드라고 합니다."

애완견이 손을 내밀며 말했다.

제릴리 영감은 모른 체했다.

"오전 11시쯤 버드와이저 배달원이 냉장고를 다 채웠을 때 나는 사무실 창밖을 내다봤네. 그때 내가 뭘 봤는지 아나? 우리가 온 동네를 뒤지며 찾고 있던 그 째진 눈이 제 발로 기세등등하게 가게로 걸어 들어오고 있지 뭔가."

"뭔가 쓸모 있는 행동을 하라고. 수첩을 꺼내 좀 적지그래."

내가 메이슨에게 말했다.

"그때 마침 디마지오 애들 둘이서, 그러니까 건서 호스랑 윔피 베넷이 디건 카센터 근방에서 순찰을 돌고 있었어. 그래서 내가 녀석들한테 전화를 걸어서 이쪽으로 건너오라고 했지. 그리고 밖으로 나가서 내가 놈을 붙잡아둘 수 있을지 눈치를 살폈어. 그 새끼가 가게를 쑤석거리고 다니더니, 펜트하우스 한 권하고 미켈롭 맥주 한 팩을 들고 계산대 쪽으로 걸어와서 저 여자애한테 말보로 한 갑을 달라고 하더라고. 그러더니 계산대 뒤에 있는 콜리브리 진열대를 발견하고는 하나 보여달라고 하더구먼. 표정을 보아하니 손에 착 감기는 콜리브리의 느낌이 썩 마음에 든 모양이야. 어쩌면 그걸로 뭔가를 불태우는 상상을 하고 있었는지도 모르지. 그때 호스랑 베넷이 가게 앞 진열대에서 루이빌 슬러거를 뽑아 들고 들어왔어. 놈은 콜리브리를 포함해서 물건 값을 계산하고는 문 쪽으로 걸어가다가 디마지오 녀석들이 앞에 서 있는 걸 발견했지. 놈이 실례하겠다면서 우리 애들을 밀치고 지나가려고 하더구먼. 호스가 한 방 갈기니까 놈이 치즈 두들스 과자 선반으로 나자빠지더라고. 우리 애들이 방망이를 들고 그놈 위로 서니까 놈이 겁먹은 표정을 짓더군. 그러더니 멍청한 아시아 악센트로 좆나게 웃긴 말을 외쳤네. '도와죠! 경찰안테 저놔해죠요!'"

메이슨이 멈칫하더니 수첩에서 고개를 들고 말했다.

"그 사람이 경찰한테 전화해달라 그랬다고요?"

"그래서 내가 전화를 걸었지. 일을 개판으로 만들어서 미안하네, 멀리건. 자네한테 먼저 전화를 걸었어야 했는데."

제럴리 영감이 말했다.

"신경 쓰지 마세요, 휙 경감님."

"젠장. 전에도 말했지. 그거 하나도 안 웃기다고."

"베로니카한테 전화해서 자네의 메모를 읽어주게."

내가 신의 아들에게 말했다.

나는 냉장고에서 절인 쇠고기 샌드위치와 아이스티를 꺼내 들고 가게 밖으로 나와서 차양 아래 둥근 탁자에 앉았다. 몇 분 후에 메이슨이 감자 칩과 콜라를 들고 맞은편에 앉았다.

"베로니카랑 통화했나?"

"넵."

"들은 내용을 전부 전했나?"

"넵. 로맥스 편집장이 신문에 실을 만한 인용문은 없느냐고 묻더군요. '좆, 놈, 새끼' 같은 단어가 들어가지 않은 걸로요. 그래서 그 부분은 다른 말로 고치라고 했습니다."

"세부 사항도 모두 전했나?"

"으음."

"놈이 라이터를 샀다는 이야기는?"

"으음."

"말보로와 펜트하우스에 대한 건?"

"중요한 내용이 아닌 것 같았습니다."

"출입문 바닥에 치즈 두들스가 온통 쏟아진 이야기는?"

"그것도 중요한 내용이 아닌 것 같았습니다."

"세부 사항 없이는 좋은 기사를 쓸 수 없어, 신의 아들. 베로니카한테 다시 전화해서 이번에는 하나도 빼지 말고 전부 말해 주게."

메이슨이 전화를 거는 동안, 나는 샌드위치 포장지를 문가 쓰레기통에 던져 넣고 가게 안으로 들어섰다. 제릴리 영감이 몸을 숙이고서 치즈 두들스 봉지를 홈집투성이 타일 바닥에서 집어 들고 있었다.

"저기, 휙 아저씨. 놈이 물건 값을 어떻게 계산했어요?"

"신용카드로."

"비자? 디스커버? 마스터카드?"

"실라! 놈이 어떤 카드로 계산했지?"

제릴리 영감이 점원에게 소리쳤다.

"비자요."

"좋았어. 카드 번호 좀 알려줘요."

내가 말했다.

경주마가 처음 주차된 모습 그대로 카센터 앞에 버티고 있었다. 우리가 다가가자 디건이 차고에서 튀어나와 열쇠를 던져주었다.

"다 됐네. 자네가 당한 일은 유감이야."

디건이 말했다.

길가에서 차를 빼며 재생 버튼을 눌렀다. 토미 카스트로의 '신 나는 파티(Mammer-Jammer)' 기타 도입부가 스피커를 타고 시끄럽게 흘러 나왔다. 카오디오를 도둑맞기 전에 넣어두었던 시디의 첫 번째 곡이었다.

메이슨이 손으로 귀를 막았다.

"소리 좀 줄여주시면 안 됩니까?"

나는 손을 뻗어 소리를 더 키웠다.

잠시 후, 딥 퍼플이 '물 위의 연기'를 연주하며 끼어들자 밴드 간에 전투가 벌어졌다. 나는 시디플레이어를 끄고 휴대전화를 열었다.

"이!

나쁜!

새끼야!"

"미안한데, 도커스. 지금은 잡담을 나눌 시간이 없어."

내가 좋아하는 사색가 킹키 프리드먼은 이렇게 말했다.

"모든 연애의 하늘에서는 작은 지옥행 승차권들이 떨어진다. 마치 별에서 색종이 조각을 흩뿌리듯."

나는 신문사 아래쪽 복지관 앞에서 주차 공간을 발견하고는 주차 요금 징수기 위에 '고장' 덮개를 뒤집어씌웠다. 나는 뭐가 웃긴지 전혀 모르겠던데, 메이슨은 재미있는 모양이었다. 왕자는 농노의 생존 전략을 깊이 이해하지 못한다. 삼 분 후, 우리가 승강기에서 내려 편집실로 들어갈 때까지도 메이슨은 여전히 여학생처럼 낄낄거렸다.

베로니카가 작성한 체포 기사 초고를 출력해서 읽고 있는데, 로맥스 편집장이 다가왔다.

"마침내 그 자식이 체포되었다니 잘됐군."

편집장이 말했다.

뭔가 뒷맛이 썼지만, 나는 그냥 고개를 끄덕였다.

"이제 차후의 법정 관련 기사는 베로니카에게 맡기고, 자네는 사체 수색견에 관한 기사를 쓰게."

"물론입죠, 편집장님."

나는 편집장의 말이 농담일 거라는 가설을 수정하기로 했다. 새시/슈거 사건에도 불구하고 편집장이 개 관련 기사에 신물을 느끼지 않았다면, 어떤 일이 생기더라도 그럴 것이다.

편집장이 가청 거리 밖으로 멀어질 때까지 기다렸다가, 플리트 은행 보스턴 본사의 고객 관리부에서 근무하는 루디 이모에게 전화를 걸었다.

"리엄! 내 사랑하는 조카님, 어떻게 지내?"

우리는 이모의 아들 코너에 대해 이야기를 나눴다. 코너는 펜웨이 파크에서 암표 장사를 하다가 경찰의 불시 단속에 걸려서 집행유예 1년을 선고받았으며, 형기가 거의 끝나가고 있었다. 그다음 내가 필요한 것을 말했다. 막 전화를 끊었을 때, 메이슨이 느릿느릿 다가왔다.

"우리의 다음 임무는 뭐죠?"

메이슨이 말했다.

"맨홀 뚜껑."

"네?"

"맨홀 뚜껑."

"뭐에 대해서요?"

"자네는 소위 기자가 아닌가, 신의 아들. 자네는 수첩을 들었고, 트렌치코트를 입었고, 중절모를 썼고, 일류 언론대학원에서 졸업장도 받았네. 그러니 직접 알아내게. 시 구매부에서부터 시작하라고. 기삿거리가 될 만한 게 있는지 알아봐."

"저한테 임무를 맡기시는 겁니까?"

메이슨은 정말 들뜬 듯했다.

"비슷한 거지."

"감사합니다, 멀리건 선배! 저를 싫어하시는 줄 알았습니다."

맨홀 뚜껑이라. 하마터면 웃음이 터질 뻔했다. 이로써 한동안 메이슨이 그 고귀하신 엉덩이를 내 일에 들이밀지 않을 것이다.

32

글로리아가 바싹 몸을 기울이는 바람에 그녀의 금발이 내 얼굴을 어루만졌다. 우리는 바 의자에 나란히 앉아서 카메라 액정으로 경찰서 호송 사진을 들여다보고 있었다. 잔에 습기가 맺혔고, 글로리아의 잔에는 생맥주가 내 잔에는 소다수가 채워져 있었다.

우리가 여전히 가까이 붙어 있는데, 베로니카가 호프스로 들어왔다. 그리고 내 목에 팔을 두르며 자신의 소유권을 분명히 했다. 베로니카가 글로리아에게 느물느물 웃어 보이자 글로리아도 똑같이 웃어주었다. 나중에 둘이 진흙탕에서 레슬링이라도 벌일 기세였다. 바텐더가 묻지도 않고 베로니카에게 샤르도네를 한 잔 가져다주었다. 우리 둘은 잔을 들고서 바 위쪽에 설치된 텔레비전이 잘 보이도록 탁자로 내려가 앉았다. 글로리아는 우리와 동석을 해야 할지 고민하며 어정쩡하게 앉아 있다가, 베로니카와 시선이 마주치자 바에 머물기로 결정했다.

10번 방송 액션 뉴스의 테마 음악이 오페라처럼 울려 퍼지면서, 로건 베드퍼드가 상투어를 가득 섞어서 6시 뉴스를 예고했다.

"이 도시의 긴 악몽이 끝났습니다! 평온한 도시를 공포로 몰아넣었던 마운트 호프 방화 사건의 용의자가 용감한 경찰들에게 검거되었습니다. 잠시 후, 용의자 체포 과정에 대해 방송해 드리겠습니다. 놀라실 준비 하십시오!"

저런 쓰레기 같은 대본은 대체 누가 쓰는 걸까?

어니 디그레고리오가 검지로 농구공을 돌리면서 폭스우즈 카지노로 놀러 오라고 청했다. 캐딜락 프랭크가 페라가모 구두로 타이어를 차면서 "중고 스빌 자동차의 매력적인 가격"이라고 말했다. 그리고 로건이 프로비던스 경찰서의 기자회견 영상을 들고 다시 등장했다.

경찰서장과 시장, 폴레키가 서로의 공로를 치하하며 등을 두드리고 축하 인사를 나눴다. 시장이 영상 대부분을 차지했으며, 폴레키의 성실한 경찰 업무 덕분에 수사에 진척이 있었다고 추어올렸다. 하지만 제릴리 영감과 방망이로 무장한 방범대원들의 역할은 폄하하려 들었다. 폴레키가 "조사가 여전히 진행 중입니다."라고 경계의 말을 끼워 넣었지만, 우쭐한 미소와 축하의 분위기로 봐서 다들 우 치앙을 범인으로 생각하는 것이 분명했다.

방송이 끝나자, 호프스의 손님들이 환호했다. 뒤편 두 개의 탁자에 나뉘어 앉아 있던 경찰관 세 명과 소방관 여섯 명이 일어나서 잔을 들고 건배를 했다. 그리고 서로에게 품었던 보이지 않는 적의의 경계를 넘어서 남자다운 포옹을 나눴다. 지난 8월 소프트볼 경기의 패싸움이 남겼던 멍든 눈과 찢긴 입술은 잠시 잊은 듯했다.

33

나는 항상 무언가를 좇아 분투한다. 기사 첫 문장, 인용문, 공짜 주차 공간, 신문 1면 상단. 숨 돌릴 틈이 생기면, 보통은 폐 가득 쿠바 시가를 들이마시거나 가슴에 '레드삭스'라고 쓴 옷을 입은 어린애 같은 백만장자들을 향해 환호성을 질러댄다. 하지만 오늘 밤엔 뭔가 다른 일을 시도하는 중이었고, 느낌이 괜찮았다.

악취를 풍기는 주 의사당 아래로 제멋대로 뻗어 내린 상점가에서, 우리는 막 노드스트롬 백화점을 지나쳤다. 쇼윈도 저편의 마네킹들이 내 연봉을 걸치고 있었다. 나는 치마 속에서 매끈한 원을 그리고 있는 길동무의 엉덩이에 집중했다. 일이 분쯤 지난 후에야 나는 길동무가 말을 하고 있다는 사실을 깨달았다.

"……필자란을 공유하고 싶지만 로맥스 편집장이 허락하지 않을 거예요. 그러니까 기사 마지막에 보조 기자로 당신과 메이슨의 이름을 실어줄게요."

일 이야기라는 사실에 어쩐지 김이 빠졌다.

"우리는 멋진 팀이잖아, 베로니카."

"당신하고 메이슨요?"

"당신하고 나."

"나도 그렇게 생각해요."

갑자기 허기가 졌다. 음식이 필요했다.

양치식물, 청동 난간, 단단한 목재 바닥 그리고 채드나 코리 같은 이름의 단정한 웨이터들이 포진한 사치스러운 음식점 하나가 우리 앞에 버티고 있었다. 구석 자리에 앉자마자 베로니카는 낮 시간의 흔적을 떨쳐내기 시작했다. 고무줄을 풀고 머리를 흔들어 칠흑 같은 머리칼이 어깨로 흘러내리게 했다. 그리고 숨을 몰아쉬고는 다리를 꼬았다. 나는 열두 쪽이나 되는 메뉴에 집중할 수가 없었다.

베로니카는 송아지 스테이크를, 나는 등심 스테이크를 주문했다. 고기만이 필요한 그런 순간이 있다.

베로니카가 다시 입을 열었다. 세 마디에 한 번꼴로 방화, 마감, 우 치앙이라는 단어가 들렸다. 나는 베로니카가 머리를 고무줄로 묶었다가 다시 끌렀으면 싶었다. 다리를 풀었다가 다시 꼬았으면 싶었다.

"당신 외로워요, 멀리건?"

나는 그 말에 당황했다. 무언가를 버벅대려다가 내가 얼마나 냉철한 사내여야 하는지를 떠올렸다.

"당신하고 글로리아, 폴레키가 모두 나를 원하는데 어떻게 외로울 수가 있겠어?"

내 생각과는 달리 베로니카는 웃지 않았다. 그 대신, 눈을 내리깔고 손가락으로 천천히 포도주 잔의 가장자리를 어루만졌다.

"우리는 입을 맞추고 당신 침대에서 뒹굴다가 잠이 들어요. 지금 당신이 내게서 원하는 건 다른 누구라도 충족해줄 수 있는 거예요."

"절대 아니야. 글로리아라면 가능하겠지만, 폴레키는 데리고 자기엔 끔찍한 상대라고."

내가 말했다.

"당신한테는 모든 게 장난인가요?"

"대부분은 그렇지만, 전부 다 그런 건 아니야."

나는 무슨 말을 어떻게 해야 할지 몰라 잠시 침묵을 지켰다.

"당신은 나를 이해하잖아. 내가 매일매일 좆같은 쓰레기 더미를 뒤지고 다니느라 얼마나 악취를 풍기는지 당신도 알잖아. 그런데도 당신은 나를 곁에 두어도 될 만큼 괜찮은 남자라고 생각하는 거잖아."

내가 말했다.

베로니카가 눈을 들어 나를 쳐다보았을 때, 채드 혹은 코리가 나타나서 나에게 팁을 뜯어내려고 안간힘을 썼다. 됐어, 물은 더 필요 없어. 됐다고, 아직 음료를 다 마시지 않았잖아. 후추는 너한테나 뿌려. 그냥 꺼져버리라고.

우리는 조용히 식사를 했다. 편안한 침묵이 흘렀고, 그래서 조금 겁이 났다. 나는 말을 너무 많이 했거나, 혹은 적게 했다.

내가 정확히 뭐라고 했었지? 아, 맞다. 좆같다, 쓰레기, 악취. 참으로 낭만적인 마법의 단어 셋.

"멀리건?"

침묵이 깨졌다.

"당신도 나를 알잖아요. 나는 사랑하기 힘든 여자라더군요."

사랑? 세상에! 누가 사랑에 대해 이야기하자고 했나?

나는 시간을 벌기 위해 등심 스테이크를 쳐다보았다. 베로니카가 그 멋진 머리칼을 쓸어 넘겼고, 나는 숨을 죽였다.

채드 혹은 코리가 계산서를 들고 나타났고, 베로니카가 그것을 받아서 아멕스 카드를 건넨 다음 화장실로 향했다. 사랑이라고? 누가 사랑에 대해 이야기하자고 했나? 내가 여전히 그 문제에 대해 생각하고 있는데, 베로니카가 내 어깨에 손을 올리고서 귀에 숨을 불어 넣었다.

나는 베로니카를 따라 식당 밖으로 나왔고, 우리는 팔짱을 끼고 느긋하게 그녀의 차로 향했다. 우리는 집으로 들어서서 옷을 벗었다. 나는 모든 적절한 부위로 혈액이 돌진하는 까닭이 욕정인지 다른 무엇인지 아직 결정 내리지 못했다.

진한 애무, 잔뜩 달아오른 멀리건 그리고 차가운 샤워. 나는 그 판에 박힌 절차를 알고 있었다. 하지만 내가 침대에 누웠을 때도 베로니카는 손을 멈추지 않았다. 입도 멈추지 않았다. 그리고 몸을 움직여 나를 그녀 안으로 인도했다.

조금도 과장하지 않고, 퍽 흥미로운 전개였다. 스포츠 해설자의 말투를 빌자면, 관중들이 열광했다.

헛되이 흘러간 지난 이 년 동안 나는 도커스와 무엇을 했던 걸까? 그것이 무엇이었든 이것과는 아무 상관이 없었다. 우리는 엉켜서 꿈틀댔고, 미끄러졌다가도 제자리를 찾았고, 코를 부딪쳐서 낄낄댔고, 서로의 몸 위에서 전율했다. 그리고 마침내 끝이 났을 때 우리는 휴우, 서로를 껴안았다. 나는 땀투성이로 기진한 채 내가 손님 접대를 그럭저럭 해냈기를 바랐다. 베로니카는 놓치기 아까운 여자였다.

베로니카가 내 가슴에서 머리를 들고 미소를 지었다.

"내가 당신한테 요구했던 검사 있잖아요?"

"응?"

"당신 통과했어요."

베로니카는 그냥 시간을 끌었던 것이다. 바늘에 찔리지 않아도 되는 방법을 생각해냈더라면 좋았을 텐데. 하지만 분명 그 방법은 효과가 있었다. 나는 털끝만큼의 화를 억눌렀다. 기다림의 목적이 정확히 무엇이었을까?

"당신, 지쳤어요? 아니면 한 번 더 할까요?"

베로니카가 말했다.

사랑? 누가 사랑에 대해 이야기하자고 했나?

34

안젤라 안셀모가 아이들에게 고함을 쳤고, 나는 그 익숙한 소리에 잠에서 깼다. 풀과 색종이에 관한 어떤 말 뒤에 이런 소리가 들렸다.

"너희, 가엾은 투들스한테 어떻게 그럴 수가 있어?"

나는 발걸음을 돌려 커튼 틈으로 새어드는 빛 속에서 베로니카를 응시했다. 숨결이 깊고 규칙적이었다. 베개 위에 엉클어진 칠흑 같은 머리칼에 얼굴을 묻고 싶은 충동을 억누르며 나는 까치발을 들고 욕실로 향했다. 그리고 샤워 부스로 들어가서 비누칠을 했다. 느닷없이 좁은 샤워 부스 안으로 졸음에 취한 알몸의 법원 기자가 들어왔다.

"투들스가 누구예요?"

베로니카가 물었다. 그녀의 살갗 위로 개울처럼 흐르는 뜨거운 물을 바라보며, 나도 궁금한 것이 떠올랐지만 질문에 대답부터 했다.

"집에서 기르는 고양이."

나는 베로니카를 두 팔로 안고 물줄기 아래서 입을 맞췄다. 베로니카가 내 등을 닦아주었고, 나도 그녀의 등을 문지르며 감미로운 시간을 만끽했다. 베로니카가 나에게 일하러 가야 한다고 일러주지 않았다면, 나는 하루 종일 그러고 있었을 것이다. 젖은 여자보다 더 좋은 것은 없다.

냉장고가 비어 있어서 우리는 찰리네 식당으로 향했다. 베로니카와 내가 함께 들어서자 찰리가 텁수룩한 눈썹을 치켜세웠다. 우 치앙의 체포 소식 말고는 로드아일랜드에 중요한 사건이 없었던 모양이다. 편집자들은 대통령 예비 선거에 대한 정부의 견해, 워싱턴의 거짓말, 이라크의 유혈 사태로 뉴스 칼럼을 때웠다.

베로니카가 라이프스타일 면을 훑는 동안 나는 스포츠 면으로 넘겼다. 이상하게도 커트 실링의 어깨가 겨울 동안 악화되었고, 의사들은 수술 여부를 놓고 논의 중이었다. 하지만 베킷, 마쓰자카, 레스터, 웨이크필드, 버크홀츠, 콜론, 마스터슨이 있으니, 어쨌든 필요한 선발 투수는 충분했다. 찰리가 석쇠에서 기름 막을 벗겨내고는 앞치마에 손을 문지르며 돌아서서 우리를 향해 빙긋 웃었다.

"여자 고르는 취향이 점점 나아지는군, 멀리건. 자네랑 복도에서 엎어졌던 그 불쾌한 금발 머리한테는 무슨 일이라도 생겼나. 자네 이름을 '나쁜 새끼'로 기억하던 그 여자 말이야."

내가 여기서 식사를 할 때면 낮이건 밤이건 찰리가 저곳에서 나를 위해 요리했다. 자네 딸내미 줄리아드 졸업시키려면 뼈 빠지게 일해야 할 거야. 나는 그렇게 툴툴대고 카운터에 20달러짜리 지폐를 떨어뜨렸다. 식사비 마련을 위해 대출 신청을 하지 않고도 여자 친구에게 식사를 대접할 수 있는 장소에 대한 감사의 마음을 더해서.

35

"지금 전송 버튼을 누르려고 하니까 팩스 옆으로 가서 기다
리렴, 리엄. 다른 사람이 이걸 받아서 출처를 궁금해하는 일이
생기지 않았으면 좋겠구나."

루디 이모가 말했다.

우 치앙의 11월, 12월, 1월, 2월 그리고 3월 초 비자카드 사
용내역서는 모두 열 장에 달했다. 나는 그것을 들고 자리로 돌
아와서 카드 사용 날짜와 화재 발생일을 대조했으나, 대충 살
펴보아도 무언가 아귀가 맞지 않았다.

우는 복사기 판매원이었고, 카드는 대부분 일상 용품 구입에
사용되었다. CVS 약국, 스톱 앤 숍 슈퍼마켓, 타깃 마트, 비앤
디 주류 판매점. 빅토리아 시크릿 속옷에 지출한 249달러 95센
트가 흥미로웠다. 우는 여자 친구가 있거나, 복장 도착자인 모
양이었다. 하지만 정작 나의 관심을 잡아 끈 것은 11월에 에어
웨이스 항공에 지불한 477달러와 12월 20일까지 이십일 일 동

안 샌프란시스코 시내의 휘트콤 호텔에 지불한 2,457달러였다. 출장일 수도 겨울 휴가일 수도 있었다. 아니면 정교한 알리바이일까?

나는 휘트콤 호텔에 전화를 걸어서 호텔 안내원과 통화를 했다. 안내원은 우를 기억하고 있었다. 우는 상습적으로 불평을 해댔다고 했다. 창가의 전망을 마음에 들어 하지 않았고, 금연실에서 담배 냄새가 난다고 투덜댔으며, 미니 냉장고에 제이앤비 위스키가 부족하다고 불평했다. 그리고 퇴실하면서 요금에 대해서도 시비를 걸었다.

나는 확인차 우의 사진을 이메일로 보냈고, 안내원이 신원을 확인해주었다.

키보드 앞에 앉아 이러한 내용을 써 내려가기 시작했다. 1면의 필자란은 떼놓은 당상이었다. 나는 생각을 정리하다가, 몇몇 사람에게 미리 경고를 해줘야 한다는 사실을 깨달았다.

36

"이런 썅!"

제릴리 영감이 말했다.

"엄밀히 따지면, 12월에 발생한 세 건의 화재는 그자의 범행이 아니에요. 다른 화재 때는 이곳에 있었던 것 같아요. 이제 그자한테 혐의를 두려면, 마운트 호프에서 활동하는 연쇄 방화범이 한 명은 넘는다고 가정해야 해요."

내가 말했다.

"젠장, 그런 것 같지는 않아."

"맞아요, 그런 것 같진 않아요."

"제길! 어젯밤에 디마지오 녀석들한테 방망이를 반납하라고 했어. 모자는 가져도 좋다고 했지만. 방망이를 다시 거리에 풀어놓는 게 낫겠구먼."

"저도 그렇게 생각해요."

전화가 따르릉댔다. 제릴리 영감이 전화를 받아서 셀틱스와 네츠 농구 경기의 승률을 불러주고 연필심에 침을 묻혀 마술 종이에 판돈 내역을 적은 다음, 전화를 끊고 무심코 사각팬티에 손을 넣어 사타구니를 긁었다.

"아, 젠장. 그래도 망할 놈의 신문에서 나쁜 소식을 읽게 되는 것보단 자네가 여기에 들러서 직접 알려주니 좀 낫구먼."

제릴리 영감이 말했다.

우리는 잠시 동안 아무 말 없이 담배를 피웠다.

"시디플레이어는 잘 나오나?"

"넵."

"시가는 아직 안 떨어졌고?"

"아직은 괜찮아요."

"삭스에 날릴 돈을 대비해 양키스에 50달러 거는 건 어때?"

"됐어요, 훽 아저씨. 양키스가 이긴다면 그 돈이 피의 대가로 느껴질 거예요."

잭 아저씨가 작은 연립주택의 블라인드를 열어두었고, 그 틈 바구니로 태양이 비스듬히 새어 들어와 집 안의 울적한 분위기를 적적한 수준으로 돋우어놓았다. 아저씨는 목욕 가운을 벗고 다림질한 바지와 파란 옥스퍼드 셔츠로 갈아입었다. 막 면도를 끝내서 왼쪽 뺨이 벌겠으며, 성긴 회색 머리칼은 단정하게 빗질되어 있었다. 아저씨는 '프로비던스 소방대'라는 하얀 글자가 등판에 찍힌 파란 전천후 나일론 재킷을 팔에 걸치고 막 외출을 하려던 참이었다.

"그 소식 들었지?"

아저씨는 남아 있는 치아가 모두 보일 정도로 환하게 웃었다.

"잭 아저씨, 그러니까……."

"대원들하고 어울리러 소방서에 가려던 중이었다. 나랑 함께
걸을 테냐?"

아저씨가 말했다.

나는 아저씨의 팔을 잡았다.

"아저씨, 잠깐만요."

아저씨는 내 눈에서 무언가를 감지했는지 자리에 멈춰 섰다.

"무슨 일이냐, 리엄? 동생들은 괜찮은 게냐?"

"아저씨, 경찰이 엉뚱한 사람을 체포했어요. 아직은 그 사실
을 인정하고 싶지 않은 모양이지만, 하루나 이틀 후엔 그자를
풀어줘야 할 거예요."

"확실하냐? 텔레비전에서는……."

"확실해요."

아저씨의 어깨가 축 처졌다. 마치 몸에서 공기가 새어 나가
는 듯했다. 아저씨는 재킷을 바닥에 떨어뜨렸다.

"아직 끝나지 않았다는 말이냐?"

"네."

"포르카 바까!"

이건 내가 애용하는 이탈리아 욕이다. 문자 그대로는 '돼지
암소'라는 뜻이지만, 미국인 대부분은 '제기랄!'이라는 의미로

사용한다.

"폴레키하고 로젤리가 아저씨를 다시 감시할 거예요. 놈들이 또다시 얼쩡거리면 어떻게 해야 하는지 제가 전에 말씀드렸죠. 기억나세요?"

"아무 말도 하지 마라. 체포된 게 아니라면 놈들하고 같이 가지 마라. 체포된 거라면 변호사를 요청해라."

"맞아요. 경찰한테 제 얘기는 하지 마시고요."

"그래. 알아들었다."

아저씨는 안락의자에 털썩 주저앉았다. 의자 옆 탁자에 놓인 짐 빔 병에는 황색 버번이 5센티미터쯤 남아 있었고, 밑에는 여전히 깔개가 깔려 있었다.

"한잔하고 갈 테냐, 리엄?"

우리 둘은 조용히 앉아서 병을 비웠다. 잔은 필요 없었다.

"기회가 되면 또 들르려무나."

아저씨가 말했다.

"다음엔 좋은 소식을 가지고 올게요."

나는 문 앞에서 몸을 돌려 아저씨를 안았다. 아저씨는 약간 당황한 듯했다.

"잘 버티세요, 아저씨."

계단을 내려가는 동안 내 구멍 난 위장이 으르렁댔다.

굿 타임 찰리는 한산했다. 오늘 오후에 마리는 서빙을 하지 않았으며, 전신 스타킹도 다른 어떤 것도 입지 않은 채 오른쪽 허벅지에 가터벨트만을 차고 있었다. 내가 들어서자, 마리는 무대 가장자리로 물처럼 스르르 다가와 가터벨트에 엄지를 걸었다. 나는 1달러를 찔러 넣고 마리의 엉덩이를 한차례 두드렸다.

"고마워요, 멀리건."

마리가 말했다.

"오히려 내가 고맙지."

내 말은 진심이었다.

나는 뒤쪽 칸막이 좌석에 앉으려다가 의자에 맥주가 엎질러져 있는 것을 발견하고 다른 자리를 골랐다. 그곳에 앉으니 봉에 거꾸로 매달린 마리의 모습이 그럭저럭 잘 보였다. 몇 년 전만 해도 이곳은 사람들로 북적댔다. 하지만 지난 몇 년간 새로운 스트립 클럽이 여섯 곳이나 문을 열었고, 그들 대부분은 앨런스 애버뉴의 오래된 산업 지구에 터를 잡았다. 새로운 클럽들은 굿 타임 찰리로부터 많은 고정 고객을 앗아 갔으며, 뉴잉글랜드 전역에서 손님을 끌어모았다. 전세 버스를 타고 보스턴, 하트퍼드, 우스터에서 오는 손님들도 있었다.

파트너 제공업체를 변호하던 어느 젊고 영리한 변호사가 주의 매춘법을 읽고서 길거리 매춘이 범죄라는 사실을 발견한 후로 스트립 클럽이 호황을 누리기 시작했다. 그 변호사는 매춘법이 거리에서 손님을 찾는 행위는 명시적으로 불법화했지만 실내에서 이루어지는 매춘 행위의 위법 여부에 대해서는 침묵하고 있다고 주장했고, 판사도 이에 동의했다. 갑자기 더는 태국이나 코스타리카로 날아갈 필요가 없어졌다. 새로운 스트립 클럽들은 섬광등, 디제이, 은밀한 칸막이로 무장했고, 뉴욕이나 애틀랜틱시티에서 실리콘의 도움을 받아 재능을 강화한 이 지역 출신 아가씨들이 칸막이 안에서 30달러에 개인적인 춤을, 100달러에 구강 섹스를 제공했다.

지금까지 주 입법자들이 취한 조치라고는 분개한 연설 몇 번 뿐이었다. 나를 냉소적이라 생각해도 좋다. 하지만 나는 분명 뒷거래가 있었을 거라고 생각한다. 70년대부터 굿 타임 찰리를 운영해온 고루한 노인네는 이따금 엉덩이를 만지는 행위도 금지했다. 사업이 시들해지는 것이 놀랍지도 않다.

내가 소다수를 두 잔째 마시고 있는데, 폴레키가 삼십 분 늦게 나타나서는 맞은편에 끼어 앉았다. 의자와 탁자 사이의 공간은 KFC 음식으로 단련된 그의 허리를 수용할 수 있을 만큼 넓지 않았다.

"이번엔 무슨 일이야, 머저리?"

폴레키가 말했다.

나는 아무 말 없이 신용카드 사용내역서 복사본을 담뱃불 자국이 가득한 포마이카 탁자 위로 내밀었다.

"그래. 플리트 은행에 근무하는 친절한 녀석들한테서 오늘 아침에 그걸 받았네. 증인으로 소환하겠다고 위협해서 얻어냈지. 자네는 대체 어떻게 그걸 손에 넣었나?"

폴레키가 말했다.

"말하지 않는 편이 좋겠네."

"그 과정에서 법을 좀 위반했나?"

"중요한 법은 아니야."

폴레키는 내 굳은 표정을 보고 어떻게든 빠져나가려고 서툰 시도를 했지만, 별 효과가 없자 그만두었다.

"그자는 다른 네 건의 화재에도 알리바이가 있어. 아직 확인 중이지만 알리바이가 입증될 것 같네. 자네 때문에 헛수고만 했다고, 이 화상아. 자네의 미스터 황홀은 범인이. 아니야."

폴레키가 말했다.

"나도 그렇게 생각해. 그런데 내가 거리에서 말을 걸었을 때 왜 달아났을까?"

"누가 알겠나? 때마침 마약을 소지하고 있던 차에 자네를 마약단속반으로 오인했을 수도 있지. 아니면 자네를 강도라고 생각했을 수도 있고, 새로운 사람을 만나는 게 싫었을 수도 있고, 그냥 머저리들을 좋아하지 않았을 수도 있고."

"그래서 지금 상황은 어떤가?"

"48시간 내에 기소하거나 석방해야 해. 서장은 잠시 동안 그자를 풀어주고서 감시를 붙이자고 하더라고. 사건을 맡은 십이 년 차 국선 변호인한테 그자의 소재를 파악하도록 하면서 말이야. 진짜 범인을 찾을 시간도 좀 벌고, 아무 소득도 없이 우를 풀어주었다는 끔찍한 평판도 피하자는 거지."

"알았네."

내가 말했다.

폴레키의 얼굴이 걱정으로 일그러졌다.

"젠장! 이거 전부 비공개인 거 맞지?"

"이봐, 폴레키. 대화를 시작하기 전에 말해두지 않으면 대화 내용을 전부 공개해도 된다는 점 자네도 알잖나. 규칙에 엄격한 다른 기자를 상대할 경우에 꼭 기억하라고."

지난번에 무대에서 춤을 추던 비쩍 마른 흑인 아가씨가 경악할 만한 힐을 신고 끈팬티를 걸친 채 폴레키의 주문을 받으러 살랑살랑 다가왔다.

"내가 계산할 테니 저 친구한테 내려갠싯 맥주를 갖다 줘요."

내가 말했다.

폴레키가 나를 이상한 눈으로 쳐다보았다.

"근무 중에 술을 마시는 방화수사반장에 대해 기사를 쓸 생각인가?"

"그래, 맞아. 자네한테 맥주를 사주고, 그걸 마시는 자네에 대해 폭로 기사를 쓸 생각이야. 내가 특종에 목매단 건 아니지만."

"자네야 그 이상이지."

여급이 맥주를 가지고 돌아왔다. 나는 5달러를 건네고, 따로 1달러를 꺼내서 끈팬티에 끼워주었다. 하지만 두드릴 만한 가치가 있는 엉덩이인지는 확인하지 않았다.

"우리는 출발점으로 되돌아왔군."

내가 말했다.

"우리라니, 멀리건. 나는 공식적으로 조사를 수행하는 경찰이고, 자네는 망할 놈의 기생충이지."

"다른 단서는 없나?"

"그 전직 소방관뿐이야."

"잭 센토판티."

"대답하지 않겠네. 자네는 그 이름을 나한테서 얻은 것이 아니야."

"알았네."

"로젤리는 그자를 잡아넣고 싶어 안달이 났지만 나는 아직 확신을 못 하겠어."

폴레키는 셔츠 주머니에서 패로디를 하나 꺼내 종이 성냥으로 불을 붙였다. 그 싸구려 여송연에서는 시트로넬라 향료를 섞은 똥 냄새가 났다.

"오해하지 말고 듣게. 어쩌면 이번 사건은 외부의 도움이 필요할지도 몰라."

내가 말했다.

"이것 봐. 소방국장은 로드아일랜드를 통틀어 방화조사관을 세 명 거느리고 있는데, 그중 두 명을 나와 함께 일하도록 배정했어. 레이히라는 친구는 웨스털리에서 소방대장을 지냈고 실력이 꽤 괜찮아. 페트렐리라는 놈은 사촌이 민주당 로드아일랜드 지부장이어서 조사관 자리를 얻었는데, 연방소방청에서 고작 이 주간 수업을 받고서는 모든 걸 안다고 생각하지만 사실 쥐뿔도 몰라."

폴레키가 말했다.

"연방소방청이 뭐야?"

"국토안보기관 중에 하난데, 자기들의 임무가 뭔지도 모르는 곳이지."

"FBI는 어때?"

"9.11 이후로 그들은 테러 행위 외에는 관심도 없어."

"여전히 방화범 말고 다른 가능성은 없나?"

"없어. 자네는 항상 보험사기를 우선적으로 생각하지만, 별개의 회사 다섯 곳이 건물들을 나눠서 소유하고 있는 데다가……."

폴레키는 살찐 어깨를 으쓱해 보이고서 목소리를 낮췄다.

"시장은 우리를 닦달해대고 시 의회에서는 해결책을 내놓으라고 야단이네. 방화 수사가 얼마나 개 같은 일인지 전혀 이해들을 못 해. 범인이 남긴 증거가 보통은 불에 타 없어져버리잖나, 제기랄. 심한 경우에는 화재가 어떻게 발생했는지조차 밝혀낼 수가 없어. 운이 좋아 현장에서 범인을 잡게 되면 모를까, 그러기 전엔 그 미친놈이 계속 불을 지르겠지."

폴레키의 싸구려 여송연이 너무 심한 악취를 뿜어내는 통에 숨이 막힐 지경이었다. 그 냄새를 덮기 위해 주머니에서 쿠바 시가를 꺼내 콜리브리로 불을 붙였다.

"좋은 라이터군. 자네의 깡패 친구 획이 줬나?"

"아마도."

폴레키가 히죽히죽 웃더니 맥주를 비우고 칸막이에서 몸을 뺐다.

"또 보자고, 머저리."

폴레키가 밖으로 나갔다.

나는 사무실에 돌아가는 대로 신용카드 사용내역서를 복사해서 우의 변호사에게 보낼 생각이었다. 국선 변호사들은 정기적으로 법원에 모습을 드러내는 것 외에 다른 일을 할 시간이 거의 없다. 그리고 폴레키가 옳은 일을 할 것 같지도 않았다.

마리가 빨간 무대 조명 아래서 쿨 앤 더 갱의 '여자들의 밤(Ladies' Night)'에 맞춰 엉덩이를 흔들어댔다. 나는 더 가까이에서 보려고 소다수를 들고 앞으로 다가갔다. 몇 분 후, 마리의 젖꼭지가 내 코앞에 있다는 사실을 문득 깨달았을 때 나는 베로니카를 생각하고 있었다.

37

그날 저녁, 베로니카가 나를 위해 요리를 했다.

베로니카는 식료품점 쇼핑백 세 개를 들고 들어와 복잡한 음식을 요리할 채비를 마치고 나서야 조리 기구라고는 흠집 난 냄비 하나뿐이라는 사실을 알아챘다. 하지만 좌절하지 않고 낡은 스토브 위에 냄비를 올리고 펜네 파스타를 삶아 올리브기름에 버무렸으며, 그와 동시에 초라한 오븐 안에 알루미늄 호일을 얹고 피망, 가지, 애호박, 버섯을 익혔다.

"아, 그 물건의 용도가 그거였군."

베로니카가 가스 불을 켰을 때 내가 말했다.

저녁이 준비되었고, 집에서 전보다 좋은 냄새가 났다. 우리는 침대 위에 아무렇게나 앉아 〈로 앤 오더: 성범죄 전담반〉 재방송을 보면서, 러시안 리버를 병째로 나누어 마시고 플라스틱 포크로 종이 접시에 담긴 음식을 먹었다. 도커스가 식기와 날붙이를 다 챙겨 갔지만 나는 신경 쓰지 않았다. 나는 설거지를 싫어했다.

잠시 후, 접시와 포크를 쓰레기통에 던져 넣고 우리는 침대에 편하게 기댔다. 나는 신문사 도서 평론가의 책상에서 슬쩍한 로버트 파커의 새 소설을, 베로니카는 직접 찾아낸 자유시 작가 퍼트리샤 스미스의 얇은 문고판을 읽었다. 가정이란 편안하면서도 불편한 존재였다.

내가 책의 두 번째 장을 읽고 있을 때, 베로니카가 입으로 단어의 느낌을 음미하듯이 소리를 내어 시를 읊기 시작했다. 지금 나한테 시를 읽어주는 건가? 시를? 일이 커지고 있었다. 나는 그 소리를 무시하려고 애쓰면서, 의심 많은 남편이 주인공 스펜서를 미행에 적합한 인물이라고 생각할 것인지 소설의 내용에만 집중했다. 베로니카가 팔을 뻗어 내 손에서 소설을 빼앗아 덮었다.

"이것 좀 들어봐요."

"나는 시를 좋아하지 않아, 베로니카. 밥 딜런이 코로 애달프게 흥얼거려 주지 않는 한, 시는 나한테 아무 의미도 없다고."

"그냥 입 다물고 들어봐요."

재즈에 생명을 부여한 존재가 무엇이었는지
재즈가 빠져나오려 몸부림쳤던 습하고 좁은 길이 무엇이었는지
재즈를 높이 들어 올려
갓 태어난 엉덩이를 두드리고
영광된 외침을 재촉한 사람이 누구였는지

중요치 않네.

중요한 것은 스캣 속으로 흩어지는 우아한 선율과
그 감미로움을 소유하는 우리 자신이라네.
중요한 것은 바에 비친 자신의 모습에 욕설을 내뱉는
담배처럼 비쩍 마른 남자들이라네.
중요한 것은 손수 만든 치마를 끌어 올리고
무도장 바닥을 구멍이 나도록 두드려대는
통행 시간을 넘기고서 시간을 되묻는 일에 진력이 난
흑설탕 빛 아가씨들이라네.

"오, 이런!"
내 말은 진심이었다.
"그것 봐요."
"좀 보여줘."
베로니카가 나에게 책을 건넸고, 나는 책을 뒤집어서 뒤표지
의 작가 사진을 확인했다.
"제길. 이 여자, 섹시하기까지 하잖아."
"입 다물어요!"
베로니카는 그렇게 말하며 웃고 있었다.
잠시 후, 경찰 드라마 〈쉴드〉의 재방송을 보기 위해 텔레비
전을 켰다. 나는 주인공 마이클 치클리스가 레드삭스의 광적인
팬이라 이 드라마를 좋아했다. 베로니카가 차에서 가져올 것이

있다며 서둘러 계단을 내려갔다. 빅 매키 형사와 강력 기동대
가 어떻게 흑인 갱들이 유탄 발사기를 한 트럭이나 손에 넣었
는지 알아내려고 고군분투하고 있을 때 베로니카가 더플백을
가지고 돌아왔다. 베로니카는 벽장을 열고 빛바랜 청바지 네
벌, 레드삭스 야구 셔츠 세 벌, 주름진 파란 양복 상의 한 벌,
비어 있는 옷걸이 한 뭉치를 쳐다보았다. 그리고 가방을 열고
옷가지를 꺼내 벽장에 걸었다. 그즈음 가정은 더 편안하면서
더 불편한 존재가 되어가고 있었다.

베로니카가 침대에 털썩 주저앉아서 두 다리로 내 다리를 감
았다. 내가 입을 맞추려고 몸을 돌리는 찰나, 경찰 무전 수신기
가 분위기를 깼다.

"로커스트 스트리트에 적색 신호!"

"젠장! 내가 생각하는 그곳 맞아요?"

베로니카가 말했다.

"어, 마운트 호프에 있는."

우리는 운동복 상의를 걸쳐 입고 경주마로 향했다.

"이제 방화는 기사의 차원을 떠나 개인적인 문제가 됐어. 방
화범이 나를 진짜 열 받게 하고 있다고."

내가 길가에서 차를 빼며 말했다.

"왜요?"

"그놈이 우리의 성생활을 망쳐놓고 있잖아."

캠프 스트리트에서 좌회전을 해서 로커스트 스트리트로 들어섰을 때는 이미 제6소방대 대원들이 호스를 감으며 장비를 정리하고 있었다. 로지가 풍상에 찌든 2층 목조건물의 앞마당에 서서 웃고 있었다.

"리엄! 여기 네가 좀 봐야 할 것이 있어."

로지가 소리쳤다.

로지가 우리를 이끌고 현관을 지나 거실로 들어섰다. 공포영화 포스터, 하이네켄 빈 병, 더러운 빨랫감이 널려 있었다. 곧장 앞으로 걸어가니 천장의 작은 여닫이문에서 접이식 계단이 내려져 있었다. 로지가 손전등을 켰고, 베로니카와 나는 로지를 따라 계단을 올랐다.

"머리 조심해."

로지의 말이 끝나기 무섭게 내 머리가 서까래에 부딪쳤다.

소방관들이 지붕에 구멍을 뚫어 연기를 빼내긴 했지만, 비좁은 다락에서는 불탄 전선 따위가 여전히 독취를 풍겼다. 로지가 손전등을 왼쪽으로 돌려서 베니어판에 5×10센티 두께의 각목을 붙여 만든 엉성한 탁자를 비췄다. 탁자 위에는 수경 재배 중인 대마가 열두 포기 놓여 있었고 그 위로 새까맣게 탄 고밀도 조명이 길게 늘어서 있었다. 대마 여섯 포기는 잎이 타서 줄기만 남았고, 나머지는 열기에 말라 죽었다.

"이 집에 사는 브라운 대학교 학생들이 대마초를 직접 길렀던 모양이야. 조명이 과열됐어. 우리가 제 시간에 도착하지 못했다면 집이 완전히 타버렸을 거야."

로지가 말했다.

"냄새 좀 맡아봐도 돼?"

"좋으실 대로. 대원들 반이 이곳에서 대마초 연기를 들이마시고 몽롱한 상태야."

로지가 또다시 웃음을 터뜨렸고 우리도 따라 웃었다. 그다지 우습지는 않았지만, 우리는 연쇄 방화범이 밤 근무를 쉬었다는 사실에 안도했고 그래서 들떠 있었다. 그리고 로지는 대마초에 약간 취한 듯도 했다.

로지가 나를 한쪽으로 끌고 가서 귀에다 대고 속삭였다. 로지는 나보다 고작 5센티미터 크기 때문에 몸을 그다지 많이 숙이지 않아도 됐다.

"나는 네가 키 큰 사람을 좋아하는 줄 알았는데."

"작은 사람도 좋아. 있어야 할 모든 부분이 조금 가깝게 붙어 있을 뿐이잖아."

"멋진 여자야, 리엄."

"그리고 요리도 해."

"네가 저 여자한테 홀딱 빠졌다는 거, 저 여자도 알아?"

나는 그 말에 멈칫했다.

"왜 그렇게 생각해?"

"장난해? 네가 저 여자를 바라보는 표정만 봐도 다 알 수 있다고."

로지가 내 볼에 입을 맞추고 말했다.

"맨살에 걸칠 만한 예쁜 것을 좀 사주라고."

집으로 돌아가는 길에 나는 조바심이 났다. 로지는 나보다 나 자신을 더 잘 알았고, 그래서 로지의 말이 나를 당황하게 했다. 게다가 대형 기사를 기대하며 분출됐던 아드레날린이 갈 곳을 잃고 동맥 속에서 떠돌았다. 베로니카가 그것을 감지했는지 손을 내 허벅지에 올렸다.

"호프스에 들러서 한잔할래요?"

베로니카가 말했다.

"더 좋은 생각이 있어. 집에 가서 알몸으로 신 나게 즐기는 건 어때?"

"먼저 나한테 설명해줘야 할 것이 있어요."

"뭔데?"

"어째서 로지는 당신을 '리엄'이라고 부르는 거죠?"

"로지는 1학년 때부터 나를 그렇게 불렀어, 베로니카. 로지한테 그건 버리지 못하는 습관 같은 거야."

내가 경주마를 집 건너편 주차장에 세우고 시동을 끄려는데, 경찰 무전 수신기가 다시 직직거렸다.

"도일 애버뉴에 적색 신호!"

내가 브롱코의 방향을 돌리자 분비샘이 또다시 아드레날린을 퍼 올리기 시작했다. 왔던 길을 되짚어가며 무전 내용을 주의 깊게 들었다.

"3층 목조건물 완전 연소 중. 건물 안에 사람들 갇혀 있음. 6소방대가 지원을 요청함."

그리고 1분 후.

"플레즌트 스트리트에 적색 신호! 단독주택 완전 연소 중. 12소방대가 지원을 요청함."

"말도 안 돼."

베로니카가 말했다.

나는 프로비던스 강을 가로지르며 가속 페달을 힘껏 밟았고, 올니 스트리트의 내리막길에서 속력을 높였다. 그리고 캠프 스트리트에서 좌회전해 마운트 호프로 들어섰다.

무전기가 다시 직직거렸다.

"라치 스트리트에 적색 신호. 적색 신호! 적색 신호! 이곳에 지옥이 펼쳐지고 있다."

38

베로니카가 핸드백에서 휴대전화를 꺼냈다.

"어느 쪽으로 갈 거예요?"

베로니카가 물었다.

"당신을 도일 애버뉴에 내려주고 난 라치 스트리트로 갈게."

베로니카가 사회부 야간 담당자에게 전화를 걸어 우리의 소재를 밝히고, 동원할 수 있는 모든 인원을 마운트 호프로 보내달라고 독촉했다. 그리고 전화 한 통을 더 걸어서 로맥스 편집장을 침대 밖으로 끌어냈다.

무전기가 다시 꽥꽥댔다. 포터킷 시에서 프로비던스의 지원 요청에 응해 펌프차 세 대와 사다리차 한 대를 보내오고 있었다.

캠프 스트리트와 도일 애버뉴 교차로에 이르니 전방 45미터 지점에서 3층 목조건물 1, 2층 창문이 화염에 휩싸여 있었다. 순찰차들이 도일 애버뉴를 봉쇄해서, 나는 차를 세우고 조심하라고 당부한 뒤에 베로니카를 보냈다.

나는 베로니카가 매력을 발휘해 경찰 저지선을 통과하는 모습을 지켜보았다. 그리고 캠프 스트리트를 따라 북쪽으로 다섯 블록을 전속력으로 내달렸다. 경찰이 라치 스트리트도 봉쇄해서, 나는 교차로에서 반 블록 정도 전진한 다음 소방 장비와 응급차가 지나다닐 수 있도록 인도 위에 브롱코를 세웠다.

인도를 쏜살같이 내달려 라치 스트리트로 향했다. 구경꾼들이 경찰 저지선 주변에 모여 있었다. 이번에는 겁에 질린 듯한 모습들이었다. 여자들 몇은 눈물을 흘렸다.

내가 어깨로 사람들을 밀치며 나아가는데 제복 입은 경관 하나가 앞을 막아섰다. 순찰 경관 오배넌은 멀리건을 싫어했다. 언젠가 그가 증거품 보관함에서 마리화나를 슬쩍한 적이 있는데, 내가 그걸 기사로 내보냈다. 서장은 자신이 먼저 마리화나를 빼돌리지 못한 것에 열 받았는지 오배넌에게 한 달간의 무급 정직 처분을 내렸다. 아마 그 일과 어느 정도 연관이 있을 것이다. 내가 기자증을 내보였다. 오배넌이 그걸 보더니 말했다.

"여기서 꺼져."

나는 뛰어 들어가고 싶은 충동을 억누르며 그 말에 따랐다. 괜히 디마지오 파로 하여금 나를 현장에서 달아나는 방화범으로 오인하게 만들 필요는 없었다. 나는 캠프 스트리트를 따라 한 블록 남쪽으로 걸어간 다음, 동쪽으로 꺾어 사이프러스 스트리트로 들어섰다. 그리고 어떤 집 진입로로 걸어 들어가 담을 넘고 다른 집 진입로를 통해 라치 스트리트로 나왔다.

나는 화재를 느끼기도 전에 소리로 먼저 들었다. 화염은 깃발 천 개가 바람에 펄럭이는 소리를 냈다. 나는 화재를 보기도 전에 피부로 먼저 느꼈다. 열기는 악마가 손등으로 날리는 귀싸대기처럼 후끈했다.

화염이 땅콩 주택의 정면을 따라 퍼져 올랐다. 싸구려 아스팔트 외장재에서 솟구치는 검은 연기가 처마에서 굽이치는 회색 연기와 뒤섞였다. 지붕 위에서 소방관 두 명이 내부에 갇힌 연기를 배출시키려고 도끼를 휘두르며 구멍을 뚫었다. 바람이 맹렬하게 날름대는 불길을 동쪽 끝까지 날려 보냈다. 소방관 둘은 결국 작업을 포기하고 반대편에 놓인 소방용 사다리를 타고 내려왔다. 동료들이 물을 뿌려 엄호해주었다.

거리에는 소방 호스들이 올가미처럼 뒤엉켜 있었다. 느슨한 연결 부위에서 물이 새어 나와 내 바지를 적셨다.

뒤쪽에서 폭발음이 들렸다.

내가 몸을 돌렸을 때, 2층 목조건물의 지하실 창문에서 불빛이 번쩍였다. 노란 페인트가 벗겨져 떨어지는 집. 앞마당에 파란 닷지 램 자동차가 있는 집. 내가 카멜라 디루카 부인과 네안데르탈인 아들 조지프랑 이야기를 나누었던 바로 그 집. 화염이 지하실을 따라 오른쪽에서 왼쪽으로 퍼져 나가자 지하실 창문 세 개가 환하게 빛났다.

"이봐요! 여기요!"

내가 소리쳤다.

이미 소방관 네 명이 땅콩 주택에서 돌아서서 지름 10센티짜리 호스 두 개를 끌고 거리를 가로지르고 있었다. 마스크를 쓴 로지와 대원 두 명이 안면 보호대를 내린 다음 현관을 걷어차고 안으로 들어갔다. 삼십 초 후에 그들이 다시 모습을 드러냈을 때, 로지가 팔다리를 허우적대는 가냘픈 카멜라 디루카 부인을 안고 있었다.

"내려놓으라고!"

로지는 그렇게 해주었다. 소방관 하나가 멀쩡해 보이는 이 노파를 구조 차량으로 데리고 갔다. 나도 뒤따라가서 의사가 디루카 부인을 꼼꼼히 살피는 동안 자세한 내용을 떠보았다.

"디루카 부인? 화재가 시작되었을 때 어디에 계셨습니까?"

"댁이 알 바 아니야. 당신네 신문에 내 이름을 싣기만 해보라고."

디루카 부인이 말했다.

"소방대장에 대해서 하고 싶은 말은 없습니까? 목숨을 구해줬잖습니까."

"퍽도 그랬겠수. 나 혼자서도 충분히 걸어 나올 수 있었다고."

도로 건너편 땅콩 주택의 연기가 검은 소용돌이에서 하얀 증기로 변했다. 이는 불이 소임을 다하고 퇴각하고 있다는 증거였다.

2층 목조건물이 분위기를 쇄신하며 일련의 둔탁한 파열음을 뱉어냈다. 지하실에서 오래된 페인트 통들이 폭발하는 모양이었다. 연기가 지붕의 홈통을 따라 넘실거렸고, 불길이 샛기둥 사이의 벽을 타고 기어올랐다. 호스의 물줄기가 그곳에 닿지를 않았다. 열브스름한 회색 연기가 열린 현관으로 구불구불 퍼져 나왔다.

바로 그때, 조지프 디루카가 오배넌 경관을 매달고 쿵쾅대며 인도를 달려왔다. 그리고 한 손을 뻗어 경관을 떼어내고 우렁차게 포효했다.

"엄마!"

"무사하세요."

내가 소리쳤으나 조지프는 듣지 못했다.

조지프가 진입로로 돌진해 현관으로 달려들었고 연기가 그를 집어삼켰다. '엄마'를 구해냈던 로지와 소방관 하나가 조지프를 쫓아 안으로 들어갔다.

나는 거리에 서서 숨을 죽이고 초를 쟀다.

10초. 창문의 커튼이 불길에 휩싸였다.

20초. 창문가의 안락의자에 불이 붙었다.

30초. 화염이 문가의 외장재를 잘근댔다.

40초. 널름거리는 불길이 처마 근처에서 맴돌며 지붕을 할짝댔다.

50초. 조지프가 내던져지듯 현관 밖으로 튕겨져 나왔다. 그 뒤로 로지와 소방관이 연기가 자욱한 출입문에 모습을 드러냈다. 조지프는 그들을 밀치고 안으로 되돌아가려고 안간힘을 썼다. 그들은 조지프를 땅바닥에 거꾸러뜨리고 단열 장갑으로 조지프의 불붙은 머리칼을 두드려댔다. 소방관 하나가 호스 분사구를 하늘 쪽으로 젖히자 물보라가 그들 위로 봄비처럼 내려앉았다.

39

다음 날 신문 제1면 표제는 '마운트 호프, 지옥의 밤'이었다. 4단 크기의 사진에는 로지가 카멜라 디루카 부인을 두 팔에 안고 연기가 자욱한 현관에서 나오는 모습이 담겨 있었다.

베로니카의 전화 덕택에 로맥스 편집장은 제 시간에 편집실에 도착해서 인쇄기가 지역 신문을 단지 1,200부 찍어냈을 때 인쇄를 멈출 수 있었다. 편집장은 인터넷 신문의 기사를 갱신한 다음에 현장 기자들이 보내준 정보로 인쇄판 신문의 기사를 직접 썼다. 그리고 1면을 극적인 화재 사진들로 다시 꾸민 다음 멋진 신문을 찍어내서 평소의 마감 시간보다 겨우 90분 늦게 배달 트럭에 실었다.

"사장이 기자하고 트럭 기사들한테 초과 근무 수당을 지불하는지 두고 보죠."

베로니카가 말했다.

"그러자고. 그런데 로맥스 편집장의 수당은 꿀꺽하지 않을까

싫어."

내가 말했다.

우리는 찰리네 식당에서 스크램블드에그와 베이컨이 담긴 접시 앞에 웅크려 앉아 신문을 탐독했다. 지난밤에 각각의 화재 현장에 고립되었던 탓에 우리는 다른 현장에서 어떤 일이 벌어졌는지 몹시 궁금한 상태였다. 도합 다섯 건의 수상쩍은 화재가 발생했고, 마지막 화재는 마운트 호프 애버뉴의 정원 딸린 3층 빌라를 해치웠다. 나는 로맥스 편집장의 기사를 읽기 전까지 그 화재에 대해 알지도 못했다.

"당신 친구 로지는 분명 훈장을 받을 거예요."

베로니카가 말했다.

"로지는 이미 서랍에 하나 가득 훈장을 가지고 있어."

찰리가 차갑게 식은 채 반쯤 남은 달걀들을 치우고 우리의 커피 잔을 채워주었다.

"내가 자네한테 말한 적 있는 그 멍청이 말이야, 지금 저기 오고 있네. 요전에 여기 와서 치즈 수플레를 만들어달라고 했다던 그놈 말이야."

찰리가 말했다.

메이슨이 평소답지 않게 누런 캐시미어 스웨터와 칼 주름이 잡힌 황갈색 바지를 입고, 내 연금보다 비싸 보이는 던힐 서류 가방을 왼손에 든 채 느긋하게 걸어 들어왔다. 그리고 내 옆에 앉아서 찰리에게 커피를 부탁했다.

"뭐야. 오늘 아침에는 카페오레나 차이라떼를 시키지 않는 건가? 내 가게에는 없는 무언가를 시킬 줄 알았는데."

"이곳의 맛있는 커피 한 잔이면 충분합니다."

튀김 전문 요리사가 콧방귀를 뀌더니 메이슨 앞에 잔을 탁 내려놓고 바닥이 드러난 주전자에서 커피 찌꺼기를 쏟아부었다. 메이슨은 곤죽 같은 커피를 한 모금 마시더니 신문 1면을 가리켰다.

"지난밤엔 제가 대단한 기삿거리를 놓쳤네요."

"그랬지. 자네가 일은 프로비던스에서 하고 잠은 저 아래 뉴포트의 궁전에서 자기 때문에 생긴 일이지."

내가 말했다.

"여러분이 멋진 일을 해내셨습니다."

"음, 고맙네, 신의 아들. 그렇게 말해주다니 저어어엉말 고맙다고."

베로니카가 오른발을 뻗어서 나를 찼다. 그녀가 대체 누구 편인지 궁금할 정도로 발길질이 매서웠다.

"너무 그러지 마요. 아버지가 부자인 게 메이슨 잘못은 아니잖아요."

베로니카가 말했다.

메이슨은 그저 어깨를 으쓱하고는 서류 가방의 은 자물쇠를 열어 얇은 서류철을 꺼냈다.

"맨홀 뚜껑에 관한 기사를 작성하고 있는데 뭔가 발견한 것 같습니다. 검토해보시고 다음에 무엇을 해야 할지 조언해주셨으면 좋겠습니다."

"나중에. 지금 당장은 내가 가봐야 할 곳이 있어."

나는 풋내기 기자와 내 섹시한 연인을 뒤로한 채 식당을 나서서 경주마를 향해 휘파람을 불었다. 경주마가 달려오지 않아서 내가 신문사 맞은편 주차장으로 경주마를 데리러 갔다. 그리고 마운트 호프로 향했다.

40

감자머리 아저씨 동상이 프로스펙트 테라스 공원에서 로저 윌리엄스의 무덤을 내려다보고 있었다. 성적 혼돈을 겪는 기물 파괴자들이 감자 동상에 D컵 가슴과 크고 벌건 음경을 그려놓았다.

도일 애버뉴로 들어서니 주 소방국 차량 한 대가 불에 탄 3층 목조건물 앞에 주차되어 있었다. 나는 그 뒤에 차를 대고 밖으로 나와 몸을 숙이고 노란 경찰 저지선을 통과한 다음, 흠뻑 젖은 숯검정 매트리스와 소파가 쌓여 있는 곳을 빙 둘러 걸어갔다. 제복 입은 경찰이 팔짱을 끼고 콘크리트 층층대에 서 있었다. 그는 나에게 꺼지라고 말하지 않았다.

"소방국에서 나온 남자가 지하실을 살피고 있는데, 그 사람하고 대화할 수 있는지 알아봐 줘?"

"고마워, 에디."

기다리는 동안, 나는 도일 애버뉴 188번지에 남은 잔해를 살폈다. 이 건물은 내가 어릴 적에 젠킨스 쌍둥이와 경찰-도둑 놀이를 하던 곳이었다. 지붕의 반은 사라지고 없었다. 산산조각 난 창문들 뒤로는 어둠뿐이었다. 전소. 나는 남동쪽 구석에 태연하게 버티고 있는 3층 창문을 쳐다보았다. 내게 레이 브래드버리와 존 스타인벡을 소개해주셨던 늙은 매크레디 선생님이 저곳에서 연기에 질식해 돌아가셨다. 방화범은 내 어린 시절을 재로 바꾸어놓고 있었다.

지난밤 현장에 처음으로 도착한 제12소방대 대원들이 매크레디 선생님을 제외한 모두를 안전하게 구해냈다. 하지만 소방관 두 명은 연기 흡입으로 로드아일랜드 병원에 있고, 다른 한 명은 폐가 타서 시체 안치대 위에 있다. 방화조사관 레이히가 층층대로 나왔을 때 나는 여전히 창문을 쳐다보고 있었다.

"공식적으로는 할 말이 없습니다, 멀리건 씨."

방화조사관이 말했다.

"하지만요?"

"하지만 비공식적으로 말하자면, 지하실 벽에 두껍게 그을린 자국이 세 군데 있습니다."

"뒤집힌 화살촉 형태로요?"

내가 물었다.

"그렇습니다. 그게 무슨 의미인지도 아시겠군요."

"촉매제가 사용된 흔적이죠."

늦은 밤에 정부 방화 보고서들을 읽었던 것이 효과를 발휘하기 시작했다.

"네. 촉매제의 흔적. 놀랍지도 않죠."

방화조사관이 말했다.

"시한장치는요? 또 커피메이커가 사용되었습니까?"

"바닥에서 깨진 유리하고 녹아내린 플라스틱을 긁어모아 연구소에 보냈습니다. 네, 커피메이커가 사용되었을 가능성이 있습니다."

나는 감사의 인사를 전하고 한 블록 북쪽에 있는 플레즌트 스트리트로 향했다. 제복 입은 경찰관이 2층 목조건물 진입로에 순찰차를 대고 운전석에 앉아 있었다. 건물은 너무 심하게 타서 원래 무슨 색이었는지조차 분간할 수 없을 지경이었다.

"이곳에 살던 사람들이 조금 전에 들렀습니다. 안으로 들어가서 건질 만한 물건이 없나 살펴보고 가족사진도 찾고 싶어 했습니다. 방화조사관들이 이곳까지 오려면 적어도 일주일은 걸릴 겁니다. 그래서 그 사람들을 쫓아 보냈습니다. 이곳을 보십시오. 젖지 않거나 재가 되지 않은 물건이 있어 보입니까? 건질 물건이 아무것도 없으리란 걸 그들도 알고 있었을 겁니다."

경찰관이 말했다.

마운트 호프 애버뉴의 정원 딸린 3층 빌라는 검게 그을린 서까래 뼈대만을 지붕에 이고 있었다. 여전히 연소되고 있는 내부로부터 엷은 회색 연기가 둥실둥실 퍼져 올랐다. 펌프차 대원 하나가 현장에 남아 주저앉은 북동쪽 벽을 향해 물을 쏘아 댔다. 포터킷의 지원 소방대가 화재와 싸우러 이곳에 왔을 당시, 사람들은 2, 3층 창문에서 뛰어내리고 있었다. 그중 세 명은 발목이 부러졌고 두 명은 다리가 부러졌다. 소방관 한 명과 세입자 여섯 명이 2도 화상과 연기 흡입으로 병원에 입원했다. 그중에는 유아도 있었다.

내가 이야기를 나눌 상대를 찾고 있는데, 로젤리가 폐허에서 걸어 나와 손가락 욕을 날렸다. 그건 할 말이 없다는 그만의 표시였다.

라치 스트리트의 폐허가 된 땅콩 주택 앞, 디오 건설 인부들이 포클레인 옆에 퍼질러 앉아 아침나절 새참으로 내려갠싯 맥주 열두 병을 따서 폴레키와 나누어 마시고 있었다.

"왜 안 나타나나 궁금해하고 있었네, 머저리."

폴레키가 말했다.

"여기서 뭐하고 있나? 벌써 현장을 공개한 건가?"

"아니. 건물 소유주가 이곳을 헐고 잔해를 치우라고 인부들을 고용했네. 나한테는 잘된 일이지. 지붕하고 바닥이 지하실로 무너져 내렸어. 이 사람들이 잔해를 치워주기 전에는 안으로 들어가서 현장을 살펴볼 수가 없다고."

도로 건너편, 조지프 디루카가 붕대로 동여맨 머리를 무릎에 기댄 채 현관 층층대에 앉아 있었다. 진입로의 널돌을 디디는 발소리를 들었는지 조지프가 눈을 들고 쏘아보았다.

"우리 집에서 꺼져, 이 쥐새끼 같은 놈아."

조지프는 자리에서 일어나 주먹을 쥐고 내 쪽으로 한 걸음 다가섰다. 그러더니 고통으로 움찔거렸다.

"어머니는 어떠십니까?"

그 말에 조지프가 멈칫했다. 그리고 한숨을 쉬며 도로 층층대에 주저앉았다.

"당신네 망할 놈의 신문에 두 번 다시는 우리 엄마 얘기를 쓰지 마쇼."

조지프가 말했다. 하지만 목소리에 으름장이 남아 있지는 않았다.

"알겠어요, 조지프. 그냥 어머니가 어떠신지 궁금한 것뿐입니다."

"잔뜩 열 받았수다. 지금 이모네 집에 있는데, 왜 집에 돌아올 수 없는지를 도통 이해를 못 합디다."

"그쪽은 왜 여기에 앉아 있습니까?"

나는 그렇게 묻고 나서야 조지프가 갈 곳이 없는 모양이라고 생각했다.

"저 폴락인지 포제키인지 퍼루스키인지 하는 놈 때문에 그렇소. 저 인간이 나한테 집에 들어갈 수 없다고 그랬수다. 내가 헛소리 말라고 했더니, 지하실에 들어가지만 않는다면 안으로 데려가서 둘러볼 수 있게 해준다고 약속합디다. 아빠 사진하고 내 노마 가르시아파라 카드가 불에 탔는지 알아야 하는데 저 인간이 계속 맥주를 처마시고 있잖소. 비열한 새끼."

"이 집은 임대한 겁니까?"

"아니, 우리 엄마 거요. 아빠가 암으로 돌아가신 후에 엄마게 됐수다. 엄마의 전 재산이지."

"보험은?"

"엄마 말로는 들었다고 합디다."

"재건축할 생각입니까?"

"나야 알 턱이 있나. 엄마는 뭘 다시 시작하기엔 너무 늦었소. 기회가 있었을 때 저걸 팔아 치웠어야 했는데."

41

새로운 지원자들이 디마지오 파의 인원을 예순두 명으로 늘려놓았다. 제릴리 영감은 루이빌 슬러거 방망이가 부족해서 지원자들을 잘라내야 했다. 공세에 몰린 로지의 소방대대에 생짜배기 소방관 시보들이 충원되었다. 로지는 부상과 사망으로 대원 다섯을 잃었다. 노스 메인 스트리트의 드라고 총기 판매점에서 소화기와 소형 총기류가 불티나게 팔려 나갔다. 수많은 부녀자와 아이들이 마운트 호프를 떠나 친척집으로 향했고, 사내들은 집에 남아 권총이나 엽총을 들고 뜬눈으로 밤을 지새웠다. 신문사는 화재로 집을 잃은 가족들을 위해 구호 기금을 모금했고, 사장이 솔선수범해서 천 달러를 기부했다. 주지사는 로드아일랜드 방위군에 마운트 호프 순찰 병력을 요청했다가, 그들이 이라크에 파병되었다는 사실을 기억해내고 요청을 철회했다.

우리는 '지옥의 밤' 후속 기사 때문에 며칠 동안 뛰어다녀야 했다. 그렇게 일이 많아서 차라리 다행이었다. 내 어릴 적 동네가 점점 작아진다는 사실에 대해 느긋하게 생각할 여유조차 없었다.

금요일이 되어서야 내 다음 행보에 대해 생각할 시간이 생겼다. 책상에 앉아 생각에 잠겨 있는데 딥 퍼플이 '물 위의 연기' 도입부를 연주하며 방해했다. 나는 발신인이 누군지 확인했지만, 어쨌든 전화를 받기로 했다.

"이!

나쁜!

새끼야!"

"좋은 아침이야, 도커스."

"요전 밤에 카세르타에서 주물럭대던 그 동양 년은 누구야?"

"저기 말이야, 전화해줘서 반가워. 리라이트는 어떻게 지내? 심장사상충 약 기억하지? 매달 초에 그 약을 먹여야 한다고."

"당신은 언제나 나보다 그 망할 개를 더 신경 썼지!"

"뭐랄까, 리라이트가 더 다정했잖아."

"이 개자식아!"

"대화 즐거웠어, 도커스. 그런데 나 일하러 가봐야 해."

내가 개하고도 붙어먹었다는 둥 도커스가 헛소리를 해대기 전에 나는 전화를 끊었다.

내가 상냥한 전처의 고함을 뒤로 하고 전화기를 닫자마자 딥 퍼플이 또다시 연주를 시작했다. 단단따 단단따단 단단따 다단.

개인적인 메모: 제목에 '연기'가 들어가지 않은 곡으로 벨소리를 바꿀 것!

"이야기 좀 해."

"알아낸 것 좀 있어?"

"확실한 건 없어. 그런데 지옥의 밤은 이치에 맞질 않아. 방화광은 화재를 지켜보려고 불을 지르잖아. 다섯 건의 화재가 거리 네 곳에서 동시에 발생한 까닭이 뭐지? 그렇게 하면 화재를 전부 다 음미하지 못하잖아."

매크라켄이 말했다.

나는 서랍에서 새 마룩스를 꺼내 뚜껑을 따고 한 모금 삼켰다.

"그자를 흥분시키는 게 화재가 아닐 수도 있어. 어쩌면 신문에서 기사를 읽거나, 텔레비전 뉴스에서 자기 작품을 보며 흥분하는 건 아닐까."

내가 말했다.

"그럴 수도 있겠지. 아니면 피해를 최대화하려고 그랬을 수도 있고. 소방서에는 그렇게 많은 화재를 동시에 감당할 만한 장비가 갖춰져 있지 않으니까. 가능성이 너무 많아. 잠깐 들러서 머리를 맞대고 상의를 좀 하는 건 어때?"

"삼십 분 안에 그리로 갈게."

시내를 걸어서 매크라켄의 사무실 입구로 들어섰을 때, 때마침 비서가 몸을 숙이고 서류 보관함에 서류철을 쑤셔 넣고 있었다.

"메크라켄 씨가 기다리고 계세요."

비서는 자세를 유지한 채 말을 이었다. 검정 초미니 스커트 아래로 빨간 레이스 끈팬티가 제대로 들여다보였다.

"어서 안으로."

대단히 노골적인 말이었지만, 나는 그곳에 손도 대지 않았다. 나는 비서의 권투 선수 출신 남자 친구가 수많은 사람의 얼굴을 매만져주는 모습을 본 적이 있었다.

매크라켄이 내 손바닥뼈를 으스러뜨려 가루라도 내려는 듯이 손을 꽉 움켜쥐었다.

"폴레키한테서 들은 얘기 좀 있어?"

내가 물었다.

"자네랑 통화한 직후에. 3층 목조건물하고 단독주택 두 곳은 명백한 방화라는군. 전부 커피메이커하고 휘발유가 사용됐대. 땅콩 주택하고 3층 빌라는 여전히 조사 중이라는데, 뭐가 발견될지 빤하잖아."

"빌라에서 구조된 어린애가 결국 살지 못할 거라는 얘기가 있어. 마운트 호프에서 자라지 못하는 아이가 또 하나 느는 거지. 지금까지 사망자가 총 열한 명이야. 화상이나 부상을 입은 사람은 열다섯 명이 넘고."

내가 말했다.

"그래. 그리고 500만 달러에 가까운 화재보험금이 청구되었지. 그중 300만 달러가 우리 회사 상대야. 내가 생명보험 쪽에서 일하지 않는 게 천만다행이라고."

매크라켄의 책상은 차를 주차해도 될 만큼 넓었다. 매크라켄이 책상 대부분을 덮는 지도를 펼쳤다. 지도는 마운트 호프의 모든 거리와 구조물을 지형적으로 보여주고 있었다. 몇 분 동안 우리는 화재가 발생한 건물 열네 곳의 위치를 확인했다. 매크라켄이 노란 형광펜으로 12월에 발생한 첫 번째 화재부터 지옥의 밤까지 발생 순서대로 건물에 표시를 해나갔다.

초기에는 화재가 산발적으로 발생한 듯 보였다. 맨 처음에 사이프러스 스트리트, 그다음에 남쪽으로 네 블록 떨어진 도일 애버뉴, 세 번째로 마운트 호프 동쪽 끝에 위치한 호프 스트리트. 하지만 마지막 건물 여섯 개를 노란색으로 칠하고 나니 유형이 드러났다. 모든 화재는 북쪽으로 라치 스트리트, 동쪽으로 호프 애버뉴, 남쪽으로 도일 애버뉴 그리고 서쪽으로 캠프 스트리트(식민지 시대에는 '말 목장 길'로 불렸다.)를 경계로 한 찌그러진 직사각형 안에서 발생했다. 마운트 호프의 남동쪽 경계 바깥쪽, 즉 브라운 대학교 및 값비싼 동부 지구와 맞닿은 지역에서는 화재가 한 건도 발생하지 않았다.

"화요일에 지옥의 밤 피해 상황을 확인하느라 차를 타고 돌아다니면서 나도 똑같은 걸 눈치챘어. 차를 주차하고 슬슬 걸어서 돌아다니면 십 분 안에 화재 현장 열네 곳을 전부 지나칠 수 있겠더라고."

내가 말했다.

"도일 애버뉴와 라치 스트리트 사이에 버티고 있는 낡은 건물들을 전부 없애버리면 부동산 개발이 가능한 노른자위 땅을 얻게 돼."

매크라켄이 말했다.

"그렇긴 하지. 하지만 그러려면 엄청난 불법 공모가 필요할 거야."

"부동산 회사 다섯 곳이 각각 토지를 소유하고 있어서?"

"어. 그리고 라치 스트리트에 있는 집 한 채는 디루카 부인의 소유야. 그러니까 소유주가 여섯이 되는 셈이지."

"지옥의 밤에 희생된 또 다른 건물 네 채는?"

"아직은 몰라. 오늘 오후에 부동산 기록을 조회해볼 생각이야. 아마 소유주가 더 늘어날 것 같아."

내가 말했다.

"그렇겠지. 그러면 공통점을 찾기도 더 어려워질 테고. 그래도 화재 유형이 좀 특이하긴 하잖아."

"무작위적일 수도 있어. 몇 년 전에 내가 매코이 구장 근처에서 암 다발 지역을 발견했다고 생각한 적이 있었어. 고작 네 블록 내에서 열두 명이 죽거나 죽어가고 있었거든. 질병 통제 센터 연구팀이 애틀랜타에서 날아와서 그 지역을 조사하고는 특이 사항이 없다고 결론 내렸어. 마운트 호프의 화재나 포터킷의 암이나 하늘의 별이나 다 마찬가지야. 수효가 많은 것들은 보통 고르게 분포하지 않잖아. 항상 무리 지어 있지."

"하지만 생각해봐야 할 부분이긴 해."

매크라켄이 말했다.

"그래, 맞아."

내가 맞장구쳤다.

42

프로비던스 강을 건너 돌아오는 길에 베로니카에게 전화를 걸어서 평소처럼 찰리네 식당에서 진미를 즐기지 않겠느냐고 제안했다. 나는 요리사 찰리가 내 치즈버거를 화형에 처하는 모습을 지켜보고 있었다. 그때 베로니카가 메이슨과 함께 나타났다. 그래서 약간 짜증이 났다. 베로니카가 나를 꼭 껴안고 입을 맞춰주어서 겨우 참았다.

"당신이 전화해줘서 반가웠어요. 오늘 아침에 당신한테 할 말이 있었거든요. 루시 기억나요?"

베로니카가 옆 의자에 올라앉으며 말했다.

"당신 여동생?"

"맞아요. 루시가 오늘 오후에 보스턴에서 차를 몰고 올 거예요. 주말을 나와 함께 보내려고요. 이틀 동안 당신을 못 만날 거예요. 그러니까 함께 오붓하게 점심을 먹으면 좋잖아요."

나는 주위를 둘러보았다. 시끄러운 여자 둘이서 허브라는 남자의 바람피우는 수법을 놓고 욕설을 섞어가며 대화를 나눴다. 찰리는 뜬금없이 지지 탑의 노래를 흥얼거리며 자비를 구하는 내 치즈버거의 외침을 덮어버렸다. 의자 두 개 건너에서는 어떤 사내가 우렁차게 코를 골았다. 이곳은 과히 낭만적인 장소도 아니었고, 베로니카와 메이슨 사이에 앉아 있는 것도 그다지 값지게 느껴지진 않았다.

"여동생이 있어요?"

메이슨이 물었다.

"네."

"당신처럼 예쁜가요?"

"더 어리고 더 예쁘죠."

"나를 좋아할까요?"

이게 뭐지? 드라마 〈하이스쿨 뮤지컬〉인가?

베로니카가 머리칼을 쓸어 넘기며 웃었다.

"그럴지도 모르죠. 동생한테 당신 전화번호를 넘길 테니 직접 물어봐요."

메이슨이 빙그레 웃더니 자신이 기자라는 소문을 기억해냈는지 던힐 가방을 열고 서류철을 꺼냈다.

"맨홀 뚜껑 기사에 관해 몇 분 동안 상의 좀 할 수 있을까요? 제가 무언가를 알아낸 것 같습니다. 조사를 어떻게 진행해나가야 할지 조언을 구하고 싶어요."

오, 세상에. 이제 녀석이 취재기자 노릇까지 하려 들었다.

"미안, 신의 아들. 오늘은 시간이 없네."

"아, 알겠습니다."

메이슨이 서류를 치웠다.

메이슨이 잠시 조용히 앉아 있다가 다시 입을 열었다.

"멀리건 선배?"

"음?"

"이거 시험 같은 겁니까? 제가 혼자 힘으로 무엇을 해낼 수 있는지 알아보려는?"

"맞아. 내 의도를 간파했군."

"그렇다면 제 판단에 의지해야 하는 겁니까?"

"그래. 컬럼비아 대학의 신성한 강의실에서 연마한 그 멋진 도구 말이지."

메이슨은 고개를 끄덕이고서 혼자 미소를 지었다.

찰리가 내 빈 접시를 치우고 계산서를 카운터에 떨구어놓을 때까지 베로니카와 메이슨은 샌드위치를 께지럭대고 있었다. 나는 계산서를 신의 아들 쪽으로 슬쩍 밀어두었다.

"즐겁게 보내, 베로니카."

하지만 그 말이 불충분한 듯해서 나는 강조의 의미로 베로니카의 볼에 살짝 입을 맞췄다.

나는 문 쪽으로 걸어가다가 의자를 감고 있는 베로니카의 맨다리를 마지막으로 한 번 더 보려고 몸을 돌렸다. 베로니카가 지갑을 열고 메이슨에게 여동생 사진을 보여주고 있었다. 메이슨이 또다시 빙그레 웃었다. 나는 돌아서서 비 냄새를 풍기는 세상으로 걸어 나갔다.

켄터키 플라자의 CVS 약국에서 베나드릴 알레르기 약을 한 상자 사서 물 없이 두 알을 삼킨 후에 시청 지하의 곰팡내 나는 부동산 기록 보관실로 향했다. 약은 그다지 효과가 없었다. 마지막 기록부를 덮을 때쯤 눈이 간질거리고 콧물이 났다.

지난 십팔 개월 동안 의문의 부동산 회사 다섯 곳이 도일 애버뉴의 3층 목조건물, 플레즌트 스트리트의 단독주택, 라치 스트리트의 땅콩 주택을 모두 사들였다. 하지만 마운트 호프의 정원 딸린 빌라는 이야기가 달랐다. 그 건물은 비니 조르다노의 로사벨라 개발이 소유하고 있었다. 로사벨라는 조르다노의 돌아가신 어머니 이름이었다. 기록에 따르면 그 조폭이 삼 년 전 공매 처분에서 그 건물을 덥석 사들였다. 나는 확인 차원에서 디루카 모자의 집을 알아보았다. 확실히 그 집은 1960년대부터 조지프 가족의 소유였다.

모든 사실을 적어두긴 했지만 콧물을 질질대며 시간을 들일 만한 값어치는 없는 내용이었다. 내가 아는 한도 내에선 아무런 가치도 없었다.

43

편집실에서 몇 가지 일을 처리하고 가볍게 흩뿌리는 빗속으로 걸어 나왔을 때는 이미 9시가 넘은 시각이었다. 나는 남은 금요일 밤을 빈집에서 베로니카의 자취를 킁킁대며 보내고 싶지 않았다. 그래서 호프스로 걸어가서 바에 있는 의자를 차지하고 앉았다. 아르바이트생 애니가 바를 지키고 있었다. 애니는 존슨 앤 웨일스 대학교의 학생이었다.

"평소랑 같은 걸로?"

내 구멍 난 위장이 그렇다고 말했지만, 내 몸의 나머지가 킬리언을 갈구했다.

"정말요?"

"어."

누군가가 주크박스에 25센트 동전을 넣고 밥 딜런의 '외로운 날의 블루스(Lonesome Day Blues)'를 선곡했다. 내 기분에 딱 들어맞는 음악만은 피하고 싶었는데.

소방관 한 무리가 바 저편에서 웃어댔다. 내가 고개를 돌렸을 때, 소방관들은 제각기 1달러짜리 지폐를 애니에게 디밀고 있었다. 애니는 지폐를 잡아채고서 그들이 잘 볼 수 있도록 긴긴 다리를 따라 통치마를 끌어 올렸다. 그리고 치마를 내려 탁탁 편 다음, 내 쪽으로 스르르 다가와 빈 병을 확인하고 맥주를 한 병 더 가져다주었다.

"뭐 한 거야?"

"지난주에 문신을 했는데, 이곳에서 실수로 그 얘기를 해버렸어요. 그랬더니 모두가 문신을 보고 싶어 하잖아요. 처음엔 거절했는데, 한 번 보여줄 때마다 남자들이 1달러씩 주더라고요. 아무려면 어떠랴 싶었어요. 저 짠돌이들한테 팁을 뜯어낼 수 있는 유일한 방법이잖아요."

애니가 말했다.

나는 바지에서 지갑을 꺼내 바에다 지폐 한 장을 내밀었다.

"나한테 5달러어치 보여줘."

내가 말했다.

애니는 능글맞게 웃으며 치마를 들어 올려 낙원의 남단에 내려앉은 청홍색 나비를 보여주었다. 그렇게 하면 내 마음이 베로니카에게서 해방될까 싶었는데, 결국 효과가 없었다.

맥주를 세 병째 비우고 있을 즈음 궤양이 으르렁대기 시작했다. 애니가 맥주 한 병을 더 들고 다가왔다.

"이건 뒤쪽 탁자에 앉아 있는 늘씬하고 기막히게 멋진, 흑갈색 머리의 여성분이 사는 거예요. 낯이 익은데 텔레비전에서 본 적이 있나?"

애니가 말했다.

나는 애니가 가리키는 곳을 보고서 말했다.

"맞아. 새 영화 〈원더우먼〉 예고편에서 봤을 거야."

나는 병을 들고 로지가 혼자 앉아 있는 탁자로 내려갔다. 로지는 호박색 위스키 한 잔을 손에 들고 버드와이저 빈 병 네 개를 탁자 위에 주르르 세워놓았다. 평소에 로지는 술을 조금씩 마셨다. 나는 로지가 이렇게 과음하는 모습을 본 적이 없다. 로지의 입가에 전에 없던 주름이 잡혀 있었다.

"들어올 때는 못 봤는데."

내가 말했다.

"난 봤어. 그런데 그때는 별로 말하고 싶은 기분이 아니어서."

"요새 어떻게 지내?"

"대원 둘이 죽었고, 셋은 병원에 있고, 나머지는 쓰러지기 일보 직전이야. 내 눈 앞에서 죽거나 다친 사람의 수를 세는 것도 중간에 잊어버렸어. 요즘 그렇게 지내."

나는 로지의 왼손을 꽉 감싸 쥐었다.

"어떤 것도 네 잘못은 아니야."

내가 말했다.

"확실해?"

로지는 초등학교 1학년 때로 돌아간 듯이 나를 쏘아보았다.

"농담해? 너는 영웅이야, 로지."

하지만 영웅은 고개를 떨구고 영예를 사양했다. 로지의 어깨가 축 처졌고 갈색 머리칼이 얼굴로 쏟아져 내렸다. 로지가 그렇게 작아 보이는 것은 처음이었다.

"내가 가장 겁나는 게 뭔지 알아?"

로지의 목소리는 속삭임에 가까웠다.

"뭔데?"

"폴레키랑 로젤리. 덤 앤 더머가 사건을 담당하는 한 우리는 결코 이 악몽에서 벗어나지 못할 거야."

로지는 남은 위스키를 단숨에 들이켜고 애니에게 한 잔 더 가져다달라고 손짓했다. 위스키가 도착하자 로지는 한입에 털어 넣었다.

"너한테는 휴식이 좀 필요해, 로지."

"치안 담당관도 똑같은 얘기를 하더라. 필요 없다고 했는데도 이틀간의 휴가를 명받았어. 술에 취해서 휴가를 다 써버릴 생각이야."

로지가 지갑을 뒤지더니 봉투 하나를 꺼내서 나에게 건넸다.

"자, 이건 네가 갖는 편이 낫겠어."

봉투 안을 슬쩍 들여다보니 레드삭스 홈경기 개막전 입장권이 두 장 들어 있었다.

"여자 친구하고 같이 가. 나는 거기 갈 기분이 아니야."

로지가 말했다.

"내 여자 친구는 야구를 좋아하지 않아. 나는 너랑 가고 싶어."

"나랑 있으면 재미없을 거야."

"괜찮아. 같이 우울해하면 되지, 뭐."

그런 다음 로지는 탁자에서 물러나 가방을 들고 떠나려고 일어섰다. 나는 탁자로 손을 뻗어 로지의 차 열쇠를 낚아챘다.

"다정도 하셔라. 그런데 나 걸어갈 생각이었어."

로지가 말했다.

삼십 분 후, 내가 바 의자에 앉아서 맥주를 찔끔찔끔 마시고 있는데 애니가 또다시 맥주병을 들고 다가왔다.

"이건 앞쪽 창가에 앉아 있는 금발 머리 숙녀분이 사는 거예요. 그쪽 거시기가 그렇게 큰 거예요, 아니면 오늘 특별히 운이 좋은 거예요?"

"전자가 맞아. 운이야 매일 좋으니까."

내가 말했다.

나는 병을 들고 글로리아가 버드 캔맥주를 마시고 있는 탁자로 내려갔다.

"금요일 밤인데 혼자예요?"

글로리아가 물었다.

"베로니카가 여동생이랑 놀러 갔어."

"둘이 식기 시작했어요?"

"오히려 불붙기 시작한 거 같은데."

"이런. 애석하군요."

나는 뭐라고 말해야 할지 몰랐고, 글로리아도 그런 듯했다. 우리는 몇 분간 아무 말 없이 앉아 있었다.

"저기. 이제 가야겠어요."

글로리아가 마침내 입을 열었다.

"늦은 데이트?"

글로리아가 머리를 흔들었다.

"낭만적인 저녁을 같이 보낼 적당한 남자를 찾기가 쉽지 않네요. 차창을 열어놓고 마운트 호프를 돌아다니면서 연기 냄새를 찾아 함께 코를 킁킁댈 그런 남자 말이에요."

"세상에, 글로리아. 아직도 그러고 다녀?"

"거의 그렇긴 하지만, 매일 밤은 아니에요. 월요일에 지옥의 문이 열렸을 때, 나는 뉴포트에 있는 화이트호스 술집에 있었어요. 어떤 주식 중개인이 헤지 펀드에 관해 알고 있는 지식을 총동원해서 내 관심을 끌려고 애를 쓰며 내 몸을 더듬거렸죠. 그 바람에 나는 올해 최고의 기사를 놓쳤어요. 그렇다고 즐거운 시간을 보낸 것도 아니라고요."

글로리아는 맥주 캔을 비우고서 의자를 뒤로 밀치고 일어섰다.

"기다려, 글로리아. 2차는 내가 살게."

"미안. 가봐야 해요."

"밖에서 혼자 돌아다니면 안 돼."

"나랑 같이 가요. 시디플레이어에 버디 가이의 시디도 들어 있고, 차에서 담배를 피워도 괜찮아요. 그리고 이번에는 당신한테 키스하지 않겠다고 약속할게요."

글로리아가 말했다.

나는 거의 굴복할 뻔했다. 하지만 젠장, 내가 모든 사람을 챙길 수는 없는 노릇이었다. 내 위장이 나를 물어뜯으며 네 몸이나 잘 챙기라고 말했다. 게다가 나는 글로리아가 약속을 지킬

지 확신할 수 없었다. 글로리아가 약속을 어길 경우에 내가 제대로 처신할지도 장담할 수 없었다.

내가 거절의 의미로 고개를 흔들자, 글로리아가 돌아서서 문밖으로 걸어 나갔다. 그리고 비를 맞으며 창가를 지나쳐 갔다.

나는 재킷 주머니에서 쿠바 시가를 하나 꺼내 끝을 잘라내고 콜리브리로 불을 붙였다. 애니가 나에게 킬리언을 한 병 더 가져다주고 바 쪽으로 돌아가서 텔레비전 볼륨을 키웠다. 그래서 야근을 마치고 잇따라 들어오는 신문사 직원들이 로건 베드퍼드의 뉴스 해설을 볼 수 있도록 해주었다.

"주인을 찾아 국토를 가로지른, 혹은 가로지르지 않은 개 새끼를 기억하십니까? 자, 터프츠 수의학 대학원으로부터 검사 결과가 도착했습니다. 10시 뉴스에서 독점으로 공개하겠습니다. 어떤 사실이 밝혀졌는지 잠시 후에 들어보시죠. 놀라실 준비 하십시오!"

'아니, 놀라지 않을걸.'

나는 그렇게 생각하면서도 좀 더 가까이에서 보려고 맥주를 들고 바에 앉았다. 베드퍼드는 하드캐슬의 기사를 끄집어내 들먹이며 즐거워했다. 그리고 짧은 영상 두 개를 끝으로 보도를 마쳤다. 하나는 마틴 리피트가 자신의 개와 법석을 떠는 장면이었고, 다른 하나는 랠프와 글래디스 플레밍 부부가 실버 레이크의 현관 층층대에서 비를 맞으며 서로를 껴안고 흐느끼는 장면이었다.

애니는 볼에서 눈물을 닦아내고 나에게 맥주를 한 병 더 가져다주었다.

"지금껏 가장 마음 아픈 일 중에 하나네요."

애니가 말했다.

"그래. '장례식 꽃을 대신해서', '우리 그냥 친구로 지내자.', '양키스가 승리했습니다.'하고 1, 2위를 다툴 거야."

44

그날 밤, 나는 잠을 이룰 수가 없었다. 그래서 팬티 바람으로 침대에 쭉 뻗어서 CNN을 보며 〈촉매제 흔적 수집에 관한 휴대용 지침서〉를 읽었다. 갑자기 휘발유 냄새가 훅 끼치더니 현관문 덜그럭거리는 소리가 들렸다.

나는 까치발을 들고 부엌으로 향했다. 축축한 무언가를 밟았고, 문구멍을 들여다보았다. 복도 건너편으로 금 간 회벽만이 보였다. 내가 잠금장치를 풀고 문을 홱 열어젖혔을 때, 어떤 남자가 입구에 쭈그려 앉아 4리터들이 주전자로 휘발유를 쓰레받기에 부어 문 아래로 들여보내고 있었다.

남자는 주전자를 바닥에 내려놓고 165센티 정도의 몸을 쭉 펴더니 나를 위아래로 훑어보았다.

"뭐야? 레드삭스 사각팬티? 좀 도가 지나친 거 아닌가?"

남자가 말했다.

"내 콘돔을 못 봐서 그런 소릴 하지."

남자는 오른쪽 입꼬리를 말아 올리더니 미소로 오인할 만한 표정을 지었다. 그런 다음 재킷 주머니에 손을 넣어 말보로를 한 갑 꺼냈다. 그리고 담뱃갑을 흔들어 담배를 한 개비 꺼내더니 입에 쑤셔 넣고 일회용 라이터로 불을 붙였다.

　나는 아무 말도 하지 않았다. 그 땅딸이 깡패가 다시 입술을 말아 올렸다. 그자는 내가 말도 못 할 정도로 겁에 질렸다고 생각하는 모양이었지만, 내 문제는 그게 아니었다. 나는 단지 적절한 말을 찾지 못한 것뿐이었다. "그런 짓 하다가는 죽을 수도 있어."는 너무 빤했다. "지금 불조심 강조 주간인 거 몰라?"도 그다지 나아 보이진 않았다. "(불쾌하지 않게) 어이."는 품위가 없어 보였다. 내 평소의 말재간과는 달리 전부 뭔가 조금씩 부족했다.

　결국 나는 "안됐지만, 티미는 놀러 나올 수가 없단다."에 만족했다.

　입꼬리가 내려왔다.

　"죽을 놈치곤 꽤나 재미있군."

　"그냥 위궤양일 뿐이라고."

　"뭐?"

　나는 어깨를 으쓱했다.

　"전할 말이 있어, 멀리건. 상관도 없는 일에 계속 끼어드는데, 그거 바람직하지 못한 짓이야. 그만 기웃거리라고. 이게 마지막 경고야. 다음번엔 담배를 떨어뜨릴 테니까."

　"멀리건? 멀리건을 찾아? 몇 달 전에 그 멍청이를 내쫓아버

렸는데. 집에서 담배를 피우고, 저녁 식사 후에 설거지도 안 하
고, 바람피우다 걸리기까지 했다고. 거기다가 집세를 공동으로
부담하기로 한 약속을 항상 어겼다니까."

내가 말했다.

땅딸이 깡패는 내 말을 듣지 않았다. 이미 저벅저벅 계단을
내려가고 있었다.

나는 뒤를 쫓았고 1층의 좁은 복도에서 그자를 따라잡았다.
그리고 어깨를 붙들어 그를 돌려세웠다. 내 실수였다. 그자는
주먹을 쥐더니 왼손을 휘두르는 척하다가 오른손으로 내 사타
구니에 어퍼컷을 날렸다. 그리고 내가 쓰러지는 모습을 지켜보
며 싱긋 웃더니 돌아서서 출입문을 여유롭게 빠져나갔다. 마치
세상에 거리낄 것이 없다는 듯.

45

"좋아, 머저리. 다시 검토해보자고."

폴레키가 말했다.

나는 땅딸이 깡패의 빡빡머리에서부터 에어조던 운동화까지 또다시 설명했고, 내가 기억하는 그자의 모든 말을 나열했다.

"자네한테 전할 말이 있다고 했다지? 그자의 머릿속에서 나온 말이야, 아니면 대신 전하는 말이야?"

"그런 말은 안 했어."

"그자가 자네처럼 커다란 사내를 어떻게 쓰러뜨렸는지 다시 한 번 말해봐."

"벌써 세 번이나 말했잖아."

"그래. 하지만 그 부분을 들으면 정말 신 나거든."

나는 새벽 3시가 훨씬 지나서야 워싱턴 스트리트에 있는 경찰서에 도착했다. 야간 근무를 서던 경사가 내 이야기를 듣더니 그 중요성을 알아채고서 폴레키를 침대 밖으로 끌어냈다. 지금 우리는 낡은 철제 의자에 마주 보며 앉아 있었고, 담뱃불 자국이 가득한 취조실 탁자엔 빈 일회용 커피 용기 두 개가 놓여 있었다.

"우리한테는 기회일 수도 있어. 자네가 범인의 얼굴을 본 걸 수도 있잖아."

폴레키가 말했다.

네 시간 후, 나는 동일 인물을 찾지 못하고 전과자 사진첩의 마지막 권을 덮었다. 그리고 초상화가와 한 시간을 허비했다. 이 여자는 종이 성냥 뒷면에서 발견한 미술 학교에 생각 없이 입학했던 모양이다. 완성된 초상화에 따르면 우리는 만화 주인공 호머 심슨을 찾고 있었다.

집으로 돌아왔을 때 여전히 휘발유 냄새가 진동했다. 계단 난간, 문틀, 문손잡이 등 땅딸이 깡패가 만졌을 법한 모든 것에 지문 채취용 분말이 검게 뒤덮여 있었다.

잠을 좀 자보려고 했지만 소용없었다. 그래서 매크라켄에게 전화를 걸어서 땅딸이 깡패에 대해 귀띔해주었다. 매크라켄은 뉴잉글랜드 곳곳의 보험조사원들에게 그런 인상착의를 가진 사람에 대해 물어보겠노라고 약속했다.

"그만 기웃거리고 다니라고 했다고? 그자가 그렇게 말했어?"

"어."

"그자가 대중의 관심에 희열을 느낀다는 자네의 가설은 이제 폐기해야겠군."

"그래."

"그자가 자네를 어떻게 쓰러뜨렸는지 다시 한 번 이야기해봐."

"이미 이야기했잖아."

"그렇긴 한데, 그 부분을 들으면 신 나거든."

전화를 끊고 침대에 도로 누웠지만 여전히 잠이 오지 않았다. 그래서 드라이브를 나가기로 결정했다.

"그 자식을 다시 만나면 아주 죽일 생각이에요. 놈한테 그렇게 맥없이 당했다는 사실이 믿기질 않아요."

내가 말했다.

"어이, 그런 일은 흔하게 일어난다네. 그 자식이 자네의 쌍방울을 가격했다면 덩치 따위는 전혀 문제가 되질 않는다고. 내 여섯 살배기 손자 조이 기억하지? 저번에 고 녀석이 나한테 펄쩍 뛰어오르다가 내 불알에 부딪쳤는데, 그냥 털썩 무릎을 꿇게 되더라니까."

그렇게 말하고서 제릴리 영감은 반사적으로 왼손을 내려 사각팬티의 불룩한 곳을 가렸다.

"그 자식 머리가 겨우 내 어깨에 닿았다고요. 165센티쯤 되려나. 피부색은 검었고 머리는 빡빡 밀었어요. 머리 두 군데에 벌건 땜통이 있던데, 어쩌면 마른버짐일 수도 있고요. 멜론 같은 어깨 때문에 재킷이 불룩했어요. 그리고 말보로를 피워요. 동네에서 그런 놈 본 적 있으세요?"

내가 말했다.

"없어. 아레나가 완력을 쓸 일이 있을 때 가끔 브록턴에서 데려오는 놈하고 좀 비슷한 거 같긴 한데, 그놈은 트럭 강탈로 10년 형을 선고받고 매사추세츠 교도소에서 복역 중이라고 들었어. 그 멍청이가 권총으로 운전자를 사정없이 때리고 총을 쏴서 화물칸 자물쇠를 날려버린 다음에 컴퓨터 한 트럭을 어떻게 팔아 치울까 즐거운 상상에 잠겨 문을 열었는데, 그 안에 뭐가 들어 있었는지 아나? 접이식 철제 의자가 하나 가득 들어 있었다네."

우리의 일상적 관례는 이미 끝나 있었다. 제릴리 영감이 나에게 쿠바 시가를 한 상자 내밀면서 식료품 진열대가 내려다보이는 이 작은 방에서 일어난 일에 대해 절대 발설하지 않겠다고 맹세하라며 거듭 요구했고, 나는 그러마 하고 약속한 후에 담배 상자를 열고 시가를 피워 물었다.

"내일 개막전은 배당이 어떻게 돼요?"

"삭스 경기?"

나는 고개를 끄덕였다.

"170."

제릴리 영감이 말했다.

"너무 심한 거 아니에요?"

"마쓰자카가 공을 던지는데도? 더 높이려다 말았다고."

"10달러 걸게요."

제릴리 영감의 도박 중개소는 거래량이 많았다. 이번에 삭스가 이기면, 제릴리 영감은 상대팀에 돈을 건 사람들에게서

100을 걸어서 삭스에 돈을 건 사람들에게 100을 지불하고 아무 이익도 남지 않을 것이다. 삭스가 지면, 삭스에 돈을 건 사람들에게서 170을 걸어서 상대팀에 돈을 건 사람들에게 150을 지불하고 20의 이익을 남길 것이다.

끊임없이 울려대는 전화를 보니 거래량이 많은 정도가 아니었다.

"삭스한테 돈이 너무 몰려. 아무래도 돈의 일부를 그라소 쪽에 다시 걸어야겠어."

46

　야구는 여름에 어울리는 경기다. 보스턴의 이른 4월 오후와는
더더구나 어울리지 않았다. 경기 시간의 기온이 영상 5~10도
인 데다가 항구에서 휘몰아치는 짠 바닷바람에서는 하수구 냄
새가 났다.

　우리는 아침 늦게 프로비던스 역에서 앰트랙 열차를 탔다.
로지는 등에 라미레즈의 이름과 번호가 새겨진 새 후드 티셔츠
를 입었고, 나는 아버지한테서 물려받은 낡은 레드삭스 점퍼를
입었다. 보스턴으로 가는 내내 우리는 야구와 방화, 베로니카
에 대해 이야기했다.

　"여자 친구한테 선물은 사줬어?"

　"아니."

　"왜?"

　"모르겠어. 마치……."

　"무슨 정형화된 순서 같다고?"

"어, 맞아."

"친구, 그런 고민을 할 단계는 훨씬 지났잖아."

"그런가?"

"질문 몇 가지 해도 돼?"

"물론."

"베로니카가 주변에 없으면 자꾸 생각나고 그래?"

"음……, 그래."

"지난밤에 애니가 나비 문신을 슬쩍 보여줬을 때, 베로니카 생각이 사그라졌어?"

"그거 봤어?"

"시간 끌지 말고 질문에 대답이나 해."

"아니. 그렇지 않았어."

"베로니카의 손가락이 네 팔을 스치면 찌릿찌릿해?"

"찌릿찌릿하던가?"

로지가 나를 바라만 보았다.

"그래. 찌릿찌릿해. 그렇지만 그 부위가 항상 팔은 아니야."

"한밤중에 깨어나서 베로니카의 자는 모습을 지켜봐?"

대체 로지가 그걸 어떻게 아는 걸까?

"가끔은."

로지가 팔을 뻗어 내 볼을 꼬집었다.

"저런. 우리 꼬맹이 리엄이 사랑에 빠졌대요."

로지의 말에 반박해야 한다는 생각이 본능적으로 떠올랐지만, 말싸움에서 진다면 혼란만 가중될 게 뻔했다.

우리는 사우스 역에서 택시를 잡아타고 제시간에 펜웨이 파크에 도착해서 한 시간 동안 축하 공연을 보았다. 보스턴 팝스 오케스트라가 〈쥐라기 공원〉 주제곡을 연주하는 동안, 2007년 월드 시리즈 우승 현수막이 펼쳐지며 펜웨이 파크의 좌익을 덮었다. 테디 브루스키, 바비 오어, 빌 러셀을 비롯해서 수많은 보스턴 스포츠 영웅들이 총총히 입장했다. 데이비드 오티즈는 늙은 조니 페스키가 중앙 깃대에 우승기를 게양하는 동안 곁에서 거들었다. 빌 버크너가 마운드로 걸어 나와 눈물을 훔치고 포수 드와이트 에반스를 향해 첫 시구를 던질 즈음, 로지와 나는 환호성을 지르느라 목이 다 쉬었다.

야호! 경기가 시작되었다. 마쓰자카가 디트로이트 타이거스의 강타자들을 농락했으며, 케빈 유킬리스가 안타 세 개를 쳤고 라미레즈가 3루타를 날렸다. 그 덕에 레드삭스는 5 대 0으로 승리했다.

경기가 끝난 후, 나는 얼음처럼 차가운 킬리언이 간절했지만 로지의 생각은 달랐다.

"주차장으로 가서 선수들이 나갈 때 손을 흔들어주자."

윽. 안 좋은 생각이다. 나는 선수들이 경기하는 모습은 좋아하지만, 그들을 영웅으로 떠받들 생각은 없었다.

"빨리! 재미있을 거야."

맥주만큼 재미있을라고? 나는 로지를 따라 터덜터덜 걸었다.

빨갛고 하얀 광란의 물결이 철망 울타리를 짓누르며, 선수들이 군중을 무심히 지나쳐 터무니없이 비싼 대형차로 오를 때마다 크게 소용돌이쳤다.

"나랑 결혼해줘요, 더스틴!"

"이봐요, 유크! 사인 한 장만 해주시오."

"조시! 당신의 아이를 갖고 싶어요!"

로지는 인파를 헤치며 앞으로 나아갔다. 남자 둘이 투덜대기 시작했으나, 목을 쭉 빼고 로지를 보더니 생각을 고쳐먹었다. 바로 그때, 매니 라미레즈가 소년처럼 문에서 펄쩍 뛰어나왔다. 매니가 빙그레 웃으며 가상의 방망이를 휘두르자 디지털 카메라들이 찰칵댔다. 로지가 소리를 질렀다. 록 밴드에 홀딱 반한 십 대 소녀가 공연장에서 지를 법한 소리였다.

남자라면 으레 그러하듯 매니도 소리 나는 쪽으로 돌아섰다. 그리고 인파 위로 우뚝 솟은 로지를 발견했다. 수십 명의 팬들이 그의 이름을 연호하는 가운데 매니가 "와우."라고 말하는 소리가 똑똑히 들려왔다.

매니가 다가오자 로지는 울타리 사이로 손가락을 내밀었다. 매니가 빙그레 웃으며 손가락을 꼭 잡아주었다. 소방대장 로젤라 모렐리, 마운트 호프의 영웅이 완전히 녹아내렸다. 매니는 돌아서서 1966년형 링컨 컨티넨탈로 걸어갔다. 그리고 다시 한 번 로지를 돌아보며 감탄하더니 운전석에 올라 자리를 떠났다.

로지는 자동차의 미등이 모퉁이를 돌아 사라질 때까지 마냥 바라만 보았다. 그리고 내 쪽으로 돌아섰다.

"만약 네가……

다른 사람한테……

이 얘기를 하면…….”

“무슨 얘기?”

우리는 인파를 따라 랜스다운 스트리트와 브룩클린 애버뉴 교차로로 걸어가서 캐스큰 플래건에서 맥주와 피자를 먹고, 느긋하게 거리를 내려가 보스턴 당구 클럽에서 포켓볼을 쳤다. 한참 후에 우리는 근처의 빌스 바에서 마지막 주문을 했다. 프로비던스로 가는 마지막 기차를 타기에도 너무 늦은 시각이었기에 바텐더가 밤샘 영업을 하는 술집을 가르쳐주었다. 그곳에서는 밀러나 버드와이저 캔맥주, 짐 빔이나 레벨 엘 잔술을 마실 수 있었고, 술에 취한 레드삭스 팬들이 툭하면 등을 쳐댔다. 우리는 6시 10분발 첫 완행열차에 몸을 싣고 집으로 돌아오는 길에 눈을 붙였다. 행복하지만 흐트러진 상태로 프로비던스 역에 내렸을 때는 아침 6시 55분, 잠자리에 들 시간이었다.

감자머리 동상이 대합실에서 우리에게 인사를 건넸다. 누군가가 동상 옆구리에 빨간 스프레이 페인트로 “양키스 꺼져라!”라고 휘갈겨놓았다. 나는 입장권에 대해 재차 고맙다고 말한 후에 로지를 안고 몸조심하라고 당부했다. 그리고 비척비척 역에서 빠져나와 애트웰스 애버뉴를 걸었다. 집에 도착하자마자 비명을 질러대는 위장에 마록스를 쏟아붓고 매트리스에 쓰러졌다.

정오가 다 되어서야 일터에 도착했다. 내가 편집실로 들어서자 로맥스 편집장이 내 팔을 잡았다.

“멀리건! 글로리아 코스타 소식 들었나?”

47

    십오 분 후, 나는 로드아일랜드 병원의 병실로 들어섰지만 베개 위의 얼굴을 알아보지 못했다. 글로리아의 오른쪽 눈이 거즈에 덮여 있었다. 코는 검푸르렀고 왼쪽으로 휘어져 있었다. 입술은 찢기고 부어 있었다. 오른팔은 깁스에 감싸인 채 빳빳하고 하얀 시트 위에 놓여 있었다. 금발에는 피가 엉겨 붙어 있었다. 글로리아는 이제 샤론 스톤처럼 보이지 않았다.

    나는 글로리아의 왼손을 잡으려다가 손등에 고정된 정맥주사를 보았다. 그래서 글로리아의 어깨에 손을 얹었다. 글로리아가 왼쪽 눈을 파르르 뜨더니 내 이름 같은 것을 중얼거렸다.

    나는 자리에서 일어나 침대 발치에 걸린 차트를 떼어내 들었다.

    "오른손 힘줄 파열. 우측 후두골 골절. 우측 갈비뼈 세 곳 골절. 얼굴, 팔, 등, 가슴의 복합 타박상. 우측 안구의 망막 분리. 시력 회복에 대한 불확실한 예후."

나는 글로리아가 어느 쪽 눈을 사용해서 뷰파인더를 보았는지 기억이 나지 않았다.

그날 밤, 베로니카는 또다시 나를 위해 요리를 했다. 직접 중국식 프라이팬을 가져와서 새우와 생강 그리고 처음 보는 채소를 향긋하게 볶아냈다. 피어오르는 수증기가 베로니카의 살갗에 서렸다.

"글로리아는 어때요?"

베로니카가 물었다.

"고통스러워해. 말도 별로 못 하고. 보고 있기 딱할 정도야. 당신도 문병 가야지. 글로리아도 내 얼굴 쳐다보는 데에 싫증 났을 거야."

베로니카가 프라이팬 아래 놓인 버너를 끄는 동안 침묵이 흘렀다. 그리고 마침내 베로니카가 입을 열었다.

"과연 그럴까요."

삭스 경기에 대해 이야기하는 편이 오히려 안전했다. 식사를 하는 동안 나는 경기에 대해 끊임없이 지껄여댔다. 베로니카의 눈이 게슴츠레해졌고 십 분 정도 이야기가 끊겼다. 그리고 베로니카가 주말에 여동생과 프로비던스 플레이스에서 쇼핑하고 외식한 이야기를 했다.

"나 보고 싶었어요?"

베로니카가 말했다.

"어, 진심으로."

내가 땅딸이 깡패와 맞닥뜨린 이야기를 시작하자 베로니카가 포크를 떨어뜨리고 나를 바라보았다.

"세상에, 멀리건! 왜 이 얘기 먼저 하지 않았어요?"

"삭스 경기가 훨씬 더 중요하니까."

"그자가 또 오면 어떡해요?"

"분명히 그럴 거야. 나만 믿어. 내가 그놈을 완전히 뭉개줄 테니까. 기회가 생기는 즉시 그렇게 할 거야."

베로니카는 다시 포크를 들고 새우를 찍었다.

"사내아이들 둘이서 운동장에서 싸움박질하는 게 아니라고요, 멀리건. 그자가 방화범이라면 사람도 죽인다고요. 다음번엔 총을 들고 오면 어쩔 거예요?"

"빼앗지, 뭐."

목소리와는 달리 갑자기 자신감이 떨어졌다.

"그자가 또다시 여기를 공격하면 어쩌려고요? 최근 당신의 운을 보건대, 다음번엔 그자가 영구적인 손상을 가할지도 몰라요."

베로니카의 손가락이 내 바지 앞자락을 스쳤다.

대화가 진행되는 방향이 마음에 들지 않았지만, 베로니카의 손이 더듬는 곳은 마음에 들었다. 나는 조금 피곤했지만, 사용해야 할 신체 부위는 그렇지 않았다. 일단 우리는 침대에 드러누웠고, 나는 단호하게 거절당했다. 우리는 섹스를 시작한 이후 처음으로 섹스를 하지 않았다.

"당신은 휴식이 필요해요. 그리고 무모한 카우보이 짓도 그만둬야 해요."

베로니카가 속삭였다.

베로니카가 내 머리를 끌어다 가슴에 안았다. 내 그곳이 짜 릿했다. 베로니카가 내 이마에 입술을 갖다대고, 맹세컨대 내 가 한 번도 키스를 받아본 적이 없는 곳에 한참이나 입을 맞췄 다. 갑자기 잠이 쏟아질 것 같았다. 베로니카의 향기가 마취제 처럼 나를 잡아끌었다.

"잘 자."

내가 겨우 중얼거렸다.

"사랑해요, 내 사랑."

베로니카가 말했다.

어쩌면 내가 꿈을 꾸고 있는지도 모르겠다.

48

다음 날, 글로리아는 조금 나아졌다. 많이는 아니고 조금. 그러니까 어떤 일이 있었는지 나에게 말해줄 수 있을 정도로만. 글로리아는 짤막한 묘사로 이야기를 이어 갔으며, 가끔 멈춰서 눈물을 훔치거나 숨을 돌렸다. 글로리아의 목소리는 거칠고 가냘팠다. 나는 이틀 동안 오전, 오후로 나누어 글로리아의 침대 곁을 지킨 후에야 사건의 전말을 알 수 있었다.

금요일 밤, 내가 동행을 거부한 후에 글로리아는 호프스를 나서서 자그마한 파란색 포드 포커스를 타고 마운트 호프를 돌아다녔다. 자정이 되기 직전, 빗줄기가 굵고 차갑게 변했다. 글로리아는 보온병으로 손을 뻗었으나, 출발 전에 깜빡하고 병을 채우지 못했다는 사실을 깨달았다. 제릴리 영감네 가게가 아직 열려 있어서, 글로리아는 건물 옆 공터에 차를 세우고 가게 안으로 뛰어 들어가 커피 판매대에서 그린 마운틴 커피 1리터를 보온병에 채운 다음 밖으로 나왔다. 비가 더 세차게 쏟아졌다.

글로리아는 머리를 숙이고 전속력으로 차를 향해 달려가 문에 열쇠를 밀어 넣었다.

글로리아가 차 문을 열어젖히고 오른발을 안으로 들이밀었을 때 일이 터졌다.

손바닥 밑동 하나가 글로리아의 등에 와서 박혔다. 먼저 얼굴이 운전석으로 떨어졌고, 손에서 보온병이 미끄러져 아스팔트 위에서 댕그랑댔다. 남자가 글로리아 위로 무게를 싣자 숨통이 끊어질 듯했다. 빗줄기가 지붕을 두드려대며 글로리아의 비명을 집어삼켰다.

글로리아는 남자의 몸뚱이 아래서 허우적댔다. 조수석 문을 향해 콘솔을 기어올랐다. 주먹이 얼굴을 강타했다. 머리가 계기판 아래로 처박혔다. 글로리아는 손으로 신발 하나를 벗겨내 옆쪽 창문을 내리치며 누군가의 주의를 끌어보려 했다. 남자의 손이 신발을 잡아채 글로리아의 머리를 후려쳤다. 별안간 칼이 목으로 들어왔다. 남자의 목소리가 어둠을 갈랐다.

"뒈져, 이 오지랖 넓은 년아."

다시. 또다시. 그리고 또다시.

글로리아가 차 바닥에 몸뚱이 반을 걸친 채 꼼짝 않고 엎어져 있자, 남자가 카메라 가방에서 니콘 카메라를 꺼내고 핸드백을 뒤졌다. 다시 목소리가 들렸다.

"돈은 어디 있어, 이 쌍년아."

글로리아의 목소리: "지갑에. 몇 달러밖에 없어요."

다시 주먹이 날아왔다. 남자가 글로리아의 스카겐 손목시계를 푸는 동안 칼이 의자에 놓였다. 칼이 정말 가까이에 있었다. 운에 맡기기로 했다. 칼을 잡고 남자의 얼굴을 겨눴다. 얼굴은 얼굴이 아니었다. 파란 스키 마스크로 덮여 있었다.

남자의 목소리: "제 무덤을 파는군, 이 쌍년이."

파열음과 함께 남자의 손이 글로리아의 작은 손을 으스러뜨려 짓이겼다. 칼날이 오른손 엄지 아래를 갈라 힘줄을 끊고는 의자로 내려앉았다. 글로리아의 머리가 계기판에 몇 번이고 짓찧어졌다. 또다시 주문. "뒈져, 이 오지랖 넓은 년아." 글로리아만을 위한 주문.

갑자기 목소리가 멈췄고, 남자의 몸이 납죽 엎드려 글로리아를 의자로 내리눌렀다. 둘은 시야에서 사라졌고 죽은 듯 꼼짝하지 않았다. 누가 지나가는 걸까? 디마지오 파? 순찰차?

차 열쇠가 허공을 날았고, 그들의 몸부림이 시작되었다. 남자는 조수석 바닥 깔개에서 열쇠를 찾아 시동을 걸고 차를 운전했다. 글로리아가 창밖을 보려고, 도망칠 기회를 엿보려고 애썼으나 남자가 글로리아를 세게 후려치고 커다란 손으로 머리를 내리눌렀다. 차가 속도를 늦추고 멈추어 섰을 때, 글로리아는 얼마나 오랫동안 차를 타고 이동했는지 알 수 없었다.

"시간 됐어. 이 오지랖 넓은 사진쟁이 쌍년아."

이제 남자의 손이 글로리아의 가슴에서 스웨터를 잡아채고 브라를 벗겨냈다. 다시 주먹이 날아들었다. 끝없는 구타. 남자가 칼을 목에 들이대며 바지와 팬티를 벗으라고 위협했다. 두꺼운 손가락들이 글로리아의 다리 사이에서 투박하게 스멀댔다.

기억하라. 강간범에게 저항하지 말 것. 글로리아는 어디선가 그런 내용을 읽었다.

글로리아의 목소리: "뒷좌석으로 가서 둘이 같이 즐겨요."

남자의 목소리: "좋아. 빨리 움직여, 이 쌍년아."

글로리아는 좌석을 기어 넘어 뒤편으로 간 다음, 해치백의 레버를 찾아 어둠 속을 더듬거렸다. 남자가 바로 뒤에서 커다란 손으로 몸을 만져댔다.

글로리아의 성한 손이 손잡이를 찾아 잡아채자 해치백이 활짝 열렸다. 글로리아가 기어 나왔다. 그리고 남자의 얼굴을 향해 문을 닫았다. 무턱대고 달리다가 전신주에 부딪쳤다. 몸을 돌려서 달리고 또 달렸다. 피투성이 알몸으로 차디찬 빗속을 뚫고서.

젠장. 글로리아는 내게 동행을 부탁했었다.

"그 자식, 어떻게 생겼어?"

글로리아가 알아들을 수 없는 말을 웅얼댔다.

"키가 작아? 근육질이야?"

혹시 땅딸이 깡패는 아닐까?

다시 웅얼거림이 들려왔다.

나는 질문을 그만두었다. 이미 글로리아를 충분히 힘들게 했다.

49

"남자의 얼굴을 보지 못했답니다. 남자가 내내 스키 마스크를 쓰고 있었다는군요. 우리가 알아낸 것은 그자가 백인이었고, 목소리가 걸걸했고, 결혼반지를 꼈으며, 녹색 바람막이 점퍼를 입었다는 사실뿐입니다. 서 있는 모습을 보지 못해서 키도 알 수 없다더군요."

그날 늦은 오후, 성범죄 수사과 경사 로라 빌라니가 나에게 말했다.

땅딸이 깡패가 결혼반지를 끼고 있었나? 나는 그자의 손을 생각해내려 애썼지만 기억이 나지 않았다.

"글로리아는 다음 화재를 기다리면서 동네를 배회하고 있었어요."

내가 말했다.

"저한테도 그렇게 말했습니다."

"그리고 그자가 글로리아를 '오지랖 넓은 사진쟁이 쌍년'이라고 불렀다더군요."

"네. 저희도 그 부분에 초점을 맞추고 있습니다. 피해자의 진술이 별 도움이 되지 않았습니다. 하지만 저희가 비닐 카메라 가방에서 지문을 두 개 채취했습니다. 지문이 그 남자 것이고 그자가 경찰 정보망 안에 있다면, 결국 저희한테 잡힐 겁니다."

경사가 말했다.

"그렇게 된다면 몇 분 동안 그자와 단둘이 있고 싶습니다."

"그렇게 해드리죠."

사무실로 돌아와서 서류 서랍에서 화재 사건 기록을 전부 끄집어내 책상에 쌓아놓았다. 화재 현장에 대한 묘사, 부동산 소유주에 대한 기록, 방화 수사의 결과 그리고 희생자, 소방관, 방화수사관들과 나눈 수많은 인터뷰가 수첩 스물두 개를 빽빽이 채우고 있었다. 동시에 수첩 스물두 개에는 아무것도 없었다.

혹시 뭔가가 있나?

살인 사건 수사관은 막다른 골목에 이르면 수사 내용이 세세한 부분까지 전부 순서대로 적혀 있는 '살인 기록부'를 검토한다. 나에게 살인 기록부는 없지만 저 수첩들이 있다. 수첩 안에 내가 간과한 무언가가 있을까? 저 안에 있어야 하지만 없는 것이 있는가? 네 달 동안 끼적거린 내용에서 어떤 유형을 발견할 수 있을까? 나는 첫 번째 수첩을 열어서 읽기 시작했다.

내가 두 번째 수첩을 집어 들었을 때, 메이슨이 다가왔다.

"글로리아 일은 안됐습니다."

메이슨이 말했다.

"그렇겠지."

"꽃을 보냈습니다."

"알아. 병실에서 봤네."

메이슨은 얼굴을 찌푸리더니 머리를 흔들었다.

"오른쪽 눈은 글로리아가 뷰파인더를 들여다볼 때 쓰는 눈이에요."

메이슨이 말했다.

메이슨이 그걸 알아채다니. 어쨌든 메이슨에게 기자의 기질이 있는지도 모르겠다.

"글로리아는 왼쪽 눈 사용법을 익힐 거야."

내가 말했다.

"어느 쪽 눈이든 글로리아는 평생직장을 얻었습니다. 그렇게 되도록 제가 조처를 취할 겁니다."

메이슨은 왼손에 얇은 서류철을 쥔 채 잠시 조용히 서 있었다.

"그게 뭐야?"

나는 이미 알고 있으면서도 짐짓 그렇게 물었다.

"맨홀 뚜껑에 관한 문서요. 몇 분만 시간을 내서 저와 함께 이 문서를 살펴본 후에 제가 놓친 부분이 있는지 확인해주시면 고맙겠습니다."

"좋아. 저기 빈 의자를 이리로 끌고 오게. 함께 검토해보자고."

메이슨이 의자에 앉더니 빈 피자 상자를 옆으로 치우고 책상에 서류철을 내려놓았다. 그리고 마치 구텐베르크 성서라도 다루듯 조심스럽게 서류철을 열고 종이 세 장을 꺼냈다. 프로비던스 시와 웨스트 베이 아이언이라는 제조업체의 거래 내역을 보여주는 명세서 사본이었다.

"총합 몇 갠가?"

내가 물었다.

"910개입니다."

"속삭일 필요 없네, 신의 아들. 누구도 자네 기사를 훔치지 않아."

"주문이 일 년에 걸쳐 이루어졌습니다. 시에서 경쟁 입찰을 요구하지 못하도록 매번 주문 금액이 1,500달러 이하입니다. 개당 55달러짜리 주철 맨홀 뚜껑이 910개니까, 다 합해서 5만 달러가 조금 넘습니다."

메이슨이 말했다.

"고속도로 관리공단에 새 맨홀 뚜껑 910개가 왜 필요하지?"

"제가 궁금했던 점도 그 점입니다. 그래서 질문을 하려고 젠나로 발델리를 찾아갔지만 쫓겨났습니다."

"'블랙잭' 발델리."

"네?"

"고속도로 감독관 나리는 그렇게 불리기를 좋아하지."

"그래서 부감독관 루이 그리코를 만나러 갔습니다. 그 사람도 별명이 있습니까?"

"쇠주먹."

"그렇군요. 그 쇠주먹이 저한테 꺼지라고 하더군요."

"그래서 어떻게 했나?"

"시청으로 가서 선거 자금 기부 내역을 확인했습니다. 웨스트 베이 아이언의 소유주 피터 애브람스가 시장의 재선 선거 운동 당시 법적으로 허용되는 최고 금액을 기부했더군요."

메이슨이 서류철에서 종이 한 장을 꺼냈다.

"아주 잘했네, 신의 아들."

"기사의 첫 문장을 작성하고 있습니다. 한번 봐주시겠습니까?"

"아니."

"왜죠?"

"아직 기사를 쓸 단계가 아니니까."

"그렇습니까?"

"아직 부족해. 시에서 대형 자금줄한테 작은 거래를 하나 던져줬다는 게 자네가 알아낸 전부 아닌가. 아이오와나 코네티컷에서는 그것도 기사가 되는지 모르겠지만 로드아일랜드에서는 뉴스거리가 안 돼. 일상적으로 일어나는 일이라고."

"그럼, 제가 시간 낭비를 한 겁니까?"

"딱히 그런 것만은 아니네."

"그럼 다음에 무얼 해야 합니까?"

"맨홀 뚜껑을 전부 어디에 사용했는지 알아내게."

"이미 물어봤지만 대답해주지 않았습니다."

"상대를 잘못 골라서 그런 거야. 정보원을 몇 명 만들어둬야 하네, 신의 아들. 비서를 꼬드기고, 제설차 운전자들의 단골 술집을 알아내서 술도 좀 사주고, 삽을 들고 일하는 직함 없는 사람들한테 말을 걸라고."

메이슨이 빙그레 웃더니 자리로 돌아가서 맨홀 뚜껑 관련 서류를 위 서랍에 집어넣고는 전화기로 손을 뻗었다. 어쩌면 내가 메이슨을 오해하고 있었는지도 모르겠다. 내가 또 무엇을 오판하고 있을지 문득 궁금해졌다.

나는 첫 번째 수첩을 다시 들여다보았다. 방해받지 않고 수첩 스물두 권을 쭉 훑어보고 싶었으나, 이후 한 시간 동안 기자 여섯과 교열 편집자 다섯이 내 책상에 들러 글로리아의 안부를 물었고, 매크라켄과 로지가 같은 이유로 전화를 했으며, 도커스가 습관적인 인사를 건넸다.

이대로는 일이 될 턱이 없었다.

나는 휴대전화를 끄고 낡아 빠진 비닐 서류 가방에 수첩을 모조리 쑤셔 넣은 다음에 경주마로 향했다.

주차 요금 징수기 위에 씌워두었던 '고장' 덮개가 사라졌고, 와이퍼에 주차 위반 딱지가 끼워져 있었다. 딱지에는 "멋진 시도였소."라고 적혀 있었다. 덮개를 잃어버려서 안타까웠지만 내게는 또 다른 대비책이 있었다. 나는 거리를 걸어 내려가 위반 딱지를 사장 차의 앞 유리에 붙여두고서 브롱코를 타고 집으로 출발했다.

매트리스에 몸을 쭉 뻗고서 첫 번째 수첩부터 다시 찬찬히 읽어나갔다. 그리고 새로 뜯은 황색 괘선지에 가끔 메모를 끼적였다. 수첩을 모두 살펴보는 데에 두 시간이 걸렸다. 맥주를 쏟은 수첩이 하나 있긴 했지만 그럭저럭 읽을 만했다. 나는 수첩을 전부 또다시 읽기 시작했다. 다 끝내고 나니 질문이 휘갈겨진 괘선지 반쪽만이 남았다.

마운트 호프의 25퍼센트를 사들인 의문의 회사 다섯 곳은 누구의 소유일까? 서류에 적힌 이사들의 이름이 프로비던스 그레이스 팀의 고릿적 선수들이 아닐 수도 있을까? 그걸 알아낼 방법은 없을까? 툭하면 화재가 발생하는 동네의 부동산이 여전히 구미가 당길까? 그렇다면 왜일까? 조지프 디루카가 나에게 했던 말이 대체 무슨 뜻이었을까? 기회가 있었을 때 집을 팔아 치웠어야 했다니, 누군가 조지프의 '엄마'에게 거래를 제안했던 걸까?

수첩을 또다시 읽으며 나는 법인 서류에 관한 메모에 서류를 작성한 변호사들의 이름이 빠져 있다는 사실을 깨달았다. 당시에는 변호사의 이름이 중요해 보이지 않았다. 여전히 중요하지 않을지도 모른다. 익명을 원하는 의뢰인을 보호하기 위해 변호사는 나와 말도 하지 않으려 들 것이다. 그렇더라도 변호사의 이름은 알아둬야 한다.

왜 조르다노가 맨홀 뚜껑에 대해 귀띔을 해주었을까? 시의 안전을 염려한 것은 분명 아니었다. 조르다노가 그 정보를 건네며 무슨 말을 했었더라? 마운트 호프에 시간을 낭비하는 짓은 그만두라고 했다. 조르다노는 내가 방화 기사에 집중하지 못하기를 바랐던 걸까? 굳이 그럴 이유가 뭐가 있었을까? 오히려 조르다노가 블랙잭과 쇠주먹에게 앙심을 품었다는 가정이 그럴듯했다. 그들이 형 프랭크의 위장 취업을 거절하지 않았던가.

맥주로 얼룩진 수첩을 보니, 디오 건설 인부들이 타버린 3층 목조건물을 철거하는 중이라고 적은 다음 디오라는 글자에 세 번이나 밑줄을 그어놓았다. 왜 그게 중요하리라 생각했던 걸까? 그 이유에 대해 생각해보았다. 일어나서 마룩스를 꿀꺽대고 다시 돌아와 조금 더 생각했다. 하지만 짐작조차 할 수 없었다.

그리고 땅딸이 깡패는 누굴까? 방화광일까? 아니면 말을 전하도록 고용된 폭력배일까?

어느 쪽이든, 그자가 열쇠를 쥐고 있었다. 내가 계속 기웃거리고 다니면 그자가 다시 나타날 것이다. 그자가 그렇게 약속했다. 그자를 만나려면, 다시 나를 급습하도록 도발하는 수밖에 없었다.

50

그날 저녁, 나는 베로니카와 카세르타에서 페퍼로니 피자를 먹으며 내 계획에 대해 말했다. 나와는 달리 베로니카는 그 계획을 멋지다고 생각하지 않았다.

"미친 짓이에요. 두들겨 맞으면서 써야 하는 기사는 없다고요."

베로니카가 말했다.

"그런 기사도 있어."

"과연 글로리아도 그렇게 생각할까요?"

나는 그 말에 대답하지 않았다.

"자기야, 제발. 이번에는 그자가 정말로 당신을 해칠지도 모른다고요."

베로니카의 목소리에 근심이 가득했다.

"당할 사람은 오히려 그놈이야."

"그렇다면 나는 빼줘요. 그자가 나타났을 때 현장에 있고 싶지 않아요. 미안하지만, 카우보이 씨. 일이 끝날 때까지 혼자

자도록 해요."

베로니카가 말했다.

"몇 시간만 당신 집에 머물렀다가 돌아가면 어떨까."

내가 말했다.

"나도 그러고 싶지만, 오늘 밤은 안 돼요. 바쁘거든요."

바쁘다고? 나는 그 말이 마음에 들지 않았지만 문제 삼지 않기로 했다. 계산을 끝내고 탁자 위로 몸을 기울여 입을 맞춘 다음 자리에서 빠져나왔다.

"조심해요, 자기. 당신이 없다면 프로비던스는 외로운 곳이될 거예요."

베로니카가 말했다.

나는 집으로 돌아와서 텔레비전을 켜고 레드삭스와 타이거스의 3차전 경기를 시청했다. 웨이크필드가 공을 던졌고, 보스턴이 6회부터 4 대 2로 앞서 나갔으며, 레드삭스의 타자들이 타이거스의 구원 투수 3인방을 묵사발로 만들었다. 마지막 스코어는 12 대 6. 나는 빙그레 웃으며 텔레비전을 껐다.

휴대전화를 만지작거리며 벨소리를 멋진 아칸소 블루스 밴드 케이트 브라더스의 '당신, 내게서 멀어지고 있나요?(Am I Losing You?)'로 바꿨다. 내가 매우 좋아하는 곡이었다. 그런 다음, 벽에서 진열장을 내려 뒤쪽을 열고 할아버지의 콜트 45구경을 꺼냈다. 바닥에 책상다리를 하고 앉아서 삼십 분 동안 총을 청소하며 할아버지를 생각했다.

"급습하거나 유인하라."

할아버지가 즐겨 하시던 말씀이었다.

과도하게 발라진 기름을 닦아내며 나는 총알을 좀 사둘까 하고 한가로이 생각했다. 하지만 땅딸이 깡패는 정말 작았다. 총알이 무슨 필요가 있겠는가?

51

다음 날 아침, 나는 병원으로 글로리아를 보러 갔다. 목소리가 좀 커지긴 했지만 글로리아는 여전히 패배감에 젖은 듯 보였다. 글로리아는 줄곧 "고마워요, 멀리건."이라고 속삭였다. 혼자 마운트 호프의 거리를 헤매고 다니도록 내버려둔 것 외에 달리 내가 무얼 했다고.

한 시간 후, 나는 경주마를 몰고 내 어릴 적 동네로 들어섰다. 지미 새커리의 '블루스맨의 배회(Blues Dog Prowl)'가 시디 플레이어에서 으르렁거렸다. 마치 내가 어슬렁거리는 것 같은 기분이 들었다. 조지프 디루카가 집 앞에서 퍼티로 얼룩진 포드 픽업트럭의 짐칸에 종이 상자를 싣고 있었다.

"어이."

조지프가 말했다.

"조지프, 도와줄까요?"

"아니. 거의 다 끝났수다. 이것보다는 더 남았을 줄 알고 트력을 빌렸더니, 상자 몇 개에 들어 있는 게 전부요."

많지는 않았다. 날붙이, 냄비와 프라이팬 몇 개, 짝이 안 맞는 접시 약간, 공구 몇 개, 사진틀 두 개, 물로 얼룩지고 연기 냄새가 밴 가죽 양장 도서 열두 권.

나는 호기심에 손을 넣어 책을 한 권 꺼냈다. 찰스 디킨스의 《황폐한 집》이었다.

"기회가 되면 그 책 꼭 읽어보쇼. 그 사람 진짜 글 쓸 줄 안다니까!"

조지프가 말했다.

조지프가 디킨스를 읽는다고? 조지프가 글을 읽을 수 있다고? 마크 트웨인과 나는 조지프에 대해 잘못 생각했다. 조지프는 누구에게도 내보이지 않는 밝은 면이 있었다.

"지난주에 나랑 이야기하면서 기회가 있었을 때 집을 팔아야 했다고 그랬던 거 같은데, 집을 내놨습니까?"

"아니요. 하지만 어떤 여자가 우리 집 문을 두드리고는 집을 사겠다고 했수다."

"문을 두드리고는 뜬금없이 집을 사겠다고 했다고요?"

"정말 지랄 맞게 뜬금없었지."

"그게 언젭니까?"

"1월. 아니, 2월이지. 깜둥이들 역사의 달 특집 방송이 내 TV 드라마를 죄다 결딴내놨으니까."

나는 조지프의 어휘 선택에 당혹해하며 물었다.

"그 여자가 누굽니까?"

"이름은 기억이 안 나는데, 나한테 명함이 있소."

조지프는 뒷주머니에서 휘어진 가죽 지갑을 꺼내 모서리가 접힌 명함을 뽑더니 나한테 디밀었다. 고급 종이에 군청색 돋을새김으로 "셰릴 시벨리, 등록 대리인, 리틀 로디 부동산 회사"라고 박혀 있었다. 그 아래 전화번호가 있었으나 주소는 없었다.

리틀 로디. 의문의 부동산 회사들 중 하나였다.

"이 명함 내가 가져도 되겠습니까?"

"좋을 대로 하쇼."

나는 조지프의 집 앞에 경주마를 세워두고 동네를 돌아다니며 자가 거주로 보이는 단독주택을 골라 문을 두드렸다. 세 집은 면전에서 문을 쾅 닫았고, 네 집은 아무도 없었고, 두 집은 임대였고, 여섯 집은 자가였다. 자가 거주자와는 모두 안면이 있었다. 전직 체육 교사 하나, 호프 고등학교 시절의 급우 셋, 애니의 엄마 그리고 잭 하트. 아버지의 시력이 나빠졌을 때 우유 배달 구역을 인수했던 사람이 잭 하트였다. 여섯 중에 다섯이 판매 제의를 받았다고 했다. 그중 둘은 이미 집을 팔아서 곧 이사를 나갈 예정이었고, 넷은 리틀 로디 부동산의 셰릴 시벨리가 건넨 명함을 아직 가지고 있었다.

나는 화마에 시달린 마운트 호프 남동부 지역을 뒤로 하고 캠프 스트리트를 건너서 문을 더 두드렸다. 다섯 집 이상이 자가였고, 셰릴 시벨리나 리틀 로디 부동산에 대해 들어본 사람은 아무도 없었다.

브롱코를 향해 돌아가는 길에 커텔퍼 스트리트를 통과하며 덤프트럭에 쪽방 건물의 잔해를 싣는 디오 건설 인부들을 지나쳤다. 바로 그때 어떤 생각이 머리를 스쳤다. 왜 조니 디오의 회사만이 마운트 호프의 화재 건물을 철거하는 것일까?

52

"리틀 로디 부동산입니다!"

목소리는 활기찼으며 매우 친절했다.

"디오 씨와 통화할 수 있을까요?"

"죄송합니다만, 선생님. 이곳에 그런 이름을 가진 사람은 없습니다."

"그러면 조르다노 씨와 통화할 수 있을까요?"

"죄송합니다. 그런 이름을 가진 사람도 없습니다."

이제 목소리가 냉랭해졌다.

"찰리 래드번이나 바니 길리건은요? 사실, 프로비던스 그레이스 소속의 망자들이라면 누구라도 괜찮습니다만."

"무슨 말씀이신지 모르겠군요."

"셰릴 시벨리는 자리에 있습니까?"

"죄송하지만, 퇴근했습니다. 선생님."

"그렇다면 부탁 하나 드리죠. 조니 디오나 비니 조르다노가 들어오면 멀리건이 전화해서 찾더라고 전해주십시오."

여자는 다시 한 번 그런 이름은 들어본 적이 없다고 말했다. 어쩌면 정말인지도 몰랐다. 나는 작별 인사를 하고 전화를 끊었다.

리틀 로디가 화재와 어떤 연관이 있다면······.

그리고 디오나 조르다노가 리틀 로디와 어떤 연관이 있다면······.

그리고 접수원이 둘 중 하나에게 내 말을 전한다면······.

그리고 땅딸이 깡패가 둘 중 하나를 위해 일한다면······.

음, 그렇다면 놈이 곧 나를 방문할지도 모르겠군.

53

그날 밤, 나는 중국 음식을 사 들고 폭스 포인트에 있는 베로니카의 집으로 차를 몰았다. 우리는 마늘 양념 닭고기와 새우볶음국수를 용기째 들고 먹었고, 베로니카가 그날 하루에 대해 이야기했다. 음식과 잡담 속에서 시간이 몽롱하게 흘렀고, 마침내 우리는 알몸으로 침대에 뛰어들었다.

또다시 베로니카가 내 머리를 가슴으로 이끌었지만, 흥분이 가라앉지 않았다. 나는 탐험을 시작했고, 우리의 몸이 율동 속으로 얽혀들었을 무렵 여자는 한껏 농익어 있었다.

호흡이 정상으로 돌아왔을 때, 나는 베로니카에게서 떨어져나와 양탄자에서 바지를 잡아챘다. 그리고 앞주머니를 뒤적여 무언가를 꺼냈다.

"여기. 이거 당신이 가졌으면 좋겠어."

베로니카는 침대에 일어나 앉아 자그마한 파랑 상자를 열고 손가락 하나로 목걸이를 들어 올렸다. 대단치는 않았지만 그래도 그럭저럭 반짝였다. 은줄에 앙증맞은 순은 언더우드 타자기가 매달려 있었다.

"예뻐요. L. S. A. 멀리건의 다정한 모습인가요?"

나는 어깨를 으쓱하고 나서 베로니카가 목뒤로 고리를 잠글 때 머리칼을 들어주었다. 베로니카가 나에게 입을 맞추었다.

잠시 후, 새로운 종류의 베갯머리 대화가 시작되었다. 베로니카가 미래에 대해 의논하고 싶어 했다.

"앞으로 계획이 뭐예요, 멀리건?"

"재검토해야 할 법인 문서가 좀 있어."

"아니, 아니, 그런 거 말고. 남은 인생 동안 뭘 하고 싶어요?"

"아. 우선, 이혼이 마무리되면 좋겠어."

"시작이 좋네요."

"그런 다음에 내 여자 친구랑 펜웨이 파크 외야석에 앉아서 레드삭스가 또다시 월드 시리즈 우승을 차지하는 모습을 지켜보고 싶어."

"당신의 여자 친구? 그게 난가요?"

"그럴 거야."

"그다음엔?"

"그다음에 나는 행복하게 죽을 수 있을 거야."

"이봐요. 잠시만 진지해져 보라고요. 알았어요?"

나는 지금도 충분히 진지했지만 그러마 하고 대답했다.

"당신 오랫동안 로드아일랜드에서 지냈잖아요, 멀리건."

"평생."

"좀 더 나은 곳으로 옮길 때가 되지 않았어요?"

"어떤?"

"글쎄요. 〈워싱턴 포스트〉? 〈뉴욕 타임스〉? 〈월 스트리트 저널〉?"

"텔레비전에서 공짜로 레드삭스 경기를 보여주지도 않는 그런 지역으로 옮기라고? 게다가 요즘 신문사 인력 시장이 어떤지 당신도 알잖아. 당신이 말한 신문사들은 사람을 고용하기는커녕 오히려 해고하고 있다고."

"맞아요. 하지만 서랍을 한가득 채울 만큼 상을 많이 받은 취재기자라면 일자리는 언제나 마련되어 있다고요."

"십 년 묵은 퓰리처상에 관심을 갖는 사람은 아무도 없어, 베로니카."

"그렇지 않아요. 그리고 포크상은 이 년 전에 받았잖아요."

베로니카가 말했다.

"음."

"텔레비전 뉴스는 어때요? CNN이라든가."

"내 얼굴로?"

나는 베로니카가 이의를 제기해주리라 기대했지만, 베로니카는 이렇게 말했다.

"울프 블리처도 미남은 아니잖아요."

나는 아무 말도 하지 않았다.

"생각해봐요, 응? 원하는 것을 무엇이든 할 수 있다면, 뭘 하고 싶어요?"

"하고 있는데."

내가 말했다.

"당신 정말 여기에 있는 게 좋아요?"

"알몸으로 당신 곁에 있는 거? 당신 농담해?"

"진지해지라고요!"

나는 빙그레 웃었다.

"로드아일랜드라는 이름의 유래에 대해 알아, 베로니카?"

"아니요. 하지만 당신이 말해주겠죠, 뭐."

"음, 말 안 해줄 거야. 실은, 아무도 확실히는 몰라. 역사가들이 몇 년 동안 조사를 했는데, 어설픈 가설 몇 개를 제시하고는 끝이야."

"그래서요?"

"그중에 하나가 이거야. 식민지 시대에 이단자, 밀수업자, 살인자들이 내러갠싯 만에 정착하자, 매사추세츠의 독실한 농부들이 그곳을 로그아일랜드(악당들의 섬)라고 불렀대. 그리고 로드아일랜드는 로그아일랜드의 변형이라는 거야."

베로니카가 낄낄대며 머리칼을 넘겼다. 나는 베로니카의 그런 모습이 좋았다.

"옛날 이름으로 되돌려야 해요. 로드아일랜드는 따분하지만 로그아일랜드는 활기가 넘치잖아요."

베로니카가 말했다.

로그아일랜드라는 이름은 적절하기까지 하다. 100년 넘게 내러갠싯 만의 후미진 곳에서 해적들이 튀어나와 상선을 덮쳤다. 18세기 후반에서 19세기 초반까지는 로드아일랜드의 선장들이 미국의 노예무역을 좌우했다. 프랑스-인디언 전쟁과 독립 전쟁 당시에는 중무장한 사략선들이 프로비던스와 뉴포트에서 슬금슬금 기어 나와, 나포선이 어느 나라 국기를 휘날리든 상관하지 않고 전리품을 챙겼다. 남북전쟁이 끝난 후에는 〈프로비던스 저널〉의 공동 소유주였던 헨리 앤서니가 현재 시세로 2달러씩 주고 표를 사들여서 수십 년간 공화당 상원의원의 권력을 유지했다. 19세기에서 20세기로 넘어갈 무렵에는 프로비던스의 식품점 점원 출신이었던 넬슨 올드리치 상원의원이 악덕 자본가들의 국가 약탈을 도왔으며, 그 바람에 데이비드 그레이엄 필립스가 쓴 〈상원의 반역〉이라는 연재 기사의 주인공이 되었다. 1950년대와 1960년대에는 프로비던스의 조폭 레이먼드 L. S. 패트리아카가 뉴잉글랜드를 거머쥐고서 라디오 선곡에서부터 사람의 생사까지 만사를 결정했다. 카로차 시장의 전임자였던, 영예로운 빈센트 A. 버디 시안시 주니어는 프로비던스 시로 알려진 범죄 기업을 운영한 혐의로 최근에 연방 교도소에서 복역 중이었다.

"물론, 프로비던스라는 이름의 유래는 알지? 로저 윌리엄스가 신의 거룩한 인도에 감사하며 자신의 도시에 프로비던스(신의 섭리)라는 이름을 붙인 거잖아. 코튼 매서가 제안했던 '창조의 허섭스레기'나 '뉴잉글랜드의 하수구'가 받아들여지지 않아서 천만다행이지."

내가 말했다.

"이곳을 좋아하는 이유가 그거예요?"

"나는 이곳에서 자랐어. 그래서 경찰이랑 강도, 이발사랑 바텐더, 판사랑 살인청부업자, 창녀랑 신부까지 전부 알아. 주 의회랑 마피아에 대해서도 샅샅이 알고, 그 둘이 별반 다를 바 없다는 사실도 알아. 표를 사는 정치인이나 뇌물을 받는 경찰에 대해서 내가 기사를 쓰면 그런 일에 진절머리가 난 시민들은 피식거리며 어깨를 으쓱하고는 그뿐이야. 그래서 괴로웠던 적도 있었지만, 이제는 아니야. 로드아일랜드는 취재기자를 위한 놀이동산이야. 결코 문을 닫는 법이 없지. 그래서 나는 하루 종일 공짜로 롤러코스터를 탈 수 있어. 하지만 모르는 곳에 대한 기사라면 제대로 쓰지도 못할 거야."

"분명히 할 수 있을 거예요. 워싱턴에서 사기꾼들을 쫓으면 얼마나 신 날지 생각해봐요."

베로니카가 말했다.

워싱턴? 이로써 베로니카는 워싱턴을 두 번 언급했다.

"당신 〈워싱턴 포스트〉에 지원했어?"

"우리 가족에 대해 이야기해줄게요, 멀리건. 내 동생 루시? 걔는 가을부터 하버드 의대에 다닌대요. 오빠 찰스? 서른에 이미 프라이스 워터하우스 컨설팅 회사의 부장이라고요. 나요? 삼류 신문사에서 '창조의 허섭스레기'에 대한 기사를 쓰면서 필사적으로 버티고 있어요. 그런데 주당 600달러를 벌어요. 아빠는 나를 퍽 안쓰럽게 생각해서 한 달에 500달러씩 보내주시죠. 자존심 때문에 그 돈을 돌려보낸다면, 나도 당신처럼 살고 있겠죠. 우리 부모님은 꿈이 크신 분들이에요. 내가 기자가 되겠다고 말씀드렸을 때 부모님이 나를 앉혀놓고 말씀하셨어요. 내가 크게 잘못 생각하고 있는 것 같다고요. 그래도 내가 고집을 부리자 부모님은 잔소리를 하지도 윽박지르지도 않으셨어요. 내가 프린스턴을 졸업하고 컬럼비아 언론대학원에 들어갔을 때도 부모님은 학비를 전부 대주시면서 불평 한번 하지 않으셨어요. 하지만 나를 조금은 부끄럽게 생각하시는 거 같아요. 오빠와 동생을 자랑스러워하듯 나도 자랑스러워해주셨으면 좋겠어요. 그리고 나도 나 자신을 자랑스럽게 여기고 싶고요. 나는 부모님의 딸이에요, 멀리건. 나도 꿈이 크다고요."

연설은 훌륭했지만, 나는 언제부터 또다시 혼자 잠을 자야 하는지가 더 궁금했다.

"그래서 포스트에서는 뭐래?"

"한 달 전에 이력서하고 내가 작성한 기사들을 보냈어요. 그랬더니 지난주에 밥 우드워드가 전화를 했더라고요. 그 밥 우드워드가 말이에요! 그래서 어제 면접을 보러 날아갔어요. 밥이 내 재능도, 원고도, 기사도 마음에 든다고 했어요. 특히 아레나 기사가 좋았다고요. 그리고 당신도 잘 알다시피 소수 인종 고용 할당제 때문에 내가 아시아인이라는 점도 마음에 든다고 했어요. 밥이 나를 보던 시선으로 미루어 보건대 내 외모도 좋아하는 것 같았어요."

모든 일이 너무 빨리 진행되고 있었다. 나는 절망감을 감추려고 애쓰며 말했다.

"그래서 언제부터 시작하는데?"

"한두 달 안에 연방법원 담당 기자 자리가 하나 빌 거라고 그 랬어요. 나는 웹사이트에 매일 단신을 올리고 신문에 뉴스 해설을 쓰게 될 거예요. 멋진 일이죠. 내가 원하기만 하면 그 일은 내 거예요."

"이제 당신이 밥에게 내 얘기를 했다고 말할 차롄가."

"그보다는 멋지게 처리했어요. 내가 당신의 이력서를 끝내주게 작성해서 밥한테 제출했어요. 당신이 썼던 최고의 기사들도 같이 묶어서요."

"내가 중국인이라고도 했어?"

"멀리건!"

"결혼해서 내가 당신 성을 쓴다면 더 도움이 되지 않을까?"

"제발 농담은 그만둬요. 밥은 당신이 전화를 해줬으면 해요. 적어도 생각은 해볼래요? 난 당신을 사랑한다고요. 그래서 당신을 잃기 싫어요."

나는 베로니카를 두 팔로 끌어안고 머리에 코를 비볐다.

"나도 당신을 잃기 싫어."

그리고 사랑한다는 말을 덧붙이려다 그만두었다. 나는 결혼생활이 파국으로 치닫던 마지막 한 달 동안 사랑한다는 말을 했다. 그렇게 내가 마지막으로 내뱉었던 그 말은 거짓이었다. 그 후로 그 말은 내 입에서 더는 참되게 느껴지지 않았다.

"〈보스턴 글로브〉는 생각 안 해봤어? 〈워싱턴 포스트〉가 당신을 원한다는 사실을 글로브에서 안다면 당장이라도 당신을 잡으려고 할 텐데. 보스턴은 고속도로로 겨우 80킬로 떨어져 있어. 주말마다 내가 운전해서 갈 수 있는 거리라고. 우리가 공동출자해서 펜웨이 파크에 특별석을 마련할 수도 있을 테고."

"좋은 생각이 있어요. 당신이 포스트에 대해 생각해보겠다면, 나도 글로브에 대해 생각해볼게요. 어때요?"

베로니카가 말했다.

"그래, 좋아. 하지만 당신은 떠나고 나는 남는 걸로 결론이 난다면 이별 선물로 당신의 정보원을 나한테 넘기는 건 어때?"

내가 느끼기에도 썩 낭만적이지는 않은 말이었다.

베로니카가 한숨을 내쉬었다.

"대배심 증언을 넘겨준 정보요?"

"응, 그 사람."

"당신하고는 절대 말 안 할 걸요. 그 남자는 당신을 몹시 싫어하거든요."

아하! 베로니카의 정보원은 나를 몹시 싫어하는 남자로군. 하지만 그 정도 정보로는 범위를 정확히 한정할 수가 없었다.

거의 자정이 가까워서 집으로 돌아왔다. 데니스 루헤인의 소설을 읽어보려 했지만 종이의 글자들이 자꾸만 흐릿해졌다. 베로니카에 대한 생각을 멈출 수가 없었다. 베로니카를 묶어둘 만한 말이 없을까? 새벽 4시까지 이런저런 방법을 궁리하며 깨어 있었지만, 땅딸이 깡패는 나타나지 않았다. 그리고 다음 날 밤에도 오지 않았다.

54

　간병인은 글로리아가 휠체어에서 내리도록 거들고서 행운을
빌어준 다음에 휠체어를 밀며 자동문으로 들어갔다. 나는 글로
리아가 휘청거리며 경주마로 몇 걸음 옮기는 동안 성한 팔을
잡아주었다. 오른팔에 깁스를 한 남자가 우리 왼편에 서서 택
시를 잡으려고 왼손을 들었다. 글로리아는 남자의 팔이 올라가
는 순간 몸을 웅크려 내 가슴에 얼굴을 묻었다. 글로리아의 육
체적 부상은 치유되고 있었지만, 상처는 훨씬 더 깊었다.

　나는 글로리아의 뒷머리를 부드럽게 안고 잠시 그대로 있었
다. 그리고 글로리아를 조수석에 앉혔다. 내가 부러진 갈빗대
위로 안전벨트를 당기자 글로리아는 새된 비명을 질렀다. 나는
브롱코 앞쪽으로 둘러 가서 운전석에 올라탄 뒤 시동을 걸었다.

　"좀 나아 보이네."

　"아니, 그렇지 않아요."

　"병원에서 나오니까 좋지?"

"다시 돌아가야 해요."

"나도 알아."

한차례의 힘줄 복원 수술 그리고 코와 오른뺨에 두 차례의 성형수술이 남아 있었다. 오른쪽 눈은 더 손쓸 방법이 없었다.

나는 95번 고속도로를 타고 남쪽으로 향했고, 몇 킬로를 지나오는 동안 누구도 말이 없었다. 글로리아는 앞창 너머 로드아일랜드의 우중충한 아침을 찡그린 눈으로 바라보았다.

"멀리건?"

"응?"

"당신 잘못이 아니에요."

"아니, 내 잘못이야."

"그거 구했어요?"

"응. 수납함에 있어."

글로리아는 몸을 숙이다가 안전벨트의 압박으로 다시금 비명을 질렀다. 그리고 수납함을 열어 호신용 스프레이를 꺼냈다.

"고마워요. 내가 얼마를 빚진 거죠?"

글로리아가 나한테 빚을 졌다고?

"됐어, 글로리아. 휙 아저씨 가게에 그런 거 한 상자가 막 굴러다녀. 그리고 아저씨가 자기한테 그걸 주고 싶어 했어. 필요하다면 권총이라도 줬을 거야. 그런데 별로 좋은 생각 같지가 않더라고."

글로리아는 성한 손을 들어 엄지와 검지로 권총 모양을 만들고서 곰곰이 들여다보았다.

"살아남았잖아, 글로리아. 자기가 그놈을 이긴 거라고."

"그자가 다시 나타나면 어떡하죠?"

"안 그럴 거야. 지금쯤 죽어라 도망치고 있을걸."

"그자가 잡힐까요?"

"그럴 거야."

경찰은 지문이 일치하는 사람을 찾아내지 못했다. 하지만 굳이 글로리아에게 그 이야기를 할 필요는 없었다. 글로리아에게는 정의 구현에 대한 믿음이 필요했다.

크랜스턴을 지날 무렵 비가 내리기 시작했다. 내가 와이퍼를 작동시키자 글로리아가 긴장했다. 그러더니 신음을 토해냈다.

"오, 안 돼. 오, 안 돼. 오, 제발."

"왜 그래, 글로리아?"

"비! 비 좀 멈추게 해줘요!"

글로리아의 목소리는 이제 비명이 되었다. 글로리아는 성한 손으로 계기판을 두드렸다.

차를 세울 곳도 없었고, 글로리아를 달래기 위해 할 수 있는 일도 없었다.

"좀 멈춰줘요!"

워릭에서 이스트 애버뉴로 빠졌을 때 비가 멈췄다. 몇 킬로 더 차를 몰아 베라 스트리트에 도착했을 즈음 글로리아의 비명은 훌쩍임으로 바뀌었다. 나는 글로리아가 자란 작고 노란 단층집 앞에 차를 세웠다. 글로리아의 어머니가 인도에서 기다리고 있다가 내가 글로리아를 집으로 데리고 들어가도록 거들었다.

55

　법인 서류를 작성한 변호사들은 과장된 소용돌이와 덩굴 모양으로 거드름을 피우며 이름을 적어놓았다. 서명 아래 활자가 훨씬 읽기 쉬웠다. 베스 J. 하파즈, 어윈 M. 플레처, 패트릭 R. 코널리 3세, 욜란다 모슬리-존스, 다니엘 Q. 해니.

　나는 변호사 한 명이 회사 다섯 곳의 서류를 모두 작성했기를 바랐다. 그러면 회사들을 하나로 묶어 어떤 연관성을 추론해낼 수 있을 듯싶었다. 주 정부 사무국으로 왕복 여행을 한 결과 처음 보는 이름 다섯 개를 더 얻었을 뿐이다. 하지만 나는 그 이름을 알아볼 만한 사람을 알고 있었다.

　정오가 막 지났을 무렵 편집실로 들어섰다. 베로니카가 자리에 앉아서 녹색 잎채소를 야금거리고 있었다. 나는 수첩의 필요한 부분을 펼쳐서 베로니카의 책상에 내려놓았다.

　"이 중에 아는 이름이 있으면 말해줘."

　베로니카는 잠시 수첩을 바라보더니 말했다.

"미안하지만 그럴 시간이 없어요. 법원에 가야 하거든요. 아레나의 기소장이 오늘 제출될 거라는 얘기가 있어요."

베로니카가 인체공학적으로 설계된 의자에서 몸을 일으켜 내 볼에 입을 맞추고는 승강기로 향했다.

취재기자는 자원이 풍부해야 한다. 첫 번째 정보원에게서 정보를 얻어내지 못하면 다른 정보원을 찾아야 한다. 나는 책상 서랍을 열고 기밀문서를 꺼냈다. 변호사 베스 J. 하파즈가 프로비던스 전화번호부에 기재되어 있었다.

"맥두걸, 영, 코일, 리모네 법률 회사입니다. 어디로 연결해 드릴까요?"

"베스 하파즈 씨 부탁합니다."

"실례지만 성함이 어떻게 되시죠? 무슨 일로 전화하셨나요?"

"저는 젭 스튜어트 매그루더라고 합니다. 이십이 년 동안 함께 산 아내에게 레즈비언 애인이 있습니다. 그래서 즉시 이혼 소송을 제기하고 싶습니다."

"죄송하지만 선생님, 하파즈 씨는 이혼 소송을 취급하지 않습니다. 더 작은 법률 회사로 연락해보시는 게 좋겠네요."

나는 감사의 인사를 전하고 전화를 끊은 다음 전화번호부를 펼쳐서 다니엘 Q. 해니의 전화번호를 찾기 시작했다. 하지만 생각을 고쳐 재다이얼 버튼을 눌렀다.

"맥두걸, 영, 코일, 리모네 법률 회사입니다. 어디로 연결해 드릴까요?"

"자기야, 잘 있었어? 내 친구 댄 해니가 오늘 오후에는 자리에 계신가?"

"실례지만 성함이 어떻게 되시죠? 무슨 일로 전화하셨나요?"

"토요일 오전 골프 약속에서 도망칠 생각을 하는 건 아닌지 확인하려고 척 콜슨이 전화했다고 전해줘."

"알았습니다. 잠시만 기다리세요. 다니엘 씨가 전화를 받을 수 있는지 확인해보겠습니다."

교환원이 말했다.

교환원이 통화 대기 버튼을 눌렀고, 나는 전화를 끊었다. 그리고 이 분 동안 새로운 전화 목소리를 연습하고서 재다이얼을 눌렀다.

"맥두걸, 영, 코일, 리모네 법률 회사입니다. 어디로 연결해드릴까요?"

"어윈 M. 플레처 부탁하오."

"실례지만 성함이 어떻게 되시죠? 무슨 일로 전화하셨나요?"

"나는 제임스 W. 매코드요. 다소 긴급한 문제로 즉시 플레처하고 통화를 해야 하오."

"죄송합니다만 선생님, 플레처 씨는 출장 중입니다. 다른 분이 도움을 드릴 수 있지 않을까요?"

"그 자식은 필요할 때면 꼭 자리에 없다니까."

나는 그렇게 말하고 전화를 끊었다.

십 분 후, 또다시 재다이얼 버튼을 눌렀다.

"맥두걸, 영, 코일, 리모네 법률 회사입니다. 어디로 연결해드릴까요?"

"패트릭 코널리."

"패트릭 R. 코널리 2세 말씀이십니까, 아니면 패트릭 R. 코널리 3세 말씀이십니까?"

"젠장! 그 늙은이가 여태 살아 있는지 몰랐군."

"코널리 씨는 겨우 쉰다섯입니다만, 선생님."

"그렇다면 항생제가 매독에 효험이 있다는 말이군."

"뭐라고요, 선생님?"

교환원의 목소리를 뒤로 하고 나는 전화를 끊었다.

전화 목소리가 바닥났다. 게다가 반대편의 무명씨가 이제 발신자 번호를 확인할 것이 분명했다. 나는 자리에서 일어나 메이슨의 책상으로 걸어갔다.

"부탁이 있네."

"저도 그렇습니다."

"내가 먼저야."

나는 메이슨에게 임무를 설명했다.

"욜란다 모슬리-존스 씨 부탁합니다."

잠깐 멈춤.

"제 이름은 고든 리디입니다. 모슬리-존스 씨가 맡고 있는 제 형사 사건 때문에 전화드렸습니다."

잠깐 멈춤.

"하지만 급한 일이라 오늘 오후에 꼭 통화를 해야 합니다."

잠깐 멈춤.

"알았습니다. 아니, 아닙니다. 현재 제 거처가 불확실해서요. 오늘 오후에 제가 다시 전화를 걸겠습니다."

메이슨이 전화를 끊었다.

"뭐래?"

"모슬리-존스 양은 현재 연방법원 형사부에서 브래디 코일을 돕고 있기 때문에 오늘 오후까지는 통화가 불가능할 거라고 합니다."

"잘했네, 신의 아들."

"대체 고든 리디가 누굽니까?"

"몰라도 돼. 내가 도울 일이 뭔가?"

"맨홀 뚜껑으로 무슨 짓들을 하고 있는지 알아냈습니다."

"말해보게."

"여기저기 수소문한 결과, 고속도로 관리공단 인부들이 퇴근 후에 브로드 스트리트에 있는 굿 타임 찰리라는 스트립 클럽에 자주 간다는 사실을 알아냈습니다."

"나도 그 얘긴 들은 적이 있어."

"그래서 저도 그곳에서 어정대기 시작했습니다. 튀어 보이지 않으려고 청바지에 운동복 상의를 입었죠. 처음에는 인부들에게 말을 걸어볼 생각이었습니다만, 아마 그자들은 저한테 아무 말도 하지 않았을 겁니다. 그렇죠? 그래서 바에 앉아서 엿듣기만 했습니다. 하지만 시끄러운 음악 때문에 그마저도 쉽지 않았습니다. 처음 이틀 밤 동안에는 사내들 떼거리가 스트리퍼를 더듬고 셀틱스와 레드삭스에 대해 떠들어대기만 하더군요. 하지만 셋째 날 밤에 작업복을 입은 남자 셋이 들어와 바에 앉더니 다음 날 아침에 배정된 노무에 대해 불평을 늘어놓기 시작했습니다. 전부 다 듣지는 못했지만 트럭에 짐을 싣는 일과 관련이 있었고 맨홀 뚜껑이라는 단어도 들렸습니다. 인부들이 완전히 열 받아 있더군요. 한 명은 정식으로 불만을 제기하고 싶어 했습니다."

"그게 무겁긴 하지."

내가 말했다.

"개당 70킬로 정도예요. 제가 알아봤습니다."

"그래서 그다음엔?"

"다음 날 아침 일찍 고속도로 관리공단으로 가서 도로 가에 차를 댔습니다. 그리고 철로 근처에서 하역 작업을 지켜볼 만한 매복지를 하나 찾았습니다. 10시쯤에 트럭 한 대가 들어왔고, 바에서 봤던 사내 셋이 맨홀 뚜껑을 싣기 시작하더군요."

"트럭을 따라갔나?"

"네. 어니스트 스트리트에서 우회전을 하고 에디 스트리트에서 다시 좌회전을 하더니 95번 고속도로를 타고 북쪽으로 향하더군요. 그리고 포터킷에서 론스데일 애버뉴로 빠져나가 동쪽으로 몇 킬로 더 진행한 다음, 철망 출입문 앞에 멈춰 섰습니다. 경적을 울리자 문이 열렸고, 트럭은 안으로 들어가서 하역장에 후진 주차를 했습니다."

메이슨은 빙그레 웃으며 내가 나머지 이야기를 간청해주길 바라고 있었다.

"뭐 하는 곳이었나?"

"출입문 간판에 위든 고철 회사라고 쓰여 있었습니다."

우리는 둘 다 웃음을 터뜨렸다.

"요즘 위든에서는 맨홀 뚜껑을 얼마 쳐주나?"

"개당 16달러요. 제가 확인했습니다."

메이슨이 말했다.

"정리를 좀 해보지. 고속도로 관리공단이 시장의 최대 선거 자금줄한테서 맨홀 뚜껑을 개당 55달러에 사들이면, 발델리하고 그리코가 중간에 끼어들어서 개당 16달러에 폐기한다는 거군."

"그렇습니다. 지금까지 1만 4,560달러를 챙겼어요. 제가 계산해봤습니다."

"기사 첫머리는 써뒀나?"

"먼저 인터뷰 하나 더 하려고요. 오늘 오후에 시장과 만나기로 했습니다. 무슨 일이 벌어지고 있는지 말해준 다음에 시장의 의견도 들어봐야 할 거 같아서요."

"시장이 쇠주먹하고 블랙잭한테 고속도로 관리공단을 맡기면서 대체 어떤 일을 기대했었는지 꼭 물어보게."

"로맥스 편집장님이 저더러 인터넷에 기사를 올리고 나서 신문에 실을 좀 더 긴 기사를 작성하라고 그러셨습니다."

메이슨이 말했다.

"자네 힘으로 1면 필자란에 이름을 실을 기회를 얻은 것 같군, 신의 아들."

나는 책상으로 돌아와 조지프가 준 명함을 찾아서 리틀 로디 부동산에 전화를 걸었다. 셰릴 시벨리는 오늘도 자리에 없었다. 그래서 내 이름과 전화번호를 남겼다. 기밀문서를 열자 그곳에 셰릴 시벨리의 집 전화번호가 기재되어 있었다.

전화를 받지 않았다.

전화번호부에 등록된 주소는 프로비던스 대학 근처의 넬슨 스트리트 22번지였다. 나는 그곳으로 차를 몰고 가서 새하얗고 아담한 집의 문을 두드렸다.

아무도 없었다.

56

　5시경, 매크라켄의 비서가 이미 퇴근한 후여서 나는 그냥 안으로 들어갔다. 내가 매크라켄에게 변호사들의 연관성에 대해 말했고, 우리는 잠시 조용히 앉아 생각에 잠겼다.

　"자네도 알다시피 그걸로는 아무것도 입증하지 못해."

　매크라켄이 말했다.

　"나도 알아."

　"그런 대형 법률 회사는 법인 서류를 아주 많이 다룬다고."

　"그렇겠지."

　"하지만 이건 우연의 일치치고는 좀 심해."

　"그렇지."

　우리는 앉아서 좀 더 생각했다.

　"부동산 회사 다섯 곳의 소유주를 알아낼 수 있다면 좋을 텐데."

　매크라켄이 말했다.

　"그렇겠지."

"하지만 그걸 알아낼 방법이 없어."

"내가 아는 바로도 없어. 변호사 하나가 자격 박탈의 위험을 무릅쓰고 비밀을 누설하지 않는 한은."

"그런 일은 절대 일어나지 않을 거야."

"그래, 맞아."

매크라켄은 책상에 놓인 상감 목공예 담배 보관함을 열고 흑갈색 토르페도 시가 두 개를 꺼내서 끝을 자르고 하나를 나에게 건넸다. 매크라켄은 나무 성냥으로, 나는 콜리브리로 불을 붙였다. 우리는 앉은 채로 잠시 시가를 피웠다.

"땅딸이 깡패의 인상착의에 대해 알리겠다고 했었지?"

내가 물었다.

"내가 아는 보험조사원 전부한테 알렸네. 하지만 전화 한 통 안 왔어."

매크라켄이 말했다.

"그 자식, 내가 계속 들쑤시고 다니면 다시 오겠다고 그랬어."

"그래서 자네는 계속 들쑤시는 중이고."

"물론."

"그자가 찾아오면 뭘 하려고?"

"인터뷰하려고."

"작살내기 전에, 아니면 후에?"

"그 자식한테 달렸지."

케이트 브라더스가 내 바지 주머니에서 연주를 시작했다. 나는 발신인이 도커스임을 확인하고 음성 사서함으로 넘어가도록 내버려두었다. 전화기를 주머니에 도로 쑤셔 넣자 밴드가 재청을 받고 다시 등장했다.

"안녕, 자기. 오늘 밤에 당신하고 못 만난다는 거 알려주려고요. 정보원하고 저녁 먹을 거예요. 늦을지도 몰라요."

"그럼, 내일은?"

"내일은 괜찮아요. 미치도록 보고 싶어요. 가볼게요. 안녕."

개인적인 메모: 제목에 멀어진다는 내용이 들어가지 않은 노래로 벨소리를 바꿀 것.

"오늘 밤에 삭스하고 양키스 경기 보지 않을래?"

내가 물었다.

"표는 있어?"

매크라켄이 말했다.

"어. 호프스 특별석. 로지한테 전화해서 우리랑 합류하자고 할게."

"레즈비언 소방대장?"

"이봐. 그렇게 부르지 말라고 경고했을 텐데."

"하지만 레즈비언이 맞아, 멀리건. 이제 확실히 알았어."

"어째서?"

"내가 데이트를 신청했는데, 단호하게 거절하더라고."

"그래서 로지가 레즈비언이라고?"

"당연하지."

"아직 제대로 된 레즈비언을 만나보지 못한 모양이로군."

우리의 주전 투수 조시 베킷을 상대로 데릭 지터가 타석에 들어서는 순간, 로지가 나와 매크라켄 사이를 비집고 바에 앉았다. 양키스의 마이크 무시나가 조시와 대등한 투구를 펼쳤으나, 5회 말에 결국 라미레즈가 홈런을 날렸다. 우천으로 경기가 장시간 지연되는 바람에 맥주를 마실 시간이 충분했고, 매크라켄은 그 틈을 노려 로지에게 또다시 수작을 걸었다.

"미안하지만 그쪽은 제 타입이 아니에요."

로지가 말했다.

"어떤 타입을 원하는데요?"

"바로 저 남자요. 오, 세상에. 정말 섹시하잖아요."

로지는 바 위쪽에 설치된 텔레비전을 가리켰다. 마침내 비가 그쳤고, 매니 라미레즈가 젖은 잔디 위를 내달려 좌익으로 향했다.

조나단 파펠본이 9회에 양키스 타선을 묶어버리자 호프스에는 예의 "양키스 꺼져라!" 구호가 넘쳐났다. 누군가가 데릭 지터 야구 셔츠를 입은 얼간이에게 맥주를 부었고, 애니가 리모컨을 들고 10번 뉴스로 채널을 돌렸다. 그런 다음 애니는 탁자를 돌아다니며 1달러짜리 지폐를 낚아채고서 긴 다리 위로 치마를 올렸다. 모두에게 행복한 시간이었다. 지터 야구 셔츠를 입은 남자만 빼고.

그날 밤, 나는 늦게까지 깨어서 팀 도시의 소설을 읽으며 땅딸이 깡패가 마침내 모습을 드러내길 바라고 있었다. 새벽 3시쯤, 그자가 나타났다.

57

그자는 나무 짜개는 소리로 자신의 등장을 알렸다.

나는 부서진 현관문으로 돌진해 땅딸이 깡패의 정수리를 내려다보며 왼 주먹을 날렸다. 그자는 오른손으로 내 주먹을 가볍게 막더니 사타구니를 정면으로 걷어찼다. 그곳을 좋아하는 모양이었다. 그런 다음 나에게 힘껏 달려들더니 바닥을 가로질러 주방 벽으로 나를 밀어붙였다. 그리고 내 갈비뼈를 공격하기 시작했다.

내 카운터펀치가 헛되이 그자의 머리 위를 날았다. 나는 그자를 떠다밀어 주먹을 날릴 만한 공간을 확보하려 했지만, 마치 화물차를 상대하는 것 같았다. 그자의 팔이 착암기처럼 내 몸의 왼쪽과 오른쪽을 마구 두드려댔다. 왜 턱을 노리지 않는 걸까? 너무 높아서 손이 닿지 않는 모양이군. 그자는 마침내 주먹질에 싫증이 났는지 한 발짝 뒤로 물러섰다. 나는 그제야 나를 떠받치던 유일한 지지물이 그자였다는 사실을 깨달았다.

나는 벽에서 바닥으로 미끄러졌다. 그자는 짧은 오른팔을 휘둘러 손등으로 내 얼굴을 갈겼다.

"이봐 멍청이, 내가 맨홀 뚜껑 주변에서 어정대지 말라고 경고했지."

그자가 말했다.

맨홀 뚜껑? 맨홀 뚜껑으로 한 방 얻어맞은 기분이었다. 이게 다 맨홀 뚜껑 때문이란 말인가?

나는 질문을 짜내려고 애썼으나, 땅딸이 깡패는 내 존엄성을 들고 사라져버렸다.

58

아침이 되었다. 소변에 피가 많이 섞여 나오지는 않았지만 움직일 때도 움직이지 않을 때조차도 갈빗대가 아팠다. 나는 어기적대며 편집실로 들어가서 곧장 메이슨의 책상으로 향했다.

"무슨 일 있었습니까? 안색이 안 좋아 보입니다."

메이슨이 말했다.

"자네가 신경 쓸 일이 아니야, 신의 아들. 그냥 이것만 대답하게. 혹시 내가 맨홀 뚜껑 기사를 취재한다고 누군가 오해할 만한 까닭이 있나?"

"이런, 저는 누구한테나 멀리건 선배랑 같이 일한다고 말합니다."

멋지군.

"멀리건! 로드아일랜드 병원 부근 건설 현장에서 시체가 발견됐다고 경찰 무전 수신기가 꽥꽥대네."

로맥스 편집장이 편집부에서 나에게 손짓했다.

336

편집장은 컴퓨터에서 눈을 들어 위아래로 나를 훑었다.

"밤잠을 설친 몰골이구먼. 자네가 이 기사를 맡을 텐가?"

"물론입니다."

말은 그렇게 했지만 진짜로 그러고 싶은 생각은 아니었다. 하지만 응급실에 들러 내 갈비뼈를 건사할 수 있을 테니 임무는 유용했다.

시체는 일 없이 멈춰 서 있는 디오 건설 포클레인 옆에 배를 깔고 널브러져 있었다. 흙에 남겨진 지저분한 흔적을 보니 희생자는 심장이 멈추기 전에 병원을 향해 5미터쯤 기었던 모양이다. 등에 자리 잡은 커다란 구멍 세 개는 총알의 사출구로 보였다.

형사가 시체를 뒤집었다. 암녹색 상의 위쪽 주머니에 노란 로고가 수놓아 있었다. "리틀 로디 부동산."

몇 발치 저편에서 제복 경찰이 희생자의 지갑을 뒤져 운전면허증을 꺼냈다.

"이봐, 에디. 신원은 확인됐어?"

"제발, 멀리건. 알다시피 가족에게 통지하기 전에는 신원을 공개할 수 없어."

"내가 맞춰볼까?"

에디는 나를 바라보기만 했다.

"셰릴 시벨리, 넬슨 스트리트 22번지."

"아는 사람이야?"

"그런 셈이지."

나는 차례를 기다리며 두 시간을 허비했다. 내 앞으로 교통사고 환자 다섯, 고열로 앙앙대는 아이 열둘, 흉통을 호소하는 중년 남자 셋, 미끄러져 넘어진 노인 둘이 응급실을 거쳐 갔다.

가장 유력한 단서였던 땅딸이 깡패는 화재 사건과 아무 관련이 없었다. 두 번째로 유력했던 단서는 사망했으며, 내가 남긴 메시지가 원인일 수도 있었다. 앞으로 무엇을 해야 할지 감이 오지 않았다.

엑스레이를 찍어보니 왼쪽에 하나, 오른쪽에 셋, 도합 네 대의 갈비뼈가 부러졌다.

나를 이집트 미라로 둔갑시킨 인턴이 긴 안목으로 사태를 평가했다.

"두 대만 더 맞았으면 부러진 갈비뼈 하나가 폐에 구멍을 뚫어놨을 겁니다."

"운이 좋았군요."

내가 다리를 질질 끌며 편집실을 가로질러 자리에 조심조심 앉을 동안 로맥스 편집장이 그 모습을 지켜보았다. 인터넷 신문에 올릴 기사의 첫대목을 두드리고 있는데, 편집장이 다가와서 책상 모서리에 걸터앉았다.

"대체 무슨 일이 있었던 건가?"

나는 사실대로 말하고 싶지 않았다.

"'양키스 꺼져라!' 티셔츠의 진가를 모르는 양키스 팬 두 놈하고 마주쳤습니다."

"갈비뼈?"

"네."

"부러졌나?"

"네 대요."

"이것만 써서 올리고, 집에 가게."

나는 토를 달지 않았다. 오늘 밤에 레드삭스가 클리블랜드 인디언스와 2연속 경기를 시작한다. 인디언스는 작년 아메리칸 리그 챔피언 시리즈에서 레드삭스한테 패배한 바 있다. 야구 의상을 차려입으려면 평소보다 시간이 많이 필요할 것이다.

59

티셔츠를 벗는 일은 고통 그 자체였다. 일단 티셔츠를 벗고서 오 분에 걸쳐 천천히 레드삭스 야구 셔츠를 입은 다음 앞 단추를 잠갔다. 3회에 삭스가 1 대 0으로 앞서고 있는데, 베로니카에게서 전화가 걸려왔다.

"안녕, 자기. 오늘 밤에 뭐 할 거예요?"

"집에 있을 거야."

"농담하는 거죠?"

"아니야."

말하는 것조차 아팠다.

"부탁이 있어. 우리가 먹을 요깃거리 좀 사고, 애트웰스 애버뉴에 있는 월그린스 약국에 들러서 내 처방약 좀 찾아다줄래?"

내가 말했다.

"당신 괜찮아요?"

"응, 괜찮아. 당신이 여기 오면 무슨 일이 있었는지 말해줄게."

사십 분 후, 베로니카가 식품점 샌드위치 봉지와 작고 하얀 약봉지를 들고 들어왔다.

"문은 왜 그래요?"

"신경 쓸 것 없어. 집주인이 이틀 안에 고쳐준댔어."

"무슨 일이에요? 이런 게 왜 필요한 거죠?"

베로니카가 침대 위 내 옆에 약봉지를 떨어뜨렸다.

여전히 나는 그 일에 대해 이야기하고 싶지 않았다. 봉지를 찢고 어린이 보호용 안전 마개를 힘겹게 연 다음, 진통제 두 알을 입에 털어 넣고 킬리언으로 넘겼다.

"진통제는 술하고 먹으면 안 돼요, 자기."

"그런 말이 있기는 한데, 내 경험상 이게 훨씬 효과가 좋아."

"무슨 일인지 말해줄래요?"

"삭스가 4 대 1로 지고 있어. 그리고 6회 초 우리가 공격할 차례야."

"멀리건!"

베로니카는 리모컨을 채뜨려서 텔레비전을 껐다.

"경기가 끝나면 전부 말해줄게."

내가 말했다.

"지금 말해요."

베로니카는 내 손이 닿을락 말락 하게 리모컨을 쥐고 있었다.

"나중에. 이 경기 꼭 봐야 한다고."

베로니카는 뿌루퉁해져서 리모컨을 내 옆에 툭 떨어뜨렸고, 나는 텔레비전을 다시 켰다. 베로니카가 몸을 돌려 나를 안았고, 나는 비명을 내질렀다.

"멀리건?"

"경기 끝나면 바로 말해줄게. 샌드위치나 먹어."

삭스는 8회에 동점을 만들어냈으며, 9회 초에 라미레즈가 3점 홈런을 터뜨렸고, 9회 말에 파펠본이 마무리 투수의 역할을 충실히 해냈다. 그리고 경기가 끝났다.

"경기 하이라이트랑 선수 인터뷰는 못 보겠군."

내가 말했다.

베로니카는 대답 대신 리모컨 버튼을 눌렀고, 화면이 검게 변했다.

"그래서요?"

"존 레스터가 오늘 밤에 제 기량을 발휘하진 못했지만 구원 투수진이 끝내줬어."

"그만 됐다고요! 무슨 일이 있었는지나 말해요."

그래서 그렇게 했다. 이야기를 좀 포장하려 했으나 소용없었다. 이러나저러나 결국 나는 난쟁이한테 얻어터진 인간이었다.

내 비통한 이야기가 끝났을 때 베로니카는 웃음을 참느라 안간힘을 썼다.

"당신이 혼쭐을 내줄 거라 생각했는데."

"내가 잘못 판단했어."

베로니카가 망가진 문을 흘끗 보더니 이마를 찌푸렸다.

"그자가 다시 올까요?"

"안 올 거야. 이미 목적을 달성했거든. 게다가 맨홀 뚜껑 기사가 내일 나가는데 뭘 얻겠다고 다시 오겠어."

베로니카가 손으로 내 얼굴을 감싸 쥐고 이마와 양 볼 그리고 턱에 입을 맞췄다. 나는 손을 뻗어 베로니카를 끌어당기고서 또다시 비명을 내뱉었다.

"당신이 위로 올라가면 괜찮을지도 몰라."

내가 말했다. 나는 잔머리 빼면 시체다.

"며칠 건너뛰어야 할 것 같아요."

며칠이라고?

나는 또다시 진통제와 킬리언을 섞어서 삼키고 마룩스로 마무리했다. 그리고 베로니카를 바라보며 내가 무슨 복으로 저렇게 아름다운 여자를 얻었는지 궁금해했다. 나는 계속 그 생각을 하다가 약 기운으로 잠에 빠졌다.

아침, 베로니카가 부엌에서 쿵쾅대고 다니는 소리에 나는 잠에서 깼다. 내가 CNN을 켜는 소리를 들었는지 베로니카가 스크램블드에그, 베이컨, 오렌지 주스, 커피가 담긴 쟁반과 신문을 들고 들어왔다. 나는 주스로 진통제 두 알을 넘겼지만 맥주만큼 효과를 보진 못했다.

메이슨의 맨홀 뚜껑 기사가 1면을 장식했다. 화재 기사는 없었다. 지옥의 밤 이후로 단 한 건의 화재도 발생하지 않았다.

"이유가 뭐라고 생각해요?"

베로니카가 물었다.

"예순두 명의 열 받은 디마지오가 머리통 한두 개쯤은 박살낼 각오로 거리를 순찰하고 있어. 그리고 마운트 호프의 인구

절반이 각성제를 털어 넣고 신경질적인 집게손가락을 방아쇠에 걸고서 잠복하고 있다고. 방화범이 불을 지르는 것보다는 살아 숨 쉬는 쪽을 선택한 모양이지."

"방화범이 왜 다른 동네로 옮겨 가지는 않을까요?"

"마운트 호프에 남다른 관심이 있는 모양이야."

"저번에 당신이 나한테 물어봤던 변호사들 있잖아요? 그건 뭐였어요?"

"그냥 우연히 발견한 이름들이야."

"어떤 단서라도 나왔어요?"

"막다른 골목이야."

나는 거짓말을 했다. 글로리아와 셰릴 시벨리에게 일어난 일로 판단하건대, 베로니카는 이 일에 대해 모를수록 좋았다.

그날 오후, 베로니카는 자신이 찾아낸 매력적인 시인의 또 다른 시집을 들고 내 곁에 웅크렸다. 나는 베로니카가 시간이나 때우라며 가져다준 잡지 《뉴요커》를 펼쳤다. 시모어 허시가 재등장해서 이라크전의 잘못된 대응에 대해 좀 더 상세하게 폭로했다.

지난 십팔 년간 나는 로그아일랜드를 휘두르는 삼류 폭력배와 거짓말쟁이들에 대해 기사를 썼다. 지난 삼십오 년간 허시는 나라를 휘두르는 일류 폭력배와 거짓말쟁이들에 대해 기사를 썼다. 어쩌면 베로니카가 옳을지도 모르겠다. 지금은 내가 직장을 옮겨 쟁점이 될 만한 기사를 쓸 수 있을지 알아볼 때인지도 모른다.

나는 생각에 잠겼다. 그리고 좀 더 곰곰이 생각했다. 내 결혼 생활은 끝났다. 부모님은 돌아가셨다. 여동생은 뉴햄프셔에 있다. 남동생은 캘리포니아에 있고, 어차피 우리는 말도 하지 않는다. 베로니카는 워싱턴으로 떠날 계획이고, 나는 그녀를 잃고서 견디지 못할 것이다. 무엇이 나를 이곳에 붙잡아두는가?

그날 저녁, 베로니카가 미래라고 불리는 것에 대해 다시 이야기를 꺼냈다.

"멀리건?"

"응?"

"우드워드한테 전화했어요?"

"이번 주에 할게."

"정말이죠?"

"정말이야."

이번에는 진심이었다.

수요일 아침, 베로니카는 나에게 병가를 내라고 거듭 설득하다가 포기하고서 내가 몸을 씻고 셔츠를 입는 동안 곁에서 거들었다. 갈비뼈가 어제보다 덜 아팠고, 레드삭스가 연승 가도를 달리고 있었으며, 바야흐로 나는 미래에 대한 결정을 내릴 참이었다. 글로리아의 눈, 시벨리의 시신, 잭 아저씨에게 드리운 의혹의 구름, 내가 당한 굴욕적인 구타, 섹스 없이 보낸 닷새 밤만 아니었다면, 나는 아마 기분이 좋았을 것이다.

도로에 주차 공간이 없어서 나는 마피아 소유의 주차장에 10달러를 내고 차를 댔다. 그리고 신문사까지 두 블록을 걸었다. 앞쪽에 순찰차 두 대가 이중으로 주차되어 있었다. 내가 인도로 올라서자 순찰차 문이 열리고 제복 경찰 네 명이 내렸다.

둘은 뒤쪽에, 다른 둘은 앞쪽에 서서 길을 막았다. 하나가 내 팔을 잡아서 등 뒤로 낚아채더니 수갑을 단단히 채웠다. 그런 다음 나를 순찰차로 밀어붙이고 내 다리를 발로 차서 양쪽으로 벌려 세우더니 몸을 더듬고 주머니를 뒤집었다. 진통제 약병이 도로 가로 떨어져 달그락댔다. 갈비뼈가 총에라도 맞은 듯 아팠다.

"당신을 체포한다."

그래. 그 부분은 이미 눈치챘다고.

짧은 거리를 달려 경찰서로 가는 동안 나는 이런 말만 뱉어댔다.

"무슨 일입니까?"

"무슨 일인지 얘기 좀 해주겠소?"

"죄목이 대체 뭐냐고."

당국이 주차 위반 딱지와 관련한 내 사기 행각을 적발하고 불쾌했던 모양이다.

60

경찰서 앞에는 텔레비전 뉴스 중계차 세 대가 이중으로 주차되어 있었고, 카메라와 마이크로 구성된 환영 위원회가 출입구 계단에서 대기하고 있었다. 내가 순찰차에서 끌려 내리자마자 기자들이 질문을 외쳐댔다. 로건 베드퍼드가 무리를 밀치고 앞으로 나와서 소리쳤다.

"왜 그랬습니까?"

뭘?

제복 경찰들이 내 팔을 붙들고 건물 안으로 들어가서 나를 승강기에 밀어 넣더니 2층 취조실로 끌고 갔다. 말도 못 하게 고통스러웠다. 경찰 하나가 내 어깨에 손을 올리고 반듯한 철제 의자 위로 나를 내리눌렀다. 그런 다음에 경찰들은 문을 쾅 닫고 나가버렸다. 문 위의 작은 창문으로 밖을 보니 경찰 하나가 보초를 서고 있었다. 나에게 도주의 우려가 있는 모양이었다.

탁자 위 담뱃불 자국의 모양으로 보아 이곳은 내가 폴레키에게 땅딸이 깡패에 대해 이야기했던 바로 그 취조실이었다. 내가 수갑을 찬 채로 한 시간가량 그곳에 앉아 오래된 땀내와 묵은 담배 냄새를 음미하고 있을 때 폴레키와 로젤리가 천치들처럼 벙글대며 들어왔다. 갈비뼈가 쑤셨고 팔꿈치에서 손끝까지 감각이 없었다.

"이것 좀 풀어주지그래?"

"안 될 말씀. 자네는 더 자주 수갑을 차야 해. 잘 어울리거든."

폴레키가 말했다.

"맞아요. 거기에다 줄무늬 죄수복까지 입으면 더 잘 어울리겠죠."

로젤리가 맞장구쳤다.

"주 교도소에서 더는 줄무늬를 입지 않아."

폴레키가 말했다.

"어쩌면 저 인간이 유행의 선두 주자가 되어 줄무늬 죄수복을 다시 퍼뜨릴지도 모르죠."

로젤리가 비아냥댔다.

"끝난 건가? 아니면 비누를 줍다가 그렇고 그렇게 되는 일에 대해 뭐 새로운 얘깃거리라도 있나?"

내가 물었다.

"나는 끝났네. 자네는?"

폴레키가 더머를 돌아보며 물었다.

"저도 그다지."

"좋아, 멀리건. 자네 이제는 마약도 하나?"

폴레키가 상의 주머니에 손을 넣어 증거물 봉투를 꺼내더니 탁자에 던졌다. 안에는 내 약병이 들어 있었다.

"라벨을 읽어보라고, 얼간이. 그거 처방약이야."

"그래? 그렇다면 여기에 적혀 있는 브라이언 이스라엘 박사한테 전화해서 이 약이 합법적인지 확인해도 별 상관없겠군그래."

폴레키가 말했다.

"나를 이곳에 끌고 온 이유가 그건가?"

"오, 아니야. 더 있지."

"제가 말해도 될까요."

로젤리가 끼어들었다.

"교대로 하자고. 먼저 권리 조항부터 읽어주는 게 어떻겠나?"

폴레키가 말했다.

로젤리가 주머니에서 손때 묻은 종이를 하나 꺼내 들고 떠들어대기 시작했다. 경찰 드라마 몇 편만 보면 누구나 미란다 원칙을 거꾸로도 암송할 수 있다. 하지만 로젤리는 아직도 저 종이 쪼가리를 필요로 했다.

"자, 이 소소한 대화를 위해 왕림해주다니 대단히 기쁘군."

폴레키가 능글댔다.

"맞아요. 들러줘서 고맙군요."

로젤리도 말했다.

"시작하기 전에 뭐 털어놓고 싶은 거 없나?"

"그러면 시간이 많이 절약될 겁니다."

폴레키의 말에 로젤리가 덧붙였다.

"용서하소서, 신부님. 제가 죄를 지었나이다. 마지막 고해성사 이후로 천 번이나 간음하였나이다."

"옛날 같았으면 이 부분에서 내가 전화번호부로 자네를 갈겼을 거네."

폴레키가 말했다.

"하지만 우리는 이제 그런 짓을 하지 않죠."

로젤리가 깐죽거렸다.

이제 둘은 종이컵에 담긴 커피를 홀짝이며 시간을 끌었다. 내게는 조금도 권하지 않았다.

"범죄자 프로파일이 뭔지 아나, 멀리건?"

폴레키가 물었다.

나는 아무 말도 하지 않았다.

"FBI가 프로파일 전문이죠. 그들한테 범죄에 대한 세부 사항을 알려주면 범죄자의 인상착의가 딱 나오죠. 심지어는 거시기 크기까지 말이죠."

로젤리가 말했다.

"지난주에 콴티코 연구소 요원들이 아랍 놈들 추적하느라 바쁜 와중에 몇 시간 짬을 내서 연쇄 방화범의 프로파일을 작성해주었네."

폴레키가 상의 주머니에서 무언가를 꺼내서 탁자 위에 탁 내려놓았다. 스테이플러로 찍은 인쇄물 몇 장이었다. 연방 요원이 전화로 이야기하는 내용을 폴레키가 받아 적은 것이 분명했다. 연방 수사국은 프로파일을 절대로 서면으로 작성하지 않는다. 프로파일이 잘못되었을 경우, 피고 측 변호인이 면책 증거로 사용할 우려가 있기 때문이다.

"자네, 이걸 훑어보고 싶겠지. 이런, 잠깐. 손이 등 뒤로 수갑에 채워져 있는데 어떻게 종이를 넘길 텐가?"

폴레키가 말했다.

"그게 문제군요."

로젤리도 맞장구쳤다.

"우리가 수갑을 풀어주면 되지."

"그러진 마시죠."

"알았네. 우리가 내용을 요약해주면 어떨까?"

"제가 시작하죠. FBI에 따르면, 방화범은 이십 대 후반에서 삼십 대 후반입니다."

"자네가 서른아홉이지, 멀리건?"

"그리고 혼자 삽니다."

로젤리가 덧붙였다.

"멀리건처럼."

폴레키가 말했다.

"낡은 사륜구동을 몰죠. 셰비 블레이저나 포드 브롱코 같은."

"멀리건의 브롱코는 고물이지."

"신체 조건이 아주 좋고요."

"멀리건처럼."

"그렇지 않다면 20리터들이 휘발유 통을 끌고 지하실 창문으로 들락날락할 수 없을 테니까요."

"하지만 만성질환도 가지고 있지. 멀리건이 위궤양을 앓는다는 소리 못 들어봤나?"

"범인은 화재를 용의주도하게 계획하고 증거도 거의 남기지 않죠. 우리는 높은 지능지수를 가진 계획적인 살인자를 찾고 있어요."

"자네는 똑똑한 남자 아닌가, 멀리건?"

"그리고 권위자들에게 불량한 태도를 보이죠."

"아마 권위자들을 덤 앤 더머라고 헐뜯을 만큼 비열할 거야."

"밤에 블레이저나 브롱코를 타고 어슬렁거리면서 또다시 불을 지를 기회를 엿보곤 하죠."

"이봐, 어느 늦은 밤에 마운트 호프에서 에디가 멀리건의 차를 세웠다는 얘기 못 들어봤나?"

"불을 지른 후에는 주변을 서성이며 화재 현장을 지켜보길 좋아하죠. 하지만 영리한 자라 현장에 머무는 그럴듯한 이유를 가지고 있죠."

"예를 들면, 신문 기사를 작성한다든가."

"경찰 조사에 슬쩍 참여할 방법도 찾아내고요."

"수사에 혼선을 빚기 위해 우 치앙 같은 무고한 사람을 연루시키거나 땅딸이 깡패 같은 가짜 용의자를 생각해내겠지."

"이성과 관계를 유지하는 데 어려움을 느끼죠."

"그런데 도커스는 잘 지내나?"

'그리고 불에 매료되어 있죠.'라고 말할 차례였다. 밤에 책에서 읽었던 내용이 떠올랐다. 하지만 폴레키와 로젤리가 나의 그런 성향까지 알 방법은 없었다.

"그리고 불에 매료되어 있죠."

로젤리가 말했다.

"그렇지. 오늘 아침에 도커스가 우리한테 뭐라고 했더라?"

"멀리건은 나쁜 새끼라고요."

"그거 말고."

"멀리건이 십오 년 전에 케이프런 방직 공장 화재를 목격한 이후로 불에 매료되어 있다고요."

고마워, 도커스. 나를 벌할 방법을 또 찾아냈군.

폴레키는 종이 성냥으로 싸구려 여송연에 불을 붙인 다음, 잠시 내 눈앞에 성냥을 들이댔다가 휙 흔들었다.

"멀리건, 프로파일이 자네가 아는 누군가와 비슷하지 않나?"

폴레키가 물었다.

"자네와 약간 비슷하군. 지능지수가 높다는 것과 신체에 관한 부분을 제외하면."

내가 말했다.

"결국 전화번호부가 필요할지도 모르겠네요."

로젤리가 거들었다.

"이봐, 내가 한 짓이 아니라는 거 자네들도 알잖나."

"멀리건, 자네가 이 일로 체포되기를 내가 얼마나 고대했는지 지금쯤이면 자네도 알 텐데."

덤 앤 더머가 조금 더 엄포를 늘어놓더니 자리에서 일어나 취조실을 떠났다. 그리고 십오 분 후에 좀 더 호의적인 인물 둘을 이끌고 돌아왔다. 제이 워가트는 수염이 푸르스레하고 햄 덩어리처럼 크고 강한 주먹을 가졌으며, 샌드라 프레이타스는 머리를 금발로 염색했으며 남자를 후리는 카메론 디아즈의 미소와 매끈한 엉덩이를 지녔다. 그들은 강력계 형사였다. 대체 저들이 무엇을 원하는 걸까?

61

프레이타스가 맞은편 의자에 앉더니 커다란 마닐라지 봉투를 탁자에 내려놓았다. 위가트가 탁자를 돌아서 내 뒤에 섰다. 폴레키와 로젤리는 문 근처 벽에 기댔다. 작은 취조실이 이제 사람들로 붐볐다.

프레이타스가 봉투를 열고 범죄 현장 사진을 세 장 꺼냈다.

"여자의 핸드백에서 당신의 이름과 전화번호가 적힌 쪽지가 나왔습니다."

프레이타스가 말했다.

나는 아무 말도 하지 않았다.

"여자가 총에 맞기 이틀 전, 당신이 여자네 집을 두드리는 모습을 본 목격자들이 있어요."

나는 여전히 입을 꾹 다물었다.

"최근에 여자는 마운트 호프의 부동산을 자주 보러 다녔어요. 여자가 봐서는 안 될 무언가를 봤나요? 그래서 죽였습니까?"

나는 프레이타스를 쳐다보기만 했다. 한 시간 전에 변호사를 요청했어야 했지만, 나는 취조 과정에서 무언가를 알아낼 수 있을지도 모른다고 생각했다.

"여자는 45구경을 세 발 맞았어요. 물론 당신도 알고 있겠죠? 오늘 아침에 수색 영장을 발부받아서 돼지우리 같은 당신 집을 뒤졌더니 총이 한 자루 나왔어요. 그 총이 살인 무기로 사용되었다는 사실을 탄도학이 밝혀낼 겁니다. 내기할래요?"

"얼마나?"

내가 말했다.

"뭐라고요?"

"돈을 얼마나 걸겠느냐고요."

워가트가 의자를 걷어차는 바람에 내 가슴이 탁자에 부닥쳤다. 너무 빤한 수법이었다. 나쁜 경찰과 더 나쁜 경찰. 약병이 여전히 탁자에 놓여 있었다. 갈비뼈가 약을 애원하고 있었지만, 덤 앤 더머와 강력계 2인조는 내가 약을 먹도록 내버려두지 않을 것이다.

그들은 한 시간 동안 살인에 대해 나를 닦달하더니 수갑을 풀어주고 전화 한 통을 허용했다. 나는 잭 아저씨에게 전화를 걸어서 지금 벌어지고 있는 일에 대해 이야기한 다음, 적어도 당분간은 아저씨가 용의 선상에서 벗어났음을 알렸다.

"세상에, 리엄. 내가 해줄 일이 없겠느냐?"

잭 아저씨가 말했다.

나는 베로니카의 전화번호를 알려주고서, 내가 하루나 이틀 집에 가지 못하는 이유를 그녀에게 설명해달라고 부탁했다. 일단 탄도학 보고서가 도착하면 나를 붙잡아둘 명분이 사라질 것이다. 적어도 나는 그렇게 생각했다.

전화 통화가 끝나자 그들은 나를 감방에 처넣었다. 나는 필로폰 밀매자 두 명과 잡담을 나눈 다음 콘크리트 벽돌에 새겨진 민속 벽화를 감상했다. 사실주의와 인상주의가 멋지게 조화된 벽화에는 본능적 강렬함, 원초적 정력, 인간 본연의 감정이 극명하게 두드러졌다. 화가 그랜마 모지스가 포르노 배우 론 제레미를 만났다고 생각해보라.

나는 죽을 만큼 피곤했다. 딱딱하고 더러운 간이침대에 쭉 뻗고 누웠지만 갈비뼈 때문에 쉽게 잠들지 못했다. 마침내 잠이 들기까지 몇 시간은 흐른 것 같았다.

비가 법정의 창문을 때렸다. 글로리아가 증인석에서 온몸을 뒤틀며 신음했다.

"비 좀 멈추게 해줘요! 비 좀 멈추게 해달라고요!"

도커스가 판사석에서 글로리아를 응시하며 말했다.

"어려운 일이라는 거 압니다. 하지만 망할 놈의 질문에 대답하세요."

그리고 검은 법복에 손을 넣어 커피메이커와 20리터들이 휘발유 통을 꺼냈다.

땅딸이 깡패가 검사석에서 일어났다.

"당신에게 그런 짓을 한 자가 이곳 법정에 있습니까?"

땅딸이 깡패가 물었다.

글로리아가 고개를 끄덕이더니 손가락을 들었다.

"공판 기록에 따르면, 증인이 그 나쁜 새끼의 신원을 확인해 주었습니다."

도커스가 말했다.

배심원석에서 하드캐슬과 베로니카, 브래디 코일이 웃으며 손바닥을 맞부딪쳤다.

도커스가 커피메이커를 만지작거리며 타이머를 맞추려고 애썼다. 증인이 여전히 나를 가리키고 있었으나, 이제 얼굴이 셰릴 시벨리로 변해 있었다. 커피메이커가 불덩이를 내뿜으며 폭발했고, 나는 잠에서 깼다. 갈비뼈가 불에 타는 듯했다.

62

48시간 후, 나는 풀려났다.

약과 허리띠, 신발 끈, 미키마우스 시계, 라이터, 지갑을 돌려받았지만, 지갑 속에 들어 있던 20달러짜리 지폐 세 장이 흔적도 없이 사라졌다. 비자카드가 제자리에 있긴 했지만, 분명히 그들이 카드 번호를 적어다가 최근 구매 내역을 확인했을 것이다. 운 좋게도 나는 근래에 커피메이커를 사지 않았다. 할아버지의 총은 돌려받지 못했다.

몰수당한 경주마는 틀림없이 주립 경찰 범죄 연구소에서 분해되고 있을 것이다. 나는 진통제 두 알을 물 없이 삼키고서 경찰서에서 집까지 800미터를 걸었다. 집은 엉망이 되어 있었다. 주방 서랍이 죄다 끄집어내져 바닥에 비워져 있었다. 나는 개의치 않았다. 옷을 벗고 조심조심 욕실로 들어가 뜨거운 물로 오래오래 갈비뼈를 씻어 내렸다.

금요일 늦은 아침, 나는 승강기에서 내려 어기적어기적 편집실로 들어섰다. 자판 딸각거리는 소리가 점차 조용해졌고, 기자와 교열 편집자 스물네 명이 하던 일을 멈추고 나를 쳐다보았다. 처음엔 누구도 말을 하지 않았다. 그리고 어떤 느릿한 목소리가 침묵을 깼다.

"기사를 쓰려고 동네에 불을 지르셨다? 굉장한데! 나는 왜 그 생각을 못 했을까?"

"조용히 해, 하드캐슬."

로맥스 편집장이 말했다.

편집장이 사회부 왕좌에서 일어나서 나에게 따라오라는 동작을 취하고는 펨버턴 편집국장의 유리 사무실로 들어갔다. 내가 그곳으로 향하는 중간에 베로니카가 길을 막아섰다.

"괜찮아요?"

"더할 나위 없이 좋아."

"내가 해줄 일은 없어요?"

"있어. 이 정다운 면담이 끝나면 나랑 함께 있어줘."

나는 베로니카의 손을 꼭 잡았다.

그리고 몸을 돌려 편집국장실로 들어가서는 접객용 밤색 가죽 의자에 풀썩 주저앉았다.

펨버턴 편집국장이 안경을 벗어서 화장지로 닦아낸 다음 도로 썼다. 그리고 풀 먹인 하얀 셔츠의 커프스단추를 풀고 소매를 걷었다.

"뭐 좀 마시겠나, 멀리건? 생수? 커피?"

"진통제 좀 있으십니까?"

"뭐라고?"

"아닙니다. 괜찮습니다."

"알았네. 그렇다면 바로 본론으로 들어가지. 우리가 문제에
좀 휩싸인 것 같구먼."

"문제라고요? 열차 전복이나 다름없죠."

로맥스 편집장이 한마디 했다.

나는 아무 말도 하지 않았다.

"자네, 텔레비전 뉴스에서 이 불운한 사태를 어떻게 다루는
지 봤나?"

펨버턴 편집국장이 말했다.

"죄송합니다만, 감방에 있는 72인치 고화질 평면 TV가 망가
져서요."

"알겠네. 자네는 구금되어 있었고, 틀림없이 불유쾌한 경험
이었겠지."

"매우 불유쾌했죠."

내가 말했다.

로맥스 편집장이 나를 노려보며 말했다.

"그만 좀 해두라고."

"불행하게도 모든 지역 방송국에서 이 일을 터무니없이 부
풀려서 떠들어댔네. 뉴스를 본 사람은 누구라도 신문사가 연쇄
방화범이라고 생각했을 거네."

펨버턴 편집국장이 말했다.

"제멋대로 날뛰는 직원 하나가 아니고 말이죠?"

"그런 뜻은 아니었네."

"그러면 신문은 그 기사를 어떻게 다뤘습니까?"

"아, 그렇지. 자네는 신문도 못 봤겠구먼. 계속하기 전에 신문부터 읽어보게나."

편집국장이 책상 위 신문 더미에서 신문 한 부를 꺼내서 나에게 건넸다. 나는 스포츠 면을 펼쳤다. 지난밤에 삭스의 방망이가 양키스를 7 대 5로 두들겨주었다. 야호.

L. S. A. 멀리건이라는 이름이 또다시 1면에 실렸으나, 이번에는 필자란이 아니었다. 로맥스 편집장이 내 체포 기사를 작성했다. 일개 기자가 다루기에는 너무 민감한 사건이었던 모양이다. 나는 기사를 훑어보고서야 폴레키가 나를 방화 수사의 '요주의 인물'로 지목했음을 알았다. 적어도 경찰은 공공연하게 나를 시벨리 살인과 결부하지는 않았다. 펨버턴 편집국장은 이 사태를 충분히 검토하기 전까지 어떠한 언급도 하지 않겠다고 말했다.

나는 책상 위로 신문을 던지고 펨버턴 편집국장을 쳐다보았다.

"재밌네요. 편집국장님이 자신의 기자에게 힘을 실어주는 내용은 전혀 보이질 않네요."

내가 말했다.

"그래, 음······."

편집국장은 로맥스 편집장을 쳐다보며 도움을 구했으나 소용이 없자 서둘러 이야기를 계속했다.

"자네한테 이런 질문을 해야 하는 까닭을 이해하기 바라네,

멀리건. 이 고약한 사건에 어떤 식으로든 자네의 과실이 있나?"

"당연히 없지요."

로맥스 편집장이 대꾸했다.

"멀리건이 직접 대답할 수 있으리라 생각하네."

"제기랄."

내가 말했다.

"아니라는 말로 받아들여도 되겠나?"

"그러시든가요."

"좋아. 됐네. 이제 자네에게 어떤 처분을 내릴 것인지 결정해야 하네."

63

오후 2시, 호프스는 휑했고 알코올 중독자 둘만이 바에 구부정하니 앉아 독주를 홀짝이고 있었다. 나는 베로니카와 메이슨을 뒤쪽 맥주 냉장고 근처의 탁자로 끌고 갔다.

"무기 정직 처분을 받았어. 무급으로."

내가 말했다.

"말도 안 돼요."

베로니카가 말했다.

"처음엔 유급으로 갈 것 같았어. 내가 방화 수사에 간섭하지 않겠다고 약속하는 조건으로. 그런데 못 하겠다고 그랬어. 특히나 지금은 안 된다고."

"자기야, 이건 정말 부당한 처사예요."

"그들의 관점에서 생각해보라고. 신문사를 위해서는 나와 거리를 둬야 할 필요가 있어. 내가 그 입장에 있었어도 그렇게 했을 거야."

"하지만 무급으로요?"

"내가 계속 사건을 파헤치고 다니는데, 로건 베드퍼드 같은 어떤 멍청이가 신문사에서 여전히 내 월급을 지불한다고 까발리면 그게 어떻게 보이겠어?"

"잠깐만 집고 넘어가죠. 경찰 측에서 정말 선배가 불을 질렀다고 생각하는 겁니까? 아니면 폴레키가 '덤 앤 더머' 기사에 대해 복수를 하려고 그러는 겁니까?"

메이슨이 말했다.

"둘 다야."

"왜 선배가 연루되어 있다고 생각하는 겁니까?"

"FBI의 프로파일이 나하고 딱 들어맞거든."

"하지만 프로파일이란 다수의 사람하고 일치할 수 있는 거 아닙니까."

"그래. 게다가 프로파일에는 결함도 있다고."

"그게 뭡니까?"

"프로파일은 범인을 방화광으로 간주했어."

"아닙니까?"

"아니야. 방화광이 아니야. 이건 돈과 관련된 방화라고."

"왜 그렇게 생각하십니까?"

"때가 되면 알게 돼, 신의 아들."

"앞으로 어떻게 할 거예요?"

베로니카가 물었다.

"내 예금 계좌에 1,200달러가 들어 있어. 그 돈이면 한 달 정

도는 이 난국을 헤쳐 나갈 수 있을 거야. 정직이 그보다 오래간
다면⋯⋯."

"올해 휴가를 한 번도 받지 않으셨죠?"

메이슨이 말했다.

나는 고개를 끄덕였다.

"그러면 얼마더라? 일 년에 삼 주 휴가를 받을 수 있나요?"

"어."

"그렇다면 유급 휴가를 받으시죠. 선배 봉급이라면 아마 휴
가비가⋯⋯."

"2,600달러 조금 안 되겠지."

내가 말했다.

"아버지한테 수표를 끊어달라고 말해보겠습니다."

주간 웨이터 디에고가 바 뒤편에서 무언가를 하느라 정신
이 팔려 있는 바람에 메이슨이 직접 음료를 가져왔다. 메이슨
을 위한 캄파리 소다 칵테일, 베로니카를 위한 샤르도네, 나를
위한 킬리언. 나는 진통제 두 알을 입에 넣고 맥주로 넘긴 다음
마록스로 마무리했다.

"오늘 우드워드한테 전화가 왔어요."

베로니카가 말했다.

"그래?"

"곧 내 자리를 마련해주겠대요. 하지만 이 일이 가라앉을 때
까지 당신과 거리를 두라고 충고하더군요."

"지금은 내가 일자리 문제로 우드워드와 통화하기에 적절한

때가 아닌 거 같아."

"아마도요."

"그의 충고를 따르기로 했어?"

"모르겠어요. 그러고 싶지 않네요."

"하지만 당신은 꿈이 크잖아. 당신은 당신 아버지 딸이라고."

베로니카는 입을 앙다물고 포도주 잔을 응시했다.

하드캐슬이 교열 편집자 두 명과 문으로 들어와서 바의 의자를 차지하고 앉았다. 법원 서기가 어슬렁거리며 들어섰다. 술집이 차기 시작했다. 하드캐슬이 주위를 둘러보다가 나를 발견하고는 상의 주머니에서 휴대전화를 꺼내 전화를 걸었다.

"당신한테는 변호사가 필요해요."

베로니카가 말했다.

"그럴 여력이 없어."

"만약 당신이 변호사를 선임할 경제적 능력이 없다면 국가는 당신에게 변호사를 구해줄 의무가 있다."

메이슨이 미란다 원칙을 읊었다.

"닥쳐, 신의 아들."

"죄송합니다. 어떤 똑똑하신 양반하고 어울렸더니 좀 전염된 모양이네요."

나도 모르는 사이에 이 녀석이 좋아지기 시작했다.

"그래서 앞으로 어쩔 셈이에요?"

베로니카가 물었다.

"당신의 비밀 정보원한테 나 좀 공짜로 변호해달라고 부탁할지도 몰라. 어쨌든 브래디 코일하고 나는 프로비던스 대학에서 같은 팀 동료였고, 팀 동료는 단결해야 한다고."

그저 경험에 근거한 추측일 뿐이었다. 코일은 비공개 대배심의 증언에 접근할 수 있는 몇 안 되는 사람 중 하나였다. 물론 아레나의 변호사이기 때문에 재판의 증거 조사 단계까지는 증언에 접근할 법적 자격이 없지만, 연줄만 있다면 법원은 구멍이 숭숭 뚫린 체나 다름없었다. 그리고 베로니카가 무심코 흘린 정보에 의하면 정보원은 나를 싫어했고, 그렇다면 코일이 정보원에 딱 들어맞았다. 베로니카의 눈이 커졌고, 내 추측이 옳았다.

"이 동네에선 비밀을 유지하기가 어려워, 베로니카. 내가 알아내지 못한 한 가지는 왜 코일이 자신의 의뢰인을 유죄로 보이게끔 만드는 정보를 당신한테 제공하느냐 하는 거야."

나는 베로니카가 무언가 말하기를 기다렸다. 그때 내 뒷주머니에서 휴대전화가 블루스를 연주했다.

"좀 전에 라디오에서 네가 풀려났다는 소식을 들었어. 너 괜찮아?"

로지가 말했다.

"오늘은 일진이 별로야."

"내가 도와줄 일 없어? 변호사 선임 비용 필요해?"

"그건 내가 처리했어."

나는 거짓말을 했다.

"지금 어디야? 얼굴 좀 보자."

"이 일이 해결될 때까지는 안 돼. 너, 연쇄 방화 용의자하고 어울리면 안 되잖아. 대원들한테 뭐라고 설명할 거야?"

로지와 이 문제를 놓고 몇 분 더 입씨름을 한 뒤에 작별 인사를 나누는데, 로건 베드퍼드가 카메라맨과 함께 거드럭거드럭 호프스로 들어왔다. 그리고 주위를 둘러보더니 곧장 내 쪽으로 걸어왔다. 카메라에 켜진 작고 빨간 불로 봐서 이미 촬영이 진행 중이었다. 베로니카는 그들이 다가오자 재빨리 화장실로 몸을 피했다.

개인적인 메모: 벨소리를 '당신의 남자 곁을 지켜주세요(Stand By Your Man)'로 바꿀 것!

로건이 바 뒤편의 거울에 머리 상태를 확인한 다음 게걸음으로 다가왔다. 그리고 내 옆에 서서 카메라맨이 우리 둘을 한 화면에 담을 수 있도록 했다.

"저희 10번 방송국 뉴스에서는 FBI가 작성한 마운트 호프 방화범 프로파일에 당신이 부합한다는 사실을 독점으로 알아냈습니다. 몇 말씀 해주시겠습니까?"

"뭐가 독점이오? 이미 신문에 다 났지 않나요?"

내가 말했다.

"시민들이 궁금해합니다. L. S. A. 멀리건 씨, 당신이 마운트 호프의 방화범입니까?"

"로건, 당신이 멍청이처럼 불쑥 쳐들어오지 말고 전문 기자로서 이곳에 찾아왔다면 나는 실제로 그쪽과 이야기를 나눴을지도 모르죠. 물론 당신은 전문 기자가 아니라 멍청이에 불과하지만. 이 말을 방송에 내보내는 건 어떻겠소?"

"선생님은 어떻습니까? 오늘 저녁에 이 사람과 동석해 계신 까닭을 설명해주시겠습니까?"

로건이 메이슨에게 주의를 돌리며 말했다.

메이슨이 마록스 병을 들어 로건에게 건네며 말했다.

"받으십시오. 내가 저 카메라를 당신 목구멍에 처넣고 나면 이게 좀 필요할 겁니다."

바로 그거야. 나는 확실히 이 녀석이 좋아지기 시작했다.

그러자 로건이 떠나려고 돌아섰다.

"이봐."

내가 말했다.

로건이 몸을 돌려 나를 보았다.

"나가는 길에 하드캐슬한테 뒈져버리라고 전해주시오."

64

저녁이 찾아들자, 만에서 짙은 안개가 밀려왔다. 베로니카는 안개가 나와 함께 있는 모습을 덮어서 가려준다고 생각하는 모양이었다. 우리는 손을 잡고 호프스를 나서서 베로니카의 차에 올랐다. 베로니카가 시동을 걸 때, 보행자 둘이 어스름 안개 속에서 유령처럼 튀어나와 차 옆을 지나쳐 갔다. 전방으로 차 두 대가 겨우 보이는 상황에서 베로니카는 더듬더듬 나의 집으로 향했다.

그날 저녁, 우리는 사랑을 나누었다. 베로니카는 내 갈비뼈를 밀치지 않으려고 최선을 다하며 내 위에서 부드럽게 흔들렸다. 누구도 말을 원하지 않았다. 베로니카가 내 품에서 잠이 든 후, 나는 그녀의 머리칼에 코를 묻고 그 익숙한 냄새를 들이켰다. 얼마나 오랫동안 그곳에 누워 있었을까. 베로니카를 잃지 않을 방법을 생각해내려 애쓰면서, 복직할 방법을 생각해내려 애쓰면서, 내 어린 시절과 미래를 모두 재로 바꾸어버린 자식을 손에 넣을 방법을 생각해내려 애쓰면서······. 잠시 후, 나는 베로니카를 깨우지 않고 그녀에게서 떨어져 나와 마록스와 진통제를 섞어서 넘기고, 식탁에 앉아 다시 한 번 수첩 더미를 꼼꼼하게 읽기 시작했다.

새벽 2시가 막 지났을 무렵, 경찰 무전기가 생기를 되찾았다.

"적색 신호, 호프데일 로드 12번지."

어릴 적 내가 살던 다세대 주택, 에이단과 멕 그리고 내가 숨바꼭질을 하며 놀던 곳, 아버지의 시들어가는 모습을 무기력하게 지켜봐야 했던 곳. 지금 그곳에 사는 사람 중에 내가 아는 사람이 있던가? 기억이 나지 않았다.

나는 자리에서 일어나 베로니카의 차 열쇠를 가지러 침실로 들어섰다. 베로니카가 침대에 앉아 서둘러 바지를 입고 있었다.

"당신은 갈 필요 없어요."

베로니카가 말했다.

"내가 더는 기자가 아니라서?"

"누워서 눈 좀 붙여요, 내 사랑. 금방 다녀와서 전부 다 이야기해줄게요."

베로니카가 열쇠를 향해 오른손을 뻗었다. 나는 고개를 흔들고 열쇠를 내 주머니에 집어넣었다.

안개가 전조등의 빛줄기를 잡아채더니 우리에게 도로 내동댕이쳤다. 나는 익숙한 거리를 감으로 더듬어 갔다. 시속 25킬로를 유지하면서 캠프 스트리트를 주행했건만 플레즌트 스트리트로 들어서는 모퉁이를 놓치고 말았다. 차를 후진해서 우측으로 꺾다가 주차된 차의 사이드미러를 부러뜨렸다. 좌회전으로 호프데일 로드에 들어서자, 50미터 전방에서 화염과 소방차로 인해 붉은 연무로 변해버린 안개가 보였다.

핸들을 풀고 있을 때 폭발음이 들렸고, 내가 제동력을 상실했던 모양이다. 베로니카의 비명과 함께 차가 왼쪽으로 홱 달려들더니 전신주를 들이받았다.

"당신 괜찮아?"

"그런 것 같아요. 당신은 안 다쳤어요?"

갈비뼈가 진정한 고통을 다시 선사하고 있었지만, 나는 거짓말을 했다.

"괜찮아."

나는 밖으로 나가서 피해 정도를 확인했다. 전조등이 깨지고 흙받기가 찌그러졌다. 앞바퀴 두 개에 펑크만 나지 않았더라도 차가 굴러가기는 했을 것이다. 나는 보조석으로 가서 베로니카가 밖으로 나오도록 도왔다. 베로니카는 절뚝거리며 두 걸음을 내디뎠다.

"무릎을 부딪친 거 같아요."

베로니카가 말했다.

나는 몸을 숙이고 살펴보았다. 바지가 찢긴 부위에 피가 흥건했다.

"병원에 가야겠어."

"제가 태워다드리죠."

누군가가 말했다.

고개를 드니, 디마지오 파의 건서 호스가 낡은 오두막집 계단을 내려오고 있었다.

"차가 저 아래 플레즌트 스트리트에 주차되어 있으니, 여기에 계시면 곧 돌아오죠."

건서가 말했다.

기다리는 동안, 나는 주위를 두리번거리며 타이어를 펑크 낸 게 무엇인지 찾아보았다. 못이 튀어나온 5×10센티 두께의 각목 한 쌍이 도로에 놓여 있었다. 나는 각목을 엎어놓고 발로 밟아 못을 구부러뜨린 다음 인도에 끌어다 놓았다. 일을 마무리 짓고 있을 때 건서가 우리 옆으로 차를 댔다. 운전석 사이드미러가 사라지고 없었다.

병원으로 가는 길에 나는 사이드미러에 대해 사과하고 보험 정보를 적어주었다. 그리고 건서에게 부비트랩에 대해 이야기했다.

"누군가 소방 장비가 더디게 들어오길 원했던 게 틀림없군요. 하지만 소방 장비는 도로 반대편으로 들어왔어요."

건서가 말했다.

"아마 그쪽에도 하나 설치되어 있었을 거야."

내가 말했다.

"누군가에게 말해줘야 하지 않을까요?"

베로니카가 말했다.

"소방 장비가 이미 도로로 들어왔다니까 그들도 몸소 발견했겠지."

건서가 로드아일랜드 병원의 응급실 입구에 차를 세웠고, 우리 둘은 차에서 내려 베로니카를 도왔다. 구급차 한 대가 사이렌을 울리며 우리 뒤편에 멈춰 섰고, 뒷문이 활짝 열렸다. 간호사 둘이 병원에서 달려 나와 들것을 내리는 응급대원들을 거들었다.

경추보호대로 목을 고정한 여성 환자가 척추고정판에 묶여 있었다. 환자의 제복 일부가 불에 탔으며 그 아래로 드러난 살은 그슬린 쇠고기 같았다. 한 가지 사실이 눈에 띄지 않았다면 나는 환자를 알아보지 못했을 것이다.

수송용 침대가 환자보다 15센티 정도 짧았다.

65

월요일, 연방 대배심은 아레나와 노동자 국제연맹의 임원 셋을 금융사기, 횡령, 돈세탁, 뇌물 수수, 소득세 거짓 신고, 위증, 재판 방해, 노조 갈취, 불법 공모 등의 서른두 가지 소인으로 기소하기 위해 법원에 비공개 기소장을 제출했다. 무릎을 열두 바늘 꿰매고서도 베로니카는 원기를 잃지 않았다. 그리고 정보원의 귀띔으로 1면에 기사를 실음으로써 화려한 기자회견을 꿈꾸던 연방 검사의 계획을 망쳐놓았다.

코일은 보석을 신청하고 의뢰인의 손을 잡아주고 계속된 언론 인터뷰에서 정부를 비난하느라 너무 바빠서 일주일 후에나 나에게 짬을 내주었다.

그래서 남아도는 시간 동안 나는 로지를 걱정하느라 병이 날 지경이었다.

로지는 중환자실에 있었고, 가족만이 면회가 허락되었다. 병원 측에서는 로지의 상태가 위독하다고만 했다. 내가 전화를 걸 때마다 그렇게 말했다. 자세한 내용을 알고자 경찰과 소방관에게 전화를 걸면 그들은 전화를 끊어버렸다. 그래서 나는 사고에 관한 모든 소식을 신문에서 읽을 수밖에 없었다.

"영웅적 소방대장, 부비트랩에 심각한 부상"이 표제였다. 로지는 공무용 차를 타고 빨간 불을 번쩍이며 마운트 호프 스트리트를 내달렸다. 그리고 호프데일 로드로 좌회전해 들어가 북쪽에서 화재 현장으로 접근했다. 부비트랩이 앞바퀴 두 개에 펑크를 냈고, 차가 휘청하며 가로등을 들이받았다. 로지를 뒤따르던 펌프차 운전자는 안개 때문에 시야가 가려져 있었고, 로지를 발견했을 때는 이미 늦어버린 후였다. 펌프차가 로지가 타고 있던 차의 오른쪽 후면을 들이받았고, 차가 뒤집히면서 연료 탱크가 폭발했다.

나는 계속해서 사건을 조사하고, 문서를 재확인하고, 정보원들과 거듭 인터뷰를 했다. 수송용 침대에 축 늘어져 무력하게 누워 있던 로지의 모습을 떨쳐내기 위해 무엇에든 매달려야 했다. 그리고 이제 놈들을 잡아야 할 더 많은 이유가 생겼다. 나는 살인 충동마저 느꼈다.

맥두걸, 영, 코일, 리모네 법률 회사는 텍스트론 타워의 두 개 층을 통째로 차지하고 있었다. 나는 12층에서 승강기를 내려 마호가니 여닫이문을 밀고 대기실로 들어섰다. 대기실은 즉석 농구 경기를 해도 될 만큼 컸다. 왼쪽으로는 베이지색 정장을 입은 접수원이 커다란 유리 책상에 앉아서 전화 여러 대를 곡예 부리듯 받고 있었다. 오른쪽으로는 작고 무자비한 눈매를 가진 새끼 개상어 다섯 마리가 380리터들이 수족관에서 시계 반대 방향으로 유영하고 있었다. 회사는 이런 식으로 고객에게 대놓고 변호사의 성질을 알려주는 모양이었다.

나는 책상 앞에 서서 기다렸다. 접수원이 전화를 끊고 내 데이비드 오티즈 야구 셔츠와 레드삭스 모자를 흘긋 보더니 물건을 배달하러 왔는지 수거하러 왔는지 물었다.

"브래디 코일하고 10시에 약속이 있습니다."

"지금 그쪽이오?"

"그래요."

나는 접수원이 내 목소리를 알아차리지 못하기를 바랐다.

"성함이?"

"L. S. A. 멀리건."

"잠시만 기다리세요."

접수원이 수화기를 들고 몇 마디를 했다. 그리고 나에게 코일 씨가 곧 만나줄 테니 자리에 앉아 있으라고 했다. 나는 로지를 걱정하고 작은 상어들을 들여다보며 한 시간가량 보냈다. 상대를 기다리게 하는 것은 커다란 상어가 자신의 지배력을 확립하는 수단이다. 마침내 코일의 비서가 나타나서 나를 이끌고 내부 계단을 올라 코일의 사무실로 향했다.

"멀리건! 교우회관에서 벌어졌던 그 즉석 시합 이후로 우리 통 만나질 못했군그래. 그때 내가 자네한테 한 수 제대로 가르쳐줬는데 말이야."

코일이 두 손으로 내 오른손을 쥐고는 새하얀 말뚝 울타리 같은 치아를 드러내며 활짝 웃었다.

유서 깊은 베니핏 스트리트가 한눈에 내려다보이는 사무실, 나보다 8센티미터 큰 키, 1,200달러짜리 양복으로는 아직 부족하다는 듯 코일은 여전히 지배력을 공고히 하려 애썼다.

코일이 파란 동양 양탄자를 가로질러 나를 접객용 검정 가죽 의자로 안내하는 동안 나는 잠시 실내 장식을 살폈다. 코일이 버디 시안시, 조지 부시, 앨런 더쇼위츠, 어니 디그레고리오와 함께 찍은 사진들이 눈에 띄었고, 잭슨 폴록의 그림 네 점이 우아한 액자에 담겨 있었다. 여기가 은행 금고가 아니라는 사실을 감안하면, 그림은 복제품이었다.

"음, 형사 사건은 의뢰비용이 2만 달러라는 사실을 먼저 알아두게나."

코일이 책상 뒤편에 놓인 등받이가 높은 가죽 의자에 앉으며 말했다.

"문제없어. 신문업계에 임박한 종말을 주제로 책을 썼는데, 사이먼 앤 슈스터 출판사가 8만 달러를 제시했어. 그래서 방금 계약서에 서명했지."

내가 말했다.

"그래?"

"어. 자네랑 국세청에 각각 2만 달러씩 지불하고도, 판사 하나랑 배심원 열둘을 매수하고 운소켓으로 매춘 관광을 다녀올

만큼 돈이 남아."

나는 거짓말을 했다.

"배심원 매수는 농담으로라도 해선 안 될 말이네, 멀리건."

"그럼 판사 매수는 어떤가?"

"판사의 절반이 법복에 '판매 중'이라고 새기고 다니긴 하지만, 그런 이야기를 대놓고 하는 것은 무례하다고 생각하네."

"예절 수업 고맙네."

"천만에. 농담은 이제 그만하고, 자네를 이 곤경에서 구해내기 위해 무얼 할 수 있을지 알아보지."

우리는 FBI 프로파일에 대해 이야기를 나누었다. 코일은 이미 신문을 통해 내용의 일부를 알고 있었다.

"프로파일이 유용한 수사 도구이긴 하지만 증거는 아니야. 그런 건 다수의 사람에게 들어맞을 수 있으니까. 경찰이 무언가 확실한 증거를 확보했을까? 목격자라든지, 물적 증거라든지?"

코일이 말했다.

"그럴 방법이 없을 텐데."

"자네 차나 집에 유죄로 보일 만한 물건은 없었나?"

"경찰이 무언가 몰래 심어놓지 않았다면 없어."

"화재 발생 당시 자네의 소재를 확인할 수 있나?"

"12월로 돌아가서, 호프 스트리트의 3층 목조건물에 불이 났을 때는 보스턴에 있었어. 거기서 캐나다 녀석들이 브루인스 팀한테 아이스하키 퍽을 날려대며 무조건 항복을 받아내는 모습을 보험조사원 친구랑 함께 지켜봤지. 다른 두 건의 화재가 발생했을 때는 법원 담당 기자와 알몸으로 함께 있었네. 자네가 대배심 증언을 귀띔해준 그 기자 말이야."

코일이 잠시 나를 노려보았다.

"음, 베로니카가 우리의 비밀 협정을 위반하다니 충격적이군. 아무리 사적으로 은밀한 상황에 놓여 있었다고는 해도."

"베로니카가 말한 게 아니야. 내가 추측한 거지."

"그렇군. 이건 우리 셋만의 비밀로 남겨주게나."

코일이 억지로 웃어 보였다.

"물론이네."

"좋아. 그럼, 자네의 사건을 신속하게 처리할 수 있겠군. 몇몇 화재와 관련해 자네의 소재를 증언해줄 목격자가 있다고 경찰서장에게 알리겠네. 경찰 측에선 화재를 전부 동일범의 소행으로 여기는 것 같으니, 일단 알리바이가 확인되면 자네는 혐의에서 벗어날 거야. 자네의 혐의가 벗겨지면 나는 서장에게 공개 사과를 요구하고 자네를 요주의 인물로 지목한 방화수사반을 힐책하라고 몰아붙이겠네. 어쨌건 자네는 의뢰비용을 지불해야 해. 하지만 자네가 말한 내용이 사실이라면 의뢰비용의 일부를 돌려받게 될 거야."

나는 바지에서 수표책을 꺼냈다. 코일이 책상 위로 손을 뻗어 만년필을 건넸다.

"수표를 써주기 전에 확인하고 싶은 것이 있어. 나를 변호함으로써 자네에게 이해의 충돌이 발생하지는 않겠나."

내가 말했다.

"왜 그런 일이 생기겠어?"

"내용은 이래. 부동산 회사 다섯 곳이 불탄 건물 대부분을 소유하고 있는데, 현재 그 회사들은 마운트 호프를 열심히 사들이고 있어. 그리고 전부 지난 십팔 개월 동안 법인 허가를 받았지. 이곳 변호사들이 그 법인 서류를 작성했고."

"그게 무슨 연관이 있다는 건가."

"무슨 연관이 있느냐 하면, 그 회사의 배후자들이 마운트 호프에 불을 지르고 있거든. 나는 그 사실을 폭로할 생각이야. 자네 회사가 나와 그들을 동시에 변호한다면 입장이 곤란해지지 않겠나."

코일이 눈썹을 올리며 짐짓 놀란 표정을 지었다.

"그런 주장을 뒷받침할 증거가 있나?"

"모으는 중이네."

"그런 건 없을 거야. 그런 일에 연루될 사람들이 아니야."

흥미롭군. 코일의 회사는 다수의 법인 서류를 작성한다. 그리고 이 특정 서류들은 다섯 명의 하급 직원이 작성했다. 그런데도 코일은 내가 언급한 회사들을 정확히 알고 있었다.

"조니 디오랑 비니 조르다노는 바로 그런 일에 연루될 사람들이지."

또다시 경험에 근거한 추측이었다. 나는 이 말이 어떠한 반응이라도 끌어내길 바랐지만, 코일은 뻔뻔한 놈이었다. 코일은 사무실 구석을 흘깃 쳐다보더니 다시 나를 바라보았다. 그뿐이었다. 눈의 움직임이 너무 빨라서 하마터면 놓칠 뻔했다. 무엇이 코일의 시선을 잡아끌었는지 몸을 돌려 확인할까 하는 생각도 잠시 했지만, 순간 내 갈비뼈가 떠올랐다. 코일은 백보드 아래서 나를 거칠게 밀치곤 했었다.

"왜 그 이름들을 떠올렸는지 모르겠군, 멀리건. 하지만 법인 서류 어디에도 그 이름은 없네."

"그래. 하지만 그들이 수표를 써주지 않았나?"

"모르겠는데. 영수증을 확인해봐야 알겠네."

코일이 말했다.

"확인해보는 게 어떻겠나?"

"그게 무슨 소용이지? 변호사 윤리에 따르면 의뢰인의 허락 없이는 자네와 그 정보를 공유할 수 없는데."

"그들이 허락해주지 않을까?"

"그러지 말라고 충고하겠네."

"비공개 대배심의 증언을 누설하지 못하도록 금지하는 것도 똑같은 윤리 강령 아닌가?"

"우리 회사는 자네를 변호하지 못할 것 같군, 멀리건. 대화는 끝났네."

"이봐, 정말 즐거웠어. 조만간 다시 만나자고. 둘이서 간단하게 한판 붙는 건 어떤가?"

내가 말했다.

"눈치 못 챘나? 방금 한판 붙었고, 자네가 졌네."

내 생각은 달랐다.

66

나는 찰리네 식당에서 급하게 커피를 한 잔 마신 다음 번사이드 공원에서 어정거렸다. 공원은 로드아일랜드 출신의 앰브로즈 에버렛 번사이드를 기리고자 자랑스럽게 그의 이름을 땄다. 하지만 이 무능한 남북전쟁 사령관이 남긴 유일한 업적이라고는 구레나룻을 유행시킨 것뿐이었다.

공원 한가운데서 감자머리 아저씨가 번사이드의 기마 동상을 향해 차렷 자세로 예를 취했다. 누군가 감자의 옆구리에 빨간 스프레이 페인트로 기념비적 문구를 덧붙여놓았다.

"프레더릭스버그 전투의 북군 전사자 8,000에 대해 감사."

부랑자들이 십여 차례 잔돈을 구걸했고, 마약상들이 다양한 약을 그럴듯한 가격에 제안했으며, 핏불테리어 한 마리가 나를 향해 으르렁거렸고, 십 대 매춘부 하나가 퇴짜를 맞았다고 느꼈는지 나에게 땍땍댔다. 매춘부는 내 관심을 끌지 못했지만, 갈비뼈가 여전히 아팠으므로 진통제 비코딘은 내 구미를 돋웠다.

나는 병원에 또다시 전화를 걸었다. 로지는 여전히 위독했다.

오후 1시 30분경, 코일이 이탈리아산 가죽 구두를 신고 텍스트론 타워에서 나와 인도를 성큼성큼 걸어 내려왔다. 그리고 공원을 가로지르고 도로를 건너 캐피털 그릴로 미끄러져 들어갔다. 그곳에서는 회사 경비로 신 나게 값비싼 점심을 먹을 수 있었다. 나는 그 모습을 지켜본 후에 텍스트론 타워로 걸어가서 승강기를 타고 12층으로 되돌아갔다.

접수원은 책상 위에 놓인 무언가 때문에 부산스러웠다. 고개를 들지는 않았지만 내 바지를 본 모양이었다.

"수거예요, 배달이에요?"

"수거요."

나는 그렇게 말하고 잽싸게 접수원을 지나쳐 계단을 올랐다.

"이봐요! 어딜 가려는 거예요?"

"레드삭스 모자를 놓고 왔어요."

내가 소리쳤다.

"지금 쓰고 있잖아요!"

접수원이 딸그락거리며 나를 쫓아 계단을 오르는 소리가 들렸지만, 하이힐은 내 리복 운동화에 상대가 되지 않았다.

코일의 사무실 문을 당겨보았다. 문이 열려 있었다. 나는 안으로 들어가서 코일의 시선이 잽싸게 머물던 구석 쪽으로 몸을 돌렸다. 그곳에 120센티 길이의 종이 원통이 있었다.

"뭐하는 거예요? 그거 내려놔요!"

나는 접수원을 스쳐 문을 빠져나와 승강기 버튼을 눌렀다.

승강기를 기다리는 동안 접수원은 경비원에게 전화를 걸어 레드삭스 모자를 쓰고 야구 셔츠를 입은 도둑을 잡으라고 소리쳤다. 그리고 도둑이 커다란 종이 원통을 들고 있다고 덧붙였다.

1층에서 승강기 문이 열리자 경비원 두 명이 기다리고 있었다. 그들은 검정 민소매를 입고 머리에 아무것도 쓰지 않은 남자와 마주쳤다. 그 장신의 남자는 두껍고 커다란 종이 몇 장을 4등분으로 접어서 왼팔 아래에 끼고 있었다. 다른 승강기가 스르르 열렸고, 경비원들은 몸을 돌렸다. 나는 회전문을 밀고 밖으로 나와 인도로 내려선 다음 뒷주머니에서 모자를 꺼내 썼다. 셔츠가 없어서 날씨가 다소 쌀쌀하게 느껴졌다. 하지만 셔츠는 승강기에 남겨진 종이 원통에 쑤셔 박혀 있었고, 그걸 돌려받을 가능성은 없었다.

나는 웨이보셋 스트리트의 센트럴 런치로 걸어가서 칸막이 좌석에 자리 잡고 앉아 베이컨 치즈버거를 주문했다. 고기가 튀겨지는 동안 나는 종이를 펼쳤다가 잽싸게 다시 접고는 여급에게 음식을 포장해달라고 했다. 그러곤 허둥지둥 피터 팬 시외버스 터미널로 가서 도시를 떠나는 첫 번째 버스에 몸을 실었다.

포터킷에서 내려 주위를 둘러보며 미행 여부를 확인했다. 그리고 컴포트 인 호텔에 하룻밤 묵을 방을 잡았다.

마침내 찾아든 잠은 긴 꿈의 파편들로 조각나버렸다. 펜웨이 파크. 태양은 평소보다 빛났다. 청홍색 바다에서 어떤 크고 매력적인 여자가 매니 라미레즈를 발견하고는 소녀 같은 웃음을 터트렸다.

67

아침이 되었다. 나는 웃고 있는 로지의 모습을 가능한 한 오래 간직하려고 애썼으나 샤워를 마치고 옷을 입었을 즈음 그 모습은 증발해버리고 없었다. 가장 가까운 던킨 도넛으로 천천히 걸어가면서 병원에 다시금 전화를 걸었다. 차도는 없었다. 커피와 아침 식사용 샌드위치를 사 들고 창가 자리로 갔다. 창밖으로 블랙스톤 강이 오래된 댐을 휘돌고 있었다. 옛날에 그 댐은 북미 최초로 수력으로 가동되던 면직 공장에 동력원을 공급했었다.

슬레이터 면직 공장은 이제 박물관이 되어서 미국 산업 혁명의 발생지로 기념되고 있다. 그것도 슬레이터 공장을 바라보는 하나의 방법일 수 있다. 하지만 나에게 슬레이터 공장은 미국 산업 스파이의 발원지로 보였다. 1790년에 바로 이곳에서 새뮤얼 슬레이터라는 영국인이 영국에서 밀반입한 불법 복제 설계도로 방적 기계를 만들었다.

뉴잉글랜드 학군의 버스들이 어린이들을 박물관 주차장에 토해냈다. 안내원은 학생들에게 공장 직공 대부분이 아이들이었다는 사실을 말해줄까? 직공 아이들은 보풀 가득한 공기를 들이마시며 하루에 열두 시간씩 일했고, 일을 멈출 때마다 공장장에게 두들겨 맞았다. 때때로 기계가 아이들의 머리채를 잡아끌고 들어가 아이들을 갈린 쇠고기처럼 씹어 뱉어놓기도 했다. 과연 그런 사실들을 말해줄까?

나는 잠시 그런 생각에 빠져 있다가 신문을 펼치고 스포츠 면을 잡아 뺐다. 지난밤에 삭스가 텍사스 레인저스에게 8 대 3으로 승리했다. 내가 그 모습을 머릿속으로 재현하고 있을 때 메이슨이 걸어 들어왔다. 메이슨은 나에게 고개를 까닥하고는 카운터로 가서 커피와 옥수수 머핀을 사고, 창가 자리로 합석해서 박물관을 바라보았다.

"로지 씨는 여전히 위독합니다."

메이슨이 말했다.

"그래, 나도 알아."

메이슨이 슬레이터 면직 공장을 가리켰다.

"둘러본 적 있습니까?"

"어릴 때."

"제 6대조이신 모지스 브라운 할아버지께서 새뮤얼 슬레이터를 이곳으로 불러들여서 방적 기계를 만들도록 자금을 지원해주셨습니다."

"조금 전까지 그것에 대해 생각했네."

"자랑스러운 일이죠."

"자네가 그렇게 말한다면야 뭐, 신의 아들."

우리는 컵을 들고 커피를 홀짝였다.

"오늘 아침에 이곳까지 먼 길을 와줘서 고맙네."

내가 말했다.

"뭘요. 그런데 왜 저를 여기로 부른 겁니까?"

메이슨이 물었다.

"이틀 동안 자네가 나를 위해 어떤 것 좀 보관해줘야겠어."

"좋습니다."

"이 물건이 어떤 것인지 말하지 않고 자네에게 이 일을 부탁하면 공정하지 않을 거야. 이건 내가 가지고 있어서는 안 되는 물건이네. 그리고 어떤 나쁜 인간들이 되찾으려고 혈안이 되어 있는 물건이고."

"뭔데요?"

"모르는 편이 나아."

"어디에 두면 좋겠습니까?"

"작은 물건이니까 스페어타이어 아래에 쑤셔 넣고 그 위에 뭔가 덮어두면 될 거야."

"알았습니다."

"간단하지? 더 질문 없나?"

"없습니다."

"자네가 진짜 기자라면 결국 못 참고 그걸 꺼내서 살펴보겠지."

"맞습니다."

"그러지 않는 게 좋을 거야."

"하지만 제가 그러리라는 거 아시잖습니까."

"경제면 안에 접어서 넣어두었네."

내가 말했다.

우리는 다시 이 분 정도 로지에 대해 이야기를 나눴다. 그리고 메이슨은 커피를 비우고 신문을 들어 팔 아래 끼운 다음, 여유롭게 문밖으로 걸어 나갔다.

나는 아침 식사를 끝내고 거리를 느긋하게 걸어 내려가 전자제품 매장에서 21달러 99센트를 주고 무선 통화녹음기를 구입했다. 그리고 두 블록을 더 걸어가 아펙스 백화점에서 소형 더플백, 양말, 속옷, 세면도구, 마룩스 두 병, 검정 티셔츠 두 벌, 황갈색 다커스 구두, 파란 양복 상의 그리고 가까이 들여다보지 않으면 정품으로 보이는 짝퉁 레이밴 선글라스를 샀다. 쇼핑백을 들고 호텔로 돌아와서 침대에 털썩 드러누웠다.

그날 밤, 나는 또다시 병원에 전화를 걸었다.

"소방대장 로젤라 모렐리는 어떻습니까?"

"여전히 위독합니다."

나는 녹음기를 휴대전화의 마이크 잭에 꽂고 침대에 쭉 뻗어서 삭스가 로스앤젤레스 앤젤스와 싸우는 모습을 지켜보았다. 삭스가 4회에 3점 차로 뒤지고 있는데, 태미 와이넷이 자신의 남자 곁을 지키겠노라며 징징대기 시작했다. 내가 무슨 생각을 했던 걸까? 이 노래는 정말 끔찍했다. 나는 발신인을 확인하고 어쨌든 받기로 했다.

"이!

나쁜!

새끼야!"

"당신도 잘 지내지, 도커스."

"오늘 밤엔 누구랑 붙어먹고 있어? 이 개자식아."

"개 이야기를 하니까 말인데, 리라이트는 잘 있어? 심장사상
충 약 기억하고 있지?"

"그 개 사랑하지?"

"물론이야."

"잘됐네. 그 개를 유기견 보호소로 데려갈 생각이거든."

도커스는 그렇게 말하고 수화기를 쾅 내려놓았다. 이거 새롭
군. 보통 먼저 끊는 쪽은 나였는데 말이다.

리라이트는 우리에 갇히는 걸 싫어했다. 사 년 전, 리라이트
를 며칠간 훈련소에 맡기고 얼마 안 되는 휴가를 한데 합쳐 몬
트레이 베이 블루스 페스티벌에 다녀온 적이 있다. 그때 녀석
은 우리가 돌아올 때까지 아무것도 먹지 않았다. 나는 도커스
가 엄포를 놓는 거라고 생각하기로 했다.

유킬리스가 홈런으로 막 동점을 만들었을 때 휴대전화가 다
시 울렸다. 이번에는 모르는 번호였으므로, 나는 녹음기를 켰다.

68

"레드삭스 공화국입니다. 어디로 연결해드릴까요?"

"멀리건?"

"누구라고 전해드릴까요?"

"잘 들어, 이 자식아. 살아서 다음 주를 맞이하고 싶으면 그거 도로 내놔."

"뭘 내놔?"

"자꾸 그렇게 까불래?"

"알았어, 조르다노. 그게 자네한테 얼마의 값어치가 있지?"

"45구경에서 발사된 230그레인 탄환 세 발의 가치."

"고작 1달러 조금 넘잖아. 이해관계를 고려해봤을 때 그보다는 값나갈 거라 생각했는데."

조르다노는 잠시 조용히 있었다.

"얼마나?"

"내 관점에서 생각해보라고. 경찰이 나를 방화 혐의로 기소하기 일보 직전이야. 그리고 나는 무급으로 정직까지 당했어. 내 기자 경력은 끝장난 거라고. 다른 종류의 직업을 찾아야 해."

"공갈범은 오래 못 해 먹어, 멀리건."

"사실, 부동산에 뛰어들까 생각하고 있어."

"계속 말해봐."

"빌트모어에서 술 마시며 나눴던 대화 기억나?"

"어."

"나는 그 너그러운 제안을 받아들일 준비가 됐어."

조르다노가 다시 조용해졌다. 내 말에 대해 생각하는 모양이었다.

"저기 말이야, 내가 얼마 전에 링컨에 땅 2만 5천 평을 사뒀어. 그곳에 고급 콘도 단지를 지을 생각이야. 자네한테 5퍼센트의 지분을 떼어줄게. 적어도 이 년 안에 10만 달러를 챙길 수 있을 거야."

조르다노가 말했다.

"그 사이에 나는 뭘 먹고살아?"

"리틀 로디 부동산에 공석이 하나 있어. 급료가 많지는 않지만 자네가 부동산 사업에 자질이 있는지 확인할 수 있는 기회가 될 거야."

조르다노는 나에게 셰릴 시벨리의 일을 제안하고 있었다.

"좋아. 이로써 멋진 우정이 시작되는군."

내가 말했다.

"그럼, 그건 언제 돌려줄 텐가?"

"이번 주에는 안 돼. 대학 동기를 만나러 탬파에 가는 중이 거든."

"당장 돌아오는 게 좋을 거야."

"이봐. 내 친구가 삭스 대 탬파베이 레이스의 주말 경기 입장 권을 구했다고. 그 경기를 절대로 놓칠 수 없지. 올해 레이스는 엄청 잘하고 있어. 끝내주는 경기가 펼쳐질 거야. 게다가 자네 가 나를 위해 링컨 땅과 관련된 서류를 작성하려면 며칠 걸릴 거 아닌가."

내가 말했다.

"그래. 하지만 자네가 가까운 곳에 있었으면 해."

"원래는 탬파에서 이 주 동안 머물 계획이었지만 비행기 표 를 다시 예약해서 경기가 끝나는 대로 날아가겠네. 돌아가자마 자 자네한테 그걸 돌려주도록 하지."

"그거 자네가 가지고 있나?"

"안전한 곳에 보관되어 있어."

조르다노는 마음에 들진 않지만 달리 어쩔 도리가 없다는 사 실을 알았다.

"비행기가 언제 도착하는지 알려줘. 공항으로 데리러 가겠네."

조르다노가 말했다.

"비니, 그 냉소적인 껍질에 감춰진 자네는 타고난 감상주의 자가 아닌가 싶어."

내가 대꾸했다.

"뭐?"

〈카사블랑카〉를 보지 않은 사람이 있다니 믿기지가 않았다.

나는 전화를 끊고서 다시 경기에 집중했고, 삭스가 마지막 공격에서 7 대 6으로 역전하는 모습을 놓치지 않고 지켜볼 수 있었다.

수요일, 나는 느지막이 일어나서 병원에 전화를 걸고, 도허티스 이스트 애버뉴 아일랜드 식당으로 가서 파스트라미 호밀빵 샌드위치와 소다수를 먹었다. 그날 저녁, 다시 도허티스로 돌아가서 앤젤스가 삭스의 햇병아리 왼손 투수 존 레스터를 6 대 4로 두들겨주는 모습을 지켜보았다. 하지만 삭스는 여전히 1위를 지켰고, 양키스보다 두 경기 반을 앞서 있었다. 나는 지난밤에 목숨을 위협받았고, 도커스가 리라이트를 유기견 보호소로 보내겠다고 으름장을 놓았으며, 로지의 상태는 여전히 심각했고, 베로니카가 한동안 내 전화에 답하지 않았었다. 그 부분만 빼면, 만사가 좋았다.

69

수요일 늦은 오후, 나는 번사이드 공원에서 다시 잠복했다. 이번에는 새 양복 상의와 다커스 구두, 짝퉁 레이밴 선글라스로 모양을 냈다. 제법 세련되어 보였다. 나에게 이건 변장 수준이었다.

똑같은 부랑자들이 내게 잔돈을 구걸했다. 똑같은 마약상들이 물건을 권했다. 똑같은 십 대 매춘부가 어슬렁거렸으나 이번에는 시의원의 팔을 붙들었다. 핏불테리어는 보이지 않았다.

휴대전화가 울렸고, 번호가 눈에 익었다.

"안녕, 베로니카."

"안녕, 자기. 지난 이틀 동안 전화에 답하지 못해서 미안해요. 바빴거든요."

또 바쁘다는 말이었다.

"나는 당신이 우드워드의 충고를 따르기로 한 줄 알았지."

"당신하고 함께 있고 싶지만 신중해질 필요가 있어요. 로건 베드퍼드가 호프스에서 우리를 급습했을 때, 나 완전히 질겁했다고요. 하지만 이번 일은 금세 지나갈 거예요, 그렇죠? 보고싶어요, 자기."

"나도 보고 싶어."

"오늘 로지는 어떻대요?"

"삼십 분 전에 병원에 전화했는데, 여전히 위독한 상태래."

"이번 일도 이겨낼 거예요. 로지는 전사잖아요."

"맞아."

"어쨌든, 당신은 지금 어디에 있어요?"

하마터면 사실대로 말할 뻔했으나, 알리지 않는 편이 베로니카에게 더 안전할 것이다.

"탬파."

내가 말했다.

"거기서 뭐 해요?"

"레드삭스를 쫓아다니고 있어."

"진작 알아챘어야 했는데. 언제 돌아와요?"

"잘 모르겠어."

"젠장."

"뭐라고?"

"이번 주말에 몰래 만나고 싶었거든요. 나, 다음 주부터 포스트에서 일해요."

제길. 우리가 장거리 연애를 해나갈 수 있을까? 현재로서는 우드워드가 나를 고용하지 않을 것이 확실했다. 나는 하자 있는 상품이었다.

"아. 그럼, 내가 이 곤란한 상황을 해결하는 대로 그곳으로 가서 욕정으로 넘쳐나는 주말을 보내는 건 어떨까?"

내가 말했다.

"그러면야 정말 좋죠."

나는 전화를 끊고서 조금 더 공원 주변을 배회했다. 6시가 막 지났을 무렵, 미끈한 흑인 여자가 텍스트론 타워의 회전문을 빠져나와 공원을 가로지르고 캐피털 그릴로 들어갔다. 법률 회사 웹사이트에서 여자의 사진을 본 적이 있었다. 나는 몇 분 기다렸다가 여자를 따라 안으로 들어섰다.

욜란다 모슬리-존스는 바 가장자리에 홀로 앉아 있었다. 연두색 정장을 입은 모습이 전문가다우면서도 활기차 보였다. 나는 반대쪽에 자리를 잡고 바텐더에게 소다수를 주문한 다음 메뉴를 훑어보는 척했다. 모슬리-존스는 마티니처럼 보이는 것을 들어서 가볍게 한 모금 마시고는 칵테일 냅킨 위에 내려놓았다.

모슬리-존스의 뒤편으로 양복쟁이 넷이 칸막이 자리에 끼어 앉아 기다란 유리잔을 들고 불쾌한 네온 빛깔의 술을 마셔댔다. 그들의 엉큼한 시선에는 사심이 가득했다. 마침내 그중 한 명이 일어나 바 쪽으로 휘청거리며 다가와 모슬리-존스 옆에 앉았다. 그자가 무슨 말을 하는지 들리지는 않았지만, 그게 무슨 말이었든 받아들여지지 않았다. 그자는 도로 일어나서 어깨를 약간 늘어뜨리고 친구들과 합류했다.

삼십 분이 흘렀다. 모슬리-존스는 결코 자신의 시계를 확인하지 않았다. 바 위쪽에 걸려 있는 시계도 쳐다보지 않았다. 누군가를 기다리는 것 같지는 않았다. 내가 다가가서 모슬리-존스 옆에 앉았다. 그리고 바텐더에게 내가 숙녀분에게 한 잔 대접하겠다고 말했다.

"미안하지만, 백인 남자와는 데이트를 하지 않아요."

"저도 그렇습니다."

모슬리-존스가 내 쪽으로 의자를 돌려 나를 살피더니 얼굴을 찡그렸다. 내가 제법 세련되어 보일 거라던 생각이 삽시간에 사라졌다.

"아, 당신 알아요. 뉴스에서 봤어요. 수갑을 차고 있더군요."

모슬리-존스가 말했다.

"최악의 순간이었죠."

"당신이 나한테서 정보를 캐내려 할 거라고 브래디 코일이 말해줬어요. 그쪽하고 할 말 없어요."

"그럼, 아무 말도 하지 말고 듣기만 하시죠."

"싫은데요."

모슬리-존스는 몸을 비틀어 자리에서 일어선 다음, 바에서 핸드백과 블랙베리 휴대전화를 집어 들었다.

"당신이 리틀 로디 부동산의 법인 서류를 작성했죠."

모슬리-존스가 어깨 너머로 돌아다보았다.

"그랬으면 뭐요?"

"리틀 로디는 조폭들이 세운 위장 회사로, 현재 마운트 호프

의 부동산을 사들이고 있어요. 그리고 화재 사건의 배후에 그
들이 있죠."

그 말이 관심을 잡아끈 모양이었다. 내 눈에 시선을 고정한
채 모슬리-존스는 도로 의자에 앉았다.

"그들은 집을 내놓지 않는 가구에 불을 지릅니다. 그리고 보
험금을 타려고 자신들 소유의 건물에도 불을 지르죠. 누가 죽
든 신경도 안 씁니다."

"못 믿겠어요."

그렇게 말하면서도 모슬리-존스는 계속 자리를 지켰다.

바텐더가 새 마티니를 모슬리-존스 앞에 내려놓고 빈 잔을
치웠다. 나는 바텐더가 바 저편으로 가기를 기다렸다가 이야기
를 마저 끝냈다.

이야기가 끝나자 모슬리-존스는 여전히 못 믿겠다는 듯이
고개를 천천히 가로저었다. 혹은 믿고 싶지 않다는 듯이.

"왜 나한테 그런 이야기를 하는 거죠?"

모슬리-존스가 말했다.

"그저 할 일을 했을 뿐입니다. 당신의 소중한 친구 에이미의
집이 지옥의 밤에 전소되었다고 들었습니다. 그래서 당신이 에
이미를 위해 무언가 하고 싶어 할지도 모른다고 생각했습니다.
당신이 해줄 일이 있습니다."

내가 필요한 것을 말하자 모슬리-존스는 머리칼이 흔들릴
정도로 세차게 고개를 저었다.

"절대로 안 돼요. 나는 당신의 말을 반신반의하고 있어요. 그

리고 당신의 부탁을 들어주면 나는 해고당할 수도 있어요. 심지어 변호사 자격을 박탈당할 수도 있다고요."

"더 나쁜 일을 당할 수도 있죠."

내가 말했다.

로지가 불타는 3층 목조건물에서 토니 디프리스코의 타고 상한 육체를 안고 나왔을 때 내가 어떤 마음으로 그 모습을 지켜봤는지 모슬리-존스에게 이야기했다. 구급차에서 내려지던 로지의 모습이 어떠했는지 이야기했다. 내가 존경하던 매크레디 영어 선생님이 마지막으로 폐 한가득 연기를 들이마셨을 때 어떤 느낌이었을지 설명했다. 에프라인과 그라시엘라 루에다 부부가 아이들에게 품었던 소망에 대해서 이야기했다. 소방관이 사다리를 타고 내려올 때 그 품에 안겨 있던 스콧의 시신이 어떻게 보였는지 이야기했다. 멜리사를 감쌌던 천에서 연기가 피어오르던 모습이 어떠했는지 이야기했다. 그 아이들이 땅에 묻히는 모습을 지켜보는 일이 어떠했는지 이야기했다.

내가 시벨리의 시신에 뚫려 있던 총구멍에 대해 이야기하기 시작했을 때, 모슬리-존스가 말했다.

"제발 그만해요."

그리고 마티니를 들어서 길게 한 모금 삼켰다.

"왜 나죠? 다른 유령 회사 네 곳의 서류를 작성한 변호사들에게 말해보는 건 어때요?"

"이미 시도해봤습니다."

모슬리-존스는 아무 말 없이 그저 마티니 잔의 테두리만 만지작거렸다. 아름다운 눈을 가진 여자였다. 목소리에는 연기가 서린 듯했다. 정장에 가려진 다리는 길고 매끈했다.

"나는 정말로 하얗진 않습니다. 그냥 백인으로 통하는 거죠."

내가 말했다.

모슬리-존스가 희미하게 웃었지만 웃음에 즐거움이 묻어 있진 않았다. 나는 명함을 한 장 꺼내서 주소에 줄을 긋고 새로운 주소를 써 넣은 다음 핸드백에 밀어 넣었다. 그리고 지갑에서 20달러를 꺼내 바에 내려놓았다.

70

매크라켄의 비서는 때아니게 따스한 4월의 목요일을 자축하며 가슴이 깊게 파인 노란 민소매 미니 원피스를 입었다. 얇은 천 뒤로 젖꼭지가 거뭇하게 비쳐 보였다.

"차라리 알몸으로 일하러 오는 게 낫지."

매크라켄이 안쪽 문을 닫고는 말했다.

"언젠가는 그런 경지에 이르게 될지도 모르지."

"기대되는군. 어쨌든, 계속 자네 걱정을 했어. 괜찮나?"

매크라켄이 말했다.

"갈비뼈 네 대가 부러졌고, 흉악한 연쇄 범죄의 요주의 인물로 지목받았어. 신문사에서는 나한테 무급 정직 처분을 내렸고, 내 소중한 친구는 병원에 있고, 내 여자 친구는 나와 함께 있는 모습을 들키고 싶어 하지 않아. 그리고 분명 비니 조르다노가 나를 쏴 죽일 생각일 거야. 하지만 삭스가 1위 자리를 지키고 있으니 모든 것을 감안할 때 괜찮은 거 같아."

"왜 조르다노가 자네를 쏴 죽이고 싶어 하나?"

"내가 브래디 코일의 사무실에서 서류를 슬쩍했거든."

"브래디 코일의 사무실에서 서류를 훔쳤어?"

"에이. 자네가 그렇게 이야기하니까 내가 진짜로 범죄를 저지른 것처럼 들리는군."

매크라켄은 책상 뒤편에 앉더니 담배 보관함을 열고 흑갈색 토르페도 시가를 두 개 꺼내서 끝을 자르고 나에게 하나 건넸다. 나는 시가를 받아 들고 접객용 의자에 풀썩 앉았다.

"나한테 전부 말해보게."

매크라켄이 말했다.

내가 막 입을 떼려고 할 때, 메이슨이 커다란 노란 봉투를 팔 아래 끼운 채 문으로 걸어 들어왔다.

"결국 봤나?"

내가 두 사람을 인사시킨 후에 메이슨에게 물었다.

"봤습니다."

"그렇다면 자네도 여기에 있는 편이 낫겠군."

메이슨이 다른 접객용 의자에 앉더니 봉투를 나에게 건넸다. 나는 봉투를 열고 종이를 꺼내 펼치기 시작했다.

"잠깐만. 그게 내가 생각하는 그건가?"

매크라켄이 물었다.

"으응."

"그리고 자네가 저 친구한테 그걸 이리로 가져오라고 했나?"

"자네가 보고 싶어 할 줄 알았지."

"젠장! 저 친구가 미행당했으면 어쩌려고?"

"미행당하지 않았습니다."

메이슨이 말했다.

"메이슨은 미행당할 이유가 없어. 내가 저 친구한테 이걸 맡겼다는 사실을 아무도 모르거든. 놈들이 찾는 사람은 나 하나야. 게다가 놈들은 내가 지금 로드아일랜드를 떠나 있다고 생각해."

내가 말했다.

"자네가 이곳으로 들어오는 걸 본 사람이 있으면 어쩌려고?"

"그래서 변장을 하지 않았나."

그리고 일어나서 상의를 벗어 의자 뒤에 걸고 선글라스를 벗었다. 매크라켄이 나를 멍청이 보듯 쳐다보았다. 벌써 그 사실을 눈치챈 모양이었다.

"이봐. 이거 볼 거야, 말 거야?"

내가 말했다.

매크라켄이 서류를 옆으로 밀치고 책상에 공간을 만들었다. 내가 첫 번째 문서를 매크라켄 앞에 펼쳤다. 우리만큼 프로비던스에서 오래 붙박여 있던 사람이라면 그것이 마운트 호프 남동부 지역의 토지 도면이라는 사실을 알아볼 수 있었다. 하지만 현존하는 건물들은 전부 사라지고 대형 부동산 개발 계획으로 보이는 대강의 배치도가 그려져 있었다. 오른쪽 하단 모서리에 이름과 주소가 적혀 있었다.

"디오 건설 회사. 로드아일랜드 주 프로비던스 시 포카셋 애버뉴 245번지."

"염병할!"

"기다려. 더 있어."

실제로 다른 네 장의 문서는 값비싼 콘도로 보이는 건물의 외부 도면과 평면도였다.

"내가 브래디 코일 앞으로 배달된 종이 통에서 이걸 꺼냈네. 반송 주소는 로사벨라 개발로 되어 있더군."

"그거 비니 조르다노의 회사 아니야?"

"맞아."

"염병할!"

"조르다노 이야기가 나왔으니 말인데 이것 좀 들어보라고."

나는 통화 녹음기를 책상 위에 올려놓고 재생 버튼을 눌렀다. 몇 분 후에 내가 녹음기를 끄자 매크라켄이 또다시 외쳤다.

"염병할!"

"내 어휘력이 조금 녹슬긴 했지만 저 말은 아마 '우와'라는 감탄사일 거야."

내가 메이슨에게 말했다.

"이해가 안 됩니다."

메이슨이 말했다.

"뭐가?"

"어떻게 이걸 비밀로 유지할 수 있다고 생각했을까요? 건물이 세워지기 시작하면 부동산 개발업자와 건축업자의 이름이 공문서에 등재될 텐데요."

"아마 이런 식으로 진행되지 않았을까? 다섯 개의 유령 회사가 계속해서 부동산을 사들일 거야. 그리고 필요한 땅을 전부 손에 넣으면 방화가 끝나겠지. 사후 처리 과정에서 동네의 재건축 문제에 대해 많은 우려가 있을 테고, 그러면 조르다노하고 디오가 프로비던스의 자랑거리가 될 만한 것을 세우겠다고 제안하며 구원자로 나선 다음 유령 회사들로부터 땅을 매입하겠지. 하지만 실제로는 그들이 자기네 땅을 사는 시늉만 할 뿐이란 걸 아무도 모르겠지."

매크라켄이 말했다.

"우리는 빼고."

내가 덧붙였다.

매크라켄이 메이슨에게 시가를 건네자 뜻밖에도 메이슨이 시가를 받아 들었다. 내가 몸을 기울여 불을 붙여주었고, 우리 셋은 잠시 시가를 뻐끔댔다. 갑자기 매크라켄이 무언가 떠올랐다는 표정을 지었다. 그리고 맨 위 서랍을 열고 봉투를 하나 꺼내서 내 쪽으로 던졌다.

"오늘 아침에 그게 배달되었더군."

매크라켄이 말했다.

매크라켄의 사무실 주소로 해서 내 앞으로 우편물이 배달되어 있었다. 활자체로 주소가 인쇄되어 있었다. 반송 주소는 없었다.

봉투 안에는 컴퓨터로 출력된 맥두걸, 영, 코일, 리모네 법률 회사의 거래 장부가 들어 있었다. 내가 옳다면, 유령 회사들의 법인화 비용은 디오나 조르다노가 지불했을 것이다. 하지만 내가 틀렸다.

비용은 브래디 코일이 직접 지불했다.

나는 장부를 메이슨에게 건넸다. 메이슨이 살펴보고 매크라켄에게 넘겼다.

"조르다노가 디오한테, 디오가 코일한테."

내가 말했다.

"그렇게 셋이 한통속이군."

매크라켄도 중얼거렸다.

"어떻게 해야 놈들이 죗값을 치르게 만들 수 있을까?"

내가 말했다.

매크라켄이 일어나더니 수납장에서 잔 세 개를 내린 다음 각각의 잔에 소형 냉장고에서 꺼낸 얼음을 채우고 부시밀스 위스키를 8센티쯤 따랐다. 우리는 시가를 피우고 술을 홀짝대며 잠시 생각에 잠겼다.

침묵을 깬 사람은 매크라켄이었다.

"법적으로는 우리가 어찌해볼 도리가 없겠어."

"나도 그렇게 생각해."

내가 동의했다.

"어째서 그렇습니까?"

메이슨이 말했다.

"거래 장부는 익명으로 배달되었네. 그게 진짜라고 증명할 방법이 없어."

매크라켄이 말했다.

"게다가 우리가 장부를 확보했다는 사실을 코일이 알아채면 회사 컴퓨터에서 기록을 삭제해버릴 거야."

내가 덧붙였다.

"건물 도면은 훔친 물건이라 증거로 받아들여지기 어려울 거야. 거기다 디오의 변호사한테서 훔쳤으니 변호인과 의뢰인 간의 비밀 유지 특권으로 보호받겠지."

매크라켄이 말했다.

"통화 녹음은 어떻습니까?"

메이슨이 물었다.

"그것도 불법이야."

내가 말했다.

"어째서죠?"

"미국에는 상대방에게 알리지 않으면 자신의 전화 통화를 녹음하는 것도 범죄로 간주하는 주가 몇 군데 있는데, 로드아일랜드가 그중 하나야. 게다가 녹음 내용에 따르면 누가 유죄처럼 보이나? 경찰이 녹음을 듣는다면, 내가 문서를 훔쳐서 조르다노한테 돈을 뜯어내려 한다고 생각할 거야."

"우리가 가진 것을 사용한다면 감옥에서 썩는 쪽은 멀리건이 되겠지."

매크라켄이 말했다.

"이 모든 걸 합친들 뭘 증명할 수 있겠나? 조르다노하고 디오하고 코일이 마운트 호프에 값비싼 콘도를 세우려고 비밀 계획을 쏙달거렸다는 것뿐이잖아. 그들이 방화의 배후 세력이라는 확실한 증거는 하나도 없다고."

내가 문서와 녹음기 위로 손을 올리며 말했다.

"하지만 우리는 그들이 배후라는 사실을 알잖아."

매크라켄이 주장했다.

"그래. 맞아."

"법에 호소하지 못한다면, 우리가 아는 내용을 신문에 실을 방법은 없을까요?"

메이슨이 의견을 냈다.

시도해볼 가치는 있었다. 자정까지 우리 셋은 메이슨의 이름으로 된 폭로 기사에 우리가 가진 모든 것을 쏟아부었다.

71

아침에 나는 다운타운 꽃집에 들러 꽃을 좀 산 다음 택시를 타고 워릭으로 향했다.

"글로리아가 멀리건 씨를 보면 기뻐할 거예요. 뉴스를 챙겨보며 줄곧 멀리건 씨 걱정을 했거든요."

글로리아의 엄마가 나를 집 안으로 안내하며 말했다.

글로리아가 내 걱정을 했다고?

글로리아가 텔레비전을 보다가 소파에서 일어나 나를 맞으러 거실 가운데로 다가왔다. 그리고 두 팔로 나를 꼭 안았다. 그제야 내 갈비뼈가 나아졌다는 생각이 들었다. 글로리아의 갈비뼈도 나아진 모양이었다.

우리는 소파에 앉아 그간의 근황에 대해 이야기를 나눴다. 나는 로지에 관한 별다른 소식이 없으며, 내 혐의가 벗겨져 빨리 직장에 복귀하게 되면 좋겠다고 말했다. 글로리아는 손 수술이 잘 끝났으며, 다음 주에 첫 번째 성형수술이 잡혀 있다고

말했다. 글로리아의 멍은 이제 사라졌고 눈에 서려 있던 공포
도 자취를 감췄다. 글로리아는 생기를 되찾았고, 희망차 보였
다. 글로리아의 미소는 일그러져 있었지만, 그래도 여전히 미
소였다.

떠나기 전에 나는 글로리아의 차를 빌릴 수 있을지 물었다.

"원하는 만큼 타요. 성한 눈 하나로 운전할 만큼 용기를 내려
면 시간이 걸릴 거예요."

글로리아가 말했다.

글로리아는 핸드백에서 차 열쇠를 꺼내서 내 손바닥에 떨어
뜨렸다.

72

그날 오후, 나는 매크라켄의 사무실로 숨어들어서 담배를 피우며 시간을 죽였다. 그리고 휴대전화를 만지작거리며 벨소리를 드라마 〈피터 건〉의 주제 음악으로 바꾸었다. 5시까지 메이슨에게서는 아무런 소식이 없었다. 나는 초조해지기 시작했다.

그때 오케스트라가 연주를 시작했다.

"와아아아아아, 와! 와아아아아아, 와-와!"

"어떻게 됐어?"

"상황이 좋지 않습니다."

"아, 젠장."

"로맥스 편집장이랑 펨버턴 편집국장이 기사를 삭제했고, 저는 위층 아버지한테 불려 가서 늘 똑같은 훈계를 들었습니다."

"처음부터 하나도 남김없이 말해봐, 에드워드."

"이야! 제 이름을 불러주는 건 이번이 처음이네요."

"그래, 그래. 무슨 일이 있었는지 말이나 하라고."

"먼저, 로맥스 편집장이 이 모든 걸 정말 나 혼자서 알아냈느냐고 계속해서 묻더군요. 제가 선배의 도움을 받았는지 알고 싶어 했습니다."

"그래서 뭐라고 했어?"

"제가 한 거라고 말했습니다."

"편집장이 그 말을 믿어?"

"안 믿는 것 같았지만 그냥 넘어갔습니다."

"그다음엔?"

"정보의 출처에 대해 많은 걸 물었습니다. 건축 도면은 어디서 났느냐? 거래 장부의 출처는 어디냐? 그것들이 진짜인지는 어떻게 알았느냐?"

"그래서 뭐라고 했어?"

"비밀 정보원에 대해서는 밝힐 수 없다고 말했습니다."

"그다음엔?"

"로맥스 편집장이 말하길, 정보원도 못 밝히는 풋내기 기자의 기사 때문에 신문사의 명성을 위태롭게 할 수는 없답니다. 풋내기 기자의 아빠가 신문사 사장이라고 해도 말이죠. 제가 언쟁을 시작하려 하자 편집장이 한 걸음 물러서며 편집국장과 의논해보겠다고 하더군요. 그리고 수족관으로 들어가더니 둘이서 밀담을 나눴습니다. 그러는 중에 편집국장이 전화를 한 통 받았고 몇 분 동안 이야기를 하더니 전화를 끊었습니다. 삼십 분쯤 후에 둘이서 정말 화난 표정으로 제 자리로 걸어오더군요."

"왜 화가 나?"

"펨버턴 편집국장이 묻더군요. 선배가 브래디 코일의 사무실에서 문서를 훔쳤고, 제 기사가 그 문서에 근거해서 작성되었다는 사실을 아느냐고요."

"대체 그걸 어떻게 안 거야?"

"그 전화가 아닐까요? 코일이 사생활 침해, 명예 훼손 그리고 뭐라더라? 편집국장이 말해주긴 했는데 지금은 기억이 안 납니다. 여하튼 거기에 다른 항목 두 개를 더해서 신문사를 고소하겠다고 협박했답니다."

"뭐라고? 코일이 그 기사에 대해서는 어떻게 알았어?"

"저도 그걸 알고 싶습니다. 당시에 제가 너무 흥분해서 하지 말아야 할 말을 했습니다."

"어떤?"

"조르다노하고 디오하고 코일은 인간쓰레기라고요. 그자들이 방화범이고 살인자라고요. 우리가 놈들하고 싸울 용기를 내지 못하기 때문에 그 세 놈들은 자신들이 저지른 죄의 대가를 치르지 않을 거라고요."

"오, 멋지군."

"네. 저도 목청을 좀 높였죠. 편집국장이 고개를 가로젓더니 저더러 아직 철이 덜 들었다더군요. 위층으로 불려 갔을 때 아버지도 똑같은 말을 했습니다."

"애써줘서 고맙네, 메이슨."

"이게 끝은 아니죠?"

"아마도. 하지만 9회 말 2아웃이야. 게다가 10점이나 뒤지고 있다고."

매크라켄과 내가 작전 실패를 안타까워하고 있는데 휴대전화가 다시 울렸다.

"이봐, 얼간이."

"브래디! 자네가 전화를 주다니 정말 반갑군."

"내가 전화를 걸어서 반갑다고?"

"옛 동료와 이야기를 나누는 건 언제나 즐거운 일이지."

"내가 자네의 신실함을 의심하더라도 용서하기 바라네. 어쨌든 나는 인간쓰레기에 방화범에 살인자니까. 자네의 애완견이 그렇게 말하지 않았나? 그 말 자체만으로도 명예 훼손죄가 성립되네, 멀리건. 사실 나는 신문사에서 자네의 거짓말을 실어주길 바랄 지경이야. 소송이 끝날 때쯤이면 배달 트럭에서부터 인쇄 기계까지 전부 다 내 소유가 될 테니까."

코일은 너털웃음을 터트렸다. 그리고 내가 전화를 끊을 때까지 계속해서 웃어댔다. 나는 그때 처음으로 누군가의 너털웃음을 들어보았다. 썩 기분이 좋지는 않았다.

나는 메이슨에게 다시 전화를 걸었다.

"중요한 얘기네. 자네가 조르다노, 디오, 코일에 대해 큰 소리로 떠들 때 그 말을 들은 사람이 누군가?"

내가 물었다.

"확실히는 모르겠습니다."

"고작 몇 분 전에 일어난 일이잖아?"

"맞습니다."

"일어서서 주위를 둘러봐. 지금 거기에 누가 있지?"

"음……. 당연히 로맥스 편집장하고 펨버턴 편집국장이 있
고요. 아브루치, 설리번, 박스트, 쿠키엘스키, 리처즈, 존스, 곤
잘레스, 프리드먼, 키프니, 이오나타, 영, 우스터가 있습니다.
그리고 베로니카도 있네요. 오늘이 베로니카의 마지막 출근일
이에요."

"하드캐슬은?"

"안 보입니다. 잠시만 기다려보세요. 네, 저기 있네요. 화장
실에서 막 나오고 있습니다."

"그게 다야?"

"다른 사람도 몇 있긴 한데, 너무 멀어서 못 들었을 겁니다."

"알았어, 고맙네."

나는 전화를 끊었다.

73

십 분 후, 나는 차의 시동을 켜둔 채로 파운틴 스트리트에 이중 주차를 했다. 6시 45분, 회색 미쓰비시 이클립스가 신문사 주차장에서 빠져나왔다. 나는 차 몇 대를 앞세워 보내고 뒤를 따랐다. 이클립스가 다이어 스트리트에서 우회전해서 195번 고속도로로 휘청하며 들어서더니 프로비던스 강을 쌩하고 가로질렀다.

텔레비전 경찰 드라마에서는 누군가를 미행하는 일이 얼마나 어려운지 유난을 떨지만, 다 헛소리다. 흐름이 원활한 도로에서 평범한 소형차로 미행을 한다면, 더구나 상대방이 방심한 상태라면, 미행은 웨이크필드가 너클볼을 던질 때 도루를 하는 것만큼이나 쉽다.

우리는 이스트 프로비던스에서 114번 국도를 타고 남쪽으로 내려가 배링턴 외곽의 부유한 동네로 향했다. 십오 분 후, 이클립스는 잘 다듬어진 잔디밭이 펼쳐진 튜더 양식의 대저택 앞에 멈춰 섰다.

나는 반 블록쯤 떨어져서 차를 공회전했고, 베로니카는 차에서 내려 문을 잠그고 대문 앞에 섰다. 베로니카가 초인종을 누르는 동안 나는 집 쪽으로 천천히 차를 몰았다. 문이 열리고, 어떤 남자가 포도주 잔을 손에 들고 나타났다. 남자가 잔을 건네자 베로니카가 받아 들었다. 그런 다음 베로니카가 까치발을 들었고, 남자의 얼굴이 그녀의 얼굴 위로 내려앉았다.

내가 떠나는 동안에도 베로니카와 브래디 코일은 여전히 입을 맞추고 있었다.

나는 프로비던스로 돌아가고 싶지가 않았다. 그래서 114번 국도를 타고 뉴포트로 내려가서 오션 애버뉴에 차를 세우고 밤새 그곳에 앉아 하얀 파도가 바위에 머리를 부딪치는 소리를 들었다. 나는 죽은 쌍둥이를 생각했다. 토니를 생각했다. 매크레디 선생님을 생각했다. 시벨리의 시신에 뚫려 있던 총구멍을 생각했다. 로지를 생각했다. 베로니카가 코일에게 에이즈 검사를 받으라고 요구했을까. 베로니카가 코일에게 미래에 대해 이야기했을까. 베로니카가 코일에게 자신은 아빠의 딸이라고 말했을까. 베로니카는 분명 내 것은 아니었다.

결국 나는 총알이 날아오는 모습을 보게 될까.

74

달리는 것 외에는 별다른 도리가 없었다.

아침이 되었고, 나는 웅장한 클레이본 펠 다리와 제임스타운 다리를 건너 내러갠싯 만을 횡단했다. 그리고 웨스트 킹스턴이라는 작은 마을에 도착해서 글로리아의 차를 기차역에 주차하고 상행선 열차표를 끊었다.

열차가 프로비던스로 들어서는 순간, 나는 신문에 얼굴을 묻었다. 그리고 보스턴의 사우스 역에 도착할 때까지 계속 그 상태로 있었다. 내리기 전에 휴대전화의 전원을 켜고 벨소리를 진동으로 바꾼 다음 전화기를 좌석 사이에 끼워두었다. 조르다노의 경찰 친구가 내 휴대전화의 위치를 추적한다면, 그들은 휴대전화의 전지가 바닥날 때까지 북동쪽 열차 노선을 따라 미친 듯이 나를 추적할 것이다.

루디 이모가 사촌이 쓰던 방을 나에게 내주었다. 이모는 방문객에 기뻐했다.

나는 노키아 선불 휴대전화를 사서 프로비던스의 상황을 계속 주시했다. 매크라켄은 문서 원본과 조르다노와의 통화 녹음을 은행의 안전 금고에 보관해뒀으며, 자신이 아는 한 메이슨과 나를 제외하고는 누구도 그 사실을 모른다고 했다. 휙 아저씨는 정체불명의 인물이 내 목에 돈을 걸었다는 소문을 들었다며 대체 무슨 짓을 한 거냐고 물었다. 메이슨은 자신이 쫓기는 것 같지는 않지만 아버지가 만일을 대비해서 재무부 요원 출신의 경호원 두 명을 고용했다고 했다. 잭 아저씨는 최근 들어 폴레키와 로젤리에게 들볶이지는 않지만 소방서에서는 여전히 푸대접을 받는다고 했다. 글로리아는 첫 번째 성형수술이 잘 끝났으며, 내가 버려둔 차를 어머니가 찾아왔다고 말했다. 병원에서는 로지가 여전히 위독하다고 했다.

나는 누구에게도 전화번호를 알려주지 않았다. 그리고 누구에게도 소재를 알리지 않았다.

나는 수염을 길렀고, 머리털이 자라게 내버려두었다. 당황스럽게도 수염이 회색으로 자라났다. 주중에 루디 이모가 플리트 은행으로 일하러 가면, 나는 기독교 청년 회관에서 벌어지는 즉석 농구 경기에 끼거나 이모의 꽃무늬 다마스크 소파에 쭉 뻗고 누워서 에드 맥베인의 소설 〈87분서〉 시리즈를 탐독했다. 매일 원고를 쓰는 데 익숙해 있던 터라 글 쓰는 일이 그리웠다. 이 주 후, 나는 범죄 소설을 꽤 많이 읽었으니 직접 쓸 수도 있겠다는 생각이 들었다. 그리고 루디 이모의 낡은 스미스 코로나 타자기로 60쪽을 두드려대고 나서야 내가 틀렸다는 사실을 깨달았다.

로지와 베로니카가 내 꿈에 계속해서 나타났다. 매일 아침, 나는 뾰족뾰족한 철선 가닥이 내 심장을 휘감고 있는 듯한 느낌으로 잠에서 깨어났다. 루디 이모와 아침 식사를 하기 전에 나는 선불 전화로 익숙한 번호를 누르고 언제나 로지에 대한 한결같은 이야기를 들었다. 내 심장 주위의 철선이 더 꽉 조여졌다.

루디 이모는 나더러 그냥 식료품 값이나 내라며 기어이 집세를 받지 않았다. 마록스와 시가가 내 최대 지출 품목이었으므로, 로드아일랜드를 떠나기 전에 현금으로 인출해둔 휴가비 2,600달러로 크리스마스까지 버틸 수 있을 듯했다. 감히 신용카드를 사용하지는 못했다.

저녁과 주말이면 이모와 나는 거실에 함께 앉아 텔레비전으로 레드삭스 경기를 시청했다. 6월 초, 데이비드 오티즈는 인대 파열로 출장하지 못했고, 매니 라미레즈는 무릎 부상으로 하루하루를 간신히 버텼다. 삭스는 급부상한 레이스 팀보다 한 게임 반을 뒤져 있었다.

비 오는 날에는 루디 이모의 노트북으로 프로비던스의 소식을 확인했다. 화창한 날이면, 오후에 레드라인 지하철을 타고 캠브리지로 가서 하버드 광장의 신문 판매점 '아웃 오브 타운 뉴스'에서 프로비던스 신문을 샀다. 올여름에는 카로차 시장이 여론조사에서 압도적인 승리를 거두었고, 프로비던스 고속도로 관리공단이 입찰 담합을 하다가 적발되었으며, 포터킷이 뇌물 수수 사건으로 시끄러웠고, 또 다른 소아성애자 신부가 폭로되었으며, 예수의 지극히 거룩한 이름 가톨릭교회에서 주최한 연례적인 해산물 파티에서 교구민 예순세 명이 상한 조개를 먹고 식중독에 걸렸다. 내 이름으로 된 기사는 없었다. 나는 분주한 삶이 그리웠다.

나는 지하철로 이동하는 중에 낙서를 읽거나 다른 승객들의 삶을 상상하며 주의를 딴 곳으로 돌리려고 애썼다. 하지만 내 마음은 이내 산만해졌다. 돌연히 베로니카가 내 곁에 앉아 손을 잡곤 했다. 나는 모든 대화를 떠올리며 베로니카의 배신을 달리 해석해보려고 노력했다. 매일 베로니카는 새로운 변명거리를 만들어냈다. 하지만 아무래도 상관없었다. 사람이란 자신의 행동으로 규정되는 법이다.

올여름에는 가슴 아픈 부고도 있었다. 먼저 코미디언 조지 칼린. 그다음엔 내가 좋아했던 코미디언 버니 맥. 노인들은 흔히 죽음이 셋씩 뭉쳐서 온다고 이야기한다. 나는 그 말을 믿지는 않지만, 어쨌든 그 세 번째가 누가 될지 걱정이 되었다. 칼 야스트렘스키가 심혈관 수술로 병원에 입원했다. 야즈는 아버지가 좋아했던 선수였기 때문에 나 역시 그를 좋아했다. 하지만 양자택일의 문제라면 차라리 그가 세 번째 인물이 되었으면 싶었다.

신문업계에 관한 기사는 모두 안 좋았다. 전국의 신문사들이 적자의 물결을 막아보려 안간힘을 쓰며 임금을 삭감하고 기자 수천 명을 해고했다. 〈마이애미 헤럴드〉, 루이빌의 〈쿠리어 저널〉 〈로스앤젤레스 타임스〉 〈캔자스시티 스타〉 〈볼티모어 선〉 〈샌프란시스코 이그재미너〉 〈디트로이트 뉴스〉 〈필라델피아 인콰이어러〉……. 〈뉴욕 타임스〉나 〈월 스트리트 저널〉조차 예외는 아니었다.

7월 말, 나는 용의 선상에서 벗어났고 신문사는 나를 복귀시켰다. 내가 메일로 보내준 신용카드 사용내역서에 필요 이상으로 감사해했던 우 치앙의 변호사는 브래디 코일의 대본처럼 폴레키에게 내 알리바이를 제공했으며, 경찰서장에게 공개적으로 내 결백을 밝히고 사과하라고 압력을 넣었다. 폴레키는 가능한 한 오래 꾸물거린 후에 마지못해 성명을 발표했다. 경찰은 내 브롱코와 할아버지의 총을 돌려주었고, 변호사가 나를 대신해서 그것들을 보관하고 있었다. 나는 변호사에게도 내 전화번호를 알려주지 않았다.

집에 가고 싶었다. 나사로처럼 해만에서 끊임없이 되살아나는 소금 냄새도, 유출 기름 냄새도, 조개 썩는 냄새도 그리웠다. 다채로운 예인선이 녹슨 바지선을 강 위로 끌어당기는 우렁찬 소리도 그리웠다. 석양이 의사당 대리석 지붕을 오래된 금화 빛깔로 바꾸어놓는 모습도 그리웠다. 애니의 문신도, 메이슨의 중절모도, 찰리의 오믈렛도, 제릴리 영감의 쿠바 시가도, 매크라켄의 힘찬 악수도, 잭 아저씨의 이탈리아 욕도, 글로리아의 성한 눈 한쪽도 그리웠다. 거리에서 마주치는 이들의 이름을 대부분 알았던 그곳이 그리웠다.

하지만 내 목에는 여전히 현상금이 걸려 있었다. 그리고 프로비던스가 정리해고의 물결에 휩쓸리는 것은 단지 시간 문제였다. 내 안전이 확보될 때까지 직장이 나를 기다려줄까?

어느 저녁, 루디 이모가 사진첩을 꺼내 왔다. 우리는 소파에 나란히 앉아 한 장씩 넘기며 사진을 보았다. 루디 이모와 내 어머니가 테니스 라켓을 들고 사진기를 향해 우스꽝스러운 표정을 지어 보였다. 할아버지는 가슴에 훈장들이 매달린 프로비던스 경찰 제복을 말쑥하게 차려입으셨다. 에이단과 멕이 크리스마스 선물을 뜯었다. 꼬맹이 리엄이 장난감 사다리차를 가지고 놀았다.

여섯 살 때 나는 저 사다리차와 한시도 떨어지려 하지 않았다. 심지어 잠까지 함께 잤다.

"우와! 저 사다리차 정말 좋아했었는데."

내가 말했다.

루디 이모가 웃음을 띠고 자리에서 일어나더니 복도의 벽장을 뒤져서 사다리차를 안고 돌아왔다. 내 기억 속에서 그 차는 늘 커다랬는데, 이모가 건넨 것은 놀라우리만치 쪼그맸다.

"네 엄마 돌아가시고 내가 지하실에서 꺼내다 놓았단다. 네가 가지렴."

이모가 말했다.

다시 저 차와 함께 자게 될지도 모르겠다. 혼자 자는 것보다는 나을 것이다.

8월 초, 신문사 소유주들이 결국 자금 출혈을 참지 못하고 직원 130명을 해고했으며, 그중 80명이 기자들이었다. 나는 메이슨에게 전화를 걸어 해고자 명단을 알아냈다. 아브루치, 설리번, 이오나타, 우스터, 리처즈…… 오랜 동료들이 너무도 많이 포함되어 있었다.

"선배하고 글로리아도 명단에 있었지만, 제가 아버지한테 잘 말씀드렸습니다."

메이슨이 말했다.

메이슨이 나를 위해 힘써주다니 감동했다. 하지만 글로리아에 대한 약속을 지킨 것에는 놀라지 않았다. 독자와 광고주들이 계속해서 우리를 저버린다면 정리해고가 이번으로 끝나지는 않을 것이다. 아마 다음번에는 메이슨도 우리를 지켜주지 못할 것이다.

8월 중순, 양키스는 끝장난 듯했다. 간판선수들은 노쇠했고, 팀을 짊어진 햇병아리 투수들은 아직 큰 시합에 준비가 되지 않았다. 삭스는 의외의 레이스 팀을 일곱 경기 차로 뒤쫓고 있었지만, 선발 투수 셋과 우익수, 유격수, 3루수가 부상자 명단에 올라 있었다. 데이비드 오티즈는 손목 부상에서 회복되었으나 예전 같지 않았다. 위대한 타자 매니 라미레즈는 초라한 2천만 달러짜리 계약에 한참이나 성질을 부린 후에 다저스로 영입되어 갔다. 로지라면 이 일에 대해 뭐라고 말했을까. 나? 그 모든 일이 벌어진 후로 더는 야구에 신경을 쓰기가 힘들어졌다.

9월 초의 어느 일요일 오후, 신문 가판대에서 프로비던스 신문을 집으려는데 1면 표제가 내 시선을 잡아끌었다.

"방화, 마운트 호프로 되돌아오다"

나는 신문을 들고 브래틀 스트리트의 알제 커피 하우스로 가
서 아라비아커피 한 잔에 양고기 소시지 샌드위치를 먹으며 신
문을 읽었다. 아이비 스트리트의 땅콩 주택이 완전히 소실되었
고, 순식간에 옮겨붙은 불로 도일 애버뉴의 제릴리 영감네 가
게가 깡그리 탔다. 메이슨이 작성한 기사에는 방화 가능성이
농후하지만 아직 조사 중이라는 폴레키의 말이 인용되어 있었
다. 나머지 기사를 읽으려고 8면을 펼쳤다가 글로리아의 이름
으로 실린 화재 사진을 발견하고 찌릿했다.

메이슨의 기사는 여름이 평온하게 지나가자 경찰과 동네 방
범 단체인 디마지오 파가 '방심했고' 그 때문에 방화가 재개되
었을 거라고 추측했다. 나는 메이슨에게 진부한 표현에 대해
주의를 줘야겠다고 생각했다.

휘 아저씨에게 전화를 걸어보려 했지만, 집 전화번호는 등
록되어 있지 않았고 가게 전화는 녹아서 플라스틱 덩어리가 된
모양이었다.

75

다음 날 아침, 나는 루디 이모의 흠 하나 없는 이 년 연식 도요타 캠리를 빌려서 95번 고속도로를 타고 남쪽으로 향했다. 한 시간 후, 브랜치 애버뉴로 빠져나와서 노스 공동묘지 정문 옆에 차를 세우고 트렁크를 열어 내 사다리차 장난감을 꺼냈다. 스콧과 멜리사 루에다의 마지막 안식처라고 쓰인 묘비에는 시든 국화 한 다발이 기대어 있었다. 나는 쌍둥이의 묘지 위에 사다리차를 놓고 시든 꽃을 치웠다.

그런 다음, 차를 타고 몇 킬로 동쪽으로 달려서 스완 포인트 묘지로 방향을 틀었다. 로지가 진달래 덤불 가운데에 묻혀 있었다. 동쪽으로 45미터쯤 떨어진 곳에 눈먼 돼지 루제리오 브루콜라가 있었다. 로지의 무덤 위로 시든 꽃 더미가 수북했다. 나는 꽃을 치우고 로지의 동료들이 그곳에 놓아둔 기념품을 정리했다. 소방 헬멧 세 개, 소방 호스의 청동 분사구 하나, 프로비던스 소방서의 휘장 수십여 개, 로드아일랜드 소재 소방서들의 휘장 수십여 개. 나는 매니 라미레즈의 서명이 담긴 야구 셔츠를 묘비 위에 덮어주고, 잔디밭에 무릎을 꿇고 앉아 잠시 로지와 이야기를 나눴다. 우리 둘은 호프 고등학교 시절을 회상하며 시콩크 강을 세차게 거슬러 오르는 예인선 한 대를 바라보았다. 나는 로지가 졸업 무도회에서 입었던 네온 빛깔의 흉물스러운 꽃무늬 드레스를 놀렸다. 로지는 내 괴상한 왼손 레이업슛을 비웃었다. 우리는 한 차례 같이 잤던 일이 실수였다고 동의했지만, 같이 잔 것이 실수였는지 한 번으로 끝낸 것이 실수였는지는 확신하지 못했다.

"장례식에 참석 못 해서 미안해, 로지. 가려고 했는데 루디 이모가 말렸어. 이모가 말리지 않았다면 나도 네 옆에 누워 있을지 몰라."

두 친구 사이의 담소가 산 자와 죽은 자의 대화로 변하자 더는 로지의 목소리가 들리지 않았다. 그래서 나는 야구 셔츠를 들고 차로 향했다. 내가 다음에 이야기를 나누러 들르면 로지는 또다시 이 셔츠를 입고 싶어 할 것이다. 그런데 무엇하러 양아치들이 슬쩍하도록 셔츠를 남겨두고 가겠는가.

나는 지름길을 택해서 브라운 스타디움을 지나 도일 애버뉴로 들어섰다. 가게는 검은 뼈대만 남았고, 연기에 그을린 물건은 길거리에서 헐값에 팔리는 중이었다. 휙 아저씨가 가게 앞에서 할인 판매를 감독하고 있었다. 나는 도로 가에 차를 세우고 그 옆으로 다가가 손을 내밀었다.

"나를 아시나?"

"네."

"어떻게 아는지 말해보시오."

"잘 좀 보세요."

내가 선글라스를 벗으며 말했다.

제릴리 영감이 눈을 가늘게 뜨고 내 얼굴을 보더니 말했다.

"아, 우라질. 자네가 자살할 사람은 아니라고 생각했지."

"수염 때문에 알아보기 힘들죠?"

"그래, 하지만 정말 당혹스러운 건 양키스 모자랑 셔츠야. 더럽게 멋진 변장이구먼."

"저랑 좀 걸으세요."

"잠깐만 기다려."

제릴리 영감은 숯덩이가 된 가게 입구로 걸어 들어가더니 폐허 속으로 사라졌다. 그리고 이 분 후에 나무로 된 시가 상자 여섯 개를 들고 나타났다.

"이거 자네가 갖게. 열기 때문에 바싹 마르긴 했네만, 사과 몇 조각 넣어두면 몇 개는 멀쩡한 상태로 돌아올 거야."

나는 감사의 인사를 전하고 상자를 루디 이모의 차 트렁크에 실었다. 그리고 우리는 늙고 시든 단풍나무가 죽 늘어선 인도를 함께 걸었다. 나뭇잎은 조금씩 단풍이 들고 있었다.

"로지 일은 정말 안됐어. 자네 둘이 가까웠다는 사실을 알고 있네."

"가장 친한 친구였어요."

"존 매크레디는 내 가장 친한 친구였어. 그래서 자네 기분이

430

어떨지 이해하네. 망할 놈의 화재가 너무 많이 발생했어. 그리고 너무 많은 이웃이 죽었지."

제릴리 영감이 두 팔을 활짝 펼쳤다.

"가게 일은 안됐어요."

내가 말했다.

"제기랄. 별거 아니야."

"새로 지으실 거예요?"

"다음 주에 호프 스트리트에 있는 상점에서 영업을 다시 시작할 거야. 목이 좋아. 조르다노가 옛날 점포하고 맞바꾸는 조건으로 나한테 넘겼어. 여기에 뭔가 세울 모양이야. 제길, 착한 놈이지. 내가 그놈을 머저리 취급한 걸 생각하면 말이야."

"디마지오 파가 여전히 순찰을 도나요?"

"디마지오 파는 7월에 해산했어. 그때는 화재가 끝난 것처럼 보였거든. 젠장, 큰코다쳤지. 어젯밤부터 디마지오 파가 다시 거리를 순찰하기 시작했네. 녀석들이 내 가게에 불을 지른 새끼를 잡으면 나는 절대로 경찰에 전화하지 않을 생각이네. 곧장 필즈 포인트에 있는 쓰레기 소각로로 끌고 갈 거야."

"그자가 누구든 간에 청부업자에 불과해요. 그자를 고용한 놈들의 이름을 알고 싶으세요?"

내가 말했다.

76

"나, 멀리건이야. 부탁 좀 할게."

"말만 해."

"안전 금고에 있는 통화 녹음하고 문서, 나한테 좀 가져다줘."

"무슨 일인데?"

"자네는 모르는 편이 나아."

"알았어. 언제, 어디로?"

"폴 리버에 있는 전투함 전시관 알지? 그곳 방문객 주차장에
서 토요일 아침 11시에 봐."

"그렇게 하지."

"자네 여전히 검정 아큐라 모나?"

"어."

"주차장으로 들어오면 내가 찾아갈게."

77

　토요일 아침, 나는 보스턴의 새틀라이트 레코드점에 들러서 토미 카스트로 시디 두 장에 사치를 부렸다. 24번 국도를 타고 뉴포트를 향해 남쪽으로 내려가는 동안, 이모의 캠리 자동차 스피커에서는 '하행 고속도로(Take the Highway Down)'가 쿵쾅댔다. 매크라켄이 가져다준 문서와 통화 녹음은 트렁크에 들어 있었다. 주소를 찾아 오션 애버뉴를 서행하면서, 나는 시디에서 '명백히 위험한 일(You Knew the Job was Dangerous)'을 골라 재생했다.

　그 집은 낸터킷 섬의 쭉 뻗은 별장처럼 생겼으며, 천연 건조된 지붕널과 넓고 하얀 베란다, 넓디넓은 진초록 잔디밭을 갖추고 있었다. 또한 바다의 절경이 한눈에 보이는 암석 노두에 터를 잡았다.

　내가 깨진 조개껍데기로 덮인 진입로로 들어서자 건장한 사내 둘이서 차 앞을 가로막고 나에게 내리라고 지시했다. 그들은 희고 가는 줄무늬가 들어간 군청색 양복을 맞추어 입었는데, 상의가 늘어진 모양새로 봐서 무엇을 휴대하고 있는지는 뻔했다. 그들은 내 몸을 수색한 다음, 데이비드 오티즈 야구 셔츠의 단추를 풀어달라고 점잖게 요청하더니 도청장치 유무를 확인했다. 그리고 차 문을 열어서 의자 아래를 더듬어보고 수납함을 검사한 후에 트렁크를 열어달라고 요청해서 안을 확인했다. 점검이 모두 끝나자, 그들은 나에게 구불구불한 진입로를 따라 올라가서 나무 아래에 차를 대라고 일러주었다. 나는 새 캐딜락 다섯 대가 주차되어 있는 곳으로 서서히 접근했다. 제멋대로 뻗은 떡갈나무가 태양으로부터 캐딜락의 도색을 보호해주었다. 모든 차의 브레이크 등 옆에는 '캐딜락 프랭크'라는 로고가 붙어 있었다.

내가 잔디밭을 가로질러 집 쪽으로 걷고 있을 때, 휙 아저씨가 베란다에서 내려와 악수를 청했다. 그리고 내 팔을 끌고 집 뒤편으로 향했다. 맛있는 음식 냄새가 갯바람에 뒤섞였다. 손에 뒤집개를 든 초로의 사내가 가스 그릴 두 대 가득히 스테이크와 닭 가슴살, 이탈리아 소시지를 구우며 수선을 떨었다. 다소 젊은 사내 셋은 하얀 5부 반바지에 토미 바하마 셔츠를 걸치고서 반짝이는 수영장 언저리에 느긋하게 누워 있었다. 끈 비키니 차림의 아가씨들이 장식용 우산이 꽂힌 크고 차가운 잔을 쟁반에 받쳐 들고 그들 곁을 지나다녔다.

"멋지네요."

내가 말했다.

휙 아저씨가 나를 보고 능글맞게 웃었다.

"뭘 기대했는데? 〈소프라노스〉에 나오는 새트리알레 정육점?"

휙 아저씨가 인사를 시켜줬으나 나는 이미 모두의 이름을 알고 있었다.

노조 갈취 사건의 공판을 기다리는 동안 보석으로 풀려나온 주세페 아레나가 뒤집개를 내려놓고 손을 앞치마에 문지르더니 양손으로 내 오른손을 잡았다.

"와줘서 고맙소. 음료 한잔 들고 계시오. 고기는 몇 분 내로 준비될 거요."

아레나가 말했다.

우리는 허벅지 위에 리모주 접시를 올려놓고 은 나이프와 포크로 음식을 먹었다. 수영장 옆 스피커에서 음악이 은은하게 흘러나왔다. 조앤 아마트레이딩, 애니 레녹스, 인디아 아리. 늦은 9월, 구름 한 점 없는 한낮의 대서양처럼 빛나는 목소리였다.

나는 휙 아저씨 쪽으로 몸을 돌렸다. 아저씨는 소시지, 토마토, 피망, 가지, 이탈리아 빵으로 꼼꼼하게 샌드위치를 쌓고 있었다.

"선곡 죽이네요."

휙 아저씨는 또다시 능글맞게 웃었다.

"뭘 기대했는데? 웨인 뉴턴?"

대화의 주제는 레드삭스에서 여급들에 대한 평가로 넘어갔다가 다시 레드삭스로 되돌아왔다. 내가 주시하지 않았던 동안, 삭스는 미친 듯이 내달려 결승 지점에 다다라 있었다. 로드아일랜드 주민들은 다가오는 플레이오프와 관련해서 도박에 광분해 있었고, 휙 아저씨는 살인도 불사할 각오였다.

오후 3시경, 접시가 치워지는 동안 나는 차에서 통화 녹음과 문서를 가져왔다. 아레나는 우리를 이끌고 경사진 잔디밭을 내려가 바다 쪽으로 35미터쯤 뻗은 돌 방파제로 향했다. 방파제 중간, 하얀 식탁보가 덮인 기다란 탁자에 포도주 잔과 적포도주, 백포도주가 차려져 있었다. 이곳은 회합의 장소로는 어울리지 않았지만 도청의 우려가 없었다.

아레나가 탁자의 상석을 차지하고 앉았다. 나머지 사람들이 자리를 잡는 동안 휙 아저씨는 잔을 채워나갔다. 아레나, 노조 갈취 담당이자 행동 대장. 카민 그라소, 로드아일랜드 최대 규모의 장물아비. '캐딜락 프랭크' 디안젤로, 자동차 판매업자이자 로드아일랜드 최대 고급차 절도 조직의 우두머리. 블랙잭 발델리, 위장 취업의 왕. 휙 아저씨, 로드아일랜드에서 가장 성공한 도박 중개인.

조니 디오와 비니 조르다노의 불참이 유난히 두드러졌다.

하얀 줄무늬 군청색 양복을 입은 사내 둘이 쌍안경을 목에 걸고 방파제 끝에 서서 미풍에 떠도는 요트가 가까이 접근하지 못하도록 감시했다.

예전에는 레이먼드 L. S. 패트리아카가 애트웰스 애버뉴의 작은 상점 사무실에 앉아서 메인 주에서부터 코네티컷 중심부까지 모든 부정한 돈벌이를 지배했다. 하지만 70, 80년대에 연방 수사관들이 전자감시장치와 '갈취 및 조직범죄 방지법' 같은 새로운 수단을 활용해서 다른 지역과 마찬가지로 이곳의 마피아 세력도 끝장내버렸다. 이제 마피아는 삼류가 되었다. 그리고 마약 조직, 복권, 인디언 보호 구역의 카지노, 인터넷 매춘 사업을 운영하는 거물들 틈바구니에서 한몫 챙겨보려 쑤석대고 있었다.

"좋소. 이제 당신이 가져온 것을 좀 봅시다."

아레나가 말했다.

나는 토지 도면과 건물 설계도를 탁자 위에 펼쳤다. 사내들이 일어나서 문서 위로 몸을 숙였다. 휙 아저씨가 앙상한 손가락으로 토지 도면 오른쪽 구석의 '디오 건설' 라벨을 가리키며 중얼댔다.

"개자식."

나는 그들이 실컷 볼 때까지 기다렸다가, 법인 서류와 관련된 거래 장부를 탁자에 올려놓았다. 아레나가 거래 장부를 들고 살피더니 오른쪽으로 건넸다.

그들이 검토를 끝냈을 때, 나는 탁자에 녹음기를 올려놓고 재생 버튼을 눌렀다. 갈매기가 끼룩거렸고 30센티 높이의 파도가 바위에 부닥치며 철썩댔다. 그 소리에 묻혀 녹음기의 음성이 잘 들리지 않았다.

"다시 틀어보게."

아레나가 말했다.

조르다노가 리틀 로디 부동산의 공석에 대해 언급하는 대목에 이르자, 그라소가 녹음기를 들고 되감기 버튼을 누르더니 그 부분을 거듭 재생했다.

"셰릴 시벨리는 내 처조카라고."

그라소가 말했다.

녹음이 끝까지 재생되자 내가 녹음기를 껐다. 누구도 말이 없었다. 아레나는 의자를 탁자 뒤로 밀치고 몸을 일으키더니 우리를 등지고 바다를 바라보았다.

일 분 혹은 이 분쯤 흐르고, 아레나가 탁자로 합류했다. 그리고 질문들을 쏟아냈다.

"건축 도면은 어디서 났소?"

"브래디 코일의 사무실에서 훔쳤습니다."

"거래 장부는 어떻게 손에 넣었소?"

나는 정중하게 대답을 거절했다.

"나를 변호하는 새끼가 이 일에 연루되어 있다고?"

아레나가 말했다.

"그렇습니다."

그리고 나는 대배심의 증언을 신문에 발설한 자가 바로 코일이라고 말했다.

"확실한 사실이오?"

"그렇습니다."

"대체 그자가 왜 그런 짓을 했소?"

"방화를 승인하셨습니까?"

내가 물었다.

"보험금 때문에 창고 방화를 허락했소. 그 정도는 괜찮다고 생각했소. 하지만 온 동네에 불을 지른다? 어린애와 소방관을 태워 죽인다? 획의 가게를 불태운다? 카민의 조카를 일에 연루시킨 다음 비밀을 지키려고 해치워버린다? 젠장, 아니오."

"코일은 노조 갈취 사건을 방패막이 삼아 당신을 따돌린 겁니다."

내가 말했다.

아레나가 내 쪽으로 걸어왔다. 내가 일어섰다. 아레나는 또다시 두 손으로 내 손을 잡았다. 그리고 한쪽 팔을 들어 내 어깨에 둘렀다.

"우리 모두가 자네한테 빚을 졌네."

그 말은 떠나라는 신호였다. 나는 탁자에서 문서를 챙기고 녹음기를 바지에 쑤셔 넣은 다음, 비탈진 잔디밭을 걸어 올라 집 쪽으로 향했다.

78

화요일, 나는 루디 이모의 텔레비전 앞에 구부정하니 앉아 정규 시즌의 마지막 경기를 보다가 잠이 들었다. 그 시합은 마치 양키스를 상대로 펼쳐지는 무의미한 연습 경기 같았다.

바로 그날 사건이 터졌다. 그 소식은 다음 날 신문에 자극적인 표제를 달고 등장했다.

목격자들에 따르면, 정오가 막 지났을 무렵 발목까지 내려오는 검은 비옷을 입은 낯선 사내가 디오 건설 구내로 성큼성큼 걸어 들어서더니 옆문을 통해 본관 건물로 들어가서 조니 디오의 사무실로 향했다고 한다.

"좀 이상하다고 생각했어요. 비가 오지 않았거든요. 그래서 물었죠. '무엇을 도와드릴까요?'"

추후에 비서가 강력계 2인조에게 진술했다.

사내는 비서를 스쳐 지나가더니, 총잡이 닥 홀리데이라도 되는 양 비옷을 휙 젖히고 모스버그 8연발 산탄총을 들어 올렸다.

그리고 사무실 문을 열고 세 발을 발사한 다음 총을 바닥에 떨어뜨리고서 비서에게 십 분 후에 경찰에 신고하라는 말을 남기고 화창한 오후의 햇살 속으로 걸어 나갔다.

"순식간에 벌어졌어요!"

비서가 경찰에게 말했다. 아니, 비서는 그자의 인상착의를 기억하지 못했다.

디오가 사무실 바닥에서 피 흘리며 죽어갈 때, 브래드퍼드 스트리트의 카밀스 식당에서는 총소리가 완벽한 분위기를 망쳐놓고 있었다. 얼마나 많은 저격수가 그곳에 있었는지, 그들이 어떻게 생겼으며 어느 문으로 떠났는지 기억하는 사람은 아무도 없었다. 사람들이 확신을 가지고 말하는 내용은 경찰도 육안으로 확인할 수 있는 것이었다. 즉 비니 조르다노는 마지막 순간에 그라나타 주방장의 훌륭한 대합 요리를 즐기고 있었다.

브래디 코일은 아무것도 모른 채 점심 식사의 동행과 러시안 리버를 홀짝이며 캐피털 그릴의 메뉴를 살폈다. 여자는 기름에 데친 오징어 전채 요리와 바닷가재 샐러드를 선택했다. 코일은 조개 수프와 레몬즙을 곁들인 연어 구이를 주문했다. 음식을 기다리며 코일은 변호사를 소재로 한 농담들을 던졌고 여자는 목걸이에 매달린 작은 은 타자기를 만지작거렸다. 여자는 워싱턴에서 코일을 만나러 왔고, 코일은 최대한 즐겁게 보낼 생각이었다. 코일은 식탁 위로 손을 뻗어 여자의 손을 잡았다.

그들이 열심히 메인 요리를 먹는 동안, 10번 방송에서는 정규 방송을 멈추고 카밀스 총격 사건에 대한 속보를 내보냈다.

하지만 바 위쪽에 설치된 텔레비전은 소리가 낮춰져 있어 그들의 주의를 끌지 못했다. 그들은 후식을 건너뛰기로 했다.

코일은 계산을 끝내고 후한 봉사료를 남겼다. 거리에서 코일이 입을 맞추려고 몸을 숙이자 여자가 까치발을 들었다. 여자는 곁눈으로 어떤 남자가 다가오는 모습을 보았다. 남자는 165센티쯤 되어 보였고, 여자보다 그다지 크지 않았으며, 어깨가 넓었다. 빡빡머리 군데군데 벌건 땜통이 있었다.

남자는 바람막이 점퍼에서 검은색 소형 권총을 꺼내 코일의 귀에 들이밀었다.

여자가 비명을 질렀다.

총이 발사되었다.

여자는 총소리가 그다지 크지 않아 놀랐다.

코일이 배수로 쪽으로 쓰러졌다.

남자는 코일을 내려다보며 세 발을 더 발사해 확인 사살을 했다.

남자는 돌아서서 여자를 보고 어떻게 할지 생각했다. 25구경 레이븐 반자동 소총의 탄창에는 아직 두 발이 더 남아 있었다.

"안 돼요. 제발, 안 돼요."

여자가 말했다.

남자는 어깨를 으쓱하고 총을 손에서 미끄러뜨렸다. 총은 소리 없이 코일의 시체 위로 내려앉았다. 그리고 땅딸이 깡패는 도로를 가로질러 번사이드 공원으로 천천히 빠져나갔다. 마치 세상에 거리낄 것이 없다는 듯.

여자의 어깨가 흔들렸다. 순간, 값비싼 점심을 낭비하고 있다는 생각이 들었다. 여자는 평정을 되찾았고 핸드백을 열어 펜과 수첩을 꺼낸 다음 무언가를 적어 내리기 시작했다.

프로비던스 신문에는 총격 사건에 관해 개략적으로 기술한 메이슨의 기사가 실렸다. 워싱턴 포스트에는 코일의 처형에 관해 일인칭 시점으로 상세하고 긴장감 넘치게 기술한 기사가 실렸다. 베로니카의 정보원은 그녀를 위해 자신의 마지막 순간까지 정보로 제공했다.

79

옛 집주인은 밀린 집세의 반을 지불하는 조건으로 내가 다시 아메리카 스트리트의 집으로 돌아올 수 있도록 허락했다. 나는 비자카드로 방 값을 미리 계산했다. 집주인은 계약에 불만족스러워했지만, 나 말고는 누구도 그런 쓰레기장을 원치 않았다.

나는 먼지를 닦아내고, 금이 간 회벽에 할아버지의 콜트 45구경을 다시 걸고, 공공 설비와 전화를 되살렸다. 누가 맨 처음 전화를 걸어왔을까?

"이!

나쁜!

새끼야!"

"안녕, 도커스. 당신 목소리를 들으니 정말 반갑군."

"대체 어디에 있었던 거야?"

"루디 이모한테 다녀왔어."

"여름 내내?"

"그래. 저기, 리라이트는 어떻게 지내? 정말 유기견 보호소에 맡겨버린 건 아니지?"

"그랬으면 뭐?"

"심장사상충 약 기억하고 있지?"

"웃기시네."

도커스가 전화를 끊었다.

아침에 나는 턱수염을 면도하고 경주마에 올랐다. 그리고 애트웰스 애버뉴를 달려 카밀스를 지나 95번 고속도로를 가로지른 후에 신문사 앞 주차 요금 징수기에 차를 세웠다.

내가 승강기에서 내리자 메이슨이 책상에서 일어나 나를 맞았다. 나는 손을 내밀었다. 메이슨은 내 손을 무시하고 나를 힘차게 안았다. 글로리아가 사진부에서 달려 나와 나를 안았다. 나는 글로리아의 포옹이 더 좋았다.

"이봐요, 여러분! 우리의 방화범께서 여름휴가에서 귀환했습니다."

하드캐슬이 소리쳤다.

하드캐슬의 느린 말투를 다시 듣게 되어 반가웠지만, 너무 많은 자리가 텅 비어 있어 마음이 불편했다. 나는 예전에 단테 이오나타와 웨인 우스터가 앉아 있던 자리를 지나쳐 내 책상으로 향했다. 지난 십 년 동안 그 자리에서 이오나타와 우스터는 만을 오염시키는 자들을 폭로했다. 앞으로 그 나쁜 자식들은 아무런 벌도 받지 않고 계속 만을 오염시킬 것이다.

컴퓨터에 접속해서 메시지를 확인했다. 수백 개의 메시지가 있었다. 가장 최근 메시지는 로맥스 편집장이 오늘 아침에 보낸 것이었다.

사체 수색견 특집 기사는 아직 멀었나?

복귀를 환영한다는 편집장 나름의 인사였다.

10시가 막 지났을 무렵, 로맥스 편집장이 메이슨과 나에게 편집국장실로 가자고 했다.

"진실을 밝힐 때가 왔네. 지난봄에 방화 사건 폭로 기사를 쓴 사람이 진짜로 누군가?"

펨버턴 편집국장이 말했다.

"메이슨이 썼습니다."

내가 말했다.

"멀리건 선배가 썼습니다."

메이슨이 말했다.

"알았네. 그렇다면 필자란에 둘의 이름을 함께 기재하는 건 어떤가? 오늘 오후에 자네 둘이서 머리를 맞대고 원고를 손질 해준다면, 내일 신문 1면에 그 기사를 싣고 싶네."

"좋습니다. 그렇게 하겠습니다."

내가 말했다. 물론 원고에 삭제해야 할 내용이 약간 있었다.

"그때는 싣지 못했던 기사를 어떻게 지금은 실을 수 있는 겁니까?"

메이슨이 물었다.

"죽은 자들은 소송을 하지 못하기 때문이지."

로맥스 편집장이 말했다.

오후가 깊어갈 무렵, 책상에서 전화가 울렸다.

"멀리건?"

"넵."

"직장에 복귀했다는 소식 들었어요."

"제대로 들었군."

"잘됐어요."

"그래서 전화했어? 복귀를 환영해주려고?"

"그냥 미안하다고 말하고 싶었어요."

"못 믿겠군."

"이렇게 끝내고 싶지 않아요."

"그럼 어떻게 끝내고 싶은데?"

"당신이 말했던 욕정으로 가득한 주말은 어때요? 아직 그런 시간을 함께 보낼 수 있잖아요. 주말에 여기로 올래요? 아니면 내가 그곳으로 갈 수도 있어요."

"바빠."

베로니카는 잠시 아무 말이 없었다. 나는 그녀의 숨소리를 들을 수 있었다.

"그 남자는 내게 아무 의미도 없었어요."

"믿어줄게. 하지만 그런다고 나아질 게 뭐가 있어?"

베로니카는 내 말에 대꾸하지 않았다. 다시금 그녀의 숨소리를 들을 수 있었다. 내가 자리를 비운 사이 버라이즌 통신 회사가 전화에 뭔가 새로운 디지털 혁명을 도입한 모양이었다. 그녀의 목선에서 달콤한 향내가 풍겨 왔다. 그녀의 입술이 내 얼굴을 스쳤다. 내 몸이 떨렸다.

"내가 그립지 않나요?"

"젠장, 그리워."

"그런데 왜 나를 용서하지 못하는 거죠?"

설교자들은 용서가 영혼에 이롭다고 말한다. 마음에서 분노와 원한을 씻어주므로 용서받는 사람보다 용서하는 사람에게 더 이롭다고 말이다. 귀신 씻나락 까먹는 소리다.

"멀리건? 제발 용서해줘요."

"결과 따윈 아랑곳없이 내가 온몸으로 그러길 원하니까, 그리고 당신이 처음부터 그걸 기대했으니까 그렇게 못 하겠어."

"뭐라고요? 무슨 말인지 모르겠어요."

나는 아무 말도 하지 않았다. 이제 누구도 《몰타의 매》를 보지 않는다는 말인가?

"무슨 일인지 도무지 이해할 수가 없어요. 총을 가진 남자는 누구였죠? 왜 브래디를 쐈을까요?"

그녀의 목소리가 작아졌지만, 울먹이진 않았다.

"그래도 싼 놈이니까. 내일 프로비던스 신문 웹사이트를 확인해봐. 그러면 그 사건에 대해 낱낱이 알 수 있을 거야."

내가 말했다.

"나도 죽을 뻔했다고요. 상관없나요?"

"총을 들고 있던 사람이 내가 아니었던 게 다행인 줄 알아."

나는 전화를 끊었다.

퇴근 후, 글로리아가 트리니티 맥주 가게에서 한잔하자고 제의했다.

"호프스는 어때?"

"새로운 술집이 좋아요. 이제 호프스에서는 술을 많이 마시지 못하겠더라고요."

글로리아가 말했다.

잠시, 글로리아와 함께했던 어느 친밀한 밤이 떠올랐다. 나는 지난 몇 달간 얻어터지고, 배신당하고, 사별을 겪었다. 지금 내게는 나를 보듬어줄 누군가의 팔이 절실했다. 하지만 글로리아의 팔은 아니었다. 적어도, 지금 당장은 아니다. 나는 여전히 베로니카가 못 견디게 그리웠으며, 글로리아는 가볍게 만날 여자가 아니었다. 나는 글로리아에게 피곤해서 그냥 집에 가고 싶다고 말했다.

하지만 나는 집으로 가지 않았다.

노란 주차 위반 딱지를 앞창에서 떼어내 사장의 BMW 와이퍼 아래에 끼워놓고, 차를 몰고 캠프 스트리트로 가서 몇 분간 잭 아저씨의 안부를 확인했다. 호프스로 불쑥 들어서니 매크라켄이 뒤편 탁자에서 홀로 술을 마시고 있었다.

"음, 내가 살인의 공범이군."

내가 소다수를 들고 맞은편에 앉자 매크라켄이 속삭였다.

"자네를 연루시켜서 미안하네."

"아, 괜찮아. 내가 유감스러운 것은 딱 하나야."

"그게 뭔데?"

"그 방화 전문가가 여전히 밖에서 돌아다니고 있잖아. 또 다른 얼간이가 무언가를 불태워 없애려 한다면 언제든 그자를 고용할 수 있다고."

"글로리아를 습격하고 로지를 죽인 놈도 여전히 밖에서 돌아다니고 있어."

내가 말했다.

"같은 놈일지도 모르지."

매크라켄이 떠난 다음, 나는 애니에게 추파를 던지며 언제 퇴근하느냐고 물었다. 애니가 웃음을 터트리더니 단호하게 거절했다. 그래서 나는 음료를 마저 마시고 차를 타고 굿 타임 찰리로 향했다. 마리가 막 퇴근 준비를 하고 있었다.

나는 마리에게 찰리네 식당에서 값싼 저녁을 먹자고 졸랐다. 그리고 마리를 집으로 데려와 침대로 끌어들였다. 마리는 정력적이며 열정적이었다. 나는 베로니카가 마리에게 한 수 배웠으면 싶었다. 나는 그렇게 어처구니없는 인간이었다.

아침이 되었고, 나는 안젤라 안셀모가 아이들에게 고함치는 익숙한 소리에 잠에서 깼다. 그리고 자리에서 일어나 욕실로 들어갔다. 베로니카의 노란 칫솔이 여전히 세면대 위 칫솔꽂이에 꽂혀 있었다. 나는 그것을 잡아 빼서 반으로 쪼갠 다음 쓰레기통에 던져 넣었다.

나는 마리와 함께 샤워를 했다. 마리가 내 등을 닦아주었고, 나도 마리의 등을 문지르며 감미로운 시간을 만끽했다. 마리가 옷을 입는 동안 현관에서 부스럭거리는 소리가 들렸다.

문구멍을 들여다보니 복도 건너편으로 금이 간 회벽만이 보였다. 나는 잠금장치를 풀고 문을 홱 열어젖혔다. 검고 북슬북슬한 무언가가 입구에 앉아 있었다.

"리라이트!"

리라이트가 나한테 펄쩍 뛰어올라 하마터면 뒤로 자빠질 뻔했다.

리라이트는 털이 엉겨 붙어 있고 고약한 냄새가 났다. 목줄에 쪽지가 끼워져 있었다.

"당분간 당신이 맡아."

나는 냉장고에서 샌드위치용 편육을 꺼내 리라이트에게 먹였다. 그런 다음 욕조에서 리라이트를 씻겼고, 마리가 거들었다.

"너를 어쩌면 좋니."

내가 리라이트의 숱지고 곱슬곱슬한 털에서 거품을 씻어내며 큰 소리로 말했다. 리라이트가 머리를 들더니 반짝이는 갈색 눈으로 나를 쳐다보았다. 집주인이 발작할 것이다. 게다가 과도한 업무에 쫓기는 내가 어떻게 리라이트를 돌볼 수 있겠는가?

그때 어떤 생각이 머리를 스쳤다.

실버 레이크에는 개를 사랑할 줄 아는 다정한 부부가 살고 있었다.

감사의 말

생존해 있는 가장 멋진 시인 퍼트리샤 스미스가 원고를 처음부터 끝까지 꼼꼼하게 손보았으며, 이 서툰 남자가 책에서도 현실에서도 그럴듯한 사랑의 장면을 연출할 수 있도록 도왔다. 여보, 당신의 시 〈현기증이 날 때까지 뱅뱅〉을 발췌하도록 허락해주어서 고맙소.

뉴욕 시의 폴 마우로 경감. 연합통신의 테드 앤서니 편집국장보. 내 초고를 주의 깊게 읽고 통찰력 넘치는 제언을 아끼지 않은, 세상에서 가장 멋진 작문 선생 잭 하트. 모든 작가에게는 이들과 같은 친구가 있어야 한다.

내 책에 유용한 제언을 해주고, LJK 에이전시 문학 담당부에 나를 소개한 오토 펜즐러에게 감사를 전한다. LJK의 수재너 아인슈타인은 출판 대리인 그 이상이었다. 수재너는 내가 함께 작업한 멋진 편집자들 가운데 단연 최고였다.

내 책을 토어/포지 출판사에 추천해준 존 랜드에게 빚을 졌다.

출판사의 모든 직원들, 특히 신인 작가에게 기회를 주고 최종 편집까지 멋지게 끝내준 에릭 라브에게 감사의 마음을 전한다.

내가 가장 좋아하는 범죄소설 작가 16인에게 고마움을 전한다. 에이스 앳킨스, 피터 블라우너, 로렌스 블록, 켄 브루언, 알라페어 버크, 숀 셰어커버, 할런 코벤, 마이클 코넬리, 토머스 H. 쿡, 팀 도시, 로렌 D. 에슬먼, 조셉 핀더, 제임스 W. 홀, 데니스 루헤인, 빌 로펌, 마커스 세이키. 줄곧 이들의 격려와 지지가 힘이 되었다.

끝날 때까지 끝난 게 아니다.

_요기 베라

로드아일랜드의 주도 프로비던스, 그곳에서도 특히나 별 볼일 없는 동네 마운트 호프. 취재기자 리엄 멀리건이 하얗게 눈이 쌓인 거리에 서서 벌겋게 치솟는 화염을 쳐다보고 있다. 이번에는 다섯 살배기 쌍둥이 남매가 불에 타 죽었다. 멀리건은 어릴 적 추억으로 가득한 동네가 점차 재로 변해가는 상황을, 무고한 사람들이 희생되는 모습을 지켜보고만 있을 수가 없다. 그래서 시퍼렇게 날이 선 욕망들이 부대끼는 도시를 야구장 삼아 연쇄 방화 사건의 전말을 파헤쳐나간다. 분주하게 경기장을 뛰어다니지만 역전의 기회에 어이없이 병살타를 날리기도 하고 구원투수의 등판으로 간신히 위기를 모면하기도 하면서 9회 말 2아웃까지 결말을 꼭꼭 감추어 내보이지 않은 채.

《악당들의 섬》은 2011년에 에드거상과 매커비티상 신인 장편 부문을 수상했으며, 셰이머스상, 배리상, 앤서니상 최종 후보에 올랐다. 작가 브루스 디실바는 사십여 년 동안 〈프로비던스 저널〉 등에서 기자로 일한 다음 예순이 넘은 나이에 범죄소설 작가의 길로 들어섰다. 그리고 오랜 세월 가슴속에서 정제하고 정제했던 소설 집필에 대한 갈망을 이 작품에 고스란히 쏟아냈다. 작가의 글은 지독히도 정직하여 복잡한 구성도 교묘한 속임수도 영웅적 주인공도 없다. 하지만 그러한 정직함이 때로는 본질을 꿰뚫는 날카로운 시선으로 때로는 자조적인 농담으로 변화무쌍하게 탈바꿈하며 독자에게 속도감과 통쾌감을 선사한다. 또한 느와르 소설답게 현실을 바라보는 시선은 냉소적이지만, 여타의 하드보일드와는 달리 그 밑바탕에 인간에 대한 애정과 정의에 대한 믿음이 굳건히 자리하고 있다. 어쩌면 그래서 부지불식간에 멀리건의 힘겨운 싸움을 응원하게 되는지도 모르겠다.

인상적인 사진이 곳곳에 배치된 르포 기사를 읽은 듯, 책을 다 번역하고 나서도 한동안 장면 장면에 대한 잔상이 가시지를 않았다. 이야기에 꽤 몰입했던 모양이다. 작가의 두 번째 소설(멀리건 시리즈)이 미국에서 막 출간되었다는 소식을 들었다. 노작가의 정제된 갈망이 오래도록 빛을 발하기를, 멀리건이 야구 셔츠와 청바지 차림으로 언제까지고 프로비던스의 거리 곳곳을 누비고 다니기를 기원해본다. 가슴속에 진주 같은 갈망을 품고 사는 이들에게, 그리고 가끔씩 비척대는 삶에서 그 존재만으로도 힘이 되는 가족에게 감사와 응원의 마음을 전한다. 힘을 내요. 아직 끝난 게 아니라고요.

2012년 5월. 김송현정

옮긴이 김송현정

고려대학교 경영학과를 졸업하고, 현재 원서 기획자 및 전문 번역가로 활동 중이다.

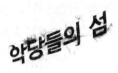

2012년 5월 24일 초판 1쇄 인쇄
2012년 5월 30일 초판 1쇄 발행

지은이 | 브루스 디실바
옮긴이 | 김송현정
발행인 | 전재국

본부장 | 이광자
단행본개발실장 | 박지원
책임편집 | 문유진
마케팅실장 | 정유한
책임마케팅 | 정남익 노경석 조용호
제작 | 정웅래 박순이

발행처 | (주)시공사
출판등록 | 1989년 5월 10일(제3-248호)
브랜드 | 검은숲

주소 | 서울특별시 서초구 사임당로 82(우편번호 137-879)
전화 | 편집(02)2046-2817 · 영업(02)2046-2800
팩스 | 편집(02)585-1755 · 영업(02)585-0835
홈페이지 www.sigongsa.com

ISBN 978-89-527-6504-8 03840